AU NORD DE FOLLY-SUR-MER

TANYA ANNE CROSBY
TRADUCTION PAR EMMA CAZABONNE

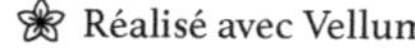 Réalisé avec Vellum

DÉDICACE

Pour Scott, mon mari, qui croit en moi.

Avec mes remerciements à Michelle Boubel, John Clayton et William Tisdale. Un merci tout spécial aux villes de Charleston, James Island et Folly Beach pour m'avoir fourni une source inépuisable d'inspiration, et mes excuses pour avoir pris des libertés avec l'histoire et le paysage du ruisseau de Secessionville. La région a son propre passé, très riche, et même si j'ai passé la majorité de ma vie à Charleston, je suis tombée sur ce point de la carte en jouant à Am stram gram. À moins que, si vous croyez en la Providence, Folly-sur-Mer m'ait choisie...

ÉPIGRAPHE

« Chaque fois que nous essayons d'isoler un objet quelconque, nous découvrons qu'il est rattaché à tout le reste de l'Univers ».
John Muir

PROLOGUE

Un bref instant, et tout peut changer.

Prenez une décision en une fraction de seconde ou sur un coup de tête, et l'effet domino se déclenche, entraînant des événements bons et mauvais. Dans un monde parfait, si vous prenez une décision avec les meilleures intentions, vous n'obtenez que les meilleurs résultats. Mais parfois, les mauvaises gens font de bonnes choses. Parfois, les bonnes gens font de mauvaises choses.

Vous pourriez dire qu'un crayon m'a conduite à la mort.

Un simple crayon. Il n'était pas sur mon bureau, mais sur le comptoir de la cuisine où je l'avais laissé après avoir griffonné le mot « tomates » sur ma liste d'épicerie. Avant d'arriver là, il se trouvait sur ma table de nuit où je l'avais reposé après avoir élaboré un plan pour réunir mes trois filles. Et de là, il s'est rendu à mon bureau où j'ai ajouté un dernier codicille à mon testament. Les ruminations coupables d'une vieille femme, pour la plupart. Et puis j'ai oublié ce crayon. Jusqu'au moment où je l'ai revu et où j'ai déclenché l'effet domino qui m'a conduite à cet instant.

Maintenant seulement, sur le point de rendre mon dernier souffle, je comprends que tout a commencé il y a longtemps peut-être. Dans un autre instant. Sur une plage au nord de Folly-sur-Mer.

1

Je vous parie ma part que Sadie hérite de la maison.

C'était bien sûr un pari fou, comme tous les paris, mais Caroline savait que le défi d'Augusta n'avait rien à voir avec l'anxiété de préserver « la maison » pour la postérité des Aldridge. Comme Rhett Butler, Augusta se fichait éperdument de la maison.

Pourquoi est-ce que Mère ferait cela ? demanda Savannah, leur plus jeune sœur.

Augusta haussa les épaules.

Pourquoi est-ce qu'elle ferait quelque chose ?

Jusqu'à ce point, Savannah avait passé toute sa vie à défendre leur mère. Et Augusta avait bien l'intention de passer le reste de la sienne à l'accuser. Caroline était lasse d'être entre les deux. Elle cessa de les écouter et regarda par la vitre. Leur limousine passait devant ce qui restait de la maison du prédécesseur géorgien après l'incendie. Un an après la fin de la « guerre d'agression nordiste », la maison d'origine avait échappé à la colère de Sherman et à l'une des batailles les plus cruciales du Sud pour finir dans un banal feu de cuisine. La construction de la « nouvelle grande maison » commença l'année suivante. La plantation d'Oyster Point était l'héritage de sa famille, avec en prime toute une vie de problèmes.

Pourquoi est-ce que Mère ferait quelque chose ?

Les réponses avaient été enterrées ce matin, avec leur mère. Seul restait maintenant le mythe : aux yeux du monde, Florence Willodean Aldridge était la chouchoute des médias, l'héritière d'un des plus anciens journaux de la ville encore en activité. Aux yeux de Caroline et de ses sœurs, elle était. . .

Comme la maison.

Il y avait la façade que les gens voyaient à travers l'objectif d'un appareil photo, la superbe plantation du Sud qui faisait la couverture de magazines tels que *Southern Living* et *House Beautiful*, avec sa mousse espagnole pendant aux arbres majestueux comme des rideaux cendrés. Et puis il y avait la face qui existait derrière la porte rouge, où l'âme déclinant lentement s'infiltrait dans la structure et pénétrait profondément dans le sol et les marécages environnants où elle pourrissait et puait.

C'est ainsi que Caroline percevait l'odeur du marécage. Cette odeur caractéristique de soufre qui augmentait à mesure qu'elles s'approchaient de la maison. Cette odeur que sa mère n'avait jamais admise, même si elle plantait sans relâche des magnolias et des azalées chétifs pour la masquer.

C'est drôle, pensa Caroline, vous pouviez regarder la maison, avec ses pignons comme dans les contes, et vraiment sentir sa décrépitude. Et en même temps, votre cerveau croyait toujours au beau mensonge. Même maintenant, alors que la voiture gravissait la sinueuse allée privée, à travers les chênes d'une beauté à vous couper le souffle et les magnolias drapés de mousse, de vieilles blessures semblaient se rouvrir et s'envenimer. Comme si en présence de la maison, seuls les souvenirs qui y étaient nés avaient une vitalité réelle.

Caroline pensait qu'elle s'était préparée. Mais elle se sentit submergée par la vague d'émotion qui déferla sur elle alors que le toit aux pans très inclinés et aux lucarnes parfaitement espacées se présenta soudain à ses yeux. Comme le corps allongé dans le cercueil qu'elles venaient de quitter, l'ancienne demeure victorienne semblait avoir vieilli subitement, malgré sa dernière couche épaisse de peinture blanche. Et pourtant elle se dressait là, défiant les années, matriarche du Sud à part entière, hôtesse polie recevant ses visiteurs. La place à deux niveaux, avec plus de cent quatre-vingts mètres carrés de porche circulaire, était comble comme le cimetière, ne laissant aucun doute que les gens adoraient leur mère. La foule tournait en rond, debout dans l'allée, et s'émerveillait des azalées de Flo.

Caroline voulait désespérément ressentir ce qu'ils ressentaient. Mais au lieu de douleur, tout ce qu'elle pouvait tirer des profondeurs de son âme était un sentiment s'apparentant à du regret.

La limousine s'immobilisa sur l'allée et le gravier crissa. Savannah se pencha vers elle et lui toucha doucement la main.

— T'es prête ?

La réponse était négative, mais Caroline fit quand même oui de la tête.

Savannah fut la première à se glisser hors de la voiture. Elle nettoya de la main des taches imaginaires sur sa robe noire et sobre en attendant Caroline. Augusta opta pour la voie de moindre résistance. Elle se faufila par la portière du côté de Savannah, sa robe rose détonnant alors qu'elle gravissait les marches en courant et disparut dans une mer de robes noires et de costumes.

Caroline s'attarda un instant dans la limousine, enviant Augusta et son insouciance du devoir. Elle n'avait pas ce choix. Quels qu'aient été ses sentiments à l'égard de Flo, elle était aujourd'hui chez les Aldridge l'aînée des survivantes. Fortifiée par des siècles de bonnes manières du Sud, la bienséance était de rigueur pour elle.

C'était le mois de mai. Les azalées étaient en pleine floraison. Rouge, comme la porte, leur nuance rappela à Caroline le rouge à lèvres de sa mère. Elle s'attendit presque un instant à la voir apparaître sur le seuil, avec sa coiffure à la Jackie O et une robe trapèze parfaitement repassée qui la faisait ressembler à un charmant anachronisme.

Mais cela n'allait plus jamais se reproduire.

Le visage impassible, elle prit une profonde inspiration et ouvrit la portière de la voiture.

Elle entra dans la maison avec Savannah. Un à un, des voisins que Caroline n'avait pas vus depuis une décennie présentèrent leurs condoléances en apportant leurs meilleurs ragoûts. Remerciant chacun, elle plaça la nourriture dans la salle à manger, remarquant qu'il y avait de quoi nourrir un régiment pendant un an. Peut-être qu'elles pourraient en distribuer aux pauvres ? Elle ne voulait pas que la nourriture se perde. Elle n'avait pas non plus l'intention de rester à Charleston après la lecture du testament. Elle était à peu près sûre que ses sœurs partageaient la même idée. Toutes les dispositions nécessaires pourraient être prises par téléphone, e-mail et fax. C'était la beauté de la technologie.

— Ma chère, lui dit quelqu'un d'un ton chaleureux en lui tapotant l'épaule alors qu'elle déposait un troisième plat de salade d'ambroisie sur le buffet.

C'était incroyable, mais il n'y avait plus de place sur la table géorgienne antique, même avec ses deux mètres de rallonge.

— Ah ! Bonjour Mademoiselle Rose ! s'écria Caroline. Quel bonheur de vous voir !

Sa salutation était parfaitement sincère. Le visage ridé de Rose Simmons rappelait à Caroline des souvenirs de ses premières années dans cette vieille maison. Les seuls bons moments dont elle pouvait se rappeler.

— Ciel ! J'allais sûrement pas manquer cette occasion, reprit Mademoiselle Rose. Votre mère était une femme merveilleuse. Et quel bel enterrement ! ajouta-t-elle avec une approbation sans réserve. J'espère que mes enfants me rendront leurs derniers hommages aussi gracieusement !

Caroline ressentit une pointe de culpabilité. Tout avait été arrangé d'avance. C'était la seule chose pour laquelle elle pouvait remercier sa mère : Flo n'était pas du genre à laisser des affaires en suspens. Elle ignora le compliment.

— Je suis ravie que vous ayez pu venir, dit-elle en souriant.

Mais elle aperçut soudain une silhouette debout dans l'entrée de la salle à manger et toutes ses pensées s'envolèrent aussitôt.

— Oh, avant que j'oublie, j'ai les verts avec moi ! ajouta Mademoiselle Rose.

Caroline cligna des yeux, le regard fixé sur l'homme qu'elle avait failli épouser dix ans auparavant.

— Les Verts ?

Il avait les yeux bleu vif comme elle se les rappelait, plus ou moins lumineux selon l'intensité de son sourire. En ce moment, ils étaient d'un bleu presque électrique et Caroline avait du mal à se concentrer.

— Je ne sais pas de quels Verts vous parlez, Mademoiselle Rose.

Cette dernière émit un petit rire en la tapotant doucement sur le bras.

— Mais bien sûr que si ! Vous m'en réclamiez toujours ! Je m'en suis souvenue et je les ai avec moi !

Caroline sourit à la vieille femme d'un air confus et remarqua le sourire en coin de Jack. Une étincelle malicieuse brillait dans son regard. Son sourire familier et espiègle la dérangeait beaucoup plus qu'il n'aurait dû.

Mademoiselle Rose porta la main à sa poitrine.

— Ma pauvre petite ! Ce doit être le choc, déclara-t-elle. C'est tout à fait compréhensible.

Elle lui tapota le bras comme pour la réconforter.

— La mort de Flo était tellement inattendue !

Elle secoua la tête.

— Votre mère va beaucoup nous manquer, mais pour vous redonner le sourire, sachez qu'on parle de planter un jardin dans le parc de Waterfront en son honneur. J'espère qu'ils vont bel et bien le faire ! « Le jardin à la mémoire de Florence Willodean Aldridge », poursuivit Rose.

Mais Caroline ne l'écoutait plus. La vieille femme regarda par-dessus son épaule pour voir ce qui avait attiré son attention. Un regard compréhensif se dessina soudain sur son visage. Elle sourit d'un air entendu.

— Oh, ciel ! Je comprends. Je vous laisse à vos invités, ma chère. Soyez sûre de mettre un peu de mes verts de côté pour plus tard. Je les ai préparés juste comme vous les aimez, avec un bon gros jarret de porc !

Il lui traversa soudain l'esprit que les « verts » n'étaient pas des personnes. Mademoiselle Rose avait apporté des feuilles de moutarde. À vrai dire, elle les avait absolument en horreur. Elle se rappela vaguement la célébration du baptême de la fille de Mademoiselle Rose. Elle avait cinq ans et se sentait affreusement coupable de vouloir les recracher. Sous le regard apaisant de sa mère, elle les avait avalés à contrecœur et avait généreusement complimenté Mademoiselle Rose, apparemment beaucoup trop.

Mademoiselle Rose gloussa et agita le doigt d'un air désapprobateur.

— Vous avez toujours été trop mince !

Les joues de Caroline s'échauffèrent alors que la voisine de sa mère s'éloignait, la laissant complètement à la merci de Jack.

La vieille femme lança un clin d'œil à Jack en sortant de la salle à manger et lui dit d'un ton plaisant :

— Bon après-midi, Jack.

Avec le sourire, Jack la salua de la tête.

— Bon après-midi, Mademoiselle Rose. Vous êtes toujours aussi élégante.

Mademoiselle Rose baissa la tête l'air timide et rigola comme une gamine. Dès qu'elle fut hors de portée de voix, Jack dirigea son sourire espiègle vers Caroline.

— Soyez sûre de mettre un peu de mes verts de côté pour plus tard, se moqua-t-il en avançant depuis l'encadrement de la porte avec une langueur à la fois exaspérante et rassurante dans sa familiarité.

— Je suppose que ta mère t'a jamais appris à ne pas avoir l'oreille qui traîne, dit Caroline, se haïssant de céder au ressentiment.

L'étincelle disparut des yeux de Jack.

— On sait bien tous les deux que ma *mère* m'a pas appris grand-chose, Caroline.

Il parla calmement, sur un ton sympathique, mais Caroline savait qu'elle avait touché une corde sensible. Pendant un long moment embarrassant, ils se firent face ne sachant trop quoi se dire. Le parfum de magnolias flétris flotta vers eux. Dix ans auparavant, sa mère avait commandé ces fleurs comme décoration de table pour leur mariage. Elles ornaient maintenant tous les coins de la maison. Caroline associerait toujours leur parfum à la mort et à la douleur.

C'était normal, en quelque sorte.

Jack eut la convenance de sembler mal à l'aise. Les mains dans les poches, il baissa les yeux.

— On doit aussi parler à Sadie, avança-t-il. Pour conclure le rapport.

— Je suis sûre que tu la trouveras dans la cuisine.

C'était Sadie, la gouvernante de Flo, qui avait découvert leur mère affalée au pied de l'escalier. Sous l'effet du Rivotril, Flo avait apparemment trébuché sur une planche mal ajustée en haut de l'escalier.

— C'est juste une formalité, lui assura-t-il. Ça peut attendre.

Elle préférait croire qu'il était là parce que c'était son devoir, et pas à cause d'un faux sentiment d'obligation envers leur passé.

— C'est pour ton travail ?

— Je suis venu pour te présenter mes condoléances, pas pour te contrarier. Désolé Caroline.

À une époque, Caroline n'aurait souhaité être réconfortée par personne d'autre. Mais maintenant, elle ne savait même pas comment lui parler.

— Merci d'être venu, Jack.

Il fit un pas en arrière.

— Tu lui ressembles plus que tu le crois, dit-il sur

un ton calme, en sortant les mains de ses poches. Il hésita, souhaitant clairement en dire plus. Au lieu, il se retourna et sortit.

Ignorant les regards subreptices de leurs invités, Caroline lui tourna le dos. S'efforçant d'avoir l'air décontractée, elle enfonça une cuillère en argent dans un plat avant de suivre Jack dans le hall et de le regarder s'éloigner.

Il se fraya un chemin à travers la foule, en évitant de toucher qui que ce soit malgré ses larges épaules. Il ne regarda pas en arrière. Sans un mot, il ouvrit la porte d'entrée, sortit dans la lumière de l'après-midi et la referma doucement derrière lui.

Une vague d'émotion envahit Caroline.

— Merde, dit-elle doucement.

Savannah apparut derrière elle.

— C'est aussi mauvais que ça ?

Caroline retint ses larmes.

— Il a dit qu'il cherchait Sadie.

Savannah haussa un sourcil.

— Oh, je doute que ce soit la raison de sa venue aujourd'hui.

— Le passé ne changera pas simplement parce qu'il voudrait qu'il change ! déclara Caroline d'un ton catégorique.

Savannah hocha la tête, reconnaissant sagement l'épuisement de sa patience envers Jack Shaw.

2

—————

Chez *Tripot* était son dernier refuge avant la solitude de la maison.

L'été, en haute saison, c'était un piège à touristes tout comme le reste des commerces du centre-ville de Folly. Mais aujourd'hui, de nombreuses places de stationnement étaient occupées autour de bars plus visibles, tandis que celles devant ce bâtiment quelconque étaient libres. À la dernière minute, Jack tourna sa voiture pour se garer sur le parking en terre. Il entra dans le bar. À part le propriétaire-barman et un couple âgé assis à l'une des tables du fond, il n'y avait personne.

— Eh, salut Jack ! Où est-ce que t'étais passé ?

— Au travail, expliqua Jack.

En vérité, il venait surtout là pour éviter Kelly, comme maintenant précisément, peut-être.

— T'as de quoi t'occuper ?

— Oui, je suis assez occupé, répondit Jack. T'aurais pas une Guinness, Kyle ?

— Si, bien sûr, dit le barman.

Il ouvrit un congélateur, saisit une chope froide et la lui remplit en la plaçant sous un robinet en argent brillant, soigneusement poli. Le comptoir en bois pouvait bien avoir des années d'entailles et de rayures, mais les robinets pour la bière pression étaient impeccables. Kyle plaça sa chope devant lui sur le bar.

— T'as des nouvelles de la fille Hutto ? lui demanda-t-il pour relancer la conversation.

Jack fit non de la tête. Il avala une gorgée de sa Guinness, heureux que le barman n'ait pas fait allusion à la plus grande nouvelle de Charleston : la mort de Florence W. Aldridge.

Même s'il détestait cette habitude, il allait sortir une cigarette de sa poche. Mais le visage de Caroline lui revint à l'esprit et il s'arrêta aussitôt. Elle détestait le voir fumer. Maintenant, il ne fumait que lorsqu'il buvait. Tapotant sa poche, comme pour maîtriser ces bâtonnets à cancer, il se demandait pourquoi il se sentait obligé de faire quelque chose juste en référence aux goûts de Caroline. Elle ne voulait rien avoir à faire avec lui, c'était clair.

Apparemment, le pardon n'était pas une vertu des Aldridge.

— J'pensais que t'avais peut-être entendu parler d'elle, insista Kyle. Ils habitent à deux pas de chez toi.

— Et qu'est-ce qui lui est arrivé ?

— Apparemment, elle a disparu sur la plage il y a quelques semaines. Ils en ont pas beaucoup parlé dans les nouvelles à cause de la patronne du journal qui vient de mourir. Mais quelqu'un est venu un peu plus tôt aujourd'hui et a affiché ça...

Il désigna du menton une affiche faite maison avec la photo granuleuse d'une jolie petite blonde.

Ils pensent qu'elle s'est noyée ?

Kyle haussa les épaules.

— Va savoir. Y a toujours quelqu'un qui fait des trucs stupides près de cet océan. Mais quand même, ils sont pas des touristes. Ils devraient bien savoir.

Jack essaya de se rappeler qui étaient les Hutto. Leur nom ne lui revenait pas. Folly-sur-Mer était un petit monde privé, mais il restait en général à l'écart. Les choses marchaient mieux de cette façon. En fait, c'était une des raisons pour lesquelles il s'était installé à Folly. Il avait horreur de s'occuper de sa pelouse et n'aimait pas bavarder avec les voisins par-dessus la haie. Il n'avait pas bricolé sa moto depuis plus d'un mois parce qu'il en avait marre de la vieille de l'autre côté de la rue qui n'arrêtait pas de venir lui demander s'il était toujours célibataire. Il avala une autre gorgée de Guinness et chercha son portable dans sa poche. Trois appels manqués de Kelly. Rien de Caroline.

Au fond, il ne s'attendait pas à ce que Caroline l'appelle. Merde, elle était aussi orgueilleuse que sa mère ! Même dix ans plus tard, elle n'était pas près d'oublier une stupide erreur. Il posa son téléphone sur le comptoir et vida son verre, tout en fixant son portable d'un regard méchant.

Le barman le regarda, l'air curieux.

— Pas un bon jour ?

Jack haussa les épaules.

— Je viens d'enterrer une amie, répondit-il.

Il venait aussi de se disputer avec celle qui pour une raison ou une autre occupait toujours ses pensées, même après tant d'années. Mais il ne partagea pas cela avec lui. Cela ne regardait personne.

Caroline était la seule raison pour laquelle il ne pouvait pas se caser avec Kelly, il s'en rendait compte maintenant. Chaque fois qu'il avait pensé le faire, le visage de Caroline lui revenait subitement à l'esprit, comme un diable à ressort. C'était probablement pas censé être comme ça : marié à une fille et obsédé par une autre.

C'était pas la faute de Kelly.

Elle était pas Caroline, un point c'est tout.

— Donne-moi un autre demi.

Kyle fit oui de la tête et le servit.

Bon d'accord, « obsédé » était un peu exagéré pour décrire ses douze dernières années parce qu'il avait assez bien réussi à se sortir Caroline de la tête. Sauf quand il devait prendre des décisions qui allaient changer sa vie. Mais à cet instant cependant, c'était *vraiment* une obsession, avec des sensations imaginaires qui avaient une totale emprise sur son corps. Il lui avait suffi de la voir, et voilà le résultat. Il se retrouvait avec un désir extrêmement désagréable, et il n'arrivait pas à s'en défaire.

Fixant à nouveau son portable des yeux, il envisagea de l'appeler, juste pour arrêter de penser à elle. Il se rendit compte que c'était probablement la raison pour laquelle il n'avait jamais changé de numéro. Cette pensée ne lui avait même jamais traversé l'esprit auparavant, mais il en était à peu près sûr. Il ne l'avait pas oubliée. Pire, il avait peur de ne jamais arriver à l'oublier. La pensée de vivre sa vie à moitié lui donna l'envie de fumer une demi-douzaine de paquets de cigarettes devant elle, les uns après les autres.

Son portable sonna et son cœur se mit à battre très fort. Puis il vit le numéro et ressentit la déception l'envahir : Kelly.

Il pouvait pas l'éviter éternellement.

Vidant à nouveau son verre, il sortit son portefeuille et paya. Il saisit son portable. Il hésita, puis sortit de sa poche son dernier paquet de cigarettes, encore à moitié plein. Il le jeta sur le comptoir et sortit. La sonnerie de son portable s'arrêta. Il la rappellerait plus tard. Maintenant que tout était clair dans sa tête, il se rendit compte que s'accrocher à elle n'était pas juste.

Il était temps de renoncer à elle.

LES DERNIERS INVITÉS PARTIS, Caroline rejoignit Savannah et Josh, le fils de Sadie, sur le porche arrière. Augusta resta à l'étage à préparer ses valises pour le vol qu'elle avait réservé aussitôt après avoir modifié la date pour la lecture du testament. Cette lecture était maintenant prévue à dix heures lundi matin. Le vol d'Augusta était à quinze heures. Cela rendait Caroline en quelque sorte plus triste que lorsqu'elle avait vu le cercueil de sa mère descendre dans la tombe ce matin.

Une fois qu'elles seraient toutes les trois parties, une fois la maison vendue, une fois les dernières démarches accomplies, où serait son chez-soi ?

Profite du moment présent, Caroline.

Le moment présent était tout ce qu'elles avaient vraiment. Une leçon amère qu'elle avait apprise avec Sammy. Elle se rappelait ses dernières paroles : « *Coucou, regarde-moi, Caro ! Je suis un pirate, comme Barbe Noire !* »

Il était vraiment un pirate.

Tout comme Barbe Noire.

Rien qu'un fantôme maintenant.

Cet après-midi-là, Flo se faisait bronzer plus loin sur la plage, une Margarita à la main. Flo ne l'entendit pas, et les trois filles avaient continué à dessiner sur le sable, inconscientes du danger qui menaçait leur frère. Il s'avéra que Caroline fut la dernière à le voir vivant, quelque chose que ni Caroline ni Flo n'avaient jamais appris à se pardonner.

ELLES SUPPOSAIENT que Sam avait suivi le canal dans son petit bateau gonflable. De là, il était impossible de dire ce qui avait pu lui arriver : un bateau de pêche qui ne l'avait pas vu à temps, un hors-bord avec à la barre un fêtard du week-end, ivre, un trou dans son radeau... Cela pouvait être n'importe quoi. Les courants avaient pu le faire dériver vers la mer.

Après sa disparition, rien ne fut plus jamais comme avant.

Et personne ne l'appela jamais plus sa Caro.

À l'horizon, un mince ruban rose retenait le reste de clarté. La nuit tombant, le ruisseau perdit de son éclat et disparut dans l'obscurité.

Elle avait oublié la beauté de l'été sur l'Île.

La plantation d'Oyster Point était située à l'extrémité sud-ouest d'une bande de terre tournée vers Clark Sound et vers la mer. La maison elle-même était orientée de façon à offrir une vue sur le marais salé depuis ses vérandas avant et arrière. Les herbes des marais étaient déjà hautes et verdoyantes. Elles laissaient à peine deviner l'eau qui scintillait comme des diamants sous un manteau de verdure. La brise courbait les spartines, comme des rangées d'artistes s'inclinant. Au bout de la jetée, les derniers rayons du soleil se reflétaient sur le toit en fer-blanc du hangar à bateaux. Caroline inhala le parfum familier du marais salé, et en remplit ses poumons pour plus tard.

Savannah soupira.

— J'arrive pas à croire qu'elle s'en va le jour de son anniversaire.

Il était impossible de contrôler Augusta. Caroline acceptait cela.

— Elle a peut-être d'autres choses à faire ?

— C'est un moment à passer en famille, rétorqua Savannah, même si on a l'esprit ailleurs. Mais à mon avis, je pense qu'elle a plus besoin de nous que nous d'elle.

C'était probablement vrai. Caroline se doutait que pour Augusta, c'était sa façon de montrer au monde que la vie et la mort lui importaient peu. Elle tenait souvent à souligner combien elles avaient de la chance par rapport à tant d'autres, qu'elles ne devraient pas gâcher la moindre seconde à se complaire dans la douleur. Considérant la fin brutale de leur mère, Caroline pensait qu'Augusta avait raison.

— Qu'est-ce qu'on peut faire pour la retenir ? insista Savannah.

La question fit rire Josh.

— N'y comptez pas !

Il retira la fourchette de sa bouche et gesticula avec en ajoutant :

— Si Augie a l'intention de partir, elle va partir. Un point c'est tout.

Le fils unique de Sadie était pratiquement comme un frère pour elles, mais il était beaucoup plus proche d'Augusta que de Caroline ou de Savannah. Avec seulement quelques mois de différence, les deux avaient presque passé toute leur enfance ensemble.

Augusta avait onze mois de moins que Caroline, Savannah presque deux ans de moins qu'Augusta. La relation de leurs parents avait déjà commencé son déclin destructeur quand Augusta vint au monde. À l'arrivée de leur petit frère, leurs parents se parlaient à peine. Encore moins à leur progéniture perplexe. Comment ils avaient même conçu Sammy, c'était un mystère pour tout le monde.

Pendant ce voyage cependant, Augusta avait à peine parlé à Josh, ni à aucune d'entre elles d'ailleurs.

Savannah fronça les sourcils.

— Pourquoi diable est-ce qu'elle doit toujours faire le contraire des autres ?

Josh secoua la tête.

— Après tout ce temps, vous savez toujours pas comment vous y prendre avec cette fille. Vous pouvez pas lui dire ce qu'elle doit faire, et vous pouvez pas lui donner d'ultimatums.

Ses yeux bleus brillaient.

— Et vous allez sûrement pas faire des plans pour elle, zut alors !

Il avait la peau bronzée, sans imperfections, comme sa mère. Sauf que Sadie était au moins dix fois plus foncée. Caroline avait longtemps soupçonné qu'il était métis. Mais Sadie n'avait jamais parlé clairement de la paternité de son fils et Caroline était sûre que Josh ne savait rien. Cela ne semblait pas le déranger. Rien ne le dérangeait. Caroline n'avait aucun souvenir d'avoir jamais vu Josh verser une seule larme. Elle ne pouvait pas dire qu'elle était très différente de lui, au fond. Elle ne se laissait pas non plus facilement émouvoir.

— Qui veut un thé glacé à la pêche ? lança Sadie.

La hanche contre la porte, tenant en équilibre un plateau chargé de verres ruisselants, elle ouvrit la moustiquaire. Avant que quiconque ait eu le temps de se lever pour venir l'aider, elle vint poser le plateau sur la table près du rocking-chair où Josh était assis. Elle prit un verre et le tendit à Savannah.

Caroline fronça les sourcils.

— Sadie, t'es plus obligée de nous servir.

Sadie tourna ses yeux noirs mélancoliques vers Caroline.

— Ça suffit comme ça, hein ! dit-elle à Caroline sur un ton exigeant, en lui brandissant un verre de thé glacé sous le nez.

— D'abord, votre Mama s'est beaucoup occupée de moi, et si vous pensez que je fais ça parce que c'est mon travail, vous vous trompez mademoiselle !

Josh émit un rire nerveux.

— Tu ferais mieux de l'accepter, sinon tu vas le recevoir sur la tête.

Caroline tendit la main vers le verre. Elle n'avait pas eu l'intention de heurter les sentiments de Sadie. Elle avait simplement conscience que Sadie aussi était en deuil.

— Assieds-toi au moins avec nous, implora-t-elle leur domestique de longue date qui leur avait tenu de mère et d'amie.

Sadie saisit un verre et en laissa un sur le plateau. Elle s'assit dans le rocking-chair face à Josh.

— J'en ai bien l'intention, annonça-t-elle, et elle commença à se balancer doucement en sirotant son thé à la pêche.

Le silence ponctuait leur conversation.

On entendait le chant mélancolique des grillons. Caroline soupira, s'apitoyant un instant sur son sort à cause de la relation qu'elle ne pourrait plus rétablir. Flo avait disparu pour toujours.

Comme Sam.

Augie apparut soudain derrière la porte et appuya son front contre la moustiquaire.

Caroline prit soin de ne pas trahir sa déception.

— Tes valises sont prêtes ?

— Tout est prêt.

Sadie leva son verre.

— Bien. Venez dehors et prenez un verre de thé glacé, hein ?

— Non merci, répondit Augusta.

Elle tira la langue et la pressa contre la moustiquaire crasseuse en levant les yeux au ciel. Savannah rit en voyant ses grimaces.

Josh se recula et frappa la porte contre laquelle Augusta avait la langue posée.

— Viens ici, Augie !

— Beurk, c'est dégoûtant !

— Tu te rends compte du nombre d'œufs de moustiques déposés sur cette moustiquaire ? riposta-t-il. C'est ça qui est dégoûtant !

Augie ouvrit la porte et s'essuya la langue.

— D'accord. Où est le thé ?

Repérant le verre qui restait, elle le saisit et avala une longue gorgée. Puis elle poussa un soupir de satisfaction.

— Asseyez-vous maintenant, exigea Sadie.

Augie obéit sans autre protestation. Elle s'assit par terre près du rocking-chair de Josh et replia les genoux devant elle.

— Désolée de vous avoir abandonnés tout à l'heure. Je suis pas très douée pour le bavardage, vous savez.

Savannah pouffa de rire.

— C'est un euphémisme !

Augusta lança un regard sombre à leur plus jeune sœur.

— On ne peut pas tous être aussi plaisants, non ?

Le compliment avait un ton légèrement tranchant que seul un sourd n'aurait pas remarqué.

Savannah détourna le regard et fixa le marais des yeux. Caroline sentit l'humeur de de sa sœur s'assombrir. Cela se voyait clairement à l'affaissement de ses épaules. Elle se demandait pourquoi Augusta ne s'en rendait pas compte et ne la laissait pas tranquille.

Pour une fois, elle aurait aimé qu'elles s'entendent bien et soient une famille normale.

— Alors maintenant qu'on est tous ensemble, avança Sadie, peut-être que vous voudrez bien m'accorder une petite faveur ?

Il n'y avait pas grand-chose qu'elles auraient refusé

à Sadie, mais avec un tel préambule, Caroline avait le sentiment que sa faveur n'était pas aussi petite que cela.

Seul le bruit des rocking-chairs sur la terrasse irrégulière interrompit le silence.

— Ciel ! s'écria Sadie. Je vais pas vous demander de vous arracher un œil pour moi !

Caroline rit nerveusement.

— C'est juste un petit exercice, les rassura Sadie. Je voudrais seulement que chacun me raconte une histoire heureuse sur votre Mama. Si on prenait une minute pour nous rappeler quelque chose de gentil sur Flo !

— Ça serait plus facile de te donner un œil, rétorqua Augie.

Elle leva la main et sourit en coin.

— Tu veux le mien ?

Caroline, Savannah et Josh pouffèrent de rire. Pas Sadie.

— Augusta Marie, vous êtes toujours casse-pieds, une petite fille incorrigible, hein !

— Je suppose que ça veut dire que tu veux pas de mon œil, insista Augie.

Sadie lui lança un regard furieux, indigné et moralisateur. Un regard que Caroline connaissait trop bien. Le regard qu'elle leur lançait à toutes, sans discrimination, quand elles avaient fait des bêtises.

— Je commence, Mama, proposa Josh.

Il lança un regard de reproche à Augie en se penchant en avant et joignit les mains, comme pour se concentrer.

Augie ricana.

— Concentre-toi très fort.

Caroline porta la main à sa bouche pour étouffer un sourire.

Regardant Augie avec un air de défi, Josh haussa un sourcil.

— Quand j'avais sept ans, commença-t-il, désignant la jetée de la tête, je faisais des ricochets là-bas à marée haute. Flo est sortie avec deux cannes à pêche, un seau et un sac de crevettes puantes. Elle m'a tendu une canne et m'a dit : « Aucun homme sous mon toit ne va grandir sans savoir pêcher des truites ! »

Les yeux noirs de Sadie étincelèrent.

— C'est une belle histoire. J'peux l'entendre dire ça maintenant.

Caroline pouvait clairement se représenter sa mère, la silhouette élancée, s'avançant sur la jetée, les cannes à pêche et un seau à la main. Autoritaire comme toujours, même quand elle essayait d'être gentille.

— Ouais, elle m'a montré comment appâter l'hameçon et est restée assise pendant des heures à chasser les moustiques à coups de main.

Il rit et secoua la tête à ce souvenir.

— Elle était plus heureuse que moi quand je suis arrivé à attraper le fichu poisson, mon premier.

— C'était quoi ? demanda Sadie.

— Un sébaste je crois.

Caroline se souvenait de ce jour. C'était peu après la disparition de Sammy et le changement irrémédiable de leur vie.

— Elle te les a fait nettoyer aussi, j'imagine ?

Josh acquiesça de la tête avec une grimace.

— Évidemment, ajouta Sadie. Si vous attrapez des poissons, vous allez les manger, et vous allez sûrement pas les manger sans les nettoyer ! Vous allez pas vous amuser à tuer des créatures de Dieu pour rien, hein !

Le porche retomba dans le silence. Un long silence pesant et embarrassant qui fit même cesser Sadie de se balancer. Personne pourtant ne se leva pour s'en aller. Comme Caroline, ils tenaient probablement à s'accrocher à cet instant qui leur restait. Ce serait probablement le dernier crépuscule qu'ils passeraient en famille sur ce porche.

Quand personne d'autre ne prit la parole, Caroline céda.

— D'accord, à mon tour.

— Je suis fière de vous ma fille ! déclara Sadie.

Elle se remit à se balancer, le sourire aux lèvres.

— Voyons, je devais aussi avoir sept ans, Mère avait la grippe. Et toi, elle montra Augie du doigt en essayant de détendre l'atmosphère, et toi Josh, tous les trois on a préparé le petit déjeuner pour lui apporter au lit, et on a tout raté. Sav était chargée du pain grillé et c'est la seule chose qui a pas brûlé.

Caroline sourit à ce souvenir.

— Augie a renversé toute la salière sur les œufs que j'avais déjà massacrés. Et puis on lui a apporté. Je savais qu'on lui avait préparé une horreur et je m'attendais à ce qu'elle les déteste.

Les larmes montèrent brièvement aux yeux de Caroline.

— Croyez-moi ou pas, je vous assure qu'elle les a mangés avec le sourire.

Elle savoura un instant son souvenir personnel, puis ajouta :

— Elle nous a dit qu'elle était très fière de nous.

En fait, c'était la seule fois où elle avait dit ça à Caroline.

La seule fois.

— Je me souviens pas de ça, commenta Savannah d'un air plaintif.

De façon inexplicable, au lieu de lui apporter joie

ou douceur, ce souvenir laissa Caroline avec un vide. La tristesse le remplit aussitôt.

AU LOIN, l'océan ressemblait à une couverture de velours noir enveloppant ses rives, comme si Dieu lui-même bordait la terre pour la nuit.

Elle ne savait pas combien de temps elle était restée perdue dans cette rêverie. Le ciel passa de la pénombre à la nuit noire. Pas une seule étoile ne brillait dans l'obscurité maintenant descendue.

Pendant que Caroline était assise, la même pensée, restée toute la journée aux frontières de sa conscience, lui revint avec furie : elle ne pourrait plus jamais entretenir de relations avec sa mère. Cette occasion était à jamais perdue. Elle lui avait été dérobée par une chute dans les escaliers, stupide et inopportune. L'air était saturé de regrets comme du chant incessant des grillons.

— Ça commence à bien faire ! déclara tout à coup Augie en reposant violemment son verre. Je vais pas rester assise ici et faire comme si elle était quelqu'un qu'elle a jamais été !

Les évitant tous du regard, y compris Josh, Augie se leva et rentra dans la maison, en claquant la moustiquaire du porche derrière elle. Le marais leur renvoya l'écho.

LOIN DANS LE MARAIS SALÉ, au-delà des hautes herbes, une coque de bateau était sur le côté, à moitié enfouie dans la boue. Elle se décomposait dans la vase noirâtre. Les épaves d'innombrables bateaux, souvent piégés par la marée en fuite, jonchaient les marais de

Folly. Le squelette en bois attirait à peine l'attention. Il restait là, en décomposition, nourrissant le sol environnant. Rien de plus qu'un rappel : les hommes ne devraient jamais s'aventurer si loin.

Seules les créatures qui ne pouvaient pas s'interroger sur ce qui se trouvait en dessous s'y hasardaient.

Parfois, des oiseaux de mer s'abattaient sur la carcasse pour récupérer un morceau de quelque chose, un ruban maculé de boue, un bouton ou un bout de dentelle en lambeaux.

Aujourd'hui, la tirette brillante d'une fermeture éclair émergeait de la boue. Elle attirait les oiseaux. Ils fondaient sur elle, mais elle résistait à leurs coups de bec.

Puis la marée monta brutalement, apportant avec elle de nouvelles couches de sédiments et inondant le sol d'eau saumâtre. Sous le poids, le sac à dos s'enfonça dans la bourbe.

Loin des yeux.

Loin du cœur.

3

———

L'odeur de bacon sortit Caroline de son sommeil. Elle ouvrit un œil et regarda le réveil de sa mère : sept heures et demie. La lecture du testament était à dix heures.

Il est temps de te lever et de t'habiller.

Elle se dit que le bacon était la façon de Sadie de les réveiller en douceur. Un court instant, la nostalgie s'empara d'elle face aux souvenirs provoqués par l'odeur. Une chose était certaine : les matins chez les Aldridge pouvaient créer des liens. Après que Mère soit partie travailler. Avant l'école. Le dimanche avant l'église. Les jours d'été passés à paresser. Ils commençaient tous dans la cuisine. Ils pouvaient être reconnaissants envers Sadie.

La vente de la maison serait un peu comme un déracinement. Mais c'était une fin inévitable.

Se forçant à sortir du lit, Caroline trouva le short qu'elle avait porté la veille. Elle l'enfila pour le moment et sortit un T-shirt propre de la valise qu'elle n'avait pas pris la peine de défaire. Sadie lui avait donné la chambre de sa mère, mais elle essaya de ne rien y voir de symbolique. Elle était l'aînée. Et la première à arriver. C'est tout. Elle n'avait pas non plus l'intention de ruminer sur ce qui serait perdu à la fin de cette journée. En fait, elles n'avaient pas besoin de cette maison pour se réunir.

Si c'était vraiment important pour elles, elles trouveraient un moyen.

Caroline passa devant la commode sans faire attention aux photos de sa mère qui y étaient toutes alignées. Elle ouvrit la porte de la chambre. Tango, le labrador noir de sa mère, était allongé devant, le museau enfoui dans l'espace sous la porte.

— Pauvre petit chou ! s'exclama-t-elle en se baissant pour le gratter derrière les oreilles. Elle te manque Maman ?

En réponse, Tango gémit, agitant son épaisse queue noir ébène contre le parquet. Il paraissait même plus triste. Il semblait avoir des traces de barbe blanche et ses yeux avaient l'air d'en savoir beaucoup trop pour un chien. Ils la firent penser à un vieil homme larmoyant.

— Allez mon vieux, lui dit-elle d'un ton doux en se relevant et en le tapotant sur la patte. Faut pas se laisser dépérir. Allons chercher du bacon !

Tango se traîna en remuant la queue et la suivit dans le couloir. Au sommet de l'escalier, Caroline s'arrêta un instant, poussant du pied une planche mal ajustée. La latte de chêne était légèrement déformée, juste assez soulevée de sa rainure pour vous faire trébucher. Flo était sans doute tombée sous l'effet des médicaments, de la boisson ou de la faiblesse. Peut-être même des trois. Tuée par un plancher gondolé. Vraiment pas de chance.

Elle leva les yeux pour examiner le plafond. Il était légèrement décoloré, mais sinon en bon état. Elle se dit qu'elle ne devait pas oublier de faire venir quelqu'un pour voir s'il y avait des fuites sur le toit. Puis elle descendit vers la cuisine. Si elles allaient vendre la maison, elles auraient toutes les réparations nécessaires à faire, probablement beaucoup, puisqu'apparemment Flo avait cessé de prêter attention aux détails concernant la maison.

Et pourquoi aurait-elle dû s'en soucier ? En fin de compte, personne n'avait jamais pris la peine de venir à la maison. Elle était morte seule. Caroline espérait seulement que cela était arrivé instantanément et que sa mère ne s'était pas réveillée pour sentir le vide béant autour d'elle. Cette pensée lui serra la gorge.

Comme prévu, les autres étaient déjà dans la cuisine, une pièce qui ne semblait pas correspondre au vieux style victorien. Pour Sadie, Flo n'avait ménagé aucun confort moderne. La cuisine industrielle en acier inoxydable pouvait faire rêver un chef cuisinier.

Sadie était devant la cuisinière commerciale à huit foyers. Elle faisait frire des œufs. Augie était installée à l'îlot de cuisine et gribouillait sur un papier. Savannah était assise à côté d'elle, la tête contre la main, le grille-pain devant elle. Il y avait déjà sur l'îlot un plat rempli de bacon et un autre d'épaisses tartines. Mais la position du beurre et du couteau n'indiquait pas clairement qui était chargé de beurrer le pain. Augusta peut-être, sauf qu'elle semblait trop absorbée par ses gribouillis.

Augie leva la tête à son arrivée.

— Bonjour la belle au bois dormant, dit-elle avant de se remettre à gribouiller.

— Bonjour.

— T'as bien dormi ? lui demanda Savannah.

— Pas mal, répondit Caroline.

Tango s'installa aux pieds de Caroline, le regard tourné vers elle, plein d'attente. Caroline se demandait si sa mère avait arrangé quelque chose pour le chien.

— Sadie, il a quel âge Tango ?

Sadie retourna un œuf, puis lui fit face.

— Sept ans peut-être ?

Elle reprit la préparation du petit déjeuner.

Maman lui manque.

— Chienne de vie ! lança Augie sans lever les yeux.

Sadie se retourna et agita sa spatule dans sa direction.

— Ça suffit comme ça Augusta, hein ? Vous vouliez quand même pas dire ça !

— Bien sûr que non, répondit Augusta, tout en continuant à griffonner sans lever les yeux, avec peut-être un peu plus d'urgence.

Elles avaient toutes des démons à exorciser, réalisa Caroline. Si elles ressentaient ne serait-ce que la moitié de l'ambivalence qu'elle éprouvait, cela devait obligatoirement les chambouler. Elle ne fit pas de commentaire sur l'humeur de sa sœur et alla embrasser Sadie sur la joue.

— Merci Sadie. C'était vraiment pas la peine de faire tout ça.

Sadie tourna son regard noir vers Caroline.

— Vous vous y mettez aussi ! Si vous arrêtez pas, vous allez toutes les deux recevoir des coups de spatule sur votre derrière maigrichon, hein ?

Caroline rit à sa menace sans effet. Sadie n'avait même jamais fessé son propre fils, autant que Caroline pouvait se rappeler.

— Il est où Josh ?

— Josh a son coin à lui, répondit Sadie sur un ton irrité. Il y a des choses qui ont quand même changé ici, poursuivit-elle sur un ton un peu plus égayé qui virait même à la fierté. De toute façon, un homme qui a présenté sa candidature au poste de maire peut pas toujours vivre chez sa Mama, hein ?

— Sans blague ?

Caroline n'avait pas l'intention de paraître aussi surprise, mais Josh n'en avait même pas parlé. Il avait bien changé depuis le gamin maigre qui avait caché des grillons dans son lit et fait passer un serpent de jardin sous la porte de sa salle de bains. Elle attrapa un morceau de bacon, le coupa en deux et en jeta un bout à Tango. Tango l'attrapa en plein vol et l'avala sans le mâcher.

— Josh va être l'homme ! suggéra Augie sans la moindre trace de révérence.

Caroline était bien décidée à ne pas mordre à l'hameçon d'Augusta.

— À Charleston ?

— Non madame ! fit Sadie de la tête en souriant. À James Island, s'ils gagnent l'appel pour le canton. Il est toujours avec le bureau du procureur du district pour le moment.

— Quand est-ce qu'il doit démissionner ? Quand il présentera sa candidature ?

— C'est ça, répondit Sadie sur un ton espiègle.

— Ça peut prendre un certain temps.

Depuis environ 1993, James Island se battait pour sa reconnaissance en tant que canton, surtout parce que ses habitants détestaient le maire de Charleston. Après avoir remporté un procès en 2006, cela leur avait été plusieurs fois accordé puis refusé. Ils avaient à nouveau perdu en 2011. Il en résultait une protection inconsistante de la police : certaines régions étaient toujours desservies par la ville de Charleston, d'autres par le comté et le reste presque pas du tout.

Grignotant un morceau de lard volé, Caroline se

dirigea vers le frigo où était affichée la liste d'épicerie de sa mère. *Serviettes, nourriture pour chien, tomates...* Elle tendit la main pour retirer la liste de dessous l'aimant Piggly Wiggly et se dit qu'elle ne devait pas oublier d'acheter plus de nourriture pour chien. Elle serait ici assez longtemps pour ça au moins, et peut-être même qu'elle envisagerait de retourner à Dallas avec Tango. Si Sadie n'en voulait pas et si Flo n'avait pas déjà pris de dispositions pour lui.

— J'imagine qu'elle a plus besoin de ça.

Elles savaient toutes de qui elle parlait.

Sadie regarda par-dessus son épaule, le regard noir, mélancolique, puis retourna son attention vers ses œufs sans dire un mot.

Savannah et Augusta regardèrent Caroline froisser la liste d'épicerie et la jeter dans la poubelle.

CAROLINE LES CONDUISIT en ville dans la vieille Town Car de sa mère.

Même si elle avait pratiquement dû forcer Augie à y monter pendant que Savannah lui avait confisqué son portable pour l'empêcher d'appeler un taxi, jusqu'à présent Augie ne se plaignait pas. Pourtant, la circulation était particulièrement lourde ce lundi matin. Caroline n'avait pas lâché les freins depuis au moins vingt minutes. Un peu plus loin, un bataillon de voitures de police ralentissait tout.

Dans le siège du passager, Augusta descendit la vitre et tendit le cou dehors pour essayer de mieux voir ce qui se passait alors qu'elles roulaient dans King Street.

— Mon Dieu ! On dirait qu'ils sont chez Daniel !

— Pourquoi diable est-ce qu'il a son bureau dans

cette partie de la ville de toute façon ? demanda Savannah du siège arrière.

Augie se retourna et lui lança un regard noir.

— Peut-être qu'il pense pouvoir mieux aider les gens s'il reste ici ? Il fait toujours du travail *pro bono*, non ?

— Oui, intervint Sadie, jetant un regard exaspéré à Augusta. Mais votre sœur a raison. Il est fou d'avoir son bureau ici. De toute façon, je crois que vous vous en sortiriez mieux Augusta, si vous arrêtiez de ramasser toutes les merdes, hein !

Caroline se prépara à recevoir le choc de la colère d'Augie, mais apparemment Sadie était toujours la seule personne qui pouvait parler à sa sœur de cette façon sans en subir les conséquences. Caroline n'était plus assez courageuse pour le faire. Savannah était déjà assez occupée comme ça à se défendre elle-même.

Tandis qu'elles s'approchaient du cabinet d'avocat de Daniel, elles arrivèrent finalement à voir par-dessus la foule. Caroline repéra Josh debout devant la porte. Il parlait à des policiers de Charleston.

Augusta regarda, l'air curieux, alors qu'elles passaient devant l'établissement, à la recherche d'une place pour se garer.

— Ils sont bel et bien chez Daniel...

Sadie semblait inquiète.

— Je me demande pourquoi.

Cette partie de King Street n'avait pas encore complètement profité du nouvel afflux d'argent des contribuables. Non loin de là, au-delà de Marion Square, les rues basses avaient été rénovées pour la plupart. Mais cette partie de la ville avait encore des fenêtres barricadées avec des planches et des barres métalliques sur la devanture des magasins. Il y avait bien quelques restaurants branchés qui marchaient, mais les sans-abri erraient et se parlaient à eux-mêmes. Des gamins de neuf ans ou guère plus fumaient au coin des rues. Plus vous approchiez de Marion Square, plus les quartiers s'amélioraient.

Ils trouvèrent une place à quelques rues de là. Un adolescent tout débraillé était adossé à un poteau téléphonique, observant leurs enjoliveurs avec intérêt. Caroline essaya de ne pas lui prêter attention. Elle mit de l'argent dans le parcmètre, puis elles se dirigèrent ensemble vers le bureau de Daniel où se tenait toujours Josh, près de la porte. Il leur fit signe d'entrer. George, le partenaire de Daniel, les salua.

Sadie avait l'air terrifiée.

— Diable, qu'est-ce qui se passe, hein ?

— Effraction, répondit George. Des gamins peut-être.

Caroline se rappela l'adolescent adossé au poteau téléphonique.

— Danny est venu à quatre heures ce matin parce que l'alarme s'est déclenchée. On dirait qu'ils l'ont frappé avec une batte. Ils lui ont quasiment brisé le crâne. Heureusement, ils ont utilisé le bout plus mince. On a trouvé la batte cassée par terre à côté de lui.

— Oh, non ! s'écria Sadie. Il va bien ? Il est où maintenant ?

— À St. Francis. Amoché, mais en gros ça va. Il a eu une sacrée veine.

Sadie porta la main à sa poitrine.

— Merci Seigneur !

— Vous pourrez lui rendre visite plus tard, suggéra George avec un clin d'œil. Il apprécierait.

Caroline n'était pas sûre, mais elle eut l'impression de voir Sadie baisser la tête et rougir

— On peut changer la date, dit Caroline à George.

Elle regarda Augie et leva les sourcils, lui faisant signe de ne rien dire.

— C'est pas la peine, répondit-il. J'avais déjà offert mes services pour lire le testament de votre mère avec vous. Il est assez simple. Venez dans mon bureau. On commencera dès que M. Childres reviendra. Je suis désolé pour votre mère, dit-il aux filles, et ajouta : l'enterrement était très beau.

— Nous apprécions votre venue, avança Caroline.

Ils passèrent devant le bureau de Daniel. Des documents étaient éparpillés partout par terre et les étagères renversées.

— Ouah, c'est saccagé ! remarqua Savannah.

George acquiesça de la tête et lui lança un clin d'œil.

— Heureusement qu'il a eu la bonne idée de déposer le testament dans mon bureau hier soir avant de s'en aller.

Une fois arrivées dans le bureau de George, elles se turent, le regardant fouiller dans ses papiers et organiser des piles de documents sur son bureau. De temps en temps, il les regardait par-dessus ses lunettes à double foyer et leur offrait un sourire maladroit.

Elles ne connaissaient pas très bien George, mais Daniel Greene était pratiquement un membre de leur famille. Il s'occupait des affaires juridiques du *Tribune* ainsi que des affaires personnelles de Flo. Pendant toute leur enfance, il était venu à la maison presque chaque samedi matin pour les crêpes de Sadie, puis il suivait Flo dans son bureau, parfois accompagné de George.

— Désolé, dit Josh en arrivant. Il s'adossa au mur du fond, ignorant le siège restant.

— Prêtes ? demanda George en se tournant vers Caroline.

— Aussi prêtes qu'on peut l'être.

— Alors, allons-y.

George se racla la gorge et se leva. Il vint se placer devant son bureau et s'assit au bord, en face d'elles, l'air grave.

— Depuis combien de temps est-ce qu'on se connaît ?

Personne ne semblait enclin à répondre.

— Depuis longtemps, répondit Caroline.

George fit oui de la tête.

— Oui, ça fait longtemps. Et ça a été une matinée pourrie, alors les filles si ça vous dérange pas, on va y aller en douceur et ignorer les formalités. On pourra s'occuper des détails plus tard.

Augusta réagit aussitôt :

— Entièrement d'accord !

Caroline acquiesça de la tête.

Savannah aussi.

— Alors, commençons, dit-il en fouillant dans la pile de papiers qu'il tenait.

Il s'éclaircit à nouveau la gorge.

— Article IV, annonça-t-il, regardant Josh par-dessus ses lunettes à double foyer et récitant par cœur. « À Josh Childres, je laisse la maison de Legare Street qui appartenait autrefois à la famille de mon mari. »

— Mon Dieu ! s'exclama Josh, l'air surpris.

— C'était une femme généreuse, reconnut George.

Il poursuivit :

— Je passe le jargon juridique ici. Vous le lirez vous-mêmes plus tard si vous le voulez.

Il regarda Sadie.

— Article V : « À Sadie Childres, je laisse la loge et sa propriété environnante immédiate ». Article VI :

« Aussi à Sadie, je laisse trois pour cent du *Tribune* et un siège au conseil d'administration... avec mon amour éternel et ma gratitude pour toutes ses années de service, non seulement envers ma famille, mais aussi envers moi, comme mon amie la plus chère ».

Sadie étouffa un sanglot.

Caroline ne pouvait pas la regarder. Les larmes qu'elle n'était pas arrivée à verser à l'enterrement lui brûlaient les yeux comme de l'acide.

— Etc., etc. Article VII : « Aussi à Sadie, je laisse une allocation annuelle de deux cent cinquante mille dollars en versements mensuels aussi longtemps qu'elle vivra ».

George s'arrêta soudain et baissa les yeux un instant avant de reprendre :

— Il y a un article ou deux ici pour les œuvres de charité. Flo a laissé cinq cent mille dollars à Palmetto House au nom de votre frère. Et trois cent cinquante mille à Beacon, au nord de Charleston, aussi au nom de Sam. Elle a également nommé Sadie la seule exécutrice testamentaire.

Caroline sentit soudain en son for intérieur qu'un boulet de canon était sur le point d'exploser.

— Pour le reste, je ne vais pas mâcher mes mots ou créer la confusion avec le jargon juridique. Il y en a beaucoup. Pour faire court : vous devez vous partager ce qui reste à parts égales, avec certains ajustements et dispositions, à une condition...

Dans le silence qui s'ensuivit, Caroline put entendre Augie grincer des dents. Sinon, ses sœurs gardèrent le silence. Caroline inspira profondément.

— Et quelle condition ?

— Vous devez rester toutes les trois dans la maison de James Island, ensemble, pendant un an.

Augie bondit sur ses pieds.

— Quoi ?!

Caroline saisit la main de sa sœur et essaya de la faire se rasseoir.

— Pourquoi ? demanda-t-elle, essayant de rester calme.

George regarda Caroline en face et évita le regard de colère d'Augusta. Il ôta ses lunettes.

— Je ne peux pas prétendre connaître les motifs de votre mère. Caroline, elle demande que vous dirigiez le *Tribune*, que vous le remettiez sur pied. Il marche à perte.

Il regarda Savannah qui n'avait toujours rien dit.

— Savannah, votre Mama voulait que vous écriviez votre livre, c'est tout, mais elle voulait que vous le fassiez à la maison.

Il se tourna enfin vers Augusta et la regarda d'un air grave.

— Augusta, votre Mama voulait que ce soit vous qui restauriez la maison familiale.

Augusta éclata de colère.

— J'ai horreur de cette foutue maison !

Caroline serra la main d'Augusta et s'efforça d'adopter un ton calme :

— Et si nous refusons ?

George retourna son regard vers Caroline.

— Vous en avez certainement le pouvoir, répondit-il. Mais si vous ne respectez pas les conditions spécifiées dans ce testament...

Il fouilla dans ses papiers et en sortit trois enveloppes agrafées qu'il remit à chacune d'entre elles.

— ... les vingt-sept millions de dollars restants seront versés à diverses œuvres de charité, au nom de Samuel Robert Aldridge III. La maison sera vendue et tous les profits iront aussi aux œuvres de charité.

Caroline cligna des yeux.

— Et le *Tribune* ?

Pendant toute la vie de Caroline, le journal avait été un peu comme l'amant indésirable de sa mère, charmant de loin, mais jaloux, nécessiteux et autoritaire de près. Maintenant qu'il allait peut-être disparaître en un clin d'œil, elle ne pouvait pas supporter l'idée de le perdre. Le *Tribune* n'était peut-être pas la pierre angulaire de la fortune familiale, mais c'était néanmoins leur héritage.

Avec ses yeux gris-brun et son regard d'acier, résolu, elle comprit alors pourquoi Daniel avait chargé George de leur annoncer ces nouvelles.

— Si vous refusez de respecter les clauses du testament, le *Tribune* fermera ses portes après avoir publié les nouvelles quotidiennes de la ville de Charleston pendant cent quarante-cinq ans. Le *Post* sera ravi d'avoir un concurrent en moins.

— Comme si de rien n'était ? demanda Savannah, à peine plus haut qu'un murmure.

— Comme si de rien n'était, confirma George. Flo a insisté qu'une Aldridge, et personne d'autre, dirige le journal, et elle a pensé que ce devrait être Caroline.

Un frisson parcourut le dos de Caroline.

— Est-ce qu'elle peut faire ça ?

George fit oui de la tête.

— Ce sont les dernières volontés et le testament de votre mère, précisa-t-il. C'est ce qu'il impose. C'est ce que j'ai l'intention de faire respecter.

Il se fit un silence gênant.

Caroline se retourna et remarqua que Sadie se dirigeait vers le couloir avec l'aide de Josh. Elle sanglotait en silence, serrant son épaule.

Augusta se tourna soudain vers Savannah, ses yeux bleus plissés de colère.

— Tu savais ça ? On dirait que tu sais toujours tout avant nous !

Savannah écarquilla les yeux.

— Bien sûr que non !

— Mais oui, c'est ça !

Augusta se leva et saisit son sac à main.

— Eh bien, j'ai pas l'intention de rester ici une minute de plus. Je vais pas laisser Mère briser ma vie de sa tombe ! C'est la plus grosse connerie que j'ai jamais entendue !

Elle repoussa la main de Caroline quand celle-ci s'approcha d'elle.

— Laisse-moi tranquille !

— Augie ! Où tu vas ?

Augusta ne prit pas la peine de se retourner.

— Où à ton avis ? lança-t-elle sur un ton de défi en se dirigeant vers la porte. J'ai un avion à prendre !

4

Augusta persuada Josh de la reconduire à la maison. De là, ses valises prêtes, elle alla directement à l'aéroport international de Charleston.

Deux choses pouvaient se produire maintenant : après avoir atterri à New York, Augusta repenserait à sa décision hâtive. Elle attendrait peut-être un peu pour que sa capitulation ne semble pas si facilement gagnée. Et puis elle retournerait à Charleston.

Ou alors ses paroles avaient été sincères et rien ne pourrait la faire changer d'avis. Dans ce cas, elles pouvaient toutes dire adieu à tout. Sauf Sadie et Josh, bien sûr. Se rendant compte que c'était bel et bien une possibilité, Caroline passa du temps à contempler ce scénario particulier tout en déballant sa valise et en prenant un bain chaud.

Se sentant comme une intruse dans la maison où elle avait grandi, elle s'assit dans la baignoire sur pieds en porcelaine de sa mère, les pieds posés sur les robinets.

Au fond, ça ne changerait pas grand-chose. Ni elle ni ses sœurs n'avaient jamais vraiment rien demandé à Flo. Non pas que Flo ne leur aurait pas donné ce dont elles avaient besoin. C'était simplement que... avoir *besoin* de leur mère semblait en quelque sorte inacceptable.

Si Augusta décidait de revenir, Caroline devrait aller à Dallas pour prendre des dispositions et mettre sa propre vie sur pause. Elle avait déjà pris un congé à Oliver-Heber Books. Il lui fallait encore trouver quoi faire de son appartement. Mais ce n'était pas ce qui la préoccupait pour l'instant. Ce qui lui nouait l'estomac, c'était le simple fait que malgré tous leurs conflits, Flo l'avait placée, *elle*, à la tête du *Tribune*.

Comment aurait-elle jamais pu deviner l'intention de sa mère ? Elle ne savait pas lire dans les pensées des autres. Et Flo ne l'avait jamais encouragée à s'impliquer dans le journal. Caroline était arrivée à s'y faufiler toute seule. Pendant les deux ans où elle avait travaillé au *Tribune* avant de rejoindre l'université, Flo avait marché en fonçant, lui parlant à peine quand elle la croisait, un peu comme à la maison. Quand Caroline avait terminé ses études, sa mère l'avait simplement écartée. Elle n'avait jamais laissé entendre qu'elle souhaitait le retour de Caroline au journal. Et encore moins qu'elle lui en confierait la direction un jour. Caroline avait souvent imaginé que pour sa mère, l'héritage familial disparaîtrait avec elle. Et c'est peut-être ce qui allait effectivement arriver. Pour le moment, Caroline se sentait nerveuse, enthousiaste, coupable, folle de joie et honteuse. Peut-être avait-elle mal jugé sa mère ?

Qui diable était Florence Willodean Aldridge ?

Il était trop tard pour le savoir.

Les larmes montèrent aux yeux de Caroline.

Se passant la tête sous l'eau tiède, elle rinça toutes les traces de son chagrin, retenant ses larmes. Elle sortit de la baignoire et saisit le peignoir moelleux, couleur pêche, portant les initiales de sa mère. En l'enfilant, elle décida qu'elle se sentirait beaucoup mieux une fois qu'elle aurait fait venir ses propres affaires de Dallas, au lieu de porter des vêtements qu'elle n'aurait jamais considéré emprunter à sa mère de son vivant. Elle se sentait comme une usurpatrice. Un imposteur.

Au lieu de chercher le sèche-cheveux de Flo dans la grande salle de bains immaculée, elle alla chercher le sien dans sa valise, où elle l'avait reposé après s'en être servi ce matin. Pour la première fois depuis son arrivée, elle prit le temps d'explorer la chambre de sa mère.

Des photos de Caroline, d'Augusta et de Savannah occupaient presque tous les coins de chaque meuble, de la table de chevet géorgienne antique aux murs couleur coquillage. Évidemment, il n'y avait pas une seule photo de leur père. Il y en avait quelques-unes de Sadie et de Josh, et une de Tango quand il était plus jeune. Il était devant la jetée, comme s'il protégeait la maison de tout ce qui pouvait émerger du marais. Distrait par le photographe, Tango regardait en arrière, les yeux couleur ébène au regard malin. Flo avait eu un faible pour les animaux. Elle avait traité son chien comme si c'était son enfant. Son bon petit garçon, comme elle l'appelait, en adoptant exactement le même ton que pour Sammy. Caroline reposa la photo derrière une autre de Savannah déguisée en étoile de Bethléem pour sa fête de Noël au CE2.

— Qu'est-ce que tu fais ?

Savannah, l'adulte cette fois, se tenait à la porte et observait Caroline de ses yeux gris sombre qui la faisaient étrangement ressembler à leur mère.

Caroline arbora un sourire fatigué.

— Je fouine.

— C'est marrant, on n'a jamais eu cette tentation

de son vivant.

— Mon Dieu, non ! s'écria Caroline. Cette chambre était un sacré musée, elle l'est toujours.

Savannah s'étira et toucha le chambranle de la porte, un geste de gamine qui semblait complètement incongru par rapport à ses courbes féminines. Sa taille très fine accentuait la rondeur de ses seins. En comparaison, ceux de Caroline faisaient cruellement défaut.

— T'as faim ?

— Pas vraiment.

Savannah sembla très déçue :

— J'espérais que tu viendrais peut-être avec moi au Shack. J'ai pas mangé de bonnes huîtres du Lowcountry depuis un moment et j'en ai te...rri...ble...ment envie.

Contrairement à Caroline et à Augusta, Savannah n'avait jamais perdu son accent traînant du Sud. Mais il semblait plus prononcé aujourd'hui, comme si elle s'était déjà installée pour le long terme. Quant aux huîtres, Caroline en avait eu de meilleures que celles du Lowcountry, sales et gluantes, mais elle n'en dit rien.

— Il y a plus de choses dans le frigo que ce qu'on peut manger à nous toutes en un an.

Savannah sourit.

— Tant mieux, vu qu'on est coincées ici, hein ?

Caroline haussa les épaules.

— Tout dépend vraiment d'Augusta, tu crois pas ?

Savannah passa les doigts au-dessus du chambranle de la porte, vérifiant s'il y avait de la poussière. C'était la seule chose héritée de leurs parents que Caroline lui enviait : la taille de leur père, ou au moins un peu de sa taille. Avec son mètre soixante-quinze, Savannah était la plus grande des trois sœurs. Caroline faisait à peine un mètre soixante. Et pour ressembler à un patron, elle devait porter des talons d'au moins six centimètres.

— J'imagine, répondit Savannah sur un ton toujours déçu.

Caroline cligna des yeux. Elle se rendit soudain compte que sa petite sœur demandait son attention. Elle changea d'avis :

— Je suppose qu'on pourrait y aller.

Savannah écarquilla les yeux, avec espoir.

— Mais j'ai rien à me mettre.

Aussi incroyable que cela puisse paraître, elle avait oublié l'humidité de l'été à Charleston.

Les yeux de Savannah se mirent à briller.

— Allons-y ! Il y aura de la brise. Je vais te prêter un de mes chemisiers. De toute façon, je t'en dois probablement un, ajouta-t-elle d'un ton espiègle.

Caroline examina brièvement les chances de croiser une certaine personne au Shack. Il habitait non loin de là, elle le savait. Mais avait-elle vraiment l'intention de passer le reste de ses jours à éviter Jack Shaw ?

Non.

— C'est moi qui paye, précisa Savannah.

Caroline haussa un sourcil.

— T'as déjà vendu ton livre ?

— Non, mais quelque chose me dit qu'Augie va revenir à la maison, pour que sa petite sœur fauchée n'ait pas à passer le reste de sa vie à manger des nouilles. De toute façon, vu ton allure, tu vas pas manger au point de me faire dépenser mon dernier centime.

Caroline fronça les sourcils :

— Pourquoi est-ce que tout le monde se soucie de mon poids ? Bon, d'accord, dit-elle en se radoucissant. Allons manger des fruits de mer bien gras !

Savannah applaudit, l'air joyeux.

— Youpi ! s'exclama-t-elle, et la vue de son sourire sincère remonta immédiatement le moral de Caroline.

EN SORTANT DE FOLLY, Jack s'arrêta au coin de Center Street et d'East Ashley et arracha l'une des affiches faites maison collée à un poteau téléphonique. Il plia le morceau de papier et le mit dans sa poche. Puis il sortit un paquet de chewing-gums à moitié écrasé, sa solution de rechange aux cigarettes. Il en déballa un et le plaça dans sa bouche en pensant à la fille Hutto.

La première chose à faire lundi : trouver quand et comment elle avait disparu. Il avait appris à suivre son intuition. Quelque chose dans cette disparition l'agaçait comme du sable dans ses chaussures. Tant qu'il ne regarderait pas la question en face, elle ne le laisserait pas tranquille.

Un gamin avait beaucoup de possibilités de se noyer dans cette ville. Ils étaient entourés d'eau : le fleuve Folly d'un côté, l'Atlantique de l'autre, avec des courants parmi les plus dangereux de la côte Est. Un gosse non accompagné pouvait facilement se retrouver la tête sous l'eau, littéralement. Il avait même vu un adulte dans ce cas une fois, l'eau jusqu'aux chevilles et le visage recouvert de sable.

Mais si les parents étaient sûrs qu'elle ne s'était pas noyée, ils avaient peut-être raison.

Pour l'instant, il était en route vers le centre-ville pour rencontrer Kelly. Encore plus de sable à enlever de ses chaussures ! Il sortit de sa voiture. Au moment de verrouiller sa portière, il remarqua la vieille Town Car jaune citron de 1978 garée devant le Shack. Le modèle était le dernier des longs modèles avant les Lincolns compactes de 1980. La carrosserie allongée, immaculée, était l'objet de la convoitise de la plupart des collectionneurs de voitures locaux et était presque aussi célèbre que sa défunte propriétaire. Il n'avait pas besoin de voir la plaque d'immatriculation pour savoir à qui elle appartenait. Mais son chauffeur habituel ne pouvait plus être au volant. Ce qui voulait dire qu'il y avait une forte chance qu'une des filles de Flo l'ait conduite jusqu'ici.

C'était presque trop dur de résister.

L'esprit rempli de pensées, toutes trop tentantes, il se rassit, referma sa portière et tourna dans Center Street pour chercher une place libre près du Shack. Il roula lentement devant une place de stationnement libre derrière la Lincoln, paralysé par l'indécision. Il arrêta la voiture un instant en mâchant son chewing-gum avec ardeur, se demandant s'il allait se garer là ou pas.

Il avait eu l'intention d'arrêter de fumer depuis des lustres, mais le faire maintenant le contrariait plus que les constants appels de Kelly.

Caroline ne voulait pas le voir. Ça au moins c'était clair.

Alors, pourquoi tourner autour de sa voiture ? Il se comportait comme un ado avec le béguin. Et il n'aimait pas ça du tout. Est-ce qu'il cherchait une autre dispute ? Est-ce que ça le rendrait heureux ?

Merde alors, bien sûr que non.

Il appuya sur l'accélérateur, se rappelant qu'il y avait des personnes âgées et des gosses dans les rues sombres. Serrant les dents presque aussi fort que le volant, il refusa de regarder dans le rétroviseur tandis qu'il s'éloignait du Shack. Mais il était maintenant en colère, son humeur virant au noir comme les marais de Folly au soleil couchant.

Une volée de mouettes s'envolèrent d'un lopin de

terre sèche près de la route, comme si elles fuyaient son humeur. Il passa devant le bateau dont les habitants de Folly se servaient comme d'un panneau d'affichage et lut les mots « Elle a dit oui ! » peints sur sa coque en bleu électrique, par-dessus une couche de chaux qui recouvrait l'art de la semaine précédente. Il serra la mâchoire, se demandant quel idiot avait pensé que ce message valait la peine d'être affiché. Les messages changeaient presque chaque semaine, chacun célébrant un nouvel amour, des fiançailles récentes ou la naissance d'un enfant. Jack ne leur prêtait pas attention en général, préférant ne pas se rappeler comme il était bon d'aimer quelqu'un avec tant de joie. Aujourd'hui, il avait du mal à éprouver son détachement habituel.

PEUT-ÊTRE que les choses n'allaient pas s'améliorer pour lui ?

Peut-être qu'il devrait donner une chance à Kelly ?

Peut-être qu'il devrait voir un psy ?

Peut-être, mais tout ce qu'il voulait maintenant, c'était voir si les baisers de Caroline étaient toujours aussi doux que dans ses souvenirs.

ASSISES SUR LA TERRASSE, un seau de pattes de crabe, un seau d'huîtres et un plat débordant de crevettes bouillies devant elles, Caroline et Savannah évitaient toute discussion sur le testament. Ni l'une ni l'autre n'avait eu le temps de repenser aux événements de l'après-midi. Et il semblait inutile de faire des plans définitifs sans connaître les intentions d'Augusta. Qu'elles le veuillent ou non, la balle était dans le camp d'Augusta. Caroline décida donc que pour l'instant, elle allait renouer connaissance avec sa petite sœur en dégustant le menu spécial du dimanche.

— Je suis contente que tu m'aies convaincue de venir, admit-elle. J'avais oublié comme c'était paisible ici.

Le soleil était près de se coucher. Tout le ciel était inondé de couleurs. Dommage qu'elles étaient assises à l'intérieur, sous la véranda grillagée. Mais au moins, des ventilateurs soufflaient silencieusement au-dessus d'elles.

Savannah décortiqua une énorme crevette.

— L'odeur de l'océan est vraiment spéciale, non ?

— Je crois pas que ce soit l'océan, rétorqua Caroline, fronçant le nez. Elle ne sentait rien à part l'odeur des crustacés cuits.

Savannah se mit à rire.

— T'as raison.

Elle releva les épaules pour mieux inspirer.

— Mais quand même, j'adore ça !

Caroline se débattait avec sa patte de crabe, brisant les articulations et en sortant autant de chair qu'elle pouvait. Elle essaya en vain de percer la partie épaisse du milieu où la chair était plus succulente. Elle regarda la patte trapue du crabe, l'air agacé.

Je vais pas capituler devant un crustacé mort !

Savannah lui tendit la pince casse-homard.

Elle s'en servit pour casser une patte et la reposa sur la table.

— On peut se demander pourquoi les gens aiment tellement ces trucs-là. Ça demande trop d'efforts, ajouta-t-elle en brandissant un gros morceau.

Tandis que Caroline attaquait une autre patte de crabe, son portable sonna au fond de son sac à main. La vieille sonnerie retentit très fort et attira l'attention des autres personnes. Un vieux à l'air grincheux la dévisagea, les yeux plissés.

— Merde ! commenta-t-elle en grimaçant à l'idée de mettre du jus de crabe puant sur son sac.

— Tu devrais répondre, suggéra Savannah, Caroline ne se dépêchant pas de prendre son téléphone.

Caroline poussa son sac vers Savannah.

— J'ai les mains sales. Tu veux répondre ?

Savannah saisit des serviettes en papier et les lui tendit.

— C'est probablement Augusta. Je suis pas encore prête à lui parler, mais tu devrais pas la tenir en suspens.

Caroline accepta les serviettes et regarda sa petite sœur. Elle avait sans doute raison. C'était probablement Augusta. D'une certaine façon, Savannah semblait sentir ces choses et Caroline avait depuis longtemps cessé de se demander comment. Elle s'essuya les mains et fouilla dans son sac.

— Qu'est-ce qui te fait croire que j'ai envie de lui parler ? Elle a été plutôt pénible tout le week-end.

Leurs regards se croisèrent alors que le téléphone arrêta de sonner.

— Elle souffre autant que nous, Caroline. C'est juste qu'elle sait pas comment le montrer.

Caroline regarda le numéro.

— Augusta.

Elle n'appréciait pas d'être aux ordres d'Augusta, mais Savannah avait raison : elles ne voulaient absolument pas la tenir en suspens, surtout quand elles attendaient quelque chose d'elle. Le téléphone ayant cessé de sonner avant qu'elle ait pu répondre, elle appuya sur le bouton pour retourner l'appel.

Augusta répondit aussitôt.

Vous faites quoi les filles ?

Caroline essaya de ne pas paraître agacée, mais son ton la trahit.

— On est au Shack. On célèbre ton anniversaire.

Augusta soupira profondément à l'autre bout du fil.

— Désolée pour ce qui s'est passé. Ça m'a vraiment surprise, vous savez. Ça m'a tapé sur les nerfs.

Caroline retint sa langue, sûre que tout ce qu'elle pourrait dire ne ferait qu'empirer les choses.

— Mais j'ai repensé à la situation pendant le vol, continua Augusta. Vous avez rien demandé de tout ça non plus.

Savannah se concentra sur le reste de ses huîtres, pour voir ce qu'elle avait pu laisser, tout en faisant semblant d'ignorer leur conversation.

— Non, on a rien demandé.

— Est-ce que Sav est en colère contre moi ?

Caroline regarda Savannah, se demandant de qui elle avait hérité sa patience imperturbable.

— Non.

Un autre soupir exagéré parvint aux oreilles de Caroline.

— Je vais revenir, évidemment.

Caroline relâcha le souffle qu'elle avait retenu sans s'en rendre compte.

— D'accord. Quand ?

— J'ai peut-être besoin d'une semaine ici.

Caroline sentit une autre vague de soulagement l'envahir. Augusta n'avait même pas pris sa « liste de règles » avec elle. Elle ne les avait même pas regardées. Aussi ridicule que cela puisse paraître, il y avait des clauses sur la durée pendant laquelle l'une d'elles pouvait s'absenter sans accord préalable. Comme toujours, leur mère avait pensé à tous les détails.

— Quoi qu'il en soit, je voulais juste que vous sachiez. Ça me plaît pas, mais je vais revenir la semaine prochaine. Dis à Sav que je m'excuse, d'accord ?

— Je lui dirai. Elle te souhaite un joyeux anniversaire.

Savannah leva les yeux de l'huître qu'elle inspectait et regarda Caroline, un sourcil relevé.

— Dis-lui que je la remercie.

— D'accord.

— À bientôt.

— Salut.

Caroline raccrocha et inspira profondément.

Merde, elle a changé d'avis en un temps record !

Savannah enfonça le couteau à huîtres dans une charnière et ouvrit la coquille, révélant son contenu rabougri.

— Ouais, je savais bien qu'elle allait changer d'avis.

Elle retira l'huître ratatinée et la tint en l'air avec dégoût.

— Vingt-sept millions de dollars peuvent être assez persuasifs. Commandons des Margaritas ! On a de quoi célébrer !

— Si on peut appeler ça célébrer.

— Si on peut appeler ça célébrer, reprit Savannah en haussant les épaules.

Le serveur vint débarrasser leur table et prit leur commande. Il revint quelques instants après avec deux Margaritas dans d'épais verres à cocktail à bord bleu.

Caroline leva son verre vers Savannah.

— À Florence Willodean Aldridge, dit-elle.

Savannah leva son verre et trinqua avec Caroline.

— À Mère.

5

―――――

Les Chinois ont un mot pour les âmes condamnées à souffrir d'un désir insatiable de manger plus qu'elles ne peuvent consommer : on les appelle des *èguï*. Des fantômes affamés, représentés avec un ventre protubérant, une bouche minuscule en forme de larme, un gouffre sans fond pour âme et un appétit éternellement vorace qui ne peut jamais être apaisé.

Il y a des gens qui sont nés comme ça.

C'est la seule explication pour le désir sans fin qui semble exister avant la mémoire.

Parfois, il n'y a rien à faire sinon y céder.

D'une certaine manière, dans les moments de calme après le premier abattage, le désir est satisfait. Mais la faim revient, bien avant que la chair de cette première côte ait le temps de se décomposer dans le sol humide et putréfié.

Dix ans s'étaient écoulés au ralenti avant la fête suivante, mais elle n'était pas arrivée à apporter de satiété, ni la suivante. Ni la suivante. La faim revenait plus vite, plus tôt, plus forte, le sacrifice toujours sur le point d'être suffisant, mais jamais tout à fait.

· · ·

Même maintenant, la faim cherchait l'apaisement.

Un apaisement à peine discernable, par un matin calme dans le marais salé, lorsque l'odeur de la mort distrayait de la brise matinale.

Tôt mardi matin, Caroline apporta un bouquet de tournesols dans la chambre de Daniel à l'hôpital St. Francis. Elle laissa Savannah à la maison devant une page blanche sur son écran d'ordinateur.

Daniel était assez alerte pour lui présenter une vue d'ensemble de la situation financière du *Tribune*. Même si la société réussissait à payer les factures, elle perdait de l'argent et de la diffusion. Caroline apprit que bien qu'elle ait hérité des titres de sa mère, cette dernière n'avait pas exactement placé une confiance aveugle en elle. Elle était censée travailler main dans la main avec Daniel pour la dimension commerciale, et recevoir l'aide de Frank Bonneau, l'éditeur en chef de longue date, pour tout ce qui concernait la ré-daction.

Bonneau dirigeait le bureau de rédaction du *Tri-bune* depuis aussi longtemps que Caroline pouvait se rappeler. C'était un journaliste adepte de la vieille école. George l'avait déjà prévenue qu'il était plus sus-ceptible de passer par-dessus elle et d'adresser ses griefs directement à Daniel qui, soit dit en passant, sié-geait aussi au conseil. Une autre raison pour laquelle George était apparemment impliqué.

Elle ne savait pas encore comment, mais elle savait qu'elle devait trouver le moyen de gagner le respect de Bonneau. Et elle était à peu près sûre qu'après son court passage au *Tribune*, elle ne lui avait pas laissé la meilleure impression. Si elle lui avait même laissé une impression, outre le fait qu'elle était la fille de la patronne.

Caroline avait déjà quelques idées à mettre en œuvre une fois qu'elle serait installée dans son rôle. Quelque chose qu'elle se sentait obligée de faire dès que possible, pour inspirer de la confiance. C'était probablement pas réglo de commencer à travailler à plein temps tout de suite. Il y avait une certaine bienséance à respecter dans le Sud profond. Pour diriger un quotidien, elle avait besoin non seulement du respect de ses employés, mais aussi du respect des habitants de Charleston. Sa mère avait bien compris cela. Elle était devenue leur icône, leur princesse distinguée.

Le *Post* avait peut-être plus de circulation, mais le *Tribune*, avec sa lignée ininterrompue, était comme un dernier bastion du journalisme américain de l'Ancien Monde. Il devenait à peu près aussi éminent que la reine d'Angleterre. S'ils continuaient dans la même direction, le journal allait bientôt devenir obsolète. Flo disait qu'ils avaient survécu même quand la *Gazette* de Benjamin Franklin avait disparu. La fierté de sa mère n'allait bientôt plus avoir de fondement. Le secteur de la presse avait tellement évolué depuis les dix-huitième et dix-neuvième siècles. Caroline avait beaucoup de changements à faire.

Né au temps de la chute de la Confédération, le *Tribune* avait une histoire profondément liée à celle du *Post*. Les deux journaux remontaient au *Charleston Daily News*. Ils s'étaient calmement lancé des défis. Mais à bien des égards, le *Post* avait déjà gagné. Avec une circulation et un personnel deux fois plus importants que ceux du *Tribune*, le *Post* pouvait se permettre d'ignorer son plus ancien concurrent. Mais la concurrence était là néanmoins, un clin d'œil ici et là, respectueux, parce que tous deux avaient la réputation de publier des reportages sérieux et de servir la communauté. Sa mère avait travaillé dûr pour poursuivre cet héritage.

Après avoir rendu visite à Daniel, Caroline passa le reste de la journée à examiner les livres de compte avec George au bureau de King Street. Daniel sortit de l'hôpital mercredi. Il se joint à eux, les yeux au beurre noir, couvert de bleus et de points de suture.

Ni elle ni George ne firent allusion à « l'incident », comme ils appelaient ce qui était arrivé à Daniel. Lui non plus. Caroline se dit qu'il n'avait peut-être pas envie qu'on lui fasse des leçons sur le choix du lieu de son entreprise. Mais cela ne la regardait pas, de toute façon. Si cela leur plaisait d'enquêter sur des effractions à quatre heures du matin toutes les deux semaines, c'était leur droit. Le *Tribune* était vraiment la seule chose qui intéressait Caroline.

Elle fixa le registre du personnel des yeux.

— Est-ce que Mère envisageait des rachats ?

— Non, répondit aussitôt Daniel. On lui avait recommandé, mais Flo était catégorique : elle voulait absolument que le journal reste fidèle aux employés de longue date. Certains y sont depuis presque cinquante ans.

— Comme qui ? Ils doivent avoir à peu près soixante-dix ans !

Agnès par exemple. Elle était journaliste avant. Elle travaille maintenant aux petites annonces. Et Lila, qui travaille à la paie.

— C'est possible de pousser la fidélité trop loin, commenta Caroline en haussant un sourcil.

Daniel la regarda l'air désapprobateur.

— Je suis sûr que j'apprécierais pas qu'on me dise

d'arrêter de pratiquer le droit une fois que j'aurai soixante-dix ans.

— Et c'est précisément demain, intervint George en ricanant.

Caroline réprima un sourire. Mais elle était à peu près sûre que George n'était guère plus jeune que Daniel.

Daniel lança un regard glacial à George.

— Soixante-trois ans, précisa-t-il à Caroline en la regardant avec insistance.

Apparemment, il n'avait pas fini sa leçon.

— Certains vont dire que trente-trois ans, c'est trop jeune pour avoir une position d'influence qui peut affecter le bien-être des autres.

Caroline s'abstint de souligner qu'à trente-cinq ans, juste trois ans de plus qu'elle, on pouvait être élu président des États-Unis et influencer beaucoup plus de vies que celles liées à un journal de petite ville. Soulevant la pile de papiers devant elle, elle les tapota sur le bureau pour les aligner, puis les mit de côté.

— On va forcer personne à partir, avança-t-elle. Un rachat serait juste une incitation.

Daniel lui lança un regard noir.

— Une carotte pour des vieilles mules ?

George ricana à nouveau. Cela sembla agacer Daniel encore plus. Il serra les lèvres, exaspéré.

Caroline fronça les sourcils.

— J'ai pas dit ça.

Après un instant, George arrêta de rire pour prendre sa défense.

— C'est une très bonne idée, affirma-t-il en regardant Caroline avec sérieux. Ça me gêne de vous dire ça, mais la fidélité durable de votre mère n'aidait pas les affaires.

Caroline apprécia le compliment. Pour le moment, elle en avait besoin plus que tout.

Daniel marmonna dans sa barbe. Elle se rendit compte qu'il était peut-être trop attaché aux idées de sa mère pour accepter les changements qu'elle aurait besoin de faire pour remettre la société à flot. Elle préférait travailler avec George. Daniel n'allait peut-être pas aimer cela. Mais elle était responsable maintenant.

C'était drôle comme tout pouvait conduire parfois à des résultats inattendus, mais heureux. Même quelque chose d'aussi inopportun qu'une infraction fortuite. C'était une sorte de providence. Sauf que Caroline ne croyait pas à la providence.

Vers midi, Sadie interrompit leur réunion pour apporter le déjeuner, comme elle l'avait fait toute la semaine. Cette fois, Caroline se tut et ne la gronda pas. Elle remarqua quelque chose pour la première fois : Sadie essayait peut-être de continuer de prendre soin des enfants de Florence, mais c'était peut-être aussi une excuse pour voir Daniel Greene. Elle regarda les deux flirter comme des adolescents gênés.

Quoi d'autre avait changé pendant son absence ?

Sûrement pas Jack.

Mais ça non plus ça ne l'intéressait plus. Et elle ne comprenait pas pourquoi diable elle pensait même à lui à un moment comme celui-ci.

Quelques heures après le coucher du soleil, le trottoir était encore chaud sous les pieds nus de la jeune fille.

Une brume basse s'étendit sur le marais salé, se

déployant comme des fils de la Vierge sur le bitume. Ses tongs à la main, elle se hâta sur la route bordée de chênes et de tupélos noirs.

Sur cette partie de l'île, beaucoup de maisons étaient anciennes. Certaines étaient nouvelles. L'une remontait à l'époque des plantations de riz cultivées par de riches exploitants. Au bout de la route, à travers le maquis, on pouvait presque distinguer la charpente de la maison d'origine, ses briques ayant comme gardé une mémoire visuelle de flammes éteintes depuis longtemps.

La plantation d'Oyster Point était l'un des héritages les plus riches et les plus durables de James Island. Avant de brûler, le domaine d'origine avait servi d'hôpital de campagne pour les Confédérés. Non loin de là se trouvaient les tombes anonymes de presque trois cents soldats morts lors de la bataille de Secessionville. Les gens du coin soutenaient que les estuaires environnants étaient jonchés des os des confédérés et des unionistes.

À cette heure de la nuit, elle se sentait comme une intruse dans Fort Lamar Road. Avec leurs doigts osseux et accusateurs, les arbres faisaient osciller leurs branches frémissantes à son passage. Leurs formes tordues projetaient des ombres sinistres. Le vent soupirait d'exaspération à son intrusion.

Son esprit lui jouait des tours.

C'était stupide de ne dire à personne où elle allait. Elle n'avait même rien dit à son ami, l'agent immobilier qui avait mis en vente la maison de Backcreek Road. Elle était tellement sûre que cela ne le dérangerait pas si elle s'asseyait sur le quai et prenait quelques photos du phare de Morris Island. Sa voiture était à plat. Son portable aussi. Elle n'avait pas très envie de frapper à la porte de gens qu'elle ne

connaissait pas et de demander à utiliser leur téléphone.

Des phares apparurent derrière elle. Deux fais-
ceaux aveuglants que le chauffeur mit en code quand
il l'aperçut.

Instinctivement, elle se rangea sur la droite de la
route pour éviter le côté du conducteur.

Une Acura noire, toute neuve, reluisante. La voiture ralentit. Son cœur accéléra. Elle entendit la vitre
descendre côté passager et se tourna pour regarder à
l'intérieur de la voiture. La voix d'un homme.

— Je peux vous aider ?

La jeune fille continua à marcher.

— Non !

— Vous êtes sûre ? Vous allez où ?

— À la station-service, répondit-elle en pressant le
pas. Ma voiture veut pas démarrer, ajouta-t-elle.

Il semblait incrédule.

— Vous avez pas de portable ?

La jeune fille lui jeta un regard agacé et l'observa
plus attentivement. Blanc, la trentaine, diaboliquement beau. En fait, elle n'avait jamais rencontré de
mec aussi mignon, pas même le petit ami jaloux de sa
camarade de chambre pour qui elle avait secrètement
le béguin. Elle ralentit son allure, pensant qu'il n'était
sans doute pas beaucoup plus âgé qu'elle, et se détendit un peu.

— J'ai un téléphone, mais il est à plat. Et j'ai pas de
chargeur.

Il lui fit un clin d'œil et esquissa un sourire timide.

— La belle affaire !

Elle lui renvoya un sourire en coin et rétorqua sur
un ton sarcastique :

— Ça alors, merci pour la précision.

Il arrêta soudain sa voiture. La jeune fille eut brièvement envie de continuer à marcher. Mais elle s'arrêta et se retourna vers la voiture et son chauffeur.

— Eh bien, ça me met dans le pétrin, lui dit-il, sans pour autant essayer d'ouvrir la portière. La jeune fille resta sur place, immobile.

— Ah ouais ? Et comment ça ? C'est moi qui suis à pied.

— Justement, reprit-il. Maintenant que je sais, je peux pas vous laisser ici toute seule sur cette route sombre.

La jeune fille haussa les épaules.

— J'ai marché plus que ça avant.

Il sembla réfléchir un instant à sa réponse. En l'entendant redémarrer, elle se dit qu'il allait peut-être effectivement la laisser là.

— Voilà ce que je vous propose. Je pourrais vous permettre de vous servir de mon portable. Mais je me sentirais quand même obligé d'attendre que quelqu'un vienne vous aider. Ou je pourrais vous conduire moi-même à la station.

La jeune fille se mordit la lèvre.

— Je sais pas... J'ai pas l'habitude de monter avec des gens que je connais pas.

— C'est pas conseillé, acquiesça-t-il. Je pourrais aussi jeter un coup d'œil à votre voiture.

Elle le regarda, la tête penchée.

— Vous vous y connaissez en voitures ?

— Un peu. Mais je peux rien vous promettre. Elle est où ? Je l'ai pas vue, poursuivit-il en regardant dans la direction d'où ils venaient.

Backcreek Road.

— Ah, d'accord. Bon, prenez mon téléphone.

Il était posé sur le siège du passager. Il le saisit et le lui tendit par la vitre.

La jeune fille ignora les sonnettes d'alarme qui résonnaient dans sa tête. Avec hésitation, elle approcha de la voiture, prête à déguerpir s'il ouvrait sa portière.

Elle prit le téléphone de sa main. Il lui sourit et la regarda composer un numéro. Sa compagne de chambre lui répondit à la deuxième sonnerie. Elle lui expliqua rapidement la situation. Le chauffeur attendait patiemment dans sa voiture. Sachant que quelqu'un allait venir l'aider, elle raccrocha et se sentit mieux. C'était juste un bon gars, vraiment mignon, qui essayait de l'aider. Elle lui rendit le téléphone.

— Merci. Je vous en suis reconnaissante. Je m'appelle Amy.

— Enchanté, Amy. Je m'appelle Ian. Alors, qu'est-ce que vous voulez faire ? On peut allumer la radio et s'asseoir sur le capot jusqu'à ce que la cavalerie arrive ? Ou voulez-vous que j'aille jeter un coup d'œil à votre voiture ?

Amy se mordit à nouveau la lèvre.

— Je sais pas. Je crois que ça va prendre un certain temps. Elle est pas du style à se précipiter.

Il réfléchit et la regarda en inclinant la tête.

— Elle vient vous retrouver à la station-service ?

— Ouais...

— J'ai une idée, suggéra-t-il. Rappelez-la, dites-lui de vous retrouver à la voiture. Donnez-lui mon nom et ma plaque d'immatriculation et je vais aller jeter un œil à votre voiture.

Il lui retendit le téléphone par la vitre du passager.

Amy examina sa suggestion. La chaussée chaude lui avait déjà donné des ampoules.

Vraiment, toute décision semblait stupide à ce point. Le laisser s'éloigner et se retrouver toute seule dans une rue solitaire et sombre semblait la solution la moins sage de toutes. La route sombre lui flanquait la trouille. Aller directement à la station-service était probablement le meilleur choix. Mais ça allait prendre facilement une heure à son amie pour venir du centre-ville, sachant comment elle traînassait. En plus, elle s'était déjà servie de son portable. S'il avait eu l'intention de lui faire du mal, il ne l'aurait pas laissée se servir de son téléphone. Cela aurait été vraiment stupide.

De toute façon, il était trop mignon pour être dangereux.

— Vous êtes sûr que ça vous dérange pas de jeter un coup d'œil à ma voiture ?

— C'était pas comme ça que j'avais envisagé de passer ma soirée, mais je me sentirais pas à l'aise si je vous abandonnais.

— Au moins vous êtes honnête, commenta Amy en souriant.

Elle accepta le téléphone qu'il lui tendait et ouvrit la portière.

— Allez-y donc à pied, suggéra-t-il. Je vais suivre. C'est pas loin.

Amy s'installa sur le siège.

— Pas de problème, lui dit-elle. On doit d'abord aller à la station-service, parce que je sais ce qui va pas : je suis en panne d'essence.

Il lui lança un regard qui lui rappela la façon dont son frère aîné la regardait quand elle faisait quelque chose de stupide.

— Vous voulez rire, hein ?

— Malheureusement non. J'ai dépensé toute ma paie pour acheter du nouveau matériel photo. Je croyais que j'avais assez d'essence pour rentrer chez moi.

— Mon Dieu, dit-il en secouant la tête. Qui fait encore ça ?

— Des étudiants fauchés qui conduisent des bagnoles préhistoriques, répondit-elle avec le sourire.

— Mon Dieu, répéta-t-il en soupirant. D'accord.

À peine vingt-cinq minutes plus tard, ils tournèrent dans Backcreek Road. Sans un mot, Ian Patterson, l'homme le plus mignon du monde, sortit de la voiture et lui remplit son réservoir. Puis il lui dit d'essayer de démarrer. La voiture démarra sans problème. Il s'éloigna, apparemment las de toute la situation. Amy essaya de ne pas être déçue.

— Merci, dit Amy. Vous voulez pas que je vous rembourse, vous êtes sûr ?

— C'est pas la peine. Mais vous devriez rentrer chez vous, suggéra-t-il en remontant dans sa voiture et en claquant la portière.

— Encore merci. Je vous suis reconnaissante, dit-elle.

Elle suivit sa voiture alors qu'il sortait de l'allée en marche arrière.

— Rentrez chez vous Amy, dit-il avec fermeté et en remontant la vitre.

La vitre teintée refléta la pleine lune derrière elle.

— D'accord, dit-elle.

Mais elle resta immobile, pensant au reflet de la lune sur la vitre. Avec le brouillard bas flottant au-dessus du marais, elle se dit que peut-être quelques photos supplémentaires du phare, en haute définition, pourraient être spectaculaires. Après le départ de Ian, elle saisit son appareil photo dans sa voiture et retourna vers le quai. Elle était déjà là de toute façon. Quelques photos de plus ne feraient de mal à personne.

Arrivée sur le quai, elle alluma une cigarette et observa le panorama, se demandant si M. Mignon avait une petite amie. Elle ne savait pas comment le contacter. Dommage. En fait, elle ne le reverrait probablement jamais. De toute façon, il n'était apparemment pas intéressé. Elle finit sa cigarette et la jeta dans l'eau. Elle commença à prendre des photos, d'abord avec le flash.

Elle n'entendit pas le bruissement dans l'herbe. Elle ne vit pas l'ombre se faufiler dans la nuit. Elle ne comprit pas le coup qu'elle reçut. Avant de s'évanouir, elle sentit l'odeur douce et âcre de quelque chose contre son visage. Elle cramponna son appareil photo, comme si c'était sa bouée de sauvetage, les doigts désespérément crispés sur le boîtier métallique. Elle essaya en vain de crier. Le bruit de son appareil photo s'écrasant sur le quai en bois pénétra sa conscience comme un mauvais rêve.

6

Caroline s'approcha du bureau de la réceptionniste et tendit la main à la jeune femme.

— Bonjour, dit-elle. Caroline Aldridge.

— Oh, mon Dieu, c'est bien ce que je pensais. Mes condoléances !

La réceptionniste se leva, se heurta les genoux contre le clavier et le fit presque tomber de la tablette coulissante. Elle pâlit.

— J'étais à l'enterrement. Pam !

Elle se frappa maladroitement la poitrine.

— Je m'appelle Pam, je veux dire ! Toutes mes condoléances !

Caroline sourit. La fille lui plaisait déjà. Elle avait quelque chose d'authentique.

— Je fais ça aussi quand je suis mal à l'aise.

Pam écarquilla un peu les yeux. Elle repoussa nerveusement sa frange blond foncé de ses yeux.

— Oh mon Dieu, je me répète ?

Caroline sourit.

— Un peu, mais ne vous inquiétez pas. Je suis probablement beaucoup plus nerveuse que vous. Ce ne sera pas facile de remplacer ma mère.

— À qui le dites-vous ! s'écria Pam en toute sincérité.

Caroline haussa un sourcil, surprise par sa réaction, mais pas le moins du monde offusquée. C'était bien vrai, après tout.

— Oh ! Mon Dieu ! Quelle idiote je fais ! s'exclama Pam en se rendant soudain compte de sa gaffe. Que puis-je faire pour vous, outre fermer ma bouche ?

Caroline prit une profonde inspiration.

— Beaucoup de choses en fait. Mais d'abord, si cela ne vous dérange pas, pourriez-vous me présenter à l'équipe ?

Pam se dépêcha de venir se placer devant son bureau.

— Mais bien sûr ! Permettez-moi de vous aider à déposer vos affaires dans le bureau de votre... dans votre bureau, je veux dire. Et puis je vous ferai faire le tour.

— Merci, dit Caroline avec reconnaissance.

Elles laissèrent sa sacoche et son sac à main dans son nouveau bureau, puis visitèrent méthodiquement les bureaux de la rédaction, des ventes, puis de la circulation et de la comptabilité. Pam la présenta à quelques âmes plus courageuses qui s'avancèrent pour saluer la nouvelle patronne. Brad Bessett, l'un de leurs principaux reporters, assez récent au journal, parce que Caroline ne se souvenait pas de lui. Agnès, une femme corpulente, plus âgée, aux yeux bleus lumineux et au double menton. Caroline se souvenait vaguement d'elle au bureau de la rédaction, dix ans auparavant. Elle travaillait maintenant aux petites annonces. Doreen Hill, chargée de la rubrique éducation. Et Bruce, l'incontournable gars chargé de l'informatique. Il semblait les suivre de bureau en bureau.

Vu la situation financière du journal, Caroline fut surprise de découvrir que les bureaux avaient été rénovés depuis sa dernière visite, avec du mobilier et des casiers modernes. La réception ressemblait maintenant à un salon victorien, probablement pour mettre en évidence la vénérable histoire du journal.

Même si Caroline ne partageait pas tout à fait l'extrême prudence d'Augusta en matière d'argent, elle n'aurait jamais dépensé des fonds pour le décor quand la société perdait tant d'argent. Le prix du lustre de la réception pouvait à lui seul représenter le salaire annuel d'un employé.

Elles passèrent devant une petite pièce sans fenêtre. Pam salua les occupants au passage, mais ne s'arrêta pas.

— Qu'est-ce que c'est ? demanda-t-elle en désignant la salle qu'elles venaient de passer.

— Oh ça ? Ils s'occupent du développement de l'audience sur le site web, dit Pam sur un ton un peu dédaigneux.

Caroline ne lui en voulait pas. Elle était à peu près sûre que la jeune fille était arrivée honnêtement à cette attitude. Sa mère n'aurait eu qu'une équipe minuscule pour les tâches les plus rudimentaires du site web. Outre une présence sur la toile pour remplacer les pages jaunes, Flo n'avait jamais trop apprécié les nouveaux médias. C'était quelque chose que Caroline avait l'intention de changer. L'Internet, avec tous les médias sociaux, était indéniablement l'avenir.

— Combien de personnes y travaillent ?

Pam montra quatre doigts.

— Quatre : un spécialiste du développement de l'audience, deux développeurs et un créateur de sites. Mais un des développeurs est en vacances et notre créateur s'est cassé le majeur. Il ne peut pas travailler.

— Je ne vais pas vous demander comment, reprit Caroline en souriant.

Pam se pencha pour murmurer :

— Moi non plus, mais une fois que vous le connaîtrez, vous comprendrez.

— Savez-vous combien de personnes travaillent maintenant pour le journal ?

— Non, pas exactement, cent vingt peut-être. Mais Lila qui travaille à la paie pourra vous donner le chiffre exact.

Caroline fronça les sourcils. Si son hypothèse était exacte, sa mère devait déjà avoir commencé à réduire le nombre d'employés, malgré ce que Daniel prétendait. Le dernier été où elle avait fait un stage au *Tribune*, ils étaient presque cent cinquante.

Dans la salle de rédaction, Caroline reconnut la plupart des visages. La seule personne qu'elle s'était attendue à y rencontrer, avec appréhension en fait, n'était pas là. Apparemment, le rédacteur en chef avait une rage de dents et passait sa matinée chez le dentiste.

Quand Caroline revint à son bureau, c'était l'heure du déjeuner. Elle envisagea de sortir pour appeler Savannah, mais Pam rentra aussitôt dans son bureau, en frappant avec hésitation à la porte.

— Désolée de vous interrompre, mais il y a une femme ici qui dit qu'elle doit absolument vous parler.

Caroline se leva, fronçant les sourcils.

— Elle veut me parler, à moi ?

— Eh bien, elle a demandé à parler avec l'éditeur, pas le rédacteur en chef. C'est bien vous, n'est-ce pas ?

Cela semblait étrange d'entendre son titre sur les lèvres de quelqu'un d'autre. La surprise la fit hésiter trop longtemps.

Frank est revenu, mais j'ai pensé…

. . .

— Pas de problème, faites-la entrer, lui ordonna Caroline.

Pam sortit et revint moins de cinq minutes plus tard en compagnie d'une jeune femme au regard tourmenté. Caroline ne remarqua d'abord rien d'autre en elle, sa détresse étant si palpable.

— Merci, dit la femme, avançant timidement dans son bureau.

Elle n'était sans doute pas beaucoup plus vieille que Caroline. On aurait dit qu'elle avait sangloté pendant des jours. Elle avait les yeux bruns, cernés, injectés de sang, et les paupières gonflées.

Caroline vint à elle devant son bureau, de peur que la femme ne s'effondre. Elle avait l'air si fragile.

— Qu'est-ce que je peux faire pour vous ? lui demanda-t-elle.

— Je m'appelle Karen Hutto, répondit la femme en sanglotant. Je... j'ai besoin de votre aide pour retrouver ma fille.

Apparemment, le père d'Amanda Hutto était censé l'emmener à l'école le matin où elle avait disparu. En retard au travail, et risquant de perdre son emploi, Karen Hutto avait laissé sa fille de six ans attendre son père devant la maison, le cartable à la main. Il avait vraisemblablement oublié que, sur décision judiciaire, c'était son jour de jouer au papa. Il n'était jamais venu ce jour-là.

Certain qu'il allait rentrer tard une fois de plus, Jack

passa en vitesse chez lui pour se doucher et faire un peu de ménage. Il en profita pour parler à quelques voisins au sujet d'Amanda. Personne n'avait vu la gamine le matin de sa disparition. Personne n'avait rien vu. Quelques-uns cependant suspectaient le père qui, apparemment, avait tendance à être violent. D'après les quelques informations que Jack avait rassemblées, la mère avait demandé au moins une fois qu'une mesure d'éloignement lui soit imposée. Mais elle n'avait pas été respectée. Les accusations semblaient voler entre eux de façon plus virulente qu'entre les célébrités de télé-réalité.

À ce stade, Jack ne pouvait rien faire. La petite avait disparu devant sa propre maison. Le cas était alors du ressort de la police de Folly-sur-Mer. S'ils avaient besoin d'aide, ils n'allaient probablement pas appeler la police de Charleston. Ils allaient plutôt appeler le bureau du shérif. En fin de compte, Jack ne pouvait pas justifier le fait de passer plus de temps sur une affaire qui n'était pas du ressort de sa juridiction. Surtout maintenant qu'il semblait y avoir un meurtrier à attraper.

Il était resté debout la moitié de la nuit à cause d'une étudiante du nom d'Amy Jones découverte sous le quai d'une résidence de James Island. On lui avait peint l'intérieur de la bouche en bleu et arraché la langue. Pour servir d'appât à poissons ou est-ce que le meurtrier l'avait emportée ? On ne le savait pas encore. Une chose était certaine : elle n'était plus dans sa bouche.

Sa mort pouvait-elle avoir un rapport avec la disparition d'Amanda ?

Jack ne le pensait pas. Ce n'était pas logique. Outre le fait qu'elles étaient toutes deux de sexe féminin et que ces îles étaient habituellement tranquilles, avec relativement peu de crimes, il n'y avait pas de point commun entre les deux cas.

En tout cas, cette affaire allait être assez emmerdante comme ça sans ajouter de conflits inutiles avec la police de Folly. Jack avait l'impression que Garrison, son nouveau partenaire, allait être une plaie. Heureusement pour Jack, Joshua Childres était chargé de l'affaire Jones. Childres lui donnerait tout l'espace dont il avait besoin pour travailler avec son équipe et résoudre le meurtre.

7

À la fin de la journée, Caroline se sentit un peu comme un bâtard ayant accédé au trône après la mort d'un roi sans héritiers. De toute évidence, personne n'avait pris la peine de communiquer au personnel du *Tribune* le contenu du testament. Pam les avait déstabilisés par le simple fait de diriger Karen Hutto vers son bureau au lieu de celui de Bonneau.

Le désordre pouvait aussi être en partie dû à la mort de sa mère, avec un peu plus de deux semaines sans Florence W. Aldridge à la tête. Personne ne savait plus très bien qui devait diriger. Elle se rendit compte maintenant qu'elle avait eu la prudence d'entrer en contact avec Pam. Pam était comme la gardienne, et avec sa candeur, ses actions étaient décisives. Ce qui semblait malheureusement forcer Bonneau à fixer des limites.

La véritable épreuve se présenta l'après-midi, avec des nouvelles qui arrêtèrent littéralement les presses : la nuit précédente, on avait trouvé le corps d'une étudiante de Charleston, vingt-deux ans, sous le quai d'une maison de James Island. La propriété, qui n'était en fait pas loin d'Oyster Point, était inoccupée et en vente. La voiture de la jeune fille était dans l'allée privée, la clé sur le contact. C'est tout ce qu'on savait. Les policiers n'avaient dévoilé aucun autre détail.

Caroline se retrouva finalement face à face avec Frank Bonneau. Une dispute à propos des gros titres en première page : deux titres semblables qui à son avis se faisaient concurrence. Surtout que pour lui, la disparition d'Amanda Hutto, c'était de l'histoire ancienne. En fin de compte, Caroline prit la décision de publier les deux articles, faisant valoir qu'une petite de six ans toujours portée disparue n'avait pas grand-chose à voir avec une femme de vingt-deux ans retrouvée, et morte par-dessus le marché. Elle était à peu près sûre que sa mère aurait pris la même décision. S'il y avait une chose que Flo tenait à cœur, c'était sa communauté, elle le savait bien.

La nouvelle du meurtre était horrible. Pourtant, en rentrant chez elle, Caroline ne repensa à rien d'autre qu'à Karen Hutto et à son regard tourmenté. Sa fille semblait avoir disparu sans laisser de trace. On avait épuisé toutes les ressources. Personne n'avait réagi à ses affiches. Pire, séparés et s'accusant mutuellement, elle et son mari étaient désormais les principaux suspects dans une enquête qui ne menait nulle part. Toute l'affaire rappelait à Caroline la disparition de Sammy, à part la présomption de culpabilité. La mort de son petit frère était incontestablement l'événement le plus traumatisant de la vie de Caroline. Plus de vingt-cinq ans après, pas un jour ne passait sans que quelque chose, la moindre petite chose, ne lui fasse revivre ce moment terrible sur la plage. Sammy avait quatre ans et Caroline huit.

D'une certaine façon, Caroline aurait pour toujours huit ans.

Aujourd'hui, en regardant le visage de cette femme, elle n'aurait jamais pu se décider à la renvoyer.

Caroline se souvenait de ce même regard chez sa mère. Ce regard de désespoir tranquille et de peur qui tourna plus tard en désespérance, en mélancolie, et finalement en vide émotionnel dans lequel sa mère avait vécu jusqu'à sa mort. Mais une chose était différente : quand son frère avait disparu de cette plage, Caroline avait été impuissante. Elle était *maintenant* en mesure de faire quelque chose, même si c'était juste aider à maintenir l'histoire de la femme exposée au public pour que la police ne fasse pas l'autruche et ne close pas l'enquête.

Caroline emprunta l'autoroute pour rentrer chez elle. Le fleuve Ashley était parsemé de voiliers, petits et grands, silhouettes noires agitées sous un coucher de soleil doré. Le long du littoral, les herbes des marais dansaient lentement dans la brise.

Le panorama était tellement serein. C'était difficile d'imaginer que juste en face du canal, à un jet de pierre de sa maison, une jeune fille avait été brutalement assassinée.

Malgré cette pensée horrible, elle laissa sa vitre ouverte, déterminée à profiter des derniers jours tempérés avant l'arrivée de l'été et sa chaleur infernale.

Arrêtant la Town Car dans l'allée, elle trouva Sadie et Savannah assises sur la véranda. Caroline sortit de la voiture. Elle laissa pour l'instant sa sacoche et son sac à main sur la banquette arrière.

— Je suis contente de voir que quelqu'un semble avoir eu une journée sans soucis ! leur lança-t-elle en essayant d'emprunter un ton enjoué.

— Tu parles, détrompe-toi ! répondit Sav. Je crois qu'on a lavé et rapporté des millions de plats aujourd'hui. J'aurais volontiers échangé de place avec toi !

— Est-ce qu'Augie a appelé, par hasard ?

— Non, dit Savannah, mais on a vu Josh. Il est venu pour le déjeuner.

Caroline monta les marches, s'arrêtant au passage pour cueillir une azalée près de l'escalier. Elle la porta à ses narines.

— Elles sentent pas grand-chose, hein ?

— Y en a qui sentent, commenta Sadie. Pas celles-là, mais c'était la couleur préférée de votre mère.

Caroline lança la fleur.

— Oh, zut ! J'ai oublié d'acheter de la nourriture pour chien.

— Pas de problèmes, reprit Sadie. J'en ai rapporté.

Caroline lui adressa un sourire las mais reconnaissant.

— Je t'en voudrais pas si tu nous quittais, mais pour sûr je suis contente que tu sois toujours là !

— Vous avez l'air fatiguée, poursuivit Sadie. Venez vous reposer, hein. Le dîner sera bientôt prêt, et pas de commentaire. J'ai seulement réchauffé des restes. Quand on aura rangé le bazar, je vous laisserai tranquille.

— Ah, t'as bien réussi ! intervint Savannah. Quand on mourra de faim, oublie pas que c'est entièrement de ta faute, Caroline. T'es la seule à la pousser à prendre sa retraite !

Cela n'inquiétait pas Caroline. Sadie n'allait pas s'en aller.

— Les filles, vous savez où me trouver si vous arrivez pas à trouver l'ouvre-boîte, ajouta la domestique sur un ton fanfaron.

Caroline leva le pouce puis entra dans la maison, avide de silence.

Elle trouva Tango allongé au bas de l'escalier avec la basket de sa mère. Elle la lui reprit avec lassitude.

— Oh, non ! gronda-t-elle.

Puis elle gravit les escaliers et lança la chaussure sans ménagement dans le placard de sa mère. Elle n'était pas encore tout à fait prête à s'occuper de ses affaires. Tango, d'un autre côté, ne partageait pas son hésitation. Il se précipita dans le placard, récupéra la chaussure, et courut de l'autre côté du lit pour se cacher.

— Comme tu veux, céda-t-elle. Tu peux garder la foutue chaussure !

Trop lasse pour se battre avec un chien, elle s'allongea sur le lit et ferma les yeux un instant pour se reposer avant le dîner. Tango sauta près d'elle sans invitation. Il lui rapporta la chaussure et s'installa à côté d'elle sur le lit. Caroline roula sur le côté et le serra contre elle. Si seulement c'était le corps musclé d'un autre genre de mâle, pensa-t-elle en s'endormant.

CAROLINE ENTENDIT un bruit de verre brisé quelque part, dans son rêve peut-être.

Elle ouvrit les yeux en battant des paupières.

Tango n'était plus sur le lit. Il lui fallut un moment pour se rappeler où elle se trouvait et que Tango était venu s'allonger près d'elle. La chaussure en était un clair rappel. Elle était contre son front. Avec l'odeur caractéristique des pieds. À moitié endormie, elle saisit la chaussure, l'examina et la jeta par terre. Puis elle sortit du lit et regarda l'horloge.

La maison était parfaitement silencieuse. Il était plus de huit heures.

Pourquoi est-ce que personne l'avait appelée pour le dîner ?

Se frottant les yeux, elle se dirigea vers la fenêtre et regarda dehors. Elle remarqua que la voiture avait disparu.

Peut-être que Savannah avait reconduit Sadie chez elle ?

Son ordinateur portable était toujours sur la banquette arrière. Donc pas question de travailler tant que sa sœur ne serait pas de retour, grâce à Dieu ! Elle en avait vraiment marre des chiffres. Elle descendit en soupirant vers la cuisine et se rendit compte à retardement qu'elle avait sauté le déjeuner. Son estomac gronda en signe de protestation. La patience est mère de toutes les vertus, se dit-elle.

Mais la sonnette retentit dès qu'elle entra dans la cuisine. Jurant à mi-voix, elle se retourna vers l'entrée et ouvrit la porte sans réfléchir.

Jack haussa un sourcil quand elle ouvrit la porte en grand.

— Tu sais qu'une fille a été assassinée dans Backcreek Road la nuit dernière ?

— Oui, j'ai entendu. Qu'est-ce que tu fais ici, Jack ?

— Tu dois vraiment être plus prudente, Caroline.

— Tu joues à quoi maintenant, au papa ? dit-elle en relevant le menton. Je peux t'aider à quelque chose ?

— Est-ce que Savannah et Augusta sont là ?

— Augusta est à New York. Elle va revenir dans quelques jours. Je sais pas où est Sav. Pourquoi ?

— Rien d'urgent.

— Tu vas souvent chez les gens après huit heures du soir pour leur parler de trucs pas urgents ?

Il ne réagit même pas à son ton acariâtre.

— Tu t'es encore levée du pied gauche, remarqua-t-il, le sourire en coin. Il se frotta le front pour indiquer l'endroit de sa tête où l'empreinte de la chaussure était encore légèrement visible.

Elle esquissa un sourire.

— Et t'es toujours si attentif.

— Ça fait partie de mon travail, affirma-t-il. Bref, on a reçu le rapport de toxicologie de ta mère aujourd'hui et je voulais partager les résultats avec vous.

— Bon, d'accord...

Caroline ouvrit la porte avec un geste d'exaspération. Elle était furieuse contre elle-même pour avoir pensé au visage de Jack juste avant de s'endormir. Apparemment, c'est elle qui l'avait fait apparaître.

— Entre donc !

Il entra et regarda autour de lui.

— T'es toute seule alors ?

Caroline sentit son cœur tressaillir. Elle l'ignora. Cela remontait à combien d'années la dernière fois où elle s'était trouvée seule avec Jack ? Elle se dit qu'elle n'était pas le moins du monde affectée par sa présence. C'était un mensonge pur et simple.

Oui, apparemment.

Il referma la porte. Elle se dirigea vers la cuisine, s'attendant à ce qu'il la suive.

— Puisque t'as interrompu mon dîner, est-ce que t'as faim ?

— T'as encore les verts de Rose ?

Caroline remarqua l'humour dans son ton. Elle lui jeta un sourire ironique par-dessus l'épaule. Elle commençait à s'adoucir, malgré sa résolution contraire.

— On peut regarder.

— Alors d'accord.

Il la suivit dans la cuisine. Il la regarda ouvrir le réfrigérateur et en sortir un certain nombre de récipients en plastique.

— Josh est venu, alors c'est difficile de savoir ce qui reste.

Elle plaça quelques-uns des récipients sur le comptoir et deux assiettes. Puis elle sortit des fourchettes du tiroir.

— Bon, crache le morceau, qu'est-ce que t'as trouvé ?

— Rien. *Vraiment.*

Caroline ouvrit l'un des récipients et regarda dedans. Elle pencha la tête, l'air sceptique.

— Donc si je comprends bien, t'es venu jusqu'ici pour me dire que t'as rien trouvé de spécial dans le rapport de toxicologie de ma mère ?

Elle reposa sur le comptoir le récipient de cornille qu'elle venait d'ouvrir et en ouvrit un autre pour trouver les feuilles de moutarde.

Elle n'arrivait pas à déchiffrer le regard de Jack.

— Je rentrais chez moi, vous êtes sur mon chemin. Et je suis venu tout autant pour voir comment t'allais, Caroline.

Elle déposa un autre récipient ouvert sur le comptoir. Celui-là contenait de la salade d'ambroisie.

— C'est un peu tard pour rendre visite aux gens, tu crois pas ?

Il la regarda avec tellement de lassitude dans son regard qu'elle regretta aussitôt ses paroles.

— Tu veux savoir tout ce qu'on a découvert ou tu veux que je te ressasse les vieilles conneries ?

Caroline poussa un soupir et se pencha sur le comptoir.

— Bon d'accord, dis-moi... Qu'est-ce que vous avez trouvé ?

— Très peu de choses, et c'est ça qui m'intrigue. On a trouvé des traces infimes de benzodiazépines et d'alcool, mais on s'attendait à en trouver plus, vu ce qu'on a découvert dans son armoire à pharmacie.

— De l'alcool ?

— Très peu. Elle était à jeun quand elle a descendu l'escalier.

— À jeun ? Ça m'épate !

Depuis la mort de Sammy, Caroline ne se rappelait pas un seul moment où Flo avait pu se passer d'*aide*. Pourtant, elle était mieux arrivée à diriger le journal que Caroline pour le moment.

— Peut-être qu'elle venait de se lever. Elle était peut-être désorientée ? Augusta a ajouté la planche du parquet à sa liste de choses à réparer. Ça peut vraiment être dangereux pour quelqu'un qui fait pas attention au milieu de la nuit.

Il la fixa du regard.

— D'après l'autopsie, la mort a eu lieu vers dix-neuf heures trente. Un peu tôt pour aller se coucher, tu crois pas ?

Il détourna son regard.

— Je sais qu'elle était déprimée.

Caroline s'assit sur le tabouret et fixa la nourriture du regard. Tout à coup, elle n'avait plus du tout faim.

— J'ai du mal à imaginer Flo pas déprimée.

— Ça va, tu te sens bien ?

Caroline avala sa salive.

— Oui, très bien.

Avec son mensonge, elle serra les dents et regarda Jack, essayant de ne pas trahir tous les sentiments qui l'agitaient.

— C'est juste que j'avais pas envisagé ce genre de fin... pour Mère.

Ni pour elle et Jack.

— Je suis désolé, Caroline. Je pensais que tu voulais savoir.

Caroline retint ses larmes. Elle se sentait beaucoup trop vulnérable. Elle se haïssait de ressentir ces sentiments, même après toutes ces années.

— Y a autre chose ?

— Non.

Elle se leva, face à lui. Les larmes qu'elle refusait de laisser couler lui brûlaient les yeux.

Jack la dévisagea de ses yeux bleus. Il la connaissait trop bien. La dernière chose qu'elle voulait était sa pitié.

— Eh bien, merci d'être venu, lui dit-elle.

Il fourra ses mains dans ses poches. Caroline se demandait pourquoi il n'avait pas envoyé quelqu'un d'autre pour la mettre au courant. Ç'aurait été plus facile.

Heureusement, elle n'eut pas besoin de lui demander de partir. Il avait beaucoup d'intuition.

— S'il te plaît, viens verrouiller la porte derrière moi, lui ordonna-t-il.

Caroline le suivit. Quand ils arrivèrent dans l'entrée, il s'arrêta et lui dit :

— Je vois que tu as retourné le miroir.

Il montra du doigt le miroir au cadre en or massif pendu au mur de l'entrée.

— Pour une raison ou une autre, ta mère l'avait toujours retourné face au mur.

Perplexe, Caroline regarda le miroir, se demandant pourquoi il ferait face au mur. En tout cas, elle n'y avait pas touché. Est-ce que c'était Sadie, et ce qui lui restait de pratiques Gullah ? Mais le miroir était comme ça quand elle était arrivée. Elle se dit de ne pas oublier de poser la question à Sadie.

Caroline lui ouvrit la porte, puis referma le verrou. Elle se rendit à la fenêtre et le regarda monter dans sa voiture banalisée, une Ford Mustang gris métallisé. Il resta là un instant à regarder la maison, puis démarra et s'en alla.

C'est *seulement* après son départ que Caroline se rendit compte qu'elle ne lui avait même pas posé de questions sur le meurtre de la veille. C'était sa tâche à elle maintenant, mais tout, y compris Karen Hutto, lui sortait de la tête en sa présence.

Soudain, ressentant le besoin de parler à Savannah, Caroline se mit à la recherche de son téléphone portable pour appeler sa sœur et savoir où elle était. C'est alors qu'elle se souvint que son sac à main était toujours dans la voiture avec son ordinateur portable. Elle se dirigea vers le bureau de sa mère, où elle savait qu'il y avait encore un poste fixe. Sa mère avait horreur du téléphone. Elle préférait ne pas être entourée de sonneries incessantes à la maison comme au bureau. Elle avait donc installé deux lignes fixes chez elle. Une dans son bureau et une dans la chambre d'amis, par courtoisie.

Isolé à l'arrière de la demeure, le bureau de sa mère était séparé du reste de la maison par une porte-fenêtre cintrée intérieure. Une autre porte-fenêtre de même style offrait une vue imprenable sur le marais. C'était une majestueuse salle du trône pour la reine des médias de Charleston.

Caroline se tint devant la porte du bureau en tremblant, sa main hésitant sur la poignée. Aucune d'entre elles n'avait souvent été invitée dans le bureau de Flo. Elle entrouvrit la porte avec un mélange de respect et d'appréhension.

Remets-toi, se dit-elle. Flo va pas revenir et te crier après parce que tu fouines dans ses affaires. De toute façon, ce sont aussi tes affaires maintenant.

Elle regarda à l'intérieur. Son sang ne fit qu'un tour.

De l'autre côté de la salle, l'une des vitres de la porte-fenêtre qui donnait sur la véranda arrière était brisée, offrant la nuit à son regard. Un pan de la porte était entrouvert.

8

Jack saisit son téléphone sur le tableau de bord et regarda l'identité de l'appelant. Il tâtonna et se précipita pour répondre.

— Caroline ?

Un instant, un silence de mort régna à l'autre bout.

— Jack ! murmura-t-elle, reviens vite, dépêche-toi !

Il avait attendu qu'elle lui dise ces mots depuis longtemps, mais quelque chose dans son ton lui dit que ce n'était pas pour la raison qu'il espérait. Heureusement, il n'était pas loin. Il l'interrogea tout en faisant demi-tour.

— Tout va bien, Caroline ?

— Non !

Le mot explosa dans le récepteur. La sensation d'oppression dans la poitrine de Jack s'intensifia.

— Qu'est-ce qui se passe ?

— Je sais pas ! Quelqu'un est entré par effraction, dépêche-toi !

Coinçant le téléphone entre son oreille et son épaule, il mit en route son gyrophare, mais pas la sirène.

— Reste en ligne, Caroline ! lui demanda-t-il.

Puis il demanda du renfort par radio.

. . .

CAROLINE S'ACCROUPIT près du bureau de sa mère, le téléphone serré contre son oreille. Elle était allée directement au téléphone, avec l'intention d'appeler la police, mais ses doigts avaient automatiquement composé le numéro de Jack, sachant qu'il ne pouvait pas être déjà bien loin.

Elle ne s'était pas rendu compte qu'elle se souvenait encore de son numéro.

Il n'y avait aucun signe de l'intrus. Mais le ciel nocturne à travers le verre brisé et la porte ouverte la faisaient se sentir vulnérable. Elle entendit Jack appeler du renfort, empêtré avec son téléphone.

— Bon, dit-il.

— Dépêche-toi ! dit-elle à voix basse.

— Je suis là, Caroline, je suis arrivé. Reste par terre !

Elle n'avait pas entendu sa voiture arriver. Mais elle l'entendit se débarrasser de son téléphone sans raccrocher. Elle eut l'impression d'attendre une éternité, le temps qu'il fasse le tour de la propriété pour arriver au bureau à l'arrière de la maison. Elle avait verrouillé la porte d'entrée. Elle n'avait pas pris la peine de mettre en marche le système de sécurité, vu que Savannah n'était pas encore rentrée.

Elle était quelque part.

Mais où ?

Une nouvelle vague de panique l'envahit. Elle n'avait même pas pensé que peut-être quelqu'un avait kidnappé sa sœur alors qu'elle, Caroline, dormait. Tout le temps qu'elle avait passé assise dans la cuisine à parler avec Jack, rongée par leur passé, sa sœur avait pu être en danger. Mais non, se rappela-t-elle, la voiture n'était pas là. Tango non plus. Savannah n'était pas en danger.

Jack, dépêche-toi.

Ses pensées se tournèrent vers le meurtre de la veille.

Le site où le corps avait été découvert était près d'Oyster Point. Mais elle ne pouvait pas imaginer que le tueur soit assez stupide pour être encore dans le coin.

T'es où Sav ?

— Police, lança Jack. Haut les mains !

Caroline releva la tête juste assez pour regarder par-dessus le bureau.

— Dieu soit loué ! dit-elle, jamais plus heureuse de le voir dans sa vie.

À ce moment, elle ne se souciait pas de ce qu'il y avait entre eux. Elle aurait pu lui sauter au cou et l'embrasser avec extase. Sauf qu'il avait son revolver dégainé à la main. Cette vue suffit à la maintenir clouée sur place.

— Je suis seule, y a personne d'autre ici.

— Personne non plus par ici, lui dit-il, mais reste où t'es.

Il ouvrit la porte d'un coup de pied.

— Est-ce qu'ils peuvent être dans la maison ?

Caroline secoua la tête.

— La porte intérieure était fermée. Mais peut-être. Je sais pas. La porte du bureau était pas fermée à clé.

— On va attendre que le renfort arrive avant de fouiller la maison. Est-ce que t'as touché quelque chose ?

Caroline fit non de la tête.

— Juste le téléphone. Et la porte du bureau.

Et le bureau auquel elle était agrippée à l'instant, mais c'était évident.

— Bien.

Il alluma la lumière et inspecta la pièce. À part le verre brisé, rien ne semblait louche. Les documents étaient toujours soigneusement empilés sur le bureau, les tiroirs fermés et les livres sur les étagères. Flo organisait tout avec un ordre méticuleux. Son bureau ne faisait pas exception. Mais le cœur de Caroline ne s'arrêtait pas de battre très fort.

— Qui que ce soit, ils ont dû avoir la frousse. Mais on pourra peut-être trouver des empreintes digitales sur la porte.

Un silence gêné s'installa entre eux.

De quoi donc est-ce que vous pouvez causer quand votre maison a été vandalisée et que votre sauveur est l'homme que vous étiez censée épouser, mais que vous ne l'avez pas fait parce qu'il vous trompait ? De rien. C'est clair.

Après les dix minutes les plus longues de sa vie, Caroline entendit finalement le crissement de pneus de voiture devant la maison. Soudain, des hommes en uniforme envahirent la pièce, trois d'abord, puis un quatrième quelques minutes plus tard.

— J'ai vérifié tout le périmètre, annonça le quatrième homme. Rien.

Caroline décida qu'elle pouvait sans danger quitter sa place derrière le bureau. Mais Jack lui fit signe de rester. Il emmena des hommes dans la partie principale de la maison.

Quelques minutes très tendues plus tard, l'un d'eux revint.

— Rien à signaler, dit-il avant de sortir par la porte arrière.

Caroline entendit une autre voiture arriver, une portière claquer, un aboiement sourd et la voix de Savannah.

Quittant sa place derrière le bureau, Caroline sortit en courant pour rassurer sa sœur. Dès qu'elle la vit, elle courut l'embrasser et la serra contre elle.

Tango aboya, l'air perdu.

— Caroline ! Merde, qu'est-ce qui se passe ?

Caroline lui expliqua brièvement ce qui était arrivé et lui demanda :

— Où est-ce que t'étais ?

— J'ai reconduit Sadie chez elle. On a pris un verre de vin. Quand je suis montée à l'étage pour t'appeler pour le dîner, t'étais tellement fatiguée que t'as même pas bougé. Alors j'ai pris Tango avec moi et je t'ai laissé dormir. Quand est-ce que c'est arrivé ?

Caroline secoua la tête.

— C'est ce qui est fou. J'en ai aucune idée ! Un rêve m'a réveillée, j'ai cru que j'avais entendu un bris de verre. Mais Tango n'aboyait pas et la maison était silencieuse. J'y ai pas pensé plus que ça. Et puis quelqu'un a sonné. C'était Jack, peut-être qu'il les a fait fuir, j'en ai aucune idée !

Savannah frissonna et serra à nouveau Caroline.

— Dieu merci, t'es en sécurité ! Maintenant, ralentis et redis-moi ce qui s'est passé.

Caroline prit une profonde inspiration et lui répéta son histoire, sans enjoliver. Elles entrèrent dans la maison bras dessus bras dessous. Le gyrophare allumé, une autre voiture de police arriva en dérapant, faisant crisser des coquilles d'huîtres. À ce stade, elle commençait à se sentir un peu stupide, étant donné que personne n'était en fait entré dans la maison. Elle se demandait si la réaction de la police était due à Jack ou au simple fait que sa mère avait été un pilier respecté de la communauté. Repensant à Karen Hutto, que la police avait laissé tomber, elle se sentit un peu coupable.

Tango se retourna et aboya alors que deux autres hommes se précipitèrent hors de la voiture de patrouille. Jack passa près d'elle pour accueillir les nouveaux arrivants. Caroline croisa brièvement son regard et détourna aussitôt la tête.

Savannah lui lança un regard éloquent.

— Tu sais qu'une jeune femme a été assassinée juste au bout de la route hier soir ?

Caroline frissonna et serra le bras de Savannah.

— Ouais. On va fermer la porte du bureau de Mère à clé ce soir. Peut-être que tu devrais appeler Sadie pour lui dire ce qui s'est passé. Plus question de te sauver sans me dire où tu vas !

Elle se retourna pour faire rentrer Tango, mais Jack était en train de le caresser.

— Et à partir de maintenant, il sort pas de la maison.

Savannah regarda par-dessus son épaule.

— Tango ou Jack ?

— Ah ! Ah ! Ah ! Comme c'est drôle, dit Caroline sans essayer d'imiter l'humour de Savannah. Je voulais dire celui qui aboie.

— Heureusement que t'as pas dit celui qui mord, la taquina sa sœur. On sait bien toutes les deux de qui il s'agit.

Caroline lança un regard noir à sa petite sœur, agacée qu'elle ait réussi à évoquer des images intimes de Jack. Des souvenirs sexy dont elle n'avait vraiment pas besoin pour le moment. Elle regretta profondément avoir parlé à Savannah.

Sa sœur lui adressa un sourire entendu.

IL ÉTAIT PRESQUE une heure du matin quand la police partit.

Ils avaient trouvé et relevé la moindre empreinte digitale dans le bureau de sa mère. Apparemment, rien n'avait été volé. Il n'y avait aucune preuve que quelqu'un était entré. Mais l'incident remplit Caroline de crainte, surtout après l'effraction dans le bureau de Daniel.

Savannah resta près d'elle jusqu'à ce qu'elle ne puisse plus garder les yeux ouverts. Puis elle s'excusa, laissant à Caroline le soin de dire au revoir à Jack.

Gênée, Caroline se tenait sur la plus haute marche de la véranda. Elle le regardait tout en gardant ses distances.

— Merci d'être venu à mon secours, avança-t-elle.

Il sourit en coin. Le temps d'un instant, elle arriva presque à oublier les années de ressentiment entre eux.

— Je suis surpris que tu te sois souvenue de mon numéro.

Caroline esquissa un sourire triste.

— Je suis plus surprise que t'en aies pas changé.

Il leva les sourcils.

— C'est pas moi qui suis parti.

Caroline hocha la tête.

— D'accord, répondit-elle.

Mais ils savaient bien tous les deux pourquoi elle était partie.

Il fourra ses mains dans ses poches, quelque chose qu'il faisait à chaque fois qu'il ne se sentait pas sûr de lui. Caroline aurait préféré ignorer ce détail le concernant.

— Quoi qu'il en soit, assure-toi de mettre en marche le système de sécurité cette nuit.

Caroline croisa les bras devant elle pour se protéger de la brise.

— Y a pas de risque que j'oublie !

— T'es sûre, tu veux pas que je passe la nuit ici... sur le canapé ?

— Non Jack, tout ira bien. Josh va passer voir Sadie

et puis il viendra ici.

Ils se dévisagèrent un instant. Caroline discerna le regret dans ses yeux, ce qui la dérouta davantage.

— Bon d'accord. Essaye de dormir un peu.

Il tourna le dos et commença à s'en aller.

— Jack ?

Il s'arrêta et se retourna.

Pour une raison quelconque, elle éprouva soudain de la réticence à le laisser partir. Mais elle ne pouvait pas lui demander de rester.

— Quelqu'un est entré par effraction chez Daniel la semaine dernière. Est-ce qu'il pourrait y avoir un lien ?

— Dans King Street ?

— Ouais. Ils ont dit que c'était des jeunes qui cherchaient de l'argent pour acheter de la drogue. Ils ont saccagé son bureau et envoyé Daniel à l'hôpital.

— C'est un quartier chaud, acquiesça-t-il.

Il sembla réfléchir un instant avant d'admettre :

— Probablement pas. Mais je vais quand même y regarder de plus près.

— Merci.

— Bonne nuit, Caroline, lui dit-il en ouvrant sa portière.

— Bonne nuit, Jack, répondit-elle.

Il attendit qu'elle soit rentrée à l'intérieur avant de s'éloigner.

9

———

« Q uand la vie vous réserve de mauvaises surprises, tournez-les à votre avantage ».

C'était le proverbe préféré de Sadie quand Caroline et ses sœurs boudaient à cause de ce qu'elles jugeaient être des injustices. Ce conseil semblait bien s'appliquer à la situation actuelle aux yeux de Caroline. Sauf que, vu sous n'importe quel angle, se plaindre d'hériter de vingt-sept millions de dollars tombait pile dans la rubrique « pauvre petite fille riche ».

Pratiquement toute sa vie, Caroline avait été parfaitement consciente qu'en fin de compte, on trouvait les plaintes des filles Aldridge choquantes. Les trois étaient allées à Ashley Hall jusqu'à l'école secondaire, où Augusta avait commencé sa croisade personnelle contre sa position sociale. Mise à part la disparition de Sammy, elles avaient vécu une enfance relativement protégée, avec un chauffeur qui les conduisait et les ramenait de l'école. Avec leurs uniformes écossais qui leur donnaient un peu l'air de poupées Highlander, avec même différentes nuances de roux dans les cheveux. Quand Augusta avait insisté qu'on la traite comme une « personne normale », elles étaient toutes les trois passées à l'école publique pour la soutenir, au grand dam de Flo. C'est à peu près à cette époque qu'elles découvrirent les garçons, et que Caroline rencontra Jack.

Joueur de football, il était l'idole réservée qui en dehors des matches avait tendance à passer son temps tout seul, sans se soucier du regard des filles. Un solitaire qui broyait du noir, élevé par une mère toxicomane et alcoolique. Abandonné par son père, aussi alcoolique. Même si leurs mères étaient aux antipodes l'une de l'autre, ou venaient de milieux différents, les deux avaient négligé leurs enfants. La mère de Caroline l'avait délaissée à cause du journal et d'une mer de chagrin. Tandis que celle de Jack l'avait abandonné pour la drogue et la prostitution. Tous deux étaient des produits de leur milieu.

Défenseur des opprimés, Jack était l'unique personne à voir Caroline comme elle se sentait. Il voyait en elle ce que personne d'autre ne voyait. Ce puits de tristesse sans fond caractéristique des enfants négligés, quel que soit le prix de leurs vêtements.

À l'époque, une partie de Caroline avait eu besoin de la compassion de Jack. Mais le problème quand on devient le projet de quelqu'un, c'est que par la suite, un autre projet viendra jouer sur sa corde sensible. Selon Caroline, le besoin de Jack de s'occuper des autres était une dépendance au même titre que la drogue ou l'alcool. Caroline dut faire face au fait qu'il suffisait de peu pour éclipser les difficultés d'une pauvre petite fille riche.

Ils étaient fiancés quand elle découvrit les « aventures » de Jack avec sa meilleure amie. Elle avait complètement rejeté ses protestations passionnées que rien ne s'était passé entre eux. Surtout par crainte qu'un jour ou l'autre, il allait de toute façon lui briser le cœur. Mais plus tard, même après qu'elle soit finalement arrivée à le croire, la seule chose qui avait empêché Caroline de décrocher le téléphone et de l'appeler était un sentiment tenace de doute que l'amour n'avait jamais été de la partie.

Autrement dit, Jack avait des choses à régler.

Il avait encore des choses à régler.

Josh aussi, apparemment. Il passa ses nuits dans la maison jusqu'à ce qu'ils réparent la porte, ce qui prit beaucoup plus de temps que prévu. Le verre italien biseauté avait dû être commandé sur mesure. Mais même une fois les réparations finies, Caroline dut lui assurer à maintes reprises qu'elles pouvaient rester seules sans problème. Elle promit de mettre le système de sécurité en marche tous les soirs. S'il devait passer la nuit chez quelqu'un, raisonnait Caroline avec enthousiasme, ce devrait être chez sa mère. C'était insensé de laisser Sadie seule alors qu'il veillait sur des femmes adultes parfaitement capables de se débrouiller toutes seules. Et qu'est-ce qu'il allait faire ? Emménager pour de bon ? Ce serait ridicule. Flo avait vécu ici toute seule pendant des années. Tout irait bien.

Elle se doutait que la vraie raison pour laquelle il voulait rester était qu'Augusta allait revenir. Caroline saisit l'occasion de l'arrivée de sa sœur pour réserver un vol à destination de Dallas. Elle n'avait pas accumulé grand-chose, mais assez pour entraîner le besoin de prendre des dispositions, y compris ramener sa voiture à Charleston. La Town Car de sa mère était bien pour un collectionneur, mais Caroline se fichait des voitures. Et elle n'avait pas envie d'être le point de mire à chaque fois qu'elle était au volant. Elle préférait être invisible dans sa petite Lexus gris métallisé.

Quant à Dallas, elle n'avait pas beaucoup de regrets à quitter cette ville. Mais puisqu'elle ne pouvait pas rompre son bail, elle décida de se servir de son appartement comme lieu de rangement, ce qui lui donnerait suffisamment de temps pour prendre une décision à long terme. Restait à savoir si elle allait rester à la tête du *Tribune* ou non. Mais elle n'allait pas passer une année entière à Charleston sans ses affaires. Elle emballa donc tout ce dont elle ne pouvait pas se passer. Et expédia tout ce qui ne tenait pas dans sa voiture.

Au bout du compte, cela lui prit cinq jours pour accomplir ce qu'Augusta avait fait en presque deux semaines. Ou plutôt ce qu'elle prétendait avoir fait en deux semaines. Parce qu'en fait, elle avait débarquée à Charleston sans beaucoup plus de choses qu'à son départ. Caroline prévoyait que sa sœur récalcitrante ferait encore d'autres « voyages » à New York.

Caroline sortit de Dallas pendant l'heure du déjeuner. Une fois sur l'autoroute I-20 avec le plein d'essence et une tasse de café fumant, elle appela Savannah pour lui dire qu'elle était en route.

— Tout est calme ici, la rassura Savannah.

— Bien. Comment va Augie ?

Savannah pouffa de rire.

— Augie est… toujours la même. Elle va bien.

Il n'y avait pas grand-chose à ajouter.

— Au moins, elle est prévisible, commenta Caroline. Quand je serai rentrée, tu pourras aller faire ce que tu as à faire à Washington.

— Ça va pour l'instant.

Caroline fronça les sourcils. Savannah avait déjà passé plus de trois semaines à Charleston. À un moment donné, elle devrait aller chez elle prendre ses propres dispositions.

Qu'est-ce qu'elle évitait ?

— T'es sûre ?

— Absolument.

— Bon d'accord. C'est toi qui sais. Comment vont les autres ?

Savannah sembla soulagée que Caroline laisse tomber le thème de Washington.

— Tout le monde va bien. Josh s'est envolé, après une dispute avec Augie. Sadie va bien. Elle est ici. Tu veux lui causer ?

— Non, c'est pas la peine. Je dois encore appeler le bureau. Et puis faut que je fasse attention. J'ai pas pris cette route depuis des années.

— D'accord, dit Sav. Sois prudente.

— Promis. Bisous, ajouta Caroline.

— Bisous aussi.

Elles raccrochèrent. Caroline essaya de se rappeler la dernière fois qu'elle avait dit ce mot à d'autres qu'à ses sœurs. Le dernier homme à qui elle l'avait dit était Jack. Et même si elle était sûre qu'elle avait dit ce petit mot à un moment donné à sa mère, elle n'arrivait pas à se rappeler quand. Elle ne se rappelait pas non plus quand sa mère le lui avait dit, à elle ou à qui que ce soit d'ailleurs. Pas même à leur père. C'était difficile de savoir pour sûr si Flo avait vraiment jamais aimé quelqu'un ou quelque chose. Certes, elle n'avait de haine pour personne. Mais elle avait toujours semblé dépourvue de tout sentiment. Et pourtant, quand Caroline repensait au temps avant ce jour-là sur la plage... elle se rappelait vaguement le rire de sa mère. Mais c'était un souvenir si vague qu'elle n'était même pas certaine de sa réalité. Elle soupira et fixa la route du regard. Un semi-remorque la dépassa. Elle vit le gars regarder dans sa voiture.

— Pauvre con, dit-elle à voix haute.

Et le *Tribune* ?

Est-ce que Flo avait aimé le journal ? Elle l'avait gardé jalousement. Encore maintenant, de sa tombe. Aux yeux de Caroline, cela ressemblait plus au besoin de contrôler qu'à de l'amour. Mais Caroline n'était pas Augusta, infatigable dans sa rébellion. Elle n'était pas non plus Savannah. Sa mère avait perdu le droit de contrôler tous les aspects de sa vie. Le journal était sur la voie du changement. Caroline avait déjà agrandi l'équipe Web. Dès qu'elle le pourrait, elle avait l'intention d'embaucher quelqu'un d'expérimenté en médias sociaux.

Et son père ? Flo et lui avaient produit quatre enfants en quatre ans. Signe d'amour ? Ou seulement de désir sexuel ? À peu près la seule chose que Caroline se souvenait de son père était son absence. Soit il rentrait de quelque part, soit il s'en allait ou se préparait à partir. Avant sa mort, il avait développé une carrière politique très prometteuse. Mais apparemment, malgré leurs différences en ce domaine, il avait un défaut majeur en commun avec John F. Kennedy : un faible pour les femmes. Caroline ne savait presque rien d'autre sur lui. Du moins rien qui n'ait été de notoriété publique. Flo n'avait jamais voulu parler de lui.

Il était parti moins de deux mois après la mort de Sammy. Trois mois plus tard, il faisait partie des cinquante-six victimes du cyclone Hugo. Mais pas comme une victime habituelle d'une catastrophe naturelle. Tandis que le vent fouettait Charleston, déracinant des arbres anciens et endommageant des ponts, son père s'effondra dans sa maison de Legare Street, victime à trente-huit ans d'un infarctus massif. Il avait juste cinq ans de plus que Caroline maintenant. Sa nouvelle petite amie de vingt-trois ans, diplômée de l'université de Charleston, annonça la nouvelle à Flo pendant le chaos de la reconstruction. Caroline ne se souvenait pas que sa mère ait versé une seule larme. Elle avait poliment remercié la jeune fille, puis demandé à Caroline d'appeler ses sœurs. Une fois toutes réunies, elle leur avait annoncé la nouvelle d'un ton neutre, tout en discutant avec les couvreurs et en encourageant Sadie à faire sa fameuse tarte au citron. Comme si une tarte au citron pouvait magiquement leur remonter le moral.

Certes, Caroline n'avait jamais ressenti plus qu'une fascination morbide et très détachée face aux détails de la mort de son père. Elle essayait souvent d'imaginer sa petite amie à peine sortie de l'université, et probablement folle de lui, son sénateur distingué, plus âgé qu'elle, le retrouvant mort chez eux, sans téléphone ou AMU, et les eaux montant tout autour d'elle.

CAROLINE avala une gorgée de café, se rendant compte qu'elle venait de serrer le téléphone dans sa main gauche pendant près de trente minutes. Elle le reposa. Elle ne connaissait pas le numéro du bureau, de toute façon. Ces derniers jours, Pam l'avait appelée toutes les heures. Mais la sonnerie était étrangement silencieuse aujourd'hui. En fait, quand elle se rendit compte qu'il était près de seize heures trente, elle se prépara à se ranger sur le bas-côté pour chercher le numéro du bureau dans son journal des appels quand le téléphone se mit à sonner.

— C'est Pam.

— Bonjour Pam.

— Frank veut savoir si vous pouvez venir à la réunion demain matin.

— J'y vois pas de problème. Je suis en route.

— Ah, bien ! répondit-elle en parlant soudain à

voix basse. Il est super grincheux aujourd'hui. Il est pas heureux que vous proposiez de fermer l'édition à dix-huit heures. Il dit qu'on l'a fermée à minuit depuis la première édition, et que c'est une profanation de la tradition.

Merci de me le dire Pam.

Caroline avait déjà commencé à prendre des décisions pour réduire les coûts. Fermer l'édition plus tôt en était une.

— Rien d'autre ?

— Euh, oui. Vous connaissez Karen Hutto ?

— Oui ?

— Elle veut passer une annonce sur sa fille disparue.

Caroline ne réfléchit même pas à la décision.

— Elle a pas besoin. Dites à Frank de faire une petite mise à jour dans la section nouvelles.

Pam se remit à chuchoter :

— Vous êtes sûre ? Je veux dire, il va se taper la tête contre les murs si je lui dis ça.

Caroline soupira, probablement plus pour Pam qu'à cause de sa lassitude. À vrai dire, tout ce qui touchait au *Tribune* lui donnait autant d'énergie que de frayeur.

— Vous travaillez pour Frank ou pour moi ?

— Pour vous.

— Alors, dites-lui s'il vous plaît. Demandez à quelqu'un d'appeler Mme Hutto. Il nous faut des détails. Si la police ne fait pas de progrès, on va donner au public quelque chose qui pourrait aider Karen à retrouver sa fille. Dénichez tout ce qu'elle sait et imprimez-le.

— D'accord. Qui est-ce que vous voulez pour couvrir l'affaire ? ajouta-t-elle avec une note d'espoir dans la voix.

— Dites à Frank de décider.

— OK.

Elle avait l'air déçue.

— N'ayez pas peur de lui, Pam. Il va se laisser convaincre.

— Bien. D'accord. Faire une mise à jour sur Amanda, obtenir des détails de Karen, dire à Frank de décider qui doit couvrir l'histoire et ne pas avoir peur du grand méchant loup.

Caroline sourit.

— Vous avez tout compris ! Rappelez-vous, il va souffler et renâcler, mais c'est à peu près tout ce qu'il peut faire, parce qu'avec une cigarette en plus, il va se retrouver avec une machine à oxygène.

Pam ricana :

— D'accord.

Caroline rit, se rendant compte qu'elle n'avait pas vu Jack fumer une seule fois depuis son retour.

— Oh, et avant que j'oublie, j'ai regardé votre CV. Vous avez une expérience de journaliste !

Pam sembla soudain un peu penaude.

— Oui, c'est vrai.

— Est-ce que vous voulez écrire Pam ?

— Oh oui ! s'exclama-t-elle. Je l'ai fait un peu, mais Frank a des exigences spéciales pour la salle de rédaction. Mme Aldridge, je veux dire votre mère, pensait que je pourrais le convaincre en apprenant les ficelles du métier à partir de zéro. Donc elle m'a fait commencer à la réception.

Elle s'arrêta avant de poursuivre plus bas :

— J'y suis depuis *longtemps*.

— D'accord, déposez certains de vos articles sur mon bureau. Je vais voir ce que vous avez et si on pourrait pas accélérer un peu le processus.

Caroline pouvait entendre le sourire dans la voix de Pam.

— Merci !

Le téléphone de Caroline bipa.

— Appelez-moi si vous avez besoin de moi, lui dit-elle. Je serai là dans la matinée.

Elle mit fin à l'appel de Pam et jeta un œil à l'identité de l'appelant. Son cœur se mit à battre à la vue du nom sur l'écran.

10

Caroline jeta son téléphone sur le siège du passager sans répondre. Il sonna trois fois de plus. Elle garda le regard fixé sur la route, se sentant douloureusement partagée.

De quoi est-ce que t'as peur ?

Ses sentiments pour Jack étaient la seule chose qu'elle n'était jamais arrivée à maîtriser. Elle pouvait affronter sa mère, et à peu près n'importe quoi dans sa vie, sans tergiverser. Mais elle n'était jamais arrivée à prendre position avec Jack. Plus que tout le reste, c'était pour ça qu'elle avait quitté Charleston.

Il était grand temps d'affronter ses peurs, se dit-elle. Toutes ses peurs. Pas seulement celles concernant les attentes de sa mère. Mais concernant Jack, elle n'avait pas la moindre idée de ce qui lui faisait peur, vraiment.

Jouir de son amour, puis le perdre ?

Ou avait-elle juste peur de ne pas être digne de son amour ? Ou de l'amour de n'importe qui ? Et qu'un jour Jack ouvre les yeux et comprenne tout ?

Pendant des années, à chaque fois qu'elle avait pensé

à aller plus loin qu'un verre et un dîner avec un homme, le visage de Jack avait toujours surgi dans sa tête. Elle pouvait se mentir à elle-même, mais la raison était parfaitement évidente. Ce qu'elle avait ressenti pour lui était réel. Mais aimer quelqu'un ne voulait pas dire que c'était l'homme avec lequel elle devait vivre. Ça ne voulait pas dire non plus que l'amour était réciproque. Caroline ne voulait pas se caser.

C'est pour ça que t'es toujours célibataire.

Mais elle allait habiter à Charleston. Sa responsabilité au journal allait lui faire croiser Jack plus souvent qu'elle le voulait. Est-ce qu'elle allait vraiment continuer à se donner un mal de chien à l'éviter ?

Elle regarda le téléphone, agacée par le dialogue dans sa tête. Elle tendit la main, saisit le téléphone et le garda à la main un long moment, le regard fixé sur la route. Puis elle prit une profonde inspiration, ouvrit le téléphone et tapa sur la première entrée dans son journal des appels.

C'EST JUSTE *un endroit comme un autre*, se rassura Caroline.

Le bâtiment neuf, avec sa rampe en bois, lui rappelait moins l'édifice original rempli de graffitis que ce que vous pouvez trouver dans la rue principale de Myrtle Beach. La seule chose qu'elle reconnut était l'énorme tas de coquilles d'huître à l'arrière. Le restaurant original avait été une institution de Charleston avant de brûler en 2006. C'est aussi là qu'elle et Jack étaient sortis ensemble pour la première fois. Malheureusement, elle ne se souvint de cela qu'après avoir raccroché. Mais où pouvaient-ils aller dans la ville sans se heurter aux fantômes de leur passé ?

Nulle part.

— Ouah ! dit-elle en sortant de sa voiture. Ça a beaucoup changé !

Jack attendait au bas de la rampe, le regard un peu triste.

— De tous les endroits... il a fallu que tu choisisses de venir ici ?

Caroline haussa un sourcil en s'approchant de lui.

— Techniquement, notre premier dîner ici était juste un dîner comme un autre.

Comme aujourd'hui ?

Il la provoquait.

— Exactement, dit-elle avec un sourire anxieux.

À vrai dire, elle n'avait aucune idée de la nature de leur rencontre. Elle espérait qu'il ne lui demanderait pas de préciser. Du moins pas maintenant. Il l'attirait toujours autant. Mais ce soir, il s'agissait plus de poser des limites, de forger une nouvelle amitié ténue, et peut-être d'aller un peu à la pêche. Mais pas celle où on a besoin d'une canne à pêche. Caroline espérait recueillir quelques renseignements sur l'affaire Amanda Hutto, quelque chose qui puisse donner espoir à sa mère. Même si Folly-sur-Mer avait sa propre petite force de police, chargée de l'affaire, Caroline savait que Jack avait des amis parmi eux.

En posant la main sur sa taille, il l'invita à passer devant lui et à gravir la rampe. Caroline sursauta et le regarda avec surprise. Le regard qu'ils échangèrent était beaucoup trop révélateur. Caroline détourna son visage. Heureusement, il ne reposa pas la main sur elle. Mais l'air entre eux était chargé de courants sous-jacents.

À l'intérieur du restaurant, l'atmosphère était tout autant touristique. Caroline se sentit comme submergée par le plastique. Adieu les chaises dépareillées, pleines de graffitis, et les tables branlantes recouvertes de journaux. Il y avait toujours un mélange, mais les tables et les chaises étaient maintenant toutes en plastique. L'atmosphère de cabane avait disparu. Les tables étaient recouvertes de nappes en plastique à carreaux rouges et blancs. Des poissons parleurs étaient accrochés au mur. Et c'était propre.

Jack sembla percevoir sa déception.

— Et si on s'asseyait sur le quai ? lui proposa-t-il. Il y a de la brise ce soir. Les moustiques ne devraient pas nous poser trop de problèmes.

— Oui, je veux bien.

— Allons-y.

Caroline recula pour le laisser parler à l'hôtesse. Elle observa les convives, peu nombreux. C'était chic maintenant de venir ici. Un couple était assis au bar, avec des martinis. Ils se regardaient l'air rêveur. Quand elle et Jack étaient venus de temps en temps pour leur dose d'huîtres, l'expérience était dépourvue de glamour. Le lieu était généralement vide, à part les quelques habitants du coin qui savaient où se trouvait l'entrée cachée dans Folly Road. Il semblait désormais arrangé pour des cérémonies, des mariages peut-être.

Comme celui qu'elle avait jamais eu.

La pensée s'insinua dans son cerveau avant qu'elle ait pu la bloquer.

Ça avait rien à voir avec elle et Jack.

C'était pour Amanda Hutto. Et pour prouver, au moins se prouver à elle-même, qu'elle pouvait vivre à la hauteur des attentes de sa mère. Il y avait plus ici que des sentiments et la mort d'une aventure. Le tableau était beaucoup plus vaste.

Avec le charme naturel de Jack, ils n'eurent pas à attendre longtemps pour avoir une table sur le quai étroit, entouré du ruisseau Sol Legare. La serveuse les plaça à une table pour deux et essaya à plusieurs reprises d'allumer leur bougie. Caroline lui dit presque de laisser tomber. Mais le soleil se couchait et il ne semblait pas y avoir d'autre source de lumière sur le quai.

À l'horizon, le soleil couchant envoyait au loin des rayons couleur rose et pêche, projetant une lumière céleste sur le ruisseau.

Caroline s'assit, regrettant complètement son choix de restaurant. Elle l'avait choisi parce que c'était le cadre le moins romantique qu'elle connaissait dans toute la ville. C'est seulement sur le pas de la porte que Sadie l'avait informée qu'il avait été remis à neuf.

Ignorant l'autre couple au bout du quai et le cadre trop intime, Caroline compara les images à celles qui habitaient ses souvenirs. La brise du soir était douce. L'odeur de boue, d'où les huîtres qu'ils allaient bientôt manger venaient d'être pêchées, était âcre et forte. Ici, elle pouvait facilement imaginer que rien n'avait changé, qu'à l'intérieur chaque mètre carré, les chaises, les tables et les murs étaient recouverts de vieux graffitis. De son temps, il n'y avait qu'une seule raison d'aller à Bowens Island : pour y pêcher des huîtres. Elle regrettait que cela ait changé.

— T'inquiètes pas, lui dit-il, semblant lire ses pensées, du moins celles qui n'avaient rien à voir avec les amoureux ou les regrets. Elles sont toujours aussi bonnes.

— Ah, tant mieux ! dit Caroline un peu mal à l'aise.

Heureusement, ils ne durent pas attendre longtemps le retour de leur serveuse.

— Vous voulez boire quelque chose ? demanda la jeune fille d'un ton allègre.

— Pas pour moi, annonça Caroline en reposant son menu.

Ce soir, il lui fallait garder les idées claires.

— Une Guinness, dit Jack sans hésiter.

Il saisit son menu et tendit les deux à la serveuse.

— On va prendre deux plats d'huîtres à volonté et une bouillabaisse de Frogmore, sans les grenouilles.

La serveuse ne remarqua pas le clin d'œil que Jack adressa à Caroline.

— Oh, y a pas de grenouilles dans la bouillabaisse, le rassura-t-elle.

Jack prit un ton déçu :

— Pas même une seule ?

— Non, monsieur. La bouillabaisse tire son nom de...

Malgré elle, Caroline dissimula un sourire. Mais Jack ne put se retenir de rire.

— Vous me faites marcher ! dit la jeune fille avec un accent traînant du Sud.

Elle se mit à rire et s'attarda un moment de trop, le regard sur Jack, en manipulant nerveusement les menus.

— Juste un peu, avoua Jack, le sourire espiègle et de bonne humeur.

Il avait toujours le même effet sur les femmes : dès qu'il ouvrait la bouche ou souriait, il les charmait toutes. Sauf Flo.

— Alors, dis-moi pourquoi on est là, demanda Jack sans faire dans la dentelle.

Il ne remarqua même pas les yeux rêveurs de la jeune serveuse alors qu'elle s'éloignait.

— Ça m'a surpris que tu me rappelles.

— Eh bien, commença Caroline en dépliant sa serviette, je sais pas si t'as appris la nouvelle, mais je vais rester ici...

Elle leva les yeux pour jauger son expression avant d'ajouter :

...un certain temps.

Il ne sembla pas vraiment surpris. Elle se lança néanmoins dans des explications, en détail, se rendant compte seulement maintenant combien elle avait besoin de parler des changements dans sa vie. Elle lui parla des clauses du testament de sa mère, de la colère d'Augusta et même de ses soupçons que Savannah cherchait à éviter quelque chose dans sa vie. Elle n'avait pas réalisé combien de temps elle avait parlé quand la serveuse revint avec une Guinness pour Jack.

— Alors, c'est ce que tu veux ? lui demanda-t-il, faisant référence à son retour à Charleston.

Caroline haussa les épaules, se détendant un peu.

— Même si j'apprécie pas que Mère mène la barque de la tombe, je serais stupide de tout laisser tomber. Même Augusta elle peut pas faire ça.

Jack haussa les épaules.

— Tu peux faire vachement de bien avec tout cet argent, reconnut-il. Ça au moins c'est sûr.

Comme si quelqu'un avait augmenté le volume de la musique de fond, les sons du marais s'élevèrent dans le soleil couchant. Ils baignaient maintenant dans la lumière qui traversait les fenêtres, au milieu d'un chœur de grillons.

Caroline se mit à rêvasser en pensant à sa mère.

Flo avait certainement fait sa part pour la communauté. Les gens l'aimaient pour cela, mais cela aurait été bien si sa charité avait commencé à la maison. Leur vie, à bien des égards, était un gâchis. Pour toutes les trois. Caroline avait des difficultés à s'engager, voire même à avoir des relations normales. Augusta semblait se sentir obligée de saigner pour l'humanité. D'après ce que Caroline savait, elle n'avait pas de vie. Elle consacrait tout son temps à son poste de directrice des services bénévoles et des services de la jeunesse de la Croix-Rouge américaine. Et Savannah, Caroline devait l'avouer, elle ne connaissait pas sa plus jeune sœur. Elle connaissait l'histoire de sa vie, bien sûr, mais elle ne savait pas vraiment ce qui la motivait. Savannah était calme, distante et très réservée. Quelque chose que Caroline n'avait réalisé qu'en revenant à Charleston.

— Et tu tiens le coup ?

LA TENDRESSE de sa question la surprit. Sa poitrine se serra un peu. Elle ouvrit la bouche pour répondre, mais sa voix se noua. Elle avala sa salive et haussa les épaules. Pendant un moment, elle ne put que fixer ses yeux bleus, aux prises avec les émotions suscitées par sa question.

Il n'avait pas changé, sauf quelques rides autour des yeux et de la bouche.

Des rides du sourire ?

Est-ce qu'il était heureux ?

Elle n'osait pas lui demander.

Caroline s'obligea à respirer.

— Tes sœurs te prennent pour modèle, même si elles veulent pas le montrer, lança-t-il.

Jack avait été le seul à vraiment comprendre sa relation avec ses sœurs. Même quand elle ne la comprenait pas elle-même. Des souvenirs trop durs à rejeter envahirent son esprit. Sur la défensive, elle les repoussa et s'accrocha au moment présent.

Ce n'était plus son boulot de la soutenir.

Elle changea de sujet :

— Quoi qu'il en soit, merci encore d'être venu à mon secours l'autre soir. Je suppose que tu peux dire que c'est ma tentative pour te remercier... Je pensais qu'on pourrait trouver le moyen d'enterrer la hache de guerre.

Il sourit.

— Tant que tu me l'envoies pas dans le dos.

Caroline rit.

— Il y a des jours où j'y aurais bien pensé, admit-elle, mais tout ça c'est du passé, non ?

Les coins de la bouche légèrement relevés, mais le regard éteint, son sourire s'adoucit.

— Caroline..., commença-t-il.

Elle se prépara à une conversation tendue. Mais il sembla repenser à ce qu'il allait dire et avoua :

— C'est tout ce que je veux, qu'on recommence à zéro.

Elle sentit son cœur palpiter.

Elle voulait lui demander ce qu'il voulait dire exactement. Pour elle, recommencer c'était essayer de trouver un terrain d'entente où ils n'avaient pas envie de se tuer. Mais elle avait peur de savoir déjà ce que lui voulait dire.

Une légère brise se leva. La bougie vacilla nerveusement entre eux.

Caroline ne pouvait pas détourner ses yeux de lui.

— Et... comment va Kelly ? lui demanda-t-elle sans vouloir paraître intéressée.

Il était impossible de ne rien savoir sur la vie amoureuse de Jack. Malgré son cachet, Charleston était une très petite ville et les potins lui étaient parvenus jusqu'à Dallas, essentiellement par le biais d'« amis bien intentionnés » qui pensaient qu'elle avait le « droit de savoir ».

Jack saisit son verre et avala une longue gorgée. Puis il le leva en l'air pour montrer à la serveuse qu'il était prêt pour un autre. Il avala avec difficulté, comme s'il cherchait plutôt à ravaler les mots qu'il voulait dire.

— C'est fini.

— Je suis désolée, dit Caroline automatiquement.

— Pas la peine. Ça aurait dû être fini depuis long-temps. Et toi ? T'as quelque chose en route à Dallas ?

— Non.

Ce petit mot souleva des milliers de questions sans réponse. Jack eut la courtoisie de ne pas chercher à en savoir plus.

La serveuse lui apporta une autre chope. Jack s'appliqua à la boire pendant leur conversation et un premier puis un second plat d'huîtres. Quand la bouillabaisse arriva, Caroline n'avait plus faim. Elle se contenta d'effleurer la saucisse et les crevettes. Elle remarqua que Jack mettait les crevettes de côté et en poussait même quelques-unes vers elle. Il se souvenait que c'était ce qu'elle préférait.

Le geste d'un amoureux.

Elle préféra penser que c'était un gage de réconciliation.

— Elles sont délicieuses ! dit-elle. Merci !

Il la regarda manger, le regard posé sur sa bouche. Caroline essaya de ne pas faire attention à ce qu'il pouvait penser.

Il se pencha en avant. Elle sentit son cœur battre la chamade. La table était bien trop petite, trop intime. Même dans la brise fraîche, ses paumes devinrent moites. Son cœur se mit à battre plus vite.

— Tu es très jolie, Caroline, murmura-t-il.

Caroline avala un morceau de crevette et déglutit, la gorge serrée.

Il avança sa main vers la sienne sur la table. Elle

sentit un courant électrique la parcourir. Elle resta immobile, incapable de bouger.

— Jack..., protesta-t-elle en essayant de retirer sa main.

Trop tard. Il saisit sa main.

— Me dis pas que t'as pas pensé à nous, lui dit-il.

Caroline secoua la tête, interdite.

— Je... je peux pas...

— Tu peux pas quoi ? lui demanda-t-il, la voix rauque et basse.

Il l'attira vers lui. Caroline n'avait pas la volonté de résister. Il se pencha en avant, ses lèvres chaudes et douces. À son léger contact, la fièvre s'empara aussitôt d'elle, l'envie de plus. Son corps se tendit. Elle serra les jambes. Le désir la faisait frémir. Elle retira brusquement la main et recula sur sa chaise. Elle inspira profondément pour s'éclaircir l'esprit.

Jack la regarda en fronçant les sourcils. Il resta penché en avant, immobile, se contentant de la regarder, l'air à la fois déçu et tourmenté.

— Est-ce que tu veux bien me rendre un service ? avança-t-il en hésitant.

— Bien sûr.

— Je veux que tu me promettes d'être prudente dans tes allées et venues, surtout quand t'es toute seule.

— Bien sûr, le rassura Caroline. À cause de l'effraction ?

Ses yeux bleus la transpercèrent.

— Pas exactement.

AYANT TERMINÉ LEUR REPAS, le couple du bout du quai passa devant eux en riant, comme des amoureux à l'aise ensemble.

Comme Caroline et Jack l'étaient avant.

L'alcool était supposé désensibiliser Jack, mais il avait l'effet inverse. Cela le faisait souffrir de s'asseoir si près d'elle sans pouvoir la toucher. Il n'avait jamais cessé de l'aimer. Son sens du devoir faisait la guerre à son cœur. Il n'aurait jamais envisagé de dire à personne d'autre ce qu'il voulait lui dire, ce qu'il se sentait obligé de lui dire, malgré ses années de travail. Pourtant, il pesa ses mots, sachant qu'il était sur le point de franchir la limite.

Depuis l'entrée par effraction chez elle, ses cauchemars lui donnaient des sueurs froides. La propriété des Aldridge était à deux pas de là où Jones avait été assassinée. Un irrépressible sentiment croissant de terreur l'envahissait. Si quelque chose arrivait à Caroline ou à ses sœurs parce qu'il avait gardé le silence sur ce qu'il avait appris du coroner... Il ne pouvait pas supporter cette idée.

Il sirota sa bière, attendant que le couple s'en aille avant de continuer.

— C'est juste un pressentiment, lui dit-il une fois seuls. Mais un fort pressentiment, Caroline. C'est pas prudent d'être seul dehors la nuit.

— Alors tu veux te proposer comme garde du corps ? dit-elle en riant.

Il ne sourit pas.

— C'est très sérieux.

Caroline se raidit.

— Pourquoi Jack ? Tu crois qu'il va y avoir d'autres meurtres ?

Jack avala une longue gorgée avant de répondre, l'âme torturée. Mais il n'arrivait pas à se résoudre à trahir son badge de policier.

— Je suis pas sûr, lui répondit-il.

Ces quatre petits mots soulevaient la question de

la sécurité de toute une ville et du poids de sa responsabilité professionnelle. Il était agent de police. N'était-ce pas ce qu'il était censé faire ? Protéger les gens ? S'il arrivait même pas à protéger la femme qu'il aimait, qu'il avait aimé presque toute sa vie, merde alors, à quoi lui servait son badge ?

Le marais alentour prit un air beaucoup moins bénin.

La serveuse apporta une autre chope à Jack sans qu'il lui ait demandé. Il attendit qu'elle s'éloigne.

Caroline se pencha en avant.

— Jack, est-ce que tu veux dire ce que je crois deviner ?

Il pesa ses mots avec soin.

— En fin de compte, on sait pas encore à quoi on a affaire.

Mais Jack savait qu'il pouvait faire confiance à ce qu'il ressentait dans ses tripes. Une seule fois, une seule, il n'avait pas écouté son intuition. Le lendemain matin, on l'avait escorté à la morgue pour identifier le corps de sa mère.

À en juger par l'état du corps d'Amy Jones, l'assassinat n'avait pas été commis de façon impulsive, sous l'effet de la colère ou de l'hostilité. Vu sous un angle ou sous un autre, il ne pouvait ignorer l'impression que le meurtrier avait été interrompu, qu'il avait préparé le corps pour autre chose. Que c'était pas son premier meurtre. Ni son dernier.

Derrière ses yeux brillants, couleur noisette, il vit que Caroline réfléchissait.

— Tu vas tenir une conférence de presse ?

Les épaules de Jack se raidirent. Il en avait déjà trop dit, et pourtant pas assez. Il préférait perdre son badge plutôt que perdre Caroline. Tourmenté, il secoua la tête.

— Tu crois pas que les gens ont le droit de savoir ?

— On a un seul corps, fit-il remarquer avec insistance.

Il se sentit hypocrite : c'était précisément pourquoi il avait mis Caroline en garde, pour qu'elle se protège. Mais parler à la femme qu'il aimait était une chose, semer la panique dans toute une ville en était une autre.

L'expression de Caroline se transforma soudain en fureur.

— Et Amanda Hutto ?

— Quoi Amanda ?

— Jack, elle a disparu !

— C'est le problème, Caroline. Elle a disparu. Tu peux pas tirer de conclusion sur le sort d'une personne quand t'as pas de corps.

Ses narines se dilatèrent. Jack sentit qu'elle voulait en dire plus.

— Tu crois que sa disparition est liée à l'affaire Jones ?

Il secoua la tête.

— Je vois pas le rapport entre une étudiante de vingt-deux ans et une gamine de six ans.

Les épaules en arrière, son expression révélait toute sa colère.

— Tu te souviens de Gaskins ? Ses victimes avaient rien en commun !

Caroline s'adossa à la chaise et jeta sa serviette sur la table. Le lien fragile que Jack avait ressenti entre eux disparut.

— Est-ce que vous avez au moins une piste ? demanda-t-elle, un peu plus calme maintenant, mais sur un ton acerbe qu'il n'avait encore jamais remarqué chez elle.

En fait, pour la première fois depuis qu'il l'avait

rencontrée, à quinze ans, il ne vit pas la fille douce et sensible dont il était tombé amoureux et qu'il avait presque épousé. Ni la femme qui l'avait pratiquement laissé au pied de l'autel. Ni l'objet de son obsession actuelle, mais une parfaite inconnue.

— Peut-être, admit-il en se refermant. Je peux pas en dire plus.

LES PAROLES de Jack lui donnèrent soudain froid dans le dos.

Malgré la brise tiède, Caroline regrettait de ne pas avoir pris de pull.

Le chant des grillons et le coassement des grenouilles ressemblaient tout à coup à des cris de mort. La nuit semblait remplie de menaces, lugubre. Et cette odeur, sur laquelle elle était devenue si partagée, était maintenant fétide comme l'odeur indéfectible de la pourriture.

Ses émotions remontaient à la surface.

En un éclair, elle se rappela ce jour à la plage avec son frère. Et si c'était Sammy qui était porté disparu maintenant ? Elle se rappelait le visage de Karen Hutto, plein d'angoisse et de douleur. La ville était remplie de Karen Hutto. Toutes prêtes à protéger leurs enfants. Si on leur fournissait les informations nécessaires. Elle ne comprenait pas l'idée de respecter des modalités si elles mettaient les autres en danger.

Elle ne savait pas exactement ce qu'elle ressentait pour Jack. C'était en tout cas éclipsé par un désir irrésistible de bien faire. Non, c'était une nécessité : c'était ce qu'elle *devait* faire.

La serveuse revint et demanda à Jack s'il voulait une autre bière. Mais avant qu'il puisse répondre, Caroline chercha sa carte de crédit dans son sac à main. Elle la tendit à la serveuse, avec un sourire tendu.

— C'est moi qui paye, annonça-t-elle en se tournant vers Jack. J'enverrai la facture à la compagnie.

Il avait l'air trop choqué pour protester. La serveuse hésita un instant, puis s'éloigna avec la carte de Caroline.

Caroline se leva.

— Merci pour la conversation, Jack. C'était très instructif.

Il resta assis à la regarder, ses yeux bleus plissés. Caroline était trop secouée pour savoir quoi ajouter. Il semblait en quelque sorte froid et distant, et à cet instant, elle éprouvait le contraire de tout cela. Chacun de ses nerfs hurlait. Son cœur battait comme un poing contre les parois de sa poitrine. Elle ne pouvait pas juste rester là et faire semblant que tout allait bien.

Elle suivit la serveuse à l'intérieur pour signer et laissa Jack tout seul, n'osant pas regarder en arrière pour voir s'il la regardait partir. Tout ce qu'elle savait, c'est que cette fois, elle se sentait capable. Elle n'allait pas rester là les bras croisés et regarder le ciel lui tomber sur la tête.

11

Il aurait fallu être aveugle pour ne pas remarquer le gros titre hurlant en première page dans l'édition du matin du *Tribune* :

LE TUEUR DU RUISSEAU DE SECESSIONVILLE : LES AUTORITÉS CRAIGNENT D'AUTRES MEURTRES.

Jack marqua un temps d'arrêt au distributeur de journaux devant le commissariat de Lockwood. Il sortit de l'argent de sa poche pour acheter un exemplaire. Le journal en main, il entra et le lança sans ménagement sur son bureau. Puis il s'assit en jurant.

À peine vingt secondes plus tard, son partenaire entra pour lui montrer un exemplaire du même journal. Jack le ficha à la porte, se leva et claqua la porte derrière lui. Don Garrison était un bon détective, mais avec sa nature légèrement compétitive, c'était un peu comme remuer le couteau dans la plaie pour l'instant.

Il comprenait pourquoi Caroline se sentait poussée à avertir les masses. La fille Hutto. Juste où elle habitait, dans l'ombre de la mort de son frère. Elle pensait avec son cœur, pas avec sa tête.

IL S'ASSIT et prit une profonde inspiration en sortant

son téléphone de sa poche. Avant même d'expirer, il composa le numéro de Caroline.

Pas de réponse.

Pas surprenant. Il raccrocha et la rappela, laissant un message seulement après avoir entendu pour la troisième fois son message d'accueil, court et impersonnel.

Il aurait peut-être dû s'attendre à ça. Il s'y serait attendu de la part de sa mère, mais c'était Caroline. Malgré sa façon brusque de le congédier la veille au soir, son action préventive le prenait de court.

— Vous avez pas les qualifications pour diriger ce journal !

La voix de Frank Bonneau résonna contre les murs de brique de l'ancien bâtiment. Derrière les portes vitrées de son bureau, Caroline pouvait voir les têtes baissées dans la salle de presse. Le personnel se cachait dans leurs cubicules comme dans des tranchées, se préparant à affronter l'artillerie lourde.

Amenée là de force, contre sa volonté, Pam s'assit sur une chaise dans un coin du bureau de Caroline. La tête baissée, elle n'osait pas ouvrir la bouche. Frank avait crié si fort et si longtemps que même les vitres du bureau commençaient à s'embuer. Dire qu'il était en colère était un euphémisme.

Caroline le laissa se défouler. Elle se sentait plus embêtée pour Pam que pour elle-même, parce qu'elle s'était attendue à sa colère. Pour le meilleur et pour le pire, elle croyait qu'elle faisait ce qu'il fallait. Elle était prête à défendre ses actions.

Le visage rouge, agitant un exemplaire du *Tribune* du jour même, il continua à crier :

Vous avez idée de ce que le *Post* va faire avec ça ?

« Ça » faisait référence à l'histoire en première page que Caroline avait poussée en avant la nuit dernière après avoir laissé Jack. De connivence avec Pam pour finaliser l'article avant minuit, elle avait donné l'histoire et sa signature à Pam. Elles avaient travaillé ensemble toute la nuit, jusqu'à la dernière minute possible, vérifiant les informations et se garantissant une seconde source.

Dès la publication du journal, le téléphone s'était mis à sonner : le département de police, la nouvelle source de Pam au bureau de police de Charleston voulant être sûre qu'on ne révèlerait pas son identité, Jack, des inconnus et d'autres journalistes réclamant plus d'informations.

— Depuis quarante ans que je travaille ici, criait Frank, j'ai jamais vu de journalisme aussi minable ! Qui, un tant soit peu sensé, peut publier une histoire comme ça quand il y a un seul corps ! Félicitations, Mme Aldridge, ajouta-t-il. Vous allez foutre la trouille à toute la ville avec vos spéculations ! J'aurais jamais approuvé ça ! conclut-il en secouant la tête avec dégoût et en jetant le journal sur son bureau.

— Alors vous auriez dû rester là hier soir.

En signe de protestation contre les changements à venir, Frank était rentré tôt chez lui. Caroline avait éliminé l'une de ses histoires en première page, non pas qu'elle ait eu l'intention de faire des choses derrière son dos. C'était arrivé comme ça. Elle ne l'avait pas appelé, tout simplement parce qu'elle n'avait pas envie de se disputer.

— Je vais pas jouer au baby-sitter avec vous, et je vais pas passer mes dernières années dans la salle de rédaction à m'engueuler avec une petite morveuse qui croit qu'elle en sait plus que les autres parce qu'elle a fait ses études dans une université prestigieuse et a travaillé pour des canards à sensation !

— J'ai jamais travaillé pour des canards ! lui assura Caroline, en essayant de garder son calme. Tous les journaux où j'ai travaillé ont gagné la reconnaissance de la profession. C'est tout à fait injuste de dire ça, Frank.

Elle comprenait les principes du journalisme et elle avait des preuves pour soutenir son histoire.

— Je suis tombée par hasard sur une piste, ajouta-t-elle sur un ton défensif. J'ai vérifié et ma source est fiable à cent pour cent.

— Votre source est anonyme ! répliqua-t-il en criant, s'échauffant à nouveau.

— On a vérifié avec une seconde source à la police de Charleston. Il a confirmé la possibilité d'un tueur en série.

— Surprise, surprise ! Une seconde source anonyme !

Maintenant, Caroline était en colère. Elle en avait assez de ses accès de rage.

— On a cité le contexte ! C'est parfaitement légitime ! C'est pas la même chose que l'anonymat !

— Vous voulez vraiment me donner des leçons de journalisme ? demanda-t-il, les yeux exorbités et le visage rougi.

Caroline baissa le ton, réalisant combien elle l'avait élevé en réaction au sien.

— On a précisé que les deux sources sont des détectives. Pam a téléphoné pour tout vérifier. On a même corroboré les détails sur la compagne de chambre.

— Et ça en plus ! reprit-il, élevant à nouveau le ton.

Il regarda en direction de Pam.

— C'est vous ou Pam qui avez fait cette putain d'interview ?

Pam baissa davantage la tête.

— J'ai fait l'interview initiale, et j'ai donné l'histoire à Pam.

— Vous lui avez donné votre signature alors que vous avez fourni les détails clés de cet article de fiction spéculative ?

— Non ! Pam avait sa propre source à la police de Charleston. Je lui ai juste donné une piste ! Elle l'a suivie et a écrit l'histoire.

Caroline était parfaitement disposée à recevoir sa colère pour son rôle à elle dans cette affaire, mais elle n'allait pas le laisser s'en prendre à Pam.

— Considérant que je suis l'éditrice, je voulais pas créer un précédent en écrivant l'histoire moi-même.

— Peut-être que vous auriez dû réfléchir avant de donner une histoire à une journaliste inexpérimentée !

— Merde, Frank ! Est-ce que vous avez au moins pris la peine de lire son CV ? Elle a beaucoup d'expérience et elle est sacrément bonne ! Vous lui avez même pas donné une chance ! Ça fait deux ans qu'elle attend de travailler dans la salle de presse ! Même ma mère espérait que vous lui donneriez une place. Mais apparemment vous voulez tellement tout régenter que même Flo avait peur de vous marcher sur les pieds !

Il s'avança et donna un coup d'index si fort sur le journal incriminé que Caroline crut qu'il allait se casser le doigt.

— C'est du journalisme de sténo à son plus bas niveau ! Ça va vous retomber dessus ! Non : ça va *nous* retomber dessus ! Le *Post* va nous massacrer ! On tient qu'à un fil. La seule raison pour laquelle on fait pas faillite est que les gens nous respectent. On a encore un peu de cachet dans cette ville. Mais ça va pas durer si on publie des merdes comme ça !

— Cette histoire ressemble à des milliers que j'ai lues avant !

— Précisément, Caroline. On est meilleurs que ça ! C'est que des conneries à la « il dit que..., elle dit que... » ! Si vous voulez présenter une histoire comme ça, vous avez intérêt à vous retrousser les manches et faire du vrai journalisme d'enquête ! Identifiez vos sources, les lâchez pas.

Il secoua la tête.

— Quant à votre mère, elle se retournerait dans sa tombe si elle savait ce que vous avez fait !

C'était la chose que Caroline ne pouvait pas supporter d'entendre.

Elle campa sur ses positions et se défendit :

— On a *vraiment* fait notre travail. On a parlé à sa meilleure amie, on a corroboré les détails. J'ai senti que c'était notre responsabilité d'informer le public sur ce que j'ai appris. Vous croyez pas que les gens ont le droit de prendre des décisions sur leur vie avec toutes les informations disponibles ?

— Putain ! explosa-t-il. C'est pas notre responsabilité d'avertir le public, Caroline. Notre responsabilité, c'est de publier des nouvelles responsables ! J'aurais jamais envoyé cette histoire à la rédaction. Si vous voulez diriger ce journal comme un torchon, vous pouvez le faire toute seule !

Il sortit du bureau comme un fou et claqua la porte derrière lui, en criant des obscénités qu'aucun bureau ne devrait jamais entendre.

Caroline se tourna vers Pam.

— Désolée.

— Il est tellement en colère, répondit Pam en se levant, annonçant une lapalissade.

Caroline était en colère aussi, mais pas pour les mêmes raisons.

— Ça lui passera.

Même si Caroline l'avait défendue, Pam avait l'air honteuse, ce qui mit Caroline encore moins à l'aise.

— Honnêtement, je l'ai jamais vu dans cet état.

Caroline se sentit soudain embarrassée. Elle avait réagi sous l'effet de la colère et de la peur. Est-ce qu'elle avait abusé de son pouvoir ?

— Vous pouvez vous en aller, dit-elle.

Dès que Pam sortit de son bureau, le téléphone retentit de nouveau. Probablement Jack, pour la énième fois. Après son premier message, elle n'avait pas vraiment envie de lui parler. Il était en colère, lui aussi. Il se sentait trahi. Elle comprenait cela. Et elle s'était préparée à recevoir sa colère, croyant bien faire. Soudain, elle n'en était plus tout à fait sûre. La véhémence avec laquelle tout le monde semblait réagir à cette histoire la surprit. Elle pensait vraiment bien faire. Contrairement à ce que certains pouvaient penser, c'était pas pour vendre des journaux. C'était pour faire quelque chose d'important, et fortifier la communauté, sa communauté, pour qu'elle puisse faire face à ce qui allait arriver.

Elle avait sacrifié Jack à son sens du devoir. Elle ne l'aurait jamais trahi s'il ne s'agissait pas de décence morale.

Le téléphone se remit à sonner. Elle le regarda fixement et hésita avant de décrocher. Elle était reconnaissante d'entendre la voix de Josh à l'autre bout.

— Caroline ?

— Seigneur ! Dieu merci, c'est toi !

— Tu subis les foudres ?

— Et comment ! Tu peux pas imaginer !

Il y eut un moment de silence à l'autre bout.

— Je peux pas dire que je suis de ton côté. Je t'appelais en fait pour te demander ce qui t'était passé par la tête.

Caroline s'assit dans son fauteuil, se sentant complètement vaincue.

— Tu t'y mets toi aussi !

— Merde, Caroline ! Tes sources sont deux enquêteurs anonymes. T'as même pas dit s'ils étaient rattachés à la police de Charleston. T'aurais pu au moins préciser qu'ils étaient pas du bureau du procureur du comté. On pourrait me montrer du doigt !

La tête dans les mains, Caroline ressentit le malaise l'envahir. Elle avait réagi. Elle avait pris une décision dans le feu de l'action. Elle était pas prête. Quand sa mère avait rédigé son testament, elle ne s'était sûrement pas attendue à ce qu'elle assume ce rôle si tôt. Peut-être que Caroline avait fait une erreur ? Et pire, elle avait entraîné Pam avec elle.

Au moins Josh avait adopté un ton doux, même si ses paroles lui donnaient la nausée.

— Je commence déjà à recevoir de la merde à cause de cet article. Tu dois révéler tes sources, insista-t-il.

Caroline sentit ses tripes se nouer.

— Je peux pas, Josh.

— Tu peux pas ou tu veux pas ?

— Je veux pas. Mais je peux t'assurer que mes deux sources sont fiables à cent pour cent.

— Seigneur, ça fait juste un mois que t'es là et t'as déjà fait plus de dégâts à ma carrière politique que tous les joints que j'ai fumés à la fac.

— Tu fumais pas de joints à la fac, lui rappela Caroline, la voix caverneuse.

— Tu sais ce que je veux dire, Caroline. Si tu révèles pas tes sources, ils peuvent assumer que c'est moi. C'est moi qui suis le plus proche de toi. Tu dois arranger ça.

Si elle révélait ses sources, les deux pourraient perdre leur badge. Et Pam avait promis de préserver leur anonymat. Ce ne serait pas juste de révéler une source et pas l'autre. Mon Dieu, quel bazar elle avait semé !

— Je peux pas Josh !

Il y eut une longue pause à l'autre bout.

— Très bien. Bon, je dois y aller.

— T'es en colère ?

— Pas en colère. Déçu. À ce soir.

Il raccrocha. Caroline garda longtemps le téléphone en main, sachant que dès qu'elle le reposerait, il se remettrait à sonner.

Elle avait voulu bien faire : comment est-ce que ça avait si mal tourné ?

Dès que Caroline se mit à rouler, elle vit un gyrophare dans son rétroviseur.

Perturbée par les problèmes de sa journée, elle se demanda quelle infraction elle avait pu commettre en cinquante mètres depuis la sortie de son garage. Un regard dur transforma son inquiétude en colère.

C'était Jack.

Se frayant un chemin dans la circulation à cette heure de pointe, elle se rangea dès que possible sur le bas-côté. Mais pas avant d'avoir trouvé un endroit approprié, ne voulant pas retarder les autres simplement parce que Jack était en colère contre elle. Dès qu'elle arrêta sa voiture, Jack rangea la sienne devant, en angle, comme pour l'empêcher de repartir. Il ne prit pas la peine d'éteindre son gyrophare avant de sortir de sa voiture.

Imbécile.

LE TEMPS qu'elle baisse sa vitre, il était déjà à sa portière, la mâchoire serrée. Sa colère avait sans doute grandi à chaque coup de téléphone qu'elle avait ignoré tout au long de la journée. Treize, au dernier compte. Elle essaya de ne pas adopter un ton irrité.

— Tu veux bien me dire pourquoi tu m'arrêtes ?

— Permis de conduire, s'il vous plaît, dit-il sur un ton froid et dur.

Caroline leva les yeux au ciel.

— Tu veux rigoler !

Si ses yeux avaient été des poignards, elle se rendit compte qu'il l'aurait tuée.

— Permis de conduire ! exigea-t-il.

— D'accord. Et maintenant ? T'as été rétrogradé au rang d'agent de la circulation ? demanda Caroline sur un ton exaspéré.

Mais elle obéit, sortit son permis de conduire de son sac à main et le lui tendit.

— C'est tout à fait possible, lui répondit-il en lui arrachant le permis des mains. Tu te rends compte de ce que tu as fait, Caroline ?

Et ça recommence.

C'était précisément ce que Caroline avait essayé d'éviter toute la journée.

— Oui, Jack, je sais ce que j'ai fait. J'ai alerté le public pour que les gens soient prudents, parce que vous les flics vous semblez pas à la hauteur.

C'était injuste de dire ça, elle le savait, mais elle n'appréciait pas son attitude.

Un muscle de sa mâchoire se contracta.

Vraiment ?

— Oui, bon sang ! On a une gamine qui a disparu et une mère traumatisée. On a au moins un corps et des raisons de soupçonner qu'il va y avoir d'autres morts. Oui, je crois que c'est ce que je fais !

Peut-être qu'elle ne s'y était pas prise de la meilleure façon, mais elle essayait d'aider.

QUELQUE CHOSE s'adoucit dans son regard.

— T'as profité de ta position, répliqua-t-il. Mon Dieu, Caroline, me fais pas dire ce que j'ai pas voulu dire !

— Je dirais plutôt que c'est toi qui as profité de ta position ! rétorqua Caroline en agitant la main en signe de protestation en désignant sa voiture arrêtée. Putain, qu'est-ce que c'est que ça ?

— Je suppose qu'on est quittes.

— Sûrement pas ! s'écria Caroline. T'as encore un sacré boulot à faire si tu veux compenser !

— Ah, c'est ça ? reprit-il, ses yeux bleus brillant à nouveau de colère. Parce que tu crois que j'ai baisé ta meilleure copine y a dix ans ?

— Mais non !

Qu'il réduise tout cela à *ça* lui était intolérable. Caroline essayait désespérément de bien faire. Même si elle était encore en colère à cause de cette ancienne trahison, il ne s'agissait *pas* de cela. Il s'agissait d'une jeune fille assassinée, d'une gamine disparue et de vies qui pourraient bientôt être brisées pour toujours.

— Je te crois pas, lui dit-il. Je pense que c'est exactement ça : un prêté pour un rendu !

— Vraiment, Jack ? Tu crois que je publierais une histoire touchant la vie de milliers de personnes juste pour me venger ? Je me suis remise de nos conneries y a des années, mentit-elle. Ça a rien à voir avec nous !

C'était au moins en partie vrai. Caroline ne s'abaisserait jamais à se venger et elle ne jouerait absolument jamais avec la vie des autres. Son sens de la responsabilité était trop grand. Elle était l'aînée, déterminée à s'occuper de ses sœurs, de tout et de tous ceux dont les vies pouvaient être affectées par ses décisions.

— Comme je l'ai dit, je te crois pas. Je crois que t'es toujours en colère et tu ferais mieux de l'admettre.

Caroline sentit son visage s'échauffer.

Elle n'était pas prête à admettre quoi que ce soit !

Sa voiture était au beau milieu de la route. Un coup d'œil dans le rétroviseur lui révéla les regards agacés des autres conducteurs.

— Est-ce que c'est le bon endroit et le bon moment pour avoir ce genre de discussion ?

Elle frappa son volant de la main. Elle perdait son sang-froid, elle perdait la tête.

— On est en pleine heure de pointe, bon sang !

C'en était trop pour elle. Toute sa journée avait été merdique et c'était à quatre-vingt-dix- neuf pour cent de sa faute.

Jack ne manifestait aucun regret. Il regarda son permis de conduire.

— Je m'en fous où on est. Ça fait combien de temps que t'es à Charleston ?

Caroline cligna des yeux, se sentant un peu comme une biche prise dans les phares. Trop de choses arrivaient en même temps.

— Tu sais parfaitement depuis combien de temps je suis là, Jack. Arrête ton char !

Il examina son permis de conduire du Texas, le retournant. Sa colère semblait avoir disparu.

— T'as l'intention de résider de façon définitive en Caroline du Sud ?

Caroline se contenta de le regarder, comprenant soudain où il voulait en venir.

— C'est ton intention ? persista-t-il.

Elle n'avait pas envie de répondre.

À contrecœur.

Il lui redonna son permis.

— T'as quarante-cinq jours à partir de ta date de résidence pour transférer ta carte grise, lui précisa-t-il sur son ton le plus autoritaire. Et quatre-vingt-dix jours pour obtenir un nouveau permis et rendre ton ancien permis à l'État de Caroline du Sud.

Caroline serra les dents.

— Merci beaucoup pour l'info. Et maintenant, tu veux bien me dire pourquoi tu m'as arrêtée ?

— Plaque d'immatriculation d'un autre état, déclara-t-il.

À la différence de Caroline, sa voix était maintenant complètement dépourvue d'émotion.

— C'est notre responsabilité de vérifier l'assurance du conducteur et la plaque d'immatriculation. Mais comme tu sais, il y a également eu un homicide dans la région et c'est aussi mon devoir d'arrêter les véhicules suspects qui sont pas du coin.

Caroline sentit une veine de sa tempe palpiter.

— T'es *toujours* un imbécile !

Le regard de Jack croisa le sien. Le sentiment qu'il avait réussi à ne pas manifester dans le ton de sa voix était visible dans la profondeur de ses yeux bleu saphir.

— Et t'es toujours une petite fille riche gâtée qui peut pas tout à fait prendre la place de sa mère, et qui ferait mieux d'arrêter d'essayer !

Il savait exactement ce qu'il fallait dire pour la blesser.

Caroline s'accrocha à son volant et prit une profonde inspiration. Elle se détourna, les larmes aux yeux, ne voulant pas révéler sa faiblesse.

— C'est ce que tu penses de moi ?

— Tu m'as déjà entendu dire des choses que je veux pas dire ? répondit-il sans hésiter.

Caroline plissa les yeux d'un air accusateur.

— Je pense au moins à trois mots !

À ce stade, les conducteurs n'étaient plus autant agacés par la voiture de police bloquant la circulation. Elle les imaginait tous un sac de pop-corn à la main, regardant avec intérêt un flic et une contrevenante en train de se disputer comme des amants. Même Pam passa lentement, tendant le cou pour voir ce qui se passait. Caroline était mortifiée. Elle fit semblant de ne pas la remarquer.

— Alors, on a fini ? Je vois les choses beaucoup plus clairement maintenant.

— Non, tu vois rien. T'as la tête tellement bourrée des conneries de ta mère que tu peux pas avoir la vue d'ensemble ! Pour le meilleur et pour le pire, t'as pas seulement trahi ma confiance. Je t'ai raconté tout ça parce que *je t'aime* plus que mon foutu badge ! Mais peu importe ! T'as pas seulement mis mon travail en péril en publiant une histoire foireuse. T'as foutu la frousse à tout le monde. Tu comprends ça, Caroline ?

Caroline cligna des yeux, son cerveau concentré sur quelques petits mots.

— Y a un tueur en liberté, dit-elle sur un ton un peu moins ferme. Je crois que les gens ont le droit de savoir ça pour qu'ils se méfient !

— Tu peux être sacrément sûre qu'ils vont se méfier, parce que t'as donné le ton à toute la ville. Rappelle-toi de ça la prochaine fois que tu t'assoiras dans le fauteuil de ta mère ! T'es pas seulement journaliste.

Maman peut pas corriger tes erreurs. Tout ce que tu fais ou dis a un impact maintenant ! C'est quelque chose que ta mère comprenait bien, mais pas toi apparemment !

Caroline commençait à avoir mal à la tête.

Et au cœur aussi.

Elle ne pouvait même pas riposter, parce qu'au fond, elle se rendait compte maintenant qu'elle avait peut-être vraiment fait une erreur menaçant sa carrière. Et la question n'était pas de savoir si elle allait y survivre, mais si le journal allait survivre.

Et sa relation avec Jack, est-ce qu'elle survivrait ?

Probablement pas.

— J'ai une nouvelle à t'annoncer, ajouta-t-il pour couronner le tout. T'as un long chemin à faire avant de pouvoir prendre la place de ta mère. Peu importe si elle abusait de son autorité maternelle en privé. Ici, elle a toujours fait ce qu'il fallait. Toujours.

Il lui repassa son permis par la vitre.

— Sois prudente, conclut-il avant de s'éloigner.

Un mal de tête lui martelait le crâne. Elle avait encore plus mal dans la région de son cœur. Mais elle ne pouvait pas se permettre de se concentrer sur ça pour le moment.

Elle devait d'abord réparer cet horrible gâchis.

12

Jack se rassit dans sa voiture. Il éteignit son gyrophare et se glissa dans la lourde circulation de l'heure de pointe. Comme des moutons se ruant vers un précipice, les gens iraient où les médias les conduiraient. C'était *ça* la véritable source de sa colère, se dit-il. Et pas le fait qu'il avait fait confiance à Caroline et qu'elle l'avait trahi si facilement.

En vérité, il était plus en colère contre lui-même qu'il pourrait jamais l'être contre elle. Il n'aurait rien dû lui dire. Heureusement qu'il ne lui avait pas révélé ce qui pourrait compromettre le cas.

Bon sang, il avait admis à Caroline qu'il l'aimait.

Avec un peu de chance, cette information lui était passée par-dessus la tête. Quoiqu'à en juger par son regard désorienté après qu'il lui eut dit ça, il ne pensait pas qu'elle ait raté un seul mot. Pour le meilleur et pour le pire, il en avait déjà trop dit.

La balle était dans son camp.

Caroline se dit que quelque part le spectacle devait amuser sa mère. Un point pour elle ! Elle ne recevrait plus de pierres d'elle. Tout le monde était humain.

Tout le monde faisait des erreurs. Et Caroline semblait en faire beaucoup plus que sa part. Mais apparemment, ce n'était pas encore la fin de sa mauvaise journée.

AYANT TOURNÉ DANS SON ALLÉE, elle trouva une jeune policière blonde assise sur le capot arrière d'une vieille Jeep Cherokee rouge. Caroline se gara derrière elle, se demandant ce qui se passait. Depuis qu'elle était revenue à Charleston, les drames semblaient se succéder. Elle bondit hors de sa voiture et claqua sa portière.

Je peux vous aider ?

— Pas vraiment, répondit calmement la femme en regardant Caroline approcher. Je suis juste venue vider mon sac.

Et c'en est un gros, se dit Caroline ne pouvant s'empêcher de remarquer la poitrine de la femme. Elle lui tendit la main.

— Caroline Aldridge.

La femme ne prit pas la peine de décroiser ses bras. Pour compléter son attitude agressive, il lui manquait seulement un chewing-gum dans la bouche.

— Je vous connais.

Caroline n'avait plus beaucoup de patience après son épreuve avec Jack, mais elle attendit que la femme parle. Ce qu'elle ne semblait pas encline à faire avant d'être vraiment prête.

— Comment ça va avec la porte-fenêtre à l'arrière ? demanda-t-elle.

Déconcertée, Caroline fronça les sourcils.

— Vous êtes là pour l'effraction ?

— Non, dit-elle. Quoique j'espère que vous l'avez

réparée. Apparemment, y a un tueur en série en cavale... Vous avez entendu ?

Caroline sentit l'agacement l'envahir.

— J'ai dit au chef de police Condon que mes sources étaient confidentielles. Je ne vais pas les révéler. Je n'ai rien à ajouter !

La femme regarda Caroline de haut en bas, la jaugeant, les yeux brûlant de ce que Caroline interpréta comme de la colère.

— Je suis pas venue pour savoir qui a divulgué cette information. Je sais déjà qui c'est. Tous les autres flics le savent aussi. La seule raison pour laquelle il a pas été suspendu est que personne veut voir un bon gars se faire injustement taper sur les doigts. Mais je peux vous dire une chose : se pointer chez son ex-petite amie avec la moitié du commissariat à cause d'une fenêtre brisée plaide pas du tout en sa faveur. Mais, comme je disais, je suis pas venue pour l'effraction. Je suis pas en service.

Caroline en avait assez qu'on la fasse marcher.

— Pourquoi est-ce que vous êtes là alors ?

Plus précisément, qui diable est-ce qu'elle était ?

— Parce que je voulais voir la grande et puissante Caroline Aldridge par moi-même ! Vous vous en êtes toujours foutue de Jack. Vous vous en foutez toujours. Et ça semble pas l'embêter de se faire mener par le bout du nez, de se faire traiter comme un chiot malmené en laisse !

Le poil de Caroline se hérissa.

— Vous devez être Kelly, déduisit-elle à haute voix. Je devrais dire que c'est un plaisir de vous rencontrer, mais pour des raisons évidentes, ce serait un mensonge.

Caroline se dirigea vers la maison et Kelly sauta de la voiture.

— Pourquoi est-ce que vous êtes revenue ? demanda-t-elle. Ça allait bien entre Jack et moi avant votre retour !

— Bien est pas le mot que j'utiliserais, répliqua Caroline. Mais si ça peut vous rassurer, Jack et moi on est pas ensemble. Ça fait dix ans qu'on est plus ensemble et je vois pas les choses changer. Ce qui se passe entre vous deux a rien à voir avec moi.

— Ça a tout à voir avec vous ! Ça fait dix ans que j'attends patiemment ! Dix ans qu'il languit après vous !

Caroline ressentit soudain une montée de pitié pour l'autre femme. Mais elle ne lui faisait pas confiance. La dernière chose dont elle avait besoin pour l'instant était de se crêper le chignon avec un agent de police, en service ou pas. Elle pouvait déjà imaginer les gros titres. Elle prit la fuite en se dirigeant vers la maison.

— Si vous êtes avec lui depuis tout ce temps-là, c'est pas mon problème. C'est le vôtre si vous vous accrochez à un homme qui vous aime pas, apparemment. Et franchement, ajouta-t-elle en se dépêchant d'atteindre les marches, s'il a couché avec vous si peu de temps après qu'on ait rompu, il m'aimait pas non plus !

Vous parlez de déclarations d'amour !

Heureusement, Kelly ne la suivit pas. Augusta ouvrit brusquement la porte, venant à la rescousse de Caroline.

— Merde alors, qu'est-ce qui se passe maintenant ?

— C'est rien, dit Caroline, espérant que Kelly s'en irait maintenant.

Elle jeta un regard par-dessus son épaule. De fait, leur hôte importune s'en allait.

— Espèce de salope ! s'exclama Kelly en ouvrant sa portière et en montant dans sa Jeep.

Augusta se dirigea vers la porte, mais Caroline la repoussa.

— Mais c'est au sujet de quoi tout ça ? lui demanda sa sœur.

— De rien ! Et de tout ! répondit Caroline.

Elle monta les escaliers en trombe, les larmes aux yeux. Elle s'était contenue bien trop longtemps. Elle s'arma de la moindre once de courage qui lui restait pour ne pas craquer avant d'atteindre sa chambre. La chambre de sa mère.

Elle était rien d'autre qu'une simulatrice.

Dehors, elle entendit la Jeep s'éloigner. Elle se jeta sur le lit, les yeux fixés sur le plafond, les larmes coulant silencieusement le long de ses joues. Toutes les larmes qu'elle s'était refusé à verser depuis qu'elle avait reçu la nouvelle du décès de sa mère.

Elle pleura pour chaque occasion qu'elle avait laissé passer avec sa mère. Pour les mots durs et les occasions perdues de se réconcilier. Pour les souvenirs déjà disparus et ceux qui s'estompaient : les sourires que sa mère leur avait jadis adressés, le rire qui n'avait plus retenti dans la maison depuis bien trop longtemps. Elle pleura pour les années qu'elle et ses sœurs avaient gâchées en fuyant la douleur et la tristesse. Pour toutes les années qu'elles avaient passées à fuir loin les unes des autres, parce que se regarder en face ne ferait que leur rappeler ce qui n'existerait jamais. Et surtout, elle pleura parce qu'elle savait que malgré le nombre de fois où elle s'était convaincue qu'elle détestait sa mère, et Jack, c'est le contraire qui était vrai.

Entre l'amour et la haine, il n'y avait qu'un pas.

Pendant une dizaine de minutes, Caroline pleura sans se retenir jusqu'à ce que Tango saute sur le lit.

Gémissant par sympathie, il la regarda et lui fit tomber la chaussure de sa mère sur la tête. Caroline éclata de rire.

Et puis elle se remit à pleurer de plus belle.

Augusta frappa doucement et passa la tête par la porte quand Caroline ne répondit pas.

— Tu veux me dire ce qui s'est passé ?

Caroline s'assit et s'essuya les yeux. Elle se passa la manche sur le nez. Tango gémit et lui lécha les cils. Elle le repoussa.

— Pas vraiment, mais je peux te donner la version courte.

Augusta entra et vint s'asseoir sur le lit. Elle attira Tango pour l'éloigner du visage de Caroline.

— Je me contenterai de ça.

Caroline soupira.

— Ça a été une journée merdique. La moitié de la ville est en colère contre moi. Et l'autre moitié a la trouille, à cause de moi. Frank va probablement dé-missionner. Jack me hait. Et son ignoble ex-petite amie aussi !

— Ouah ! Et moi qui croyais que l'inventaire de cette fichue maison m'en faisait baver !

Caroline ne comprenait pas.

— Pourquoi est-ce que tu fais l'inventaire ?

Ce fut au tour d'Augusta de soupirer.

— Parce que si on va restaurer cette fichue maison, je suppose qu'on doit avoir l'œil sur tout.

Caroline renifla.

— Tu veux dire que tu veux donner la liste au cambrioleur que tu paies pour débarrasser la maison, c'est ça ?

Augusta se mit à rire.

— Exactement. T'as découvert que c'était moi.

— Ouais, et maintenant je me demande si le voleur était pas la tarée qui cherchait Jack. Il était là ce soir-là, et elle a posé des questions sur la porte-fenêtre ce soir. Ça ressemblait un peu à une menace.

— Elle t'a menacée ? s'exclama Augusta, ouvrant grand les yeux, indignée. Y a que moi qui ai le droit de faire ça !

Caroline s'étouffa de rire.

— Je suppose qu'on devrait téléphoner à la police de Charleston, dit Augusta. Cette pauvre conne a eu un sacré culot de venir ici !

Caroline haussa les épaules.

— Non, je veux pas faire ça.

— Mais tu vas quand même le faire, renchérit Augusta. Sinon c'est moi qui vais le faire. Et je vais en rajouter. Alors si tu veux que justice soit faite, téléphone toi-même.

— Seigneur, dit Caroline, mais avec le sourire. T'es devenue un vrai chien de garde, Augusta !

Pour la première fois depuis son retour, Augusta esquissa un sourire franc.

— T'es ma sœur, dit-elle avec sincérité.

Elle tendit la main vers Caroline pour repousser une mèche de cheveux qui lui tombait dans les yeux.

C'était leur premier moment de tendresse dont Caroline pouvait se souvenir depuis leur enfance.

Elle voulait serrer Augusta dans ses bras, mais trop d'années de séparation la retinrent. Mais elle reprit avec plus de douceur dans la voix :

— Très bien, j'appellerai. Et sérieusement, tu vas restaurer cette monstruosité ?

Augusta sourit en coin, les yeux brillant de malice.

— À moins que je trouve le moyen de faire tout brûler et de m'en aller quand même avec l'argent.

— Eh bien, lis d'abord les petits caractères. Sinon on va toutes se retrouver avec rien. On dirait que

Maman a pensé à tout, sauf à la stupidité de ses filles, gloussa Caroline.

Elle parlait d'elle-même, mais Augusta comprit de travers.

— T'inquiète pas Caroline. Je vais pas faire de bêtises. Je peux nourrir beaucoup d'Haïtiens avec vingt-sept millions de dollars.

Caroline haussa un sourcil en esquissant un sourire timide.

— Tu veux dire avec le tiers de ça.

Augusta sourit d'un air satisfait.

— Quoi, tu veux pas faire don de ta part d'héritage aux victimes du tremblement de terre ?

Caroline soupira, saisit la chaussure sous le menton de Tango et la jeta par terre. Ça ne l'embêtait plus que la chaussure soit perpétuellement sur le lit. Elle avait déjà accepté que ce soit la façon pour le chien de gérer l'absence de sa mère. Mais leur conversation s'avançait en eaux troubles.

— Tu sais, ici aussi on a des catastrophes naturelles.

— Je sais, répondit Augusta, avant de devenir silencieuse.

Sa sœur semblait si distante ces derniers temps, prête à disparaître quelque part, loin, très loin. Caroline se demandait comment la rejoindre.

Augusta changea brusquement de sujet.

— Et si on allait faire un tour avec ce cinglé de clébard ?

— Nan, j'ai pas envie, dit Caroline en se rallongeant sur le lit.

Augusta se leva.

— Mais moi j'en ai envie, répliqua-t-elle. Et tu vas pas laisser ta petite sœur errer toute seule dans les bois quand il y a un tueur en cavale.

Caroline fronça les sourcils.

— Mon Dieu ! Tu vas pas t'y mettre toi aussi !

Augusta retrouva son sourire.

— Allez, viens, une promenade nous fera du bien à toutes les deux. Regarde ce pauvre toutou, suggéra-t-elle. Si tu comprends pas le message avec ça !

Tango se releva, la basket pendant de sa bouche par les lacets. Il gémit pitoyablement et Caroline fit l'effort de se lever.

— Bon, d'accord, céda-t-elle.

13

Deux cents mètres avant d'atteindre les ruines de la vieille maison, la route en gravillons d'huîtres concassées bifurquait sur un chemin étroit qui conduisait à la maison de Sadie. Comme la route qui menait à la maison principale, il n'avait jamais été goudronné et il ne le serait probablement jamais. D'après le testament, toute la partie entre la route cantonale et le ruisseau de Secessionville appartenait désormais à Sadie. Techniquement, les ruines parmi les arbres et les broussailles épaisses étaient aussi sur le côté de la route appartenant à Sadie.

Quand Caroline avait dix ans, sa mère avait considéré faire don d'une partie de la propriété à la ville de Charleston, y compris la maison du gardien, où vivait Sadie, ainsi que les logements des esclaves et une bonne partie des marais environnants. Aujourd'hui, il ne restait rien des logements des esclaves. Les rangées de maisons blanches en bois avaient été complètement démolies, à la consternation de la Société d'histoire. Flo avait publiquement parlé de leur disparition, la qualifiant de « geste de bonne volonté ». Mais Caroline pensait qu'elle l'avait peut-être fait en partie pour apaiser Augusta, qui avait commencé à manifester une passion pour la cause des droits civils. Tout ce qui restait désormais des structures originelles était la maison du gardien et les restes calcinés de la maison d'origine.

Le soleil se couchait. Les ombres s'allongeaient, comme des spectres sortant de chaque fissure et crevasse. Le vent murmurait des secrets oubliés depuis longtemps. L'odeur du marais était suspendue dans l'air.

Caroline était à peu près sûre qu'elle avait la frousse seulement à cause des récentes nouvelles. Mais elle ne put s'empêcher de conclure que l'innocence était une victime évidente de la connaissance. Plus elle lisait les titres, moins elle pouvait trouver de bonté dans le monde. Était-ce une autre raison pour laquelle Flo s'était coupée de ses filles ? Pour les protéger ?

En passant devant la route en gravillons, Augusta frissonna.

— Je me demande comment elle peut encore vivre là.

Caroline regarda au bout de la route, où la véranda bleue de Sadie était à peine visible.

Augusta fit une grimace, l'air perplexe.

— Ça semble pas la déranger que son lit soit exactement dans la salle où dormait un homme qui battait les esclaves.

Ne pouvant pas changer le passé, Caroline ne prenait pas la peine de le ressasser. Tout ce qu'elle pouvait faire, c'était s'assurer qu'elle fasse partie du changement, un bon changement.

Tango renifla par terre avec intérêt.

Augusta se retourna et marcha à reculons, les yeux fixés sur les chênes massifs drapés de mousse espagnole.

— Je veux dire, Mère a vu nos racines ici, notre histoire. Ça me fait penser au film *Racines* !

Caroline savait qu'il valait mieux ne pas provoquer Augusta. Elle se contenta de hocher la tête et espéra qu'elle allait changer de conversation. Elle pensait vraiment qu'Augusta passait beaucoup trop de temps à être jalouse et à fuir le passé.

Était-ce différent des années que Caroline avait passées à en vouloir à Flo, et à Jack, pour les erreurs du passé ?

Si elle était complètement honnête avec elle-même, elle s'était servie de l'infidélité de Jack comme prétexte pour déguerpir, parce qu'elle avait craint de finir comme ses parents, seuls, amers, complètement abandonnés à la fin. Les mots de Jack la blessaient essentiellement parce qu'il avait en grande partie raison.

Tango s'arrêta brusquement et aboya en direction de la forêt.

Augusta se retourna et s'arrêta.

Elles aperçurent en même temps un homme caché dans les broussailles.

Instinctivement, Augusta vint se placer vers Caroline comme pour la protéger. Caroline tira un peu sur la laisse de Tango. Il avait les poils dressés sur le dos. Caroline ressentit un frisson dans le dos.

— Bonsoir, dit l'homme.

Probablement dans la trentaine, c'était facilement un des hommes les plus attirants que Caroline ait jamais vus. À la lueur du soleil couchant, ses cheveux blonds mi-longs ressemblaient un peu à des filaments d'or. Il portait une barbe d'une semaine qui aurait donné un air négligé à un autre. Mais avec ses yeux bleus angéliques et un sourire qui semblait authentique et naturel, elle le faisait ressembler à Jésus Christ.

Elle crut un instant qu'il tenait à la main un ballon

de football, mais elle se rendit compte que c'était une chaussure.

Tango continuait d'aboyer.

— Belle soirée, dit l'homme, quand ni Caroline ni Augusta ne répondirent.

Il se tenait à environ quinze mètres d'elles et n'essayait pas de s'approcher. Mais Caroline sentit ses cheveux se dresser sur sa nuque, comme Tango.

Augusta la regarda de ses yeux bleus, profonds, l'air perplexe.

Les touristes se retrouvaient parfois par hasard sur leur propriété, attirés par les sites historiques et les sépultures des Confédérés à proximité. Enfants, elles avaient souvent rencontré des étrangers. Mais maintenant, tout semblait plus sinistre. Le seul fait de savoir qu'il y avait un tueur en liberté, quelque part, changeait tout. Et même si Jack pouvait la blâmer pour le changement d'atmosphère dans le quartier, le fait était que taire la vérité ne changeait pas la donne : quelqu'un avait tué une fille à deux pas de leur maison. Et Amanda Hutto était toujours portée disparue.

Caroline se pencha pour calmer Tango. Elle le caressa sur les flancs.

Vous savez que c'est une propriété privée ?

L'inconnu faisait passer la chaussure d'une main à l'autre.

— Ouais, dit-il, l'air un peu penaud. Désolé, ajouta-t-il en haussant les épaules, je jetais juste un coup d'œil aux ruines.

Augusta se pencha pour chuchoter :

— Vingt dieux, putain qu'il est beau !

Caroline l'ignora. Elle s'en fichait si le gars était beau. C'était pas le temps d'accorder une confiance aveugle aux étrangers.

— Ça va, dit-elle. Y a pas de mal, mais si ça vous dérange pas...

— Les ruines aussi elles sont propriété privée ?

Il posa la main sur sa hanche, tenant toujours la chaussure, et attendit une réponse.

Le vent agita les arbres. Un autre frisson parcourut Caroline.

— Ouais.

— Intéressant, dit-il et il pointa du doigt dans la direction de Fort Lamar Road. Je loue une maison sur cette route, et j'ai repéré les ruines en faisant du jogging.

Il haussa les épaules et leva la chaussure, comme pour souligner la coïncidence.

— Quoi qu'il en soit, voilà.

Il recula et, sans prévenir, jeta la chaussure dans leur direction.

Augusta tendit les mains pour l'attraper, mais Caroline ne quitta pas l'étranger des yeux. La chaussure siffla près de sa tête. Elle eut vaguement conscience qu'Augusta l'avait attrapée.

Tango se retourna et gémit. Il renifla la chaussure et se remit à aboyer contre l'intrus. C'était tout ce dont Caroline avait besoin pour foutre le camp de là.

— Elle est peut-être à vous, lança le gars. Une chaussure chère, et assez neuve. Quelqu'un a dû la perdre par ici.

— Merci ! dit Augusta en lui adressant un geste amical.

Caroline regarda brièvement la chaussure. Elle ressentit un autre frisson lui parcourir le dos. Elle ressemblait exactement à la chaussure que Tango avait portée partout dans sa gueule pendant des semaines.

Tango se précipita soudain vers l'étranger, sans

cesser d'aboyer. Caroline tira sur la laisse. Les battements de son cœur s'accélérèrent.

Combien de femmes innocentes étaient mortes parce qu'elles ne s'étaient pas fiées à leur instinct ?

Pour l'instant, son instinct lui hurlait de faire attention.

Caroline le regarda directement dans les yeux. Il sembla lire dans ses pensées. Il savait qu'elle reconnaissait la chaussure. Elle le voyait dans ses yeux.

— Bon, ben, je vais y aller maintenant. Bonne soirée à toutes les deux, leur dit-il.

Il leur adressa un sourire aimable avant de se retourner et de disparaître en direction des ruines sans se retourner.

Caroline le regarda s'éloigner, ne voulant pas lui tourner le dos.

— Augie, t'as ton portable avec toi ?

Tango cessa d'aboyer quand le gars disparut dans les bois. Mais il avait toujours les poils dressés sur le dos. Et Caroline les nerfs à fleur de peau.

Augusta ne semblait pas comprendre l'importance de ce qui venait d'arriver.

— Ouais, je l'ai toujours à portée de main, pourquoi ?

— Parce que c'est la chaussure de notre mère, répondit Caroline.

Le ton de sa sœur trahit sa perplexité.

— Cette chaussure ?

Elle la retourna, l'inspecta et vérifia la semelle. Comme le gars avait dit, elle était assez neuve. À part un peu de boue dans les rainures, elle ne semblait pas avoir été dans les bois depuis longtemps. Augusta passa son regard de la chaussure à Caroline en haussant les épaules.

— Et alors ?

— C'est exactement la même que Tango arrête pas de traîner partout.

Augusta fronça les sourcils.

— Tu dramatises, Caroline ! Tu te fiches la frousse avec tes propres articles. Appelle ça une intuition si tu veux, mais ce gars-là est pas un tueur ! Et tu sais quoi, il est parti maintenant, sans même me laisser son numéro !

Augusta rigolait, mais Caroline ne partageait pas son amusement.

Il n'y avait aucun signe de l'étranger, mais les ombres s'allongeaient chaque seconde et Caroline en avait assez de marcher.

— Ouais, et tu fais comment pour perdre une basket dans les bois ?

AUGUSTA LUI ADRESSA un sourire espiègle et leva les sourcils.

— Pour commencer, peut-être que Maman courait pas.

Elle pointa du doigt dans la direction où l'étranger avait disparu.

— T'y trompe pas, si ce gars était devant moi, je serais contente de perdre plus que mes chaussures !

— Quelqu'un a essayé de s'introduire dans le bureau de Maman, lui rappela Caroline.

— Mais il y est pas arrivé ! Réfléchis, Caroline. Même s'il y a un tueur en liberté, pourquoi diable est-ce qu'il voudrait s'introduire chez nous, voler une foutue chaussure et puis nous rencontrer dans les bois pour nous la rendre ?

Tourné comme ça, ça semblait tout à fait ridicule, mais Caroline ne pouvait pas se débarrasser de sa sensation de malaise.

— Peut-être pour nous avertir ?

Augusta se mit à rire.

— Ouais, c'est vraiment drôle. Depuis quand est-ce que les meurtriers avertissent leurs victimes ? Allez viens, on va présenter ton hypothèse à notre futur maire. Josh devrait être rentré maintenant et Sadie a cuisiné toute la journée.

L'ARTICLE de Caroline valut à Jack un bon gros avertissement.

Après avoir écouté son hypothèse, le chef de police Condon lui claqua la porte au nez, et le mit en garde : il devait faire son travail sans semer de rumeurs sur un possible tueur en série, y compris au commissariat. Personne ne doutait que l'affaire Jones était un homicide prémédité. Mais on dit à Jack de travailler avec ce qu'il avait : un corps. Un décès. Un tueur.

À ce stade, les preuves médico-légales ne donnaient rien, mais ils attendaient toujours le résultat des tests de laboratoire. Si Jones avait été violée, au moins ils auraient de l'ADN à leur disposition.

Noyer quelqu'un suggérait un crime passionnel, le fait de tenir la victime sous l'eau, une lutte. C'était une façon très intime de tuer quelqu'un. Habituellement, le motif d'un étrangleur était la furie et sa victime n'était pas une inconnue. Mais l'os hyoïde dans le cou de Jones était intact, ce qui voulait dire que le tueur n'avait pas serré ses mains autour de la gorge de la victime dans sa colère. Le tout était très mesuré et calculé.

Pendant l'autopsie, ils trouvèrent des preuves de cyanose et d'hémorragie pétéchiale dans les yeux, ainsi que des taches de sang autour de la bouche et du nez, tous les signes de l'asphyxie. Ils trouvèrent également de l'eau dans ses poumons, ce qui suggérait qu'Amy Jones était probablement morte quelque temps après s'être trouvée sous l'eau.

En attendant les rapports du laboratoire, Jack vérifia la base de données des crimes violents, vérifia les cas d'asphyxie, de strangulation manuelle ou au lien, de colorant bleu, de nudité. Rien. Même si toutes les agences du maintien de l'ordre ne contribuaient pas à la base de données des crimes violents du FBI, la plupart le faisaient. Malgré le sentiment croissant qui lui rongeait les tripes, le tueur semblait n'être dans le radar de personne. Pourtant, le crime paraissait trop méthodique pour être un incident isolé. S'il y avait une piste quelque part, Jack devait forcément la trouver.

[Space here']

CAROLINE AVAIT OUBLIÉ que Josh venait dîner.

De retour à la maison depuis quelques semaines seulement, les filles suivaient déjà une sorte de routine. Le mercredi était le jour où Sadie venait « visiter la cuisine ». Elle avait décidé qu'elle devrait prendre au moins un jour par semaine pour renouer avec ses bébés en acier inoxydable, un peu comme des enfants perdus dans une bataille pour la garde. Avec l'argent que Sadie avait hérité, Caroline était sûre qu'elle pouvait se permettre de se payer sa propre cuisine. Mais elle se rendit compte que c'était la façon de Sadie d'essayer de les garder toutes ensemble. Au moins un soir par semaine.

Ce soir, elle avait préparé des haricots rouges et du gombo, un plat Gullah distinctif qui remontait aux racines de Sadie. Comme l'arbre bouteille bleu qui se dressait devant sa maison et sa véranda bleue. Il était supposé chasser les mauvais esprits de sa maison. Caroline se dit qu'elle aurait peut-être dû se peindre le visage en bleu, parce que Josh lui donnait le mauvais œil. Elle pensa qu'il était peut-être toujours inquiet d'être accusé d'être sa source.

Caroline refusa de réagir. Poussant son riz rouge sur le côté de son assiette, elle repensa à la chaussure de sa mère, se demandant comment diable elle avait pu se retrouver dans les bois près de la maison de Sadie ?

Augusta avait raison bien sûr. C'était ridicule de supposer que quelqu'un s'introduirait par effraction pour voler une foutue chaussure et puis attendrait en embuscade pour la rendre. Mais Caroline ne pouvait pas se débarrasser de l'impression que cette chaussure cachait quelque chose. Malheureusement, ce n'était pas la seule chose difficile à laquelle elle devait repenser ce soir. Il y avait Kelly. Et Jack. Et Frank. Et, oh, elle ne pouvait pas oublier Pam. Caroline avait entraîné la pauvre fille dans une affaire qui la dépassait. Vraiment, à ce stade, c'était plus facile de faire la liste des gens qui n'étaient pas en colère contre elle.

Caroline n'entendit pas ce que Josh avait dit et qui les avait toutes fait rire. Mais tout à coup, tous se tournèrent vers elle. Elle se figea, la fourchette en l'air.

— Hein ?

— Josh jure que Maman a dû jeter cette chaussure à Sadie, expliqua Savannah avec le sourire.

Même si elle souriait aussi, Sadie secoua la tête et repoussa l'idée d'un ton dédaigneux :

— Votre Mama m'a jamais jeté de foutue chaussure à la tête, hein !

— Pas même pour t'éloigner d'une certaine personne le samedi matin quand ils essayaient de travailler ?

Josh se recula immédiatement loin de sa mère, anticipant la claque qu'elle lançait dans sa direction d'un air taquin.

— C'est même pas drôle ! rétorqua Sadie.

— On sait que tu l'aimes bien, Mama, insista Josh. C'est pas la peine de le nier.

Sadie se leva de son siège à la tête de la table. Elle repoussa sa chaise en feignant l'agacement. Elle regarda Josh d'un air critique.

— Qui j'aime ou j'aime pas, c'est pas tes oignons, hein !

Elle prit son assiette et saisit celle de Josh sous son nez.

— Vous êtes tous une bande de gosses ingrats ! déclara-t-elle, en les désignant tous de la main. Je sais pas pourquoi je continue de vous endurer.

Augusta sourit et lui tendit son assiette.

— Parce que tu nous aimes bien.

Savannah tendit aussi son assiette, avec un grand sourire comme Josh et Augusta.

Caroline se leva pour aider.

— Lâche, marmonna Josh dans sa barbe quand Caroline se précipita vers Sadie.

C'était la première chose qu'il lui avait dite de la soirée. Même si c'était pour plaisanter, elle pouvait discerner un ton tranchant.

Sadie lui donna une petite gifle sur la tête en passant devant lui.

— Elle fait du mieux qu'elle peut. Occupe-toi de ton travail et laisse-la tranquille !

Josh grimaça.

— Oui madame, répondit-il.

Mais quand Sadie et Caroline atteignirent la cuisine, la salle à manger éclata de rire.

Devant l'évier, Sadie lui retira l'assiette des mains.

— Caroline, ma p'tite, laissez personne vous dire comment faire votre travail, hein ! lui conseilla-t-elle. Votre Mama vous a confié la responsabilité de ce journal pour une raison.

Sadie ne pouvait pas comprendre le bazar qu'elle avait semé. Mais jusqu'à cet instant, elle n'avait pas réalisé à quel point elle avait besoin d'entendre ces paroles. Pour la deuxième fois aujourd'hui, ses larmes menacèrent de déborder.

Sadie s'approcha de Caroline et lui saisit la main.

— Écoutez-moi, mon enfant. Votre Mama vous aimait ! Peut-être qu'elle savait pas comment vous le montrer de son vivant, mais c'est sa façon de vous le montrer maintenant.

Les grands yeux noirs de Sadie étaient remplis d'amour. Son sourire était le même qu'elle leur avait adressé quand enfants, elles tombaient sur les gravillons d'huîtres et s'égratignaient les genoux.

La gorge de Caroline se serra.

— Mais Josh...

— Vous inquiétez pas une minute de mon fils ! Pour l'instant, il pense qu'à lui, et c'est pas comme ça que je l'ai élevé ! En fait, il a sûrement oublié, mais il va pas vous donner l'absolution aussi facilement, hein.

Caroline s'efforça de sourire, réalisant que Sadie avait probablement raison. Josh aimait voir les gens se débattre.

Sadie lui tapota la main.

— Écoutez, je peux pas prétendre savoir pourquoi vous avez fait ce que vous avez fait, Caroline, mais je suis sûre que vous avez de bonnes raisons. Et je sais dans mon cœur que vous ferez toujours ce qui est juste. Vous avez ça dans le sang !

Caroline acquiesça de la tête, submergée par l'émotion.

Sadie lui lâcha la main et la prit dans ses bras. C'était bien mérité.

Caroline essuya ses larmes sur son épaule en prenant aussi Sadie dans ses bras. Au fond, elle était soulagée que ce soit sa mère qui repose éternellement dans le cimetière de Magnolia et pas Sadie. Elle en ressentit un pincement de culpabilité.

Sadie se sépara brusquement d'elle et se dirigea vers le frigo, gloussant doucement en en sortant une tarte au citron vert qu'elle montra à Caroline.

— Voyons combien de temps ce garçon va se taire avant d'ouvrir la bouche pour vous demander un morceau de ça !

Elle tendit la tarte à Caroline et saisit un couteau sur le comptoir, lui faisant un clin d'œil complice.

Caroline rit.

— T'es tellement rusée !

Sadie saisit une pile d'assiettes à dessert.

— Mon enfant, comment diable croyez-vous que j'ai survécu dans cette maison pendant si longtemps ?

Elles échangèrent un sourire en coin, puis retournèrent ensemble dans la salle à manger. Josh tint environ trente secondes avant d'être tout sourire et d'amadouer Caroline pour qu'elle lui donne la première grosse part de tarte au citron vert.

Sadie adressa à Caroline un sourire qui disait tout simplement : « je vous l'avais bien dit ».

14

Dès que Caroline entra dans son bureau le lendemain matin, elle y trouva deux choses : une copie de l'édition du matin du *Post* et la lettre de démission de Frank.

En première page, en gros titre dans le *Post* :

LE TUEUR DU RUISSEAU DE SECESSIONVILLE : UN EX-PRÊTRE INTERROGÉ.

Caroline étudia la photo de l'homme que la police avait interpellé. Son sang ne fit qu'un tour.

Elle lut le gros titre une deuxième fois avec horreur. Et puis elle attrapa son sac à main, la lettre de Frank et le journal, et sortit de son bureau en courant. Elle s'arrêta à la réception le temps de donner des instructions à Pam : appeler la compagne de chambre d'Amy Jones, appeler le commissariat de Charleston et vérifier les faits du *Post*, même si elle savait que leurs reportages étaient solides.

Elle avait été tellement préoccupée par ses propres intentions, par une histoire spéciale à raconter, qu'elle avait complètement raté la vraie information. Le *Post* en avait obtenu l'exclusivité, mais ce n'était pas le pire. Elle avait été tellement accaparée par sa tristesse et les parts de tarte au citron vert à distribuer qu'elle avait mis en danger les gens qu'elle aimait le plus.

Frank était évidemment déjà parti. Elle s'occuperait de lui plus tard. Pour l'instant, elle devait parler à Jack : l'ex-prêtre qu'ils avaient arrêté pour l'interpeller était l'homme qui avait jeté la chaussure de leur mère à Augusta le soir précédent.

Pourquoi il avait la chaussure de sa mère, ça elle l'ignorait. Les détails ne se combinaient pas exactement dans sa tête. Tout cela n'avait aucun sens. Mais elle aurait dû appeler la police. La seule bonne chose était qu'il soit en garde à vue. Pas grâce à elle ni au *Tribune* ! Mais elle savait que Jack résoudrait le cas. Il faisait du bon travail. Pas comme elle, apparemment.

En route vers le parking, Caroline appela d'abord Jack, mais il n'était pas disponible. Alors elle appela Augusta et de sa voiture, elle lui lut à haute voix l'article du journal.

— Seigneur, j'avais complètement la tête dans les nuages ! dit-elle, encore sous le choc en relisant l'article pour la deuxième fois. Ils disent que la victime a appelé sa compagne de chambre en se servant du portable de Patterson ! Comment est-ce que je suis passée à côté de ça ? Si seulement j'avais posé les bonnes questions. Pourquoi j'ai pas fait ça, Augie ?

— Sois pas si dure contre toi-même, répondit Augusta. J'arrive pas à croire que ce bel homme soit un tueur !

— Lucifer était la plus belle de toutes les créatures de Dieu ! Suis-moi une minute, Augie, pendant que je m'apitoie sur mon sort ! J'ai tout raté. Mon Dieu, le meurtrier de cette fille était juste là, à pas vingt mètres de nous hier soir !

— Le meurtrier présumé, la corrigea Augusta.

Sers-toi de ta tête de journaliste d'enquête, Caroline. Il est pas coupable tant qu'un tribunal l'a pas prouvé.

— Mon Dieu, et si j'ai pas une tête de journaliste ? Et si je suis un imposteur ?

— Caroline, la réprimanda Augusta, t'es ridicule. T'as une éducation plus solide que Mère et tu viens d'une famille qui travaille dans les journaux depuis des générations. T'écoutes avec ton cœur, pas avec ta tête.

Augusta avait raison.

Sa mère avait excellé à se détacher de ses sentiments. On peut appeler cela trouble fonctionnel élevé de la personnalité multiple si on veut, mais elle avait été capable de sortir de sa dépression paralysante pour considérer des faits durs à froid, au moins pour son travail. Elle était en fait arrivée à dépasser ses propres pertes traumatiques pour servir sa communauté. Caroline ne pouvait même pas regarder au-delà de la tragédie de Karen Hutto !

Elle laissait ses sentiments influencer chaque décision qu'elle prenait et elle ne regardait pas l'ensemble du tableau.

— Et si j'étais pas capable de penser avec ma tête ?

— Quand est-ce que tu as arrêté ? répliqua Augusta, comme si c'était une notion parfaitement ridicule.

Caroline réfléchit un instant. Un nouveau mal de tête était en route. Dans le coin du parking, derrière une colonne, elle remarqua du mouvement et regarda de plus près.

Est-ce qu'il y avait quelqu'un là-bas ?

C'était juste son imagination.

Patterson était en prison, se rappela-t-elle.

Elle verrouilla quand même sa portière et s'appuya contre la vitre, la main sur le front. Elle regarda le journal de si près que son regard se fixa sur deux mots : EX-PRÊTRE INTERROGÉ.

— Pour moi, cet homme ressemblait pas du tout à un prêtre, déclara Caroline sur un ton plaintif.

— Il ressemble pas non plus à un tueur, ajouta Augie avec conviction.

— Bon, je dois y aller, dit Caroline. Je te rappellerai plus tard. Verrouille les portes ! ajouta-t-elle vivement.

— Arrête de te faire du souci, riposta Augusta. Les portes sont déjà verrouillées, Caroline.

— Et assure-toi s'il te plaît que Savannah est à la maison !

— Vraiment ? Tu veux qu'on mette nos vies au ralenti et qu'on s'enferme chez nous parce qu'il y a un tordu en cavale ?

Même ici, dans le parking sombre, les gens allaient et venaient, complètement inconscients du danger.

— Relax, Caroline. On est des grandes. Tout ira bien.

— T'as raison, concéda Caroline.

Elle raccrocha. Elle avait l'intention de se rendre directement au commissariat. Au lieu de cela, elle se trouva en route vers le seul endroit où elle n'avait jamais imaginé retourner.

NICHÉ près des rives du fleuve Cooper, le cimetière Magnolia était presque oublié au milieu des vieux chênes courbés. Les emplacements vides appartenaient aux familles dont les racines remontaient à l'époque où les nouvelles de la marche de Sherman avaient fait s'évanouir les femmes. Le cimetière comptait maintenant trente-cinq mille corps, dont deux mille soldats confédérés, cinq gouverneurs et quatre sénateurs américains, l'un étant le sénateur Robert Samuel Aldridge II.

Le père de Caroline.

Réunis dans la mort, ses parents reposaient l'un à côté de l'autre à l'ombre d'un vieux chêne vert. En paix. Comme jamais de leur vivant.

L'arbre, qui avait certainement connu des jours meilleurs, était bossu maintenant. Ses branches lasses s'affaissaient, comme s'il désirait se reposer aux côtés des résidents de Magnolia. Côté sud, ses branches étaient un peu plus rares. Sans doute qu'avant les lois promulguées pour protéger ces mammouths feuillus, une partie de son vaste réseau de racines avait été mutilée pour creuser les tombes voisines. Maintenant, telles des cicatrices qui refusaient de guérir, on pouvait distinguer des croûtes ligneuses là où d'immenses branches avaient vécu et dépéri avant de mourir. Côté nord, la mousse espagnole pendait aux branches plus fournies comme des rideaux cendrés, alourdissant l'arbre comme une vieille femme courbée sous le poids de ses bijoux. Sa mère reposait de ce côté.

Caroline porta son regard vers la tombe de l'autre côté. Un emplacement vide réservé à leur petit frère.

Il resterait pour toujours vide.

Même après que les autorités aient cessé de rechercher Sammy, longtemps après la moindre chance de le retrouver en vie, sa mère avait financé le dragage de la rivière sur des kilomètres.

On n'avait jamais retrouvé son corps.

Caroline remarqua qu'il y avait des fleurs sur sa tombe, des gypsophiles et des roses décolorées par le soleil, assez récentes pour pouvoir encore deviner leur couleur. Flo n'avait jamais mentionné ses visites au cimetière Magnolia. Apparemment, sa mère avait pleuré là toute seule jusqu'à son dernier jour, sans partager son secret. Savoir cela ne la fit pas se sentir mieux.

Le soleil brillant du matin pénétrait la masse épaisse des branches et projetait une lumière tachetée sur les tombes à ses pieds.

La terre commençait déjà à se tasser sur la tombe de sa mère. La riche couleur de la terre fraîchement retournée se fondait dans le reste. Elle regarda autour d'elle, inspectant les rangées de tombes. Celles de son frère et de sa mère étaient les seules à avoir des fleurs fraîches. D'autres vases contenaient des roses en plastique délavées. La plupart n'avaient rien du tout. Les membres de leurs familles étaient probablement décédés aussi, enterrés et oubliés. Une fois les fleurs sur la tombe de sa mère fanées et réduites en poussière, ainsi que celles sur la tombe de Sammy, leurs sépultures se retrouveraient aussi nues et oubliées que celle de son père.

Elle n'était pas du genre à se promener dans les cimetières. Ses sœurs non plus.

Caroline ne voyait pas à quoi servait de visiter le regret et le désespoir. Elle croyait qu'il valait mieux aller de l'avant, préparer un avenir meilleur. Mais elle était là maintenant.

Pourquoi ?

Pensait-elle en quelque sorte pouvoir forger une relation avec sa mère défunte simplement en se tenant près de sa tombe ? Trouver les réponses qui lui échappaient en regardant une parcelle de terre ? Pourquoi diable espérait-elle cela quand elles n'avaient jamais eu la moindre relation du vivant de Flo ?

Et pourtant, s'avoua-t-elle, elle n'avait jamais eu autant besoin de sa mère qu'à cet instant, quand elle semblait si loin d'elle.

Prenant une profonde inspiration et frissonnant,

Caroline retourna vers sa voiture. Elle se sentait un peu stupide et très imprudente. Elle était venue ici complètement sur un coup de tête, et même si Patterson était détenu et interrogé pour le meurtre d'Amy Jones, Augusta avait raison : tant qu'il n'avait pas été déclaré coupable pour sûr, un cimetière isolé où peu de gens s'aventuraient n'était pas un lieu à fréquenter seule.

Elle monta dans sa voiture, tourna brusquement la clé dans le contact et s'éloigna, en direction cette fois du commissariat pour porter plainte contre la visite d'un certain ex-prêtre le soir précédent. À un moment donné, elle avait l'intention de parler aussi à Jack de la visite de son ex-petite amie. Mais pour l'instant, cette visite était complètement éclipsée par celle de Patterson.

Elle sortit du cimetière, regardant une dernière fois dans son rétroviseur. Mais elle ne vit pas la silhouette l'observer de derrière un caveau.

15

Ian Patterson ne se comportait pas comme un homme préoccupé par une accusation d'homicide. Il était tranquillement assis dans la salle d'interrogation et répondait aux questions sans se déconcerter. Il gardait son calme, même avec les questions les plus suggestives. En fait, pour autant que Jack puisse en juger, l'homme semblait sincèrement prêt à coopérer. Son visage tourna pratiquement au vert quand Jack lui montra les photos détaillées d'Amy Jones, la lividité post-mortem ayant recouvert sa peau laiteuse de taches bleuâtres et violacées, là où la gravité avait attiré le sang dans les régions les plus profondes. À moins d'être un sacrément bon acteur, ce n'était pas l'homme qu'ils recherchaient.

D'un autre côté, il ne ressemblait pas non plus à un prêtre collet monté. Grand et maigre, les cheveux en désordre, une barbiche mousquetaire, des lunettes noires à la John Lennon et une petite créole à l'oreille, il lui faisait plus penser à un batteur qui fumait de l'herbe dans un orchestre de vedettes.

Il accepta de passer au détecteur de mensonges sans sourciller. En fin de compte, ils n'avaient rien pour le retenir. Ils n'avaient pas non plus de cause probable pour fouiller sa maison puisqu'il avait un alibi pour le moment de la mort de Jones. Apparemment, il était au concert d'une petite amie au Windjammer.

Ils avaient des enregistrements téléphoniques qui le reliaient à la victime. Des témoins l'avaient vu à une station-service avec la victime à environ vingt heures trente, deux heures et demie avant le meurtre. Et ils avaient trouvé ses empreintes digitales à l'arrière de la voiture de la fille, près du réservoir. Tout concordait avec son histoire. Le cas était purement circonstanciel et le gars n'avait aucun motif, pour autant que Jack puisse en juger, s'il s'agissait d'un homicide isolé.

D'après Patterson, Jones était tombée en panne d'essence. Apparemment, il vivait dans le coin. Il était en route pour sa soirée quand il l'avait trouvée sur Fort Lamar Road, à pied dans la nuit noire. Il l'avait donc conduite à la station-service, lui avait acheté un jerricane et l'avait remmenée à sa voiture pour faire le plein. L'histoire était assez simple. L'histoire du Bon Samaritain de ce gars tenait debout. Il avait même le reçu et le relevé de carte de crédit pour conclure joliment l'histoire.

Mais ça ne tenait pas debout.

Après l'avoir relâché, Jack le fit suivre. Il retourna sur la scène du crime pour tout revérifier. Les techniciens de scène de crime avaient déjà passé le quai et ses environs au crible. Mais il pensait plus clairement sans une armée autour de lui.

Ses tripes lui disaient qu'aucun gars sur le point de couper la langue d'une fille et de l'étrangler n'allait lui prêter son portable, pas seulement une fois mais deux, en rappelant la compagne de chambre de la fille et en leur donnant son vrai nom à toutes les deux. En fait, c'était la compagne de chambre qui leur avait donné le numéro de Patterson. Seul un connard ou un prétentieux prendrait ce genre de risque. En fin de compte, les prétentieux sont stupides. Patterson ne lui paraissait ni stupide ni prétentieux.

Aucun numéro n'avait été composé depuis le téléphone de la victime après dix-neuf heures cinq, ce qui laissait supposer que son téléphone était mort. Ils le retrouvèrent sur le plancher de sa voiture abandonnée, devant le siège du passager.

À vingt-et-une heures dix-sept, la compagne de chambre d'Amy l'appela. Elle s'était perdue et cherchait l'adresse qu'on lui avait donnée. Elle appela de nouveau à vingt-et-une heures dix-neuf, à vingt-deux heures vingt-quatre et à vingt-deux heures vingt-sept. Pas de réponse. Les quatre fois. Agacée, elle retourna attendre à la station, espérant que Jones allait la rappeler. Elle dit être restée assise à la station, dans sa voiture, à se disputer avec son petit ami au téléphone, pendant environ trente minutes. Leur conversation prit fin à environ vingt-trois heures trois. Tout collait avec les relevés téléphoniques. Après quoi la fille essaya une dernière fois de trouver la maison. Cette fois, elle repéra la voiture d'Amy dans une allée. Vers vingt-et-une heures trente, elle s'aventura autour, mais ne vit pas Amy. Elle retourna alors à sa voiture et appela la police.

Le premier policier arriva sur les lieux à minuit et demi, une heure après l'appel de la compagne de chambre. Pas surprenant vu les luttes d'influence sur James Island. Ils retrouvèrent le corps d'Amy à minuit quarante-trois et estimèrent l'heure de la mort à environ vingt-deux heures quarante. Probablement pendant que la compagne se disputait avec son petit ami à la station-service, ce qui voulait dire qu'elle avait loupé le tueur de peu.

Allongé dans l'eau peu profonde et tempérée, son corps était encore chaud quand Jack arriva sur la scène vers une heure et demie du matin. La rigidité cadavérique venait tout juste de commencer.

Maintenant assis sur le quai, il observait la scène du crime d'un regard critique. Le ruban jaune de la police était encore intact, à part un petit morceau qui claquait au vent près de ce qu'ils avaient prouvé être le point d'entrée.

Il fixa des yeux la zone autour du quai.

Quand le corps d'Amy avait été retrouvé, il était enroulé autour d'un poteau de quai, à moitié caché par les spartines. Avec sa voiture garée devant, il était à peu près sûr qu'elle n'avait pas flotté vers le rivage. Mais ils ne trouvèrent ni fluides corporels ni signes de bagarre sur le quai, ce qui voulait dire que la lutte devait avoir eu lieu dans le ruisseau.

Il se dit qu'il devrait consulter les cartes des marées. Il se mit à genoux pour regarder sous le quai, juste pour être sûr qu'ils n'avaient rien laissé échapper. Aucun bout de vêtement ou poignée de cheveux pris dans le bois.

Il observa l'eau et la boue puante.

La puanteur, il le savait, résultait de la combinaison eau chaude, bactéries et décomposition de la matière organique dans le climat moite. Mais en dépit de la vie qui grouillait dans le sol mou, sombre et humide, ça puait la mort et la décomposition. Même si les techniciens de scène de crime avaient pris soin de ne rien déranger, la boue grise ne séchait jamais entre les marées, et les traces du corps de la jeune fille s'étaient déjà estompées. Seule restait une légère dépression où valsaient de minuscules crevettes. Les seules empreintes près du corps étaient les leurs. Il avait été impossible de retirer le corps sans créer quelques impressions. Et l'eau, juste assez profonde, avait déjà de toute façon commencé à effacer les impressions par son mouvement constant. Un peu plus loin, la boue était tellement humide et marécageuse qu'on savait qu'elle pouvait retirer les bottes des pieds d'un homme. Ce n'était pas facile d'y marcher et cela nécessitait du matériel spécial ou des bottes serrées. C'était un peu comme des sables mouvants : si vos chevilles s'enfonçaient et que vous vous débattiez, vous pourriez vous enfoncer jusqu'aux genoux.

Il semblait que le tueur l'avait juste déposée doucement, sans trop de lutte, probablement grâce au chloroforme qu'ils avaient retrouvé dans son système. Il l'avait déshabillée, lui avait attaché les pieds et les mains et l'avait positionnée de façon précise pour un spectacle macabre. Grâce aux techniques médiatisées par les films noirs en première partie de soirée, il avait su comment minimiser les preuves.

Il y avait des traces de sang sur son corps et dans ses cheveux, d'autres dans le lit du ruisseau et dans son estomac. Mais pas assez, semblait-il. La langue étant pleine de vaisseaux sanguins, elle aurait dû saigner abondamment, si la langue avait été coupée de son vivant. Peut-être pas autant s'il l'avait arrachée après la mort. Mais le ruban adhésif sur sa bouche, il ne l'avait probablement pas mis après sa mort. Jack ne pouvait pas l'imaginer retirer le ruban, puis le remettre plus tard. Ses vêtements avaient peut-être absorbé une partie du sang, mais puisqu'ils avaient disparu, il était impossible d'évaluer combien elle avait saigné exactement. Ce qui ne s'était pas retrouvé dans ses vêtements avait pu finir dans le ruisseau, emporté par la marée.

Est-ce que le tueur lui avait coupé la langue avant ou après l'avoir droguée ? Avant ou après l'avoir tuée ? Et même, pourquoi lui couper la langue ? Pourquoi le colorant ?

Le gars voulait la voir mourir, réalisa Jack. Toutes les étapes du processus, du moment où elle avait repris conscience et s'était rendu compte qu'elle ne pouvait pas respirer, à la panique et à la douleur qu'elle avait dû ressentir, il voulait tout voir. Jusqu'au moment où les vaisseaux sanguins de ses yeux avaient éclaté.

Est-ce qu'il avait attendu que ses yeux s'ouvrent avant de la pousser dans l'eau peu profonde ?

Pour une raison ou une autre, l'acte lui faisait penser à une sorte de baptême.

Sous l'eau, le tueur n'aurait pas pu la voir aussi clairement, surtout la nuit. Même avec la pleine lune, il aurait eu besoin d'être près pour voir. Peut-être qu'il s'était mis à cheval sur elle, penché sur elle pour sentir son cœur lâcher ?

Il se frotta les yeux. Un jour, il faudrait bien qu'il dorme.

Il se leva et s'épousseta. Il avait envie d'une cigarette. Étonnant ? Il n'essayait plus d'arrêter de fumer pour Caroline, se dit-il en fouillant dans ses poches. Il en retira son dernier chewing-gum. Il le faisait pour lui-même, parce qu'il avait horreur de cette habitude. Il déballa le chewing-gum et le mit dans sa bouche, le mâchant pensivement.

Au loin, le phare de Morris Island semblait échoué, comme une sentinelle solitaire gardant le chenal ou un soldat désarmé. Depuis longtemps hors-service, il était peu à peu dévoré par l'Atlantique.

Le chenal pouvait être dangereux. Les bras de mer étaient comme des veines longues et minces, à la fois siphonnant la vie des marais et la lui redonnant.

Même à marée basse, le milieu de la crique était assez profond pour un bateau de bonne taille, un bateau qui pouvait facilement naviguer dans la baie de Clark Sound ou les rivières et estuaires sinueux autour de Morris Island. Mais on n'avait pas besoin d'un gros bateau pour manœuvrer dans le marais salé. Si on savait où aller.

Apparemment, la victime était en train de prendre des photos. Mais on ne retrouva aucun appareil photo. La seule indication était le sac de l'appareil sur son siège arrière, rempli d'objectifs et de pellicules. Jack n'avait même pas réalisé que les gens se servaient encore de ce genre de choses dans cette ère numérique. Mais visiblement c'était une étudiante douée en cinéma et photographie. Ses œuvres étaient exposées quelque part en centre-ville. Ils avaient passé au crible tout le coin, espérant retrouver son appareil photo. Mais il avait disparu.

Jack observa le paysage.

Par ici, les propriétés opulentes, pas trop proches les unes des autres, étaient entourées de zones boisées. Backcreek Road portait bien son nom. Elle était entourée d'eau, avec un seul accès depuis Fort Lamar Road. Juste derrière Backcreek se trouvait Fort Lamar : un hectare de terres confisquées appartenant à la ville. Il comprenait des terrassements remontant à 1862. Beaucoup d'endroits où se cacher. Les rues, bordées d'énormes arbres enchevêtrés, étaient plongées dans le noir complet quand la nuit tombait, dérobant la lune au regard.

La compagne de chambre ne se souvenait pas avoir vu un bateau amarré derrière la maison cette nuit-là. Aucune voiture ne s'était avancée sur la route isolée.

Ils avaient fouillé la maison, même s'il n'y avait

aucun signe d'effraction. Rien à l'intérieur ne signalait la violence qui avait eu lieu à l'arrière.

Le meurtrier d'Amy Jones n'avait peut-être pas eu l'intention de laisser son corps là. Avait-il été interrompu par une étudiante de vingt ans à la recherche de sa compagne de chambre qui avait disparu dans la nature ? Si oui, comment et où avait-il eu l'intention d'emporter le corps ?

On avait envoyé des hélicoptères pour une vue aérienne du marais salé. Mais le paysage environnant était intact. Pour l'instant, le marais salé gardait ses secrets.

Il regarda le hangar à bateaux au toit en tôle ondulée. La lumière du soleil s'y reflétait.

Le quai des Aldridge était facilement l'un des plus longs du coin. Il serpentait à travers près de cinq cents mètres de marais salés. De là, il pouvait lancer une pierre dans la direction de la maison de Caroline et l'atteindre. Sa proximité de la scène du crime lui souleva l'estomac.

L**A TENTATIVE** d'effraction à Oyster Point avait eu lieu la nuit suivante. Pas beaucoup de chances que le tueur soit toujours dans la région. Jack cherchait désespérément des réponses.

Aux yeux des autres, ce n'était pas une course contre la montre. Il n'était pas d'accord. Il le sentait dans ses tripes.

L'attention au détail et l'absence totale de preuves lui disaient que le meurtrier n'en était pas à son premier coup. Le fait qu'il n'y ait pas d'autres corps prouvait seulement que le tueur savait ce qu'il faisait.

Mais personne ne partageait son opinion. Même son partenaire Garrison suivait d'autres pistes.

Le cas le plus proche auquel il avait été confronté était une tuerie, quelques années auparavant. Rien de comparable au meurtre d'Amy Jones. Un vrai tueur en série ne se rendait pas dans trois stations-service pour y tuer les pompistes. Il avait besoin de temps morts. Le temps de planifier. Le temps de s'assurer que chaque mouvement était orchestré à la perfection, pour ne pas se faire prendre. Mais peut-être qu'après un moment, certains pensaient qu'ils ne pouvaient pas se faire prendre. Peut-être que si le gars avait fait cela depuis un certain temps, il était devenu arrogant. Les arrogants prennent des raccourcis, et les gens qui prennent des raccourcis font des erreurs.

Qui d'autre mourrait avant que ses erreurs le trahissent ?

Caroline avait raison sur un point : suivre les règles du jeu est un luxe que vous ne pouvez pas vous permettre quand des vies sont en jeu.

Deux personnes pouvaient jouer à ce jeu...

— Ça m'étonne que vous soyez toujours là, plaisanta Caroline, même si au moment où ces mots sortirent de sa bouche, elle se rendit compte de leur stupidité.

Frank Bonneau était le genre d'homme à tout faire dans les règles. S'il donnait un préavis de deux semaines, il resterait travailler pendant deux semaines, même s'il devait ingurgiter des antiacides toutes les heures pour le faire.

Il la regarda par-dessus ses lunettes à double foyer. Elles étaient complètement tordues tant de fois il les avait mises sur son nez et enlevées. Visiblement pas content de sa tentative maladroite de conversation, il décida de l'ignorer et se replongea dans son ébauche de journal, essayant de déterminer où placer les histoires.

Caroline avait eu une longue journée, sans une minute au bureau. Elle ne pouvait se permettre cela qu'avec quelqu'un comme Frank sur place. Quelqu'un qui savait ce qu'il faisait. Quelqu'un à qui elle faisait confiance.

— Est-ce qu'on peut causer ?

— Je me contenterai de vous écouter, dit-il. Je pense que j'en ai déjà assez dit.

Il n'était apparemment pas content de son éclat de la veille, pourtant justifié. Même si Caroline croyait toujours avoir agi de bonne foi, elle devait reconnaître qu'elle s'était plutôt comportée comme la fille de la patronne que comme la patronne elle-même.

— Vous avez parlé à Daniel ?

— Non, répondit-il, perplexe. Pourquoi est-ce que je ferais ça ?

Il n'avait pas couru se plaindre à leur avocat. Cela la surprit et l'impressionna à la fois. Elle s'en trouva d'autant plus déterminée à le garder dans l'équipe.

— Bien. Parce que je ne veux pas que vous démissionniez.

— Vous auriez dû penser à ça avant de me saper.

— Je suis désolée, Frank.

— Vous devriez l'être.

Caroline se rendit compte qu'il n'aurait aucune pitié. Mais elle était prête à se prosterner à ses pieds, et chacun de ses mots était sincère.

— J'ai appris une précieuse leçon et j'espère qu'on peut réparer ça, parce que je réalise aujourd'hui combien j'ai besoin de vous. Je ne suis pas prête à faire marcher ce journal toute seule.

Les paroles de Caroline ravivèrent son attention. Il posa son stylo et releva la tête. Il l'écoutait maintenant.

— Je me rends compte que ma mère était à la fois la façade et la voix du *Tribune*. Et c'est parce qu'elle vous avait, Frank.

— Elle ne se tournait pas non plus les pouces, protesta-t-il, clairement mal à l'aise avec le compliment. Votre mère était impliquée dans tous les aspects. Elle ne se contentait pas de gérer les gens de trop près, spécialement pas moi. Elle n'essayait pas non plus de tout faire elle-même. Vous ne pouvez pas être en même temps responsable de l'édition, de l'écriture, des ventes, du contact avec les médias et la communauté, Caroline. Vous embauchez des gens capables et vous leur faites confiance pour pouvoir vous concentrer sur votre propre boulot.

C'était une leçon de morale assez élémentaire, mais Caroline était réconfortée qu'il prenne la peine de lui parler. En plus, elle avait clairement besoin de rappels. Elle savait tout cela, mais quand le moment était venu de se mettre au travail, elle avait rapidement tout oublié. Encouragée, elle osa entrer et s'assit en face de son bureau.

— Je veux que vous m'appreniez à être une journaliste aussi bonne que ma mère.

— Votre mère n'était pas seulement bonne, elle était extraordinaire !

Il saisit son stylo et le tapota légèrement sur son bureau, semblant considérer sa demande.

— Savez-vous que même quand on a fait face à notre pire bataille de circulation, et qu'on nous a suggéré de suivre l'exemple du *Post*, votre mère a refusé de se lancer dans le journalisme à sensation ? Elle a tiré des leçons des erreurs d'hommes comme Joseph Pulitzer et William Randolph Hearst. Votre mère connaissait ce travail sous toutes ses coutures. Si vous voulez lui ressembler, ça va vous demander de la ténacité, ajouta-t-il. Sans aucun amour-propre. Est-ce que vous êtes capable de ça ?

Caroline cligna des yeux. Elle pensait plutôt qu'elle n'était pas assez sûre d'elle-même. Mais à ce stade, elle était prête à dire n'importe quoi pour qu'il reste.

— J'ai besoin que vous ayez confiance en ce que vous savez, poursuivit-il. Et que vous ayez confiance dans le fait que je sais quand intervenir pour aider.

— Ça paraît assez facile.

Il haussa un sourcil blanc, hirsute, comme s'il ne la croyait pas tout à fait.

— Et j'ai besoin que vous ayez confiance dans le fait que je ne veux que le bien du journal. Si je dis ce que je pense, vous devez m'écouter. Pas nécessairement faire ce que je dis, précisa-t-il, mais juste écouter. C'est tout ce que votre mère a promis de faire.

— Si je suis d'accord, est-ce que vous resterez ?

Il ronchonna.

— Je devrais demander une augmentation.

— Frank, je ne savais pas comment venir ici remplacer ma mère, avoua Caroline. Je pensais que je devais inspirer le respect. Mais je comprends maintenant que vous étiez prêt à me le donner. J'ai concentré toute cette affaire sur nous, alors que cela aurait dû être sur le journal. Je suis désolée. Vous allez rester s'il vous plaît ?

Il esquissa un sourire en coin.

— J'espère que vous n'écrirez *plus jamais* d'histoire pendant que je travaille ici. Peu importe si vous êtes une journaliste de talent. Vous ne pouvez pas avoir une vue générale si vous êtes à genoux dans les tranchées !

— Bon, d'accord. Alors, dites-moi, à votre avis c'est

quoi la première chose que je dois changer dans mon rôle d'éditrice ?

Il agita son crayon dans sa direction.

— C'est simple. Je comprends que vous voulez donner une toute nouvelle direction au journal. Mais avant de foncer à toute vitesse, vous devez apprendre à tout faire à l'ancienne.

Il l'observa un instant.

— Vous comprenez pourquoi la plupart des nouvelles les plus récentes ne sont rien de plus que du journalisme de sténo ?

Caroline voulait lever les yeux au ciel. Mais elle conclut que supporter un peu de fanfaronnades, et par la même occasion une leçon de morale sur le journalisme de base, était un petit prix à payer pour le rendre heureux.

— Les reporters se contentent de prendre des notes ?

— En plein dans le mille ! tonna-t-il. C'est le problème avec le journalisme citoyen.

Elle se sentit un peu soulagée d'avoir donné la bonne réponse. Même si ses leçons semblaient élémentaires, ça ne pouvait pas lui faire de mal de se les rentrer dans le crâne. Comme Jack l'avait déjà souligné, ce n'était pas une période d'essai. Il n'y avait pas de répétitions.

— C'est tout un tas de « il dit que », « elle dit que » à la con ! railla-t-il. Un imbécile envoie un tweet et un autre imbécile le répète sur *HuffPo*. Quand votre mère et moi on est arrivés ici, il a fallu qu'on se retrousse les manches et qu'on travaille dur sur nos histoires. C'est pour ça que ça s'appelait du journalisme d'enquête.

Caroline essaya de réprimer le petit sourire qui commençait à s'esquisser sur ses lèvres.

— Vous allez rester alors ?

Il la regarda l'air calculateur.

— Vous me laisserez remplir tout seul ma propre colonne de nouvelles ?

Caroline ne voulait pas complètement perdre le contrôle.

— Est-ce que j'aurai mon mot à dire ?

— Est-ce que vous me faites confiance ?

Caroline cligna des yeux.

Encore ce mot-là. Confiance. Ce n'était pas quelque chose qu'elle avait en abondance. Elle avait l'habitude de s'occuper d'elle-même, et elle n'avait jamais laissé le moindre élément de sa vie échapper à son contrôle.

— Oui, dit-elle avec sincérité.

Mais elle allait devoir sérieusement parler à son miroir tous les jours.

— Très bien, concéda-t-il. Mais plus de sources anonymes, à moins que ce soit la seule façon dont ils peuvent contribuer. Et seulement si on est tous les deux d'accord. Il ne nous reste que le respect et nous devons le préserver à tout prix.

— Marché conclu. Apprenez-moi à travailler une histoire à l'ancienne. Et à Pam aussi. Elle veut apprendre.

— Elle est pas mauvaise du tout, admit-il. J'ai lu ses coupures de presse.

Il pencha la tête sur le côté en examinant sa requête.

— Pas mal du tout. Elle a juste eu un prof de merde, commenta-t-il avec un sourire jusqu'aux oreilles.

Elle comprit qu'il la faisait marcher. Elle lui sourit en retour.

— Très bien, alors voilà comment on va commencer.

Il se leva brusquement et sortit du bureau. Il revint quelques minutes plus tard, avec Pam et Brad sur les talons.

Caroline se leva et offrit la chaise à Pam, laissant Frank occuper le devant de la scène.

Frank se tint derrière son bureau.

— La première chose à faire, leur dit-il, est de chercher à en savoir un peu plus sur ce Patterson. C'est un ex-prêtre, ajouta-t-il en désignant Brad du doigt. Cherchez où et pourquoi il est plus prêtre. Je veux savoir s'il est du coin. Sinon, je veux savoir d'où il vient. Je veux savoir de quoi il vit maintenant et je veux savoir la couleur de sa merde la dernière fois qu'il a chié.

Pam rigola. Il se tourna brusquement vers elle.

— Vous trouvez ça drôle ?

Surprise, Pam secoua la tête.

— Bien, continua-t-il, désignant maintenant Pam. Vous avez une source au commissariat de Charleston. Alors vous suivez cette piste, et vous trouvez pourquoi ils ont relâché Patterson. Reparlez aussi à la compagne de chambre. Dénichez tous les détails qu'elle a. Vérifiez si le *Post* est passé à côté de quelque chose !

Caroline devait le reconnaître, il y avait un air d'excitation juste à écouter l'urgence dans sa voix.

— Et après ?

Il tapota son bureau de son index.

— Après on se retrouve tous ici et on discute de l'angle qu'on veut prendre. *Ensemble.*

— Très bien, dit Caroline.

Il frappa dans ses mains.

— Allons-y !

Brad et Pam se précipitèrent aussitôt hors de son bureau, comme des cafards se dispersant quand on tape du pied. Caroline hésita.

— Vous aussi ! dit-il en simulant un reproche.

— Merci, dit-elle.

Elle se tourna pour partir, mais pas avant de remarquer ses yeux humides. Elle n'osa pas se retourner vers lui. Elle savait en quelque sorte qu'il ne le souhaitait pas.

16

———

— Qu'est-ce que tu dirais d'une trêve ?

Après une semaine sans nouvelles de Jack, même après sa déposition contre Patterson, Caroline devait reconnaître qu'elle était soulagée d'entendre la voix de Monsieur je-sais-tout à l'autre bout du fil. Mais elle était trop fière pour simplement rendre les armes.

— Tu me vois pas brandir le drapeau blanc ?

— Non, c'est moi qui le tiens, répliqua Jack.

Caroline s'assit tranquillement. Elle avait examiné les rapports financiers que Daniel lui avait apportés, mais elle saturait. Maintenant que Jack avait appelé, son cerveau jeta officiellement l'éponge et lui dit que sa journée de travail était finie.

— Mais après ça, j'ai plus de cartes gratuites pour sortir de prison.

Elle savait qu'elle semblait furieuse, mais elle ne pouvait pas s'en empêcher.

— Vraiment, c'est *toi* qui as plus de cartes ?

— Je croyais qu'on s'était mis d'accord sur un cessez-le-feu.

Caroline leva les yeux au ciel.

— Je crois pas qu'on soit allés jusque-là.

— Bien sûr que si, lui assura-t-il. Je peux humer un repas de réconciliation et tu dois avoir faim, il est dix-huit heures trente.

Est-ce qu'ils allaient vraiment faire ça après presque dix ans ?

Il y avait beaucoup de choses dont Caroline voulait lui parler, dont elle devait lui parler, mais elle n'allait pas s'asseoir et essayer de se convaincre que son intérêt était purement professionnel. Ce n'était pas vrai. Elle voulait le voir. La semaine passée avait été horrible, elle s'était dit qu'il ne lui pardonnerait jamais.

— Un peu, admit Caroline, mettant ses rapports de côté.

— Bien, dit-il, parce que t'es vraiment trop maigre.

— Qu'est-ce qu'il a mon poids ? Je commence à penser que toi, Sadie et Rose Simmons vous complotez quelque chose pour m'engraisser pour que personne me regarde plus. C'est ton idée de vengeance ?

— Crois-moi, dit Jack. Les gens te regardent.

Un sourire las se dessina sur les lèvres de Caroline.

— Les gens ?

— Enfin, au moins une gens.

Il flirtait avec elle. Ça lui plaisait.

— Une personne, le corrigea-t-elle en mordant à l'hameçon, même si elle savait qu'il aiguillonnait son côté écrivain. « Les gens » est un pluriel.

Son ton devint plus sérieux, comme celui d'un avocat dans une salle d'audience.

— Je ne suis absolument pas d'accord, Mademoiselle Aldridge. On utilise aussi « les gens » au singulier.

Caroline haussa un sourcil.

— C'est qui « on » ?

— J'ai dit « on » ? Je voulais dire « moi ».

Caroline se mit à rire. Mon Dieu, comme ses plaisanteries lui manquaient. Oui, il lui manquait. Même plus qu'elle n'osait l'admettre.

— Je t'ai jamais entendu dire ça avant !

— Bien sûr que si, je dis tout le temps ça, lui assura-t-il. Viens dîner avec moi ce soir, et je te le prouverai. On discutera de la nouvelle éditrice du *Tribune* et je manquerai pas de te dire que c'est des gens bien.

Même si plus de quatre-vingt-dix pour cent de sa vie la déroutait, cette connexion qu'elle partageait avec Jack n'avait rien d'incertain. Malgré la tension entre eux, elle était aussi forte aujourd'hui qu'elle l'avait jamais été. À part la question de confiance. Pourraient-ils survivre sans confiance ?

— T'es sûr ?

— Je suis non seulement sûr, je le sais.

— Et Kelly ?

— Quoi Kelly ?

— Eh bien... Je voulais te dire, elle est passée chez moi.

Il lui répondit par un silence. Quand il reprit la parole, elle pouvait discerner au ton de sa voix qu'il en était baba.

— Vraiment.

Ce n'était pas une question. De toute évidence, il n'était pas au courant. Mais soit il n'était pas entièrement surpris, soit il essayait d'empêcher son agacement de saper le ton de plaisanterie qui régnait exceptionnellement entre eux. Soit les deux.

— C'est toi qui paies ce soir ?

— Je ne sais pas. Ça dépend si tu considères ça comme un repas d'affaires ou si c'est pour le plaisir.

Caroline sourit.

— Jack, tu peux pas inviter une fille et puis lui demander de payer.

— Oh ! dit-il, alors je suppose que c'est moi qui paie.

— Alors d'accord pour le dîner. Je te raconterai la visite de Kelly, lui promit-elle. J'allais en fait porter plainte, mais je voulais d'abord t'en parler, et j'ai l'impression que tu essayais de m'éviter.

— Pas exactement de t'éviter.

Caroline réarrangea les documents posés devant elle et les poussa sur un autre coin de son bureau.

— Comment tu peux appeler ça : ça fait des jours que je t'appelle, je laisse des messages sur ta messagerie vocale et pas de réponse.

— Ça dépend si tu attendais vraiment que la machine te réponde.

— Jack, tu sais ce que je veux dire.

— J'ai trouvé du nouveau sur l'affaire... Je t'en parlerai aussi pendant le dîner. Après que tu m'aies raconté la visite de la tarée.

— Marché conclu, annonça Caroline. Il te faut combien de temps pour aller au restau ?

— Cinq secondes. Je suis garé devant ton bureau.

Caroline pouffa de rire.

— Quelqu'un était très sûr de lui !

— Non, répliqua-t-il. C'est juste que je connais pas une Aldridge qui peut résister à une carotte médiatique. Si je pouvais pas tenter ton estomac ou ton cœur, je savais qu'au moins j'avais un atout dans ma poche.

Caroline ignora le petit pincement de joie à l'intérêt qu'il portait à son cœur. Et le frisson d'excitation à la carotte qu'il lui tendait.

— T'es incorrigible !

— Descends, l'enjoignit-il en ignorant son accusation. Je t'emmène.

. . .

Il y a cigales et cigales.

Il y a l'espèce verte, qui sort les jours de canicule et passe généralement inaperçue. Mais il y a une autre espèce, la cigale périodique. Elles émergent du sol tous les treize ans, nombre biblique. Elles forment une nuée noire qui cymbalise et dévore tout ce qui est vert, laissant un paysage ravagé et sans vie dans son sillage.

Elles grimpent et s'agrippent aux branches. Elles sortent de leur carapace en se trémoussant avec une nouvelle peau et des yeux rouges exorbités, avant de s'envoler et de chanter pour l'espèce de l'autre sexe.

Leur ronronnement est irritant.

Une fois fécondée, la femelle retourne dans les arbres pour y pondre ses œufs. La nouvelle génération de cigales s'enfouit profondément en terre où elle restera à nouveau treize ans, se nourrissant d'un réseau de racines enchevêtrées et attendant que le cycle se répète.

Dans leur sillage, on trouve des carcasses fragiles attachées aux arbres, s'accrochant inexplicablement à la vie dans la mort. Leurs ailes transparentes ressemblent à des vitraux dont le verre aurait été brisé et retiré, le temple de leur corps abandonné.

C'était la même chose.

Son corps était un temple abandonné. Tous ses sentiments humains s'étaient échappés par une fissure de sa forme physique. Seule demeurait sa soif de sang dans les profondeurs les plus cachées de son âme. Comme des milliers de murmures ténébreux étouffés par les couches de peau. Et parfois, comme une invasion de cigales, resurgissait le bourdonnement incessant à l'influence indéniable et psychotique.

C'était les fois où il craignait le plus la faim.

Quand les voix atteignaient un tel vacarme assourdissant que toute raison était obscurcie par le bruit.

Le bruit s'élevait maintenant.

Il devait ouvrir son crâne et laisser sortir un peu de folie. Assez pour fonctionner sans se faire repérer. Il ne savait pas ce qui pourrait arriver s'il ne le faisait pas.

Il n'avait jamais essayé d'aller jusque-là.

17

Jack emmena Caroline dans un petit café méditerranéen dans South Market Street. Des tables en mosaïque et en fer forgé, au charme suranné, envahissaient le trottoir. Une douce musique de fond accompagnait de délicieux plats méditerranéens. Ils s'assirent dans un coin intime et tranquille, entourés de petits palmiers en pot. Mais l'intimité fut de courte durée. L'ardeur que Caroline avait ressentie envers Jack ne survécut pas au dîner.

Elle lui raconta la visite de Kelly, et il l'écouta calmement, lui assurant qu'elle n'aurait plus à lui faire face. Jack était sûr que même si elle était en colère sur le moment à cause de la situation, c'était une bonne personne qui ne ferait pas de mal à une mouche. Caroline n'en était pas aussi sûre. En fait, elle était absolument sûre que si Kelly avait une tapette à mouches et que Caroline était une mouche devant son visage, elle se retrouverait plate comme la pita qui se trouvait sur la table devant eux. Mais il dit qu'il allait y regarder de plus près et cela la contenta.

Ce n'est pas Kelly qui la poussa à bout.

Jack voulait qu'elle rétracte son histoire. Il voulait qu'elle imprime la « version officielle de la police ».

— Dis juste que tu t'es trompée.

— SI JE COMPRENDS BIEN, tu es toujours convaincu que cet homicide est pas un cas isolé, mais tu veux quand même que je publie que c'en est un ?

Il s'avança sur le bout de sa chaise et se pencha en avant, prêt à lancer son speech.

— Je te demande seulement de publier la version officielle, Caroline. Si t'appelles le porte-parole de la police, c'est exactement ce qu'il te dira. Qui que soit ce mec, il suit sûrement l'histoire dans le journal. Si c'est pas un incident isolé, peut-être que le gars apprécie déjà l'attention des médias...

L'atmosphère au journal commençait seulement à se normaliser. Caroline n'était pas disposée à compromettre davantage sa relation avec Frank.

— Est-ce qu'on peut te citer, disant que tu penses que c'est un cas isolé ?

— Non.

— Parce que tu crois pas que c'en est un ?

— Caroline, tu dois me...

Caroline le regarda à cet instant, le regarda vraiment. Il avait les yeux enfoncés et injectés de sang, probablement par manque de sommeil. Ses vêtements étaient propres, mais apparemment il ne s'était pas rasé depuis plusieurs jours. Il se passa une main dans les cheveux, l'air las, mais persistant.

— Écoute, j'espère que si on nie son existence, ce gars va faire quelque chose pour montrer à tout le monde qu'il est là.

— Non, Jack ! Je veux pas jouer avec la vérité de cette façon !

Il se rassit en arrière, ses yeux bleus s'assombrissant tandis qu'il la dévisageait.

— T'as l'air assez sélective dans tes principes moraux, ajouta-t-il après un instant.

Caroline reposa brusquement le morceau de pita qu'elle était en train de grignoter, son appétit disparu.

— C'est pas juste de même insinuer ça ! J'ai publié l'histoire initiale parce que je croyais que c'était la chose à faire. Si t'es là à me dire que tu crois pas que ce soit fini, mais que tu veux me faire dire le contraire, je m'en fiche de la version officielle ou du porte-parole. Tu me demandes de tromper le public et c'est quelque chose que je ferai pas !

Ils étaient comme chien et chat, conclut Caroline. Elle ne pouvait nier les sentiments qu'elle avait pour lui, mais elle ne l'aimait pas trop en ce moment.

Par chance, il n'insista pas dans sa demande, mais le reste de la soirée se passa dans un mélange confus de bouchées rapides, irritées et de regards accusateurs. Caroline eut tout le mal du monde à ingurgiter sa nourriture sans la lui jeter à la figure. Elle ne savait pas ce qui l'exaspérait le plus : qu'il lui demande de faire ça ou qu'il lui demande de le faire sous couvert d'un rancard.

Elle s'était bêtement mis en tête qu'il essayait de se racheter à ses yeux et qu'il *désirait* vraiment sa compagnie. Qu'il voulait peut-être voir s'il restait quelque chose entre eux.

Elle essaya de se dire qu'essentiellement il ne lui avait rien fait de plus que ce qu'elle lui avait fait à lui. Mais quelque chose avait changé pour elle, peut-être parce qu'elle regrettait sincèrement s'être servie de lui et qu'elle se rendait compte avoir encore de forts sentiments à son égard. Elle avait peut-être espéré qu'il avait eu la même révélation.

Mais c'était rien de plus qu'un prêté pour un rendu. Et ça l'emmerdait.

De retour dans sa voiture, Caroline était furieuse, furie exacerbée par ce qu'elle découvrit en retournant au parking. Quelqu'un avait tracé le mot « SALOPE » en majuscules dans l'épais pollen jaune recouvrant sa portière.

Le gardien avait quitté la cabine d'entrée, les lumières étaient éteintes et le garage presque vide.

Jack sortit de sa voiture et regarda autour. Il lui prit ensuite les clés des mains et ouvrit la voiture de Caroline pour regarder à l'intérieur. Une fois certain que c'était sûr, il la démarra pour elle.

— Je crois qu'il est temps de faire laver ta voiture, lui dit-il, mais sa tentative d'humour tomba dans l'oreille d'une sourde.

Caroline ne trouvait pas ça drôle du tout. Elle n'avait pas demandé à se retrouver au milieu de cette pagaille.

Même si au fond elle savait que cette pensée était ridicule, elle avait l'impression que pour l'instant sa vie ressemblait à une cruelle plaisanterie. Comme si sa mère lui avait dit dans son dernier souffle : « Ah ! tu croyais que t'étais assez bonne. Tu vois, je te l'avais bien dit, tu seras jamais à la hauteur ! »

Les larmes lui brûlaient les paupières. Elle déglutit avec difficulté.

À cet instant, sa vie à Dallas lui manquait désespérément. Loin des tueurs en série et des jalouses. Loin des responsabilités, décisions et attentes écrasantes. Et surtout, loin de Jack !

Il sortit de sa voiture et elle y monta sans un mot. La dernière chose qu'elle l'entendit dire avant de claquer sa portière et de s'éloigner fut :

— Je vais lui parler, Caroline.

Elle sortit du parking en trombe.

· · ·

Jack se retint de la suivre. Elle n'apprécierait pas son attention pour le moment. Mais il ne se sentait pas à l'aise de la laisser partir sans s'assurer qu'elle rentrerait bien chez elle. C'était ridicule. Il ne pouvait pas veiller sur elle à chaque instant de la journée. Quand même, il ne pouvait pas la laisser partir comme ça après avoir trouvé une telle chose sur sa voiture.

Peut-être qu'ils auraient dû porter plainte contre le graffiti pour l'avoir en dossier. Même s'il n'y avait pas de dommages à la propriété. Si tous ceux qui retrouvaient une note méchante sur leur voiture la signalaient comme un crime, il n'y aurait pas assez de flics dans la ville pour enregistrer toutes les plaintes.

Le fait est que si Caroline n'était pas la fille de Florence Aldridge, s'ils n'étaient pas à la recherche d'un tueur, si ce n'était pas la femme dont il était toujours amoureux, il ne remettrait même pas son jugement en question.

Il la laisserait tout simplement s'en aller.

Caroline était tellement en colère qu'elle n'essuya même pas sa portière.

Est-ce que c'était Kelly qui avait fait ça ?

Il allait pour sûr chercher à savoir.

Il appela d'abord Josh pour savoir où il était, pour voir s'il allait chez les Aldridge ce soir. Il fut soulagé de savoir qu'il était chez sa mère, juste au bas de la route. Il lui promit d'aller attendre le retour de Caroline. Jack expliqua ce qui s'était passé. Il le remercia, puis raccrocha et appela Kelly.

Elle répondit à la première sonnerie, comme si elle s'était attendue à son appel. Il lui demanda carrément.

— Non, c'est pas moi, répondit-elle.

Jack ne pouvait pas imaginer qui d'autre avait pu faire cela, en particulier à la lumière de sa dernière rencontre avec Caroline. Il l'avait sentie en manque d'affection, malheureuse, et peut-être même un peu en colère contre lui pour lui avoir fait perdre son temps. Il ne pouvait pas lui en vouloir.

— Je te dis que c'est pas moi ! répéta-t-elle plus en colère.

Jack était tellement énervé qu'il n'arrivait pas à la croire. Pas ce soir. Il voulait qu'elle comprenne sans l'ombre d'un doute qu'il en avait assez. C'était fini entre eux. Finito.

Mais il n'avait pas l'ombre d'une chance avec Caroline à ce stade. Il avait réussi à foutre ça aussi en l'air. Mais pour la première fois depuis des années, il sentait qu'il faisait ce qu'il avait à faire dans sa vie personnelle.

Et plus pertinemment, il sentait quelque chose.
Dieu qu'il sentait !
Il se sentait une vraie merde.

Il avait vécu machinalement bien trop longtemps, faisant juste son travail, si ça voulait dire quelque chose. Même baiser était devenu une tâche de plus. Il détestait admettre que Kelly était juste un réceptacle. Non qu'il n'ait essayé de faire marcher leur relation. Il avait désespérément voulu l'aimer. Tout comme il avait désespérément voulu ne pas aimer Caroline.

Les gens ne pouvaient pas s'empêcher de ressentir ce qu'ils ressentaient.

Mais bon sang ! ils pouvaient bien contrôler la façon dont ils se comportaient. Kelly avait le droit d'être en colère contre lui. Mais elle n'avait pas le droit de s'en prendre à la voiture de Caroline. Il lui fit clairement comprendre.

— Je te répète une dernière fois, hurla Kelly, c'est pas moi qui ai fait ça !

Elle lui raccrocha au nez.

La colère s'empara de Jack et il jeta presque son

téléphone par la vitre. Il le jeta sur le siège du passager et fixa un regard furieux sur la route devant lui.

C'était la nouvelle lune. Il faisait nuit noire. Il franchit le fleuve Ashley et s'avança dans l'obscurité, laissant les lueurs de la ville derrière lui.

Il était en colère.

Et la colère obscurcit le jugement.

Il ne pensait pas clairement et il devait le faire.

Maintenant.

Celui qui avait écrit ça sur la voiture de Caroline était aussi en colère. Sinon il ne se serait pas rendu dans un parking public pour laisser un message comme ça à une personnalité publique.

C'était pas malin.

S'étant éclairci l'esprit, il osa se demander : si c'était pas Kelly, qui d'autre avait pu lui laisser un tel message ?

Est-ce qu'il pouvait y avoir un rapport avec la tentative d'effraction dans sa maison ?

Si c'était le cas, c'était personnel. Le meurtre d'Amy Jones, en revanche, n'était *pas* un acte de colère. C'étaient deux choses distinctes, se rassura-t-il. Sans aucun rapport. Mais qui donc est-ce qu'elle avait emmerdé ?

Presque tout le monde, réalisa-t-il.

Dans la foulée de cette pensée, il se rendit compte qu'il ne lui était même pas venu à l'esprit de vérifier s'il y avait des caméras de surveillance dans le parking.

Il fit demi-tour. Avec un peu de chance, le moment de stupidité de leur artiste serait filmé.

Dès que Caroline s'arrêta dans l'allée, elle sortit de la

voiture et passa la main sur chaque centimètre de sa portière, effaçant les lettres incriminées.

Elle se sentait presque à bout. Quelque chose devait changer. Vite.

Et si c'était vrai qu'elle n'était pas à la hauteur ? Même si Frank passait beaucoup de temps à travailler avec elle, remplacer sa mère était une tâche gigantesque. Et si elle ne pouvait jamais devenir la chouchoute de la communauté comme sa mère ?

Pour sûr, elle n'avait pas commencé du bon pied en incitant à la haine et au mépris les gens qu'elle essayait de protéger.

Ils allaient dédier un jardin à sa mère. Quelle serait sa propre contribution ? Un énorme bâtiment vide dans Meeting Street que les gens pointeraient du doigt en disant : « C'était le huitième journal le plus ancien dans le pays, mais une merde l'a mis sur la paille ».

Elle essuya le pollen de ses mains sur sa jupe et se tint immobile, le regard fixé sur sa voiture. Pour la deuxième fois en deux jours, elle se mit à pleurer. Les larmes devenaient monnaie courante pour une fille qui ne savait pas pleurer !

Un mouvement attira son attention sur la véranda et ses larmes s'arrêtèrent brusquement.

Une douce lueur émanait des fenêtres. Pas assez pour éclairer la silhouette qui se tenait dans l'ombre et l'observait...

Caroline se raidit. Ses cheveux se dressèrent sur sa nuque.

— Qui est là ?

Josh sortit de l'ombre sur la plus haute des marches et descendit en sa direction.

— Dure journée ?

Caroline laissa échapper un soupir de soulagement.

— Tu m'as sacrément foutu la trouille ! dit-elle en s'essuyant les yeux. Tu peux pas imaginer.

— Si en fait. Jack a appelé.

Caroline lui lança un regard noir, sans vraiment le vouloir.

— Il voulait juste être sûr que t'allais rentrer sans problème, mais il m'a dit ce qui est arrivé.

Elle plissa les yeux.

— Tout ?

— Non, juste à propos de la voiture. Je suppose que vous vous êtes disputés ?

Caroline ne voulait pas avouer à Josh ce que Jack lui avait demandé de faire, ce qu'il lui avait dit. Rien que d'y penser, les larmes lui montèrent à nouveau aux yeux.

Josh ouvrit ses bras et elle s'y blottit automatiquement. Il lui tapota doucement le dos.

— Je fais tout de travers, dit-elle sur un ton plaintif.

Josh la serra contre lui.

— Tu fais de ton mieux, non ?

Caroline acquiesça de la tête et s'essuya les joues sur son épaule.

Il desserra son étreinte et scruta son visage, sa peau encore plus sombre au clair de lune.

— C'est tout ce que tu peux faire, Caroline. Viens donc ici.

Il la prit par la main et l'entraîna vers les marches.

— Assieds-toi, lui ordonna-t-il.

Caroline obtempéra. Elle se sentait aussi misérable qu'une gamine aux sentiments blessés par le méchant garçon de l'école. Sauf que Jack avait toujours été son protecteur. Pas son bourreau.

Elle s'assit à côté de Josh. Il lui serra la main et ne la lâcha pas.

— On a parcouru un long chemin, lui dit-il. Qui aurait cru qu'un jour tu dirigerais le *Tribune* toute seule. Et regarde-moi : je vais présenter ma candidature aux municipales si James Island se bouge le cul. Ensemble, on va avoir cette ville à nous, Caroline. Ils savent pas la chance qu'ils ont de nous avoir. Mais ils le sauront bientôt.

Caroline appréciait ses encouragements. C'est pour ça que la famille était importante, se rappela-t-elle. Sa famille était son ancre. Sans eux, sans Josh en ce moment, elle serait étalée par terre toute tremblante dans l'allée aux coquilles d'huîtres.

Elle serra la main de Josh.

— Je me demande si Mère a eu autant de mal au début. Si seulement je pouvais lui poser plus de questions maintenant sur ses premières années. Mon grand-père est mort jeune, et quand elle a hérité du boulot, elle était guère plus vieille que moi maintenant.

Il lâcha sa main et passa un bras autour de son épaule, l'attirant contre lui.

— Je suis sûr que Flo a eu ses propres problèmes, mais vous les Aldridge, vous venez d'une longue lignée de femmes fortes et solitaires.

Il aurait également pu dire « seules », parce qu'elle semblait bien aller dans cette direction. Caroline se tourna vers lui.

— Tu crois que Mère est sortie avec des gars ?

— Et comment ! s'écria-t-il.

Il la regarda. Son sourire révéla ses dents blanches parfaites. Un sourire qui faisait fondre la plupart des filles, elle le savait.

Caroline rit et le poussa un peu.

— Qu'est-ce que t'en sais ?

— Ma petite ! dit-il, j'ai jamais vu une femme aussi

attirante que ta mère ! Crois-moi, elle était pas prête pour la tombe.

Caroline s'essuya à nouveau les yeux. Ils restèrent assis en silence sur la véranda. Elle leva les yeux vers les étoiles.

— J'entends les cigales là-bas. Elles commencent à sortir.

Josh frissonna.

— Quelle horreur ! Des fois, je peux vraiment les entendre sortir de leur peau, commenta-t-il avec un frisson exagéré.

Caroline grimaça et se mit à rire.

— Tout ira bien, dit-il en changeant de sujet. Je te promets. Tu vas retomber sur tes pieds, Caroline.

Caroline leva les yeux vers lui.

— Ça veut donc dire que tu m'en veux plus ?

Il lâcha son épaule et joignit les mains sur ses genoux.

— Pour l'instant... Mais ça va vraiment me faire chier si je rate le poste de maire à cause de toi.

Caroline fronça les sourcils, mais dit :

— Regarde du bon côté.

Il la regarda d'un air incertain.

— Ah ouais ? Ça veut dire quoi ?

— James Island pourrait ne jamais avoir d'autre maire.

Il leva un sourcil.

— C'est pas un côté bien réjouissant, Caroline.

— Au moins, t'aurais pas besoin d'avoir peur de tout foirer.

— C'est là où t'as tort, ma petite. Je préfère y mettre les pieds et tout foirer plutôt que de pas pouvoir tenter ma chance.

Il se leva et s'épousseta.

— Tu devrais rentrer. Je veux aller voir si tout va bien pour Mama avant de rentrer chez moi.

Caroline se leva aussi. Si seulement elle pouvait être comme lui. Rien ne semblait le déranger longtemps.

— D'accord. Merci d'être passé voir si j'allais bien. Mes amitiés à Sadie. Dis-lui que j'irai bientôt la voir.

Il lui lança un clin d'œil.

— Bonne nuit Cici.

Son cœur tressaillit à ce petit mot affectueux inattendu.

— Bonne nuit Josh.

— Magne-toi de rentrer et enferme-toi, lui ordonna-t-il.

Sans rien ajouter, Caroline sourit, alla ramasser les sacs qu'elle avait abandonnés près de la voiture et se précipita à l'intérieur.

18

Il n'y avait pas de caméras de surveillance dans le parking.

Jack essaya de voir s'il y avait des témoins, mais personne n'avait rien vu. Il n'était pas surpris. Ça avait probablement pris trois secondes au plus pour écrire un mot de six lettres dans la poussière sur la voiture sale. Se disant que Caroline avait juste énervé un des lecteurs du *Tribune*, il reconcentra son énergie.

Pour l'instant, il avait des affaires plus urgentes. Il s'assit à son bureau, le regard fixé sur son écran d'ordinateur, une cigarette non allumée à la bouche, réfléchissant à ce qu'il savait jusque-là. Pratiquement rien.

C'était calme.

Trop calme.

Comme pendant un cyclone, quand on est juste dans l'œil et qu'on a l'impression que le pire est passé. Mais on sait dans ses tripes que malgré le silence étrange, le pire est encore à venir.

Il avait un mal de tête sourd, probablement à cause du manque de sommeil. Et il avait follement envie d'une cigarette.

Il pourrait utiliser les ressources que le FBI avait à sa disposition, des ressources auxquelles la police de

Charleston n'avait pas accès. Mais à ce stade, il ne pouvait même pas demander l'aide du FBI, parce que le cas ne répondait pas à leurs critères. Et les autorités supérieures locales refusaient de parler de série d'homicides, malgré les implications et l'article suggestif de Caroline. Pour le moment, ils étaient beaucoup plus soucieux de limiter les dégâts que d'identifier le tueur. Vu qu'il y avait un seul corps surtout.

Il avait au moins concédé un point aux autorités supérieures : les homicides en série étaient rares, moins d'un pour cent de tous les meurtres commis chaque année. Il n'y avait pas beaucoup de chances que ce soit l'œuvre d'un tueur en série. Et pourtant, d'une façon ou d'une autre, il savait que c'en était un. Il n'avait pas besoin de ces pseudo-experts médiatiques pour lui dire quoi chercher chez un suspect. Toutes ces conneries étaient des mythes propagés par la télé de toute façon. Il se frotta les yeux.

Jack, concentre-toi.

Donc, voilà ce qu'il avait : une poignée de faits qui pouvaient, peut-être ou pas, aider à établir un profil solide. Mais A) c'était son enquête tant qu'ils ne la lui reprenaient pas ou tant qu'ils ne le mettaient pas à la porte, ce qui devenait une sérieuse possibilité. Et B) tant que quelqu'un ne lui prouvait pas qu'il devait penser autrement, il allait écouter ses tripes.

Les données indiquaient que la plupart des tueurs en série étaient des blancs, entre vingt-cinq et trente-cinq ans. Puisque la victime était blanche, le tueur l'était probablement aussi. En supposant aussi que l'assassin était un homme, il y avait une constante chez les tueurs en série de sexe masculin, celle de tuer des étrangers. Il ne connaissait donc probablement pas sa victime non plus. Si on postulait qu'il avait tué avant, on pouvait logiquement penser qu'il était aussi très organisé, puisqu'on n'avait pas retrouvé d'autres corps.

D'après la typologie d'Holmes, ils avaient probablement affaire à un délinquant organisé et asocial. Quelqu'un qui avait un QI supérieur à la moyenne, peut-être aussi un diplôme universitaire. C'était quelqu'un qui attaquait probablement en capturant ses victimes par la séduction. Éventuellement une figure de père, quelqu'un à qui on faisait confiance. Quelqu'un à qui les gens *voulaient* faire confiance. Parfois, les tueurs en série avaient même des emplois qui les situaient près de l'action. Comme cela, ils pouvaient garder un œil sur l'enquête et anticiper. Ce serait sûrement quelqu'un de bien intégré. Il conduisait même probablement une voiture tape-à-l'œil et portait des chaussures italiennes. Il n'avait pas besoin de travailler la nuit, parce qu'il ne se cachait pas. Il avait laissé la scène du crime impeccable, en tuant à un endroit et en jetant le corps à un autre. Sauf que cette fois, leur mec avait été interrompu.

La typologie des tueurs en série se divisait également en quatre groupes : les visionnaires, les missionnaires, les hédonistes et ceux qui recherchaient le pouvoir. Les visionnaires répondaient à des voix qui leur disaient de tuer. Les missionnaires sentaient que c'était de leur devoir de nettoyer la lie de la société. Les hédonistes étaient eux-mêmes répartis en trois sous-groupes : ceux qui recherchaient la luxure, les sensations fortes ou le gain. Les tueurs qui versaient dans la luxure prenaient leur pied, ceux qui voulaient de l'excitation s'amusaient tout simplement et ceux qui étaient avides de gain croyaient qu'ils en tireraient du profit. Et puis il y avait ceux qui étaient à la recherche de pouvoir et qui jouaient au Bon Dieu. Et c'était le problème que Jack avait avec les experts de

Quantico : chacun de ces attributs, seul ou combiné à tous les autres, pouvait correspondre au profil de leur assassin.

Les yeux fixés sur son écran, il retira la cigarette repoussante de ses lèvres et la jeta sur son bureau. Puis, pour faire bonne mesure, il la reprit et la coupa en deux avant de la jeter à nouveau, complètement énervé par sa propre ambivalence.

Ils avaient maintenant les résultats de la plupart des médecins légistes. Apparemment, la langue de la victime avait été coupée alors qu'elle était encore en vie. Aucune trace de sperme n'avait été détectée sur ou dans son corps. Il n'y avait pas non plus de preuve pertinente d'acte sexuel. Mais ils ne pouvaient pas pour autant exclure la luxure comme motivation. Puisque le gars avait été interrompu, c'était tout à fait possible qu'il n'ait tout simplement pas eu le temps de la violer. En plus, tous les violeurs ne pénétraient pas leurs victimes quand elles étaient encore en vie. Là encore, le simple fait qu'il n'avait pas eu d'orgasme en elle ne prouvait pas qu'il n'avait pas eu d'orgasme du tout.

Sur sa feuille de données, il avait écrit :

assoiffé de pouvoir : OK

amateur de sensations fortes : ?

missionnaire : ?

visionnaire : ?

viol : pas sûr

souvenirs et trophées : ?

Sous ces mots, il avait écrit les preuves disponibles plaçant le tueur dans chacune de ces catégories.

Son curseur clignotait dans la dernière catégorie. Sur un tableau noir, l'espace en dessous aurait été blanchâtre pour avoir été effacé de multiples fois. Mais le curseur clignotait avec insistance, l'invitant à trouver la réponse. Ses tripes lui disaient que la langue était probablement un trophée, mais il ne pouvait pas en être sûr avec juste un seul corps.

Les amateurs de sensations fortes adorent envoyer des messages et veulent faire savoir que les autorités sont trop stupides pour les attraper. Jack avait l'intuition que ce n'était pas leur gars. Il nota sur son carnet de vérifier la base de données nationale des personnes disparues, mais il n'avait pas la moindre idée par où commencer. Pour ce qui était des types de tueur, tout relevait de la conjecture à ce point. Malheureusement, jusqu'à ce qu'on retrouve un autre corps, ce qu'il tentait d'éviter, on ne pouvait pas faire de rapprochement.

Quant au colorant bleu, c'était apparemment juste du colorant alimentaire qu'on trouve facilement en épicerie, un achat qu'on ne pouvait pas facilement retracer.

Il griffonna quelques notes sur son calepin. Des choses qu'il devait encore faire à l'ancienne. Mais il connaissait beaucoup de gens qui se servaient de leur smartphone pour tout maintenant. Malheureusement, le téléphone de la victime était mort et n'avait donné aucun renseignement intéressant. Celui de Patterson n'avait rien révélé de plus que ce qu'ils savaient déjà.

Ils se penchèrent sur les relations de Jones, au moins deux gars, même si selon la compagne de chambre, elle ne couchait pas avec eux. Il y avait quelques amis à qui elle parlait tous les jours, y compris l'agent immobilier qui avait mis la maison de Backcreek Road en vente. Jack avait visité la maison avec lui et observé son attitude. Il semblait visiblement ébranlé et trop curieux des détails.

Jetant son bloc-notes sur son bureau, il pensa à Patterson.

Pourquoi est-ce que le gars se pointerait chez les Aldridge ? Et pourquoi diable avait-il une chaussure de Florence Aldridge ? Il pensait que le gars était innocent, mais à côté de quoi est-ce qu'il passait ?

De quelque chose.

Sa porte s'ouvrit, et la tête de Kelly apparut.

— Salut, dit-elle un peu timidement. Tu m'évites ?

Jack se leva et saisit sa veste posée sur le dos de sa chaise.

— Tu t'en vas ?

— Oui.

Elle entra néanmoins et referma la porte derrière elle. Jack eut un mouvement de recul. Il était sûr que rien de bon ne pouvait ressortir d'une autre discussion sur leur relation ratée.

— Je voulais juste m'excuser.

— Tu l'as déjà fait, dit-il. Oublions ça.

— C'est oublié.

Elle avait l'air aussi désespérée qu'un chiot triste.

— Je suis désolée, Jack. Je ne sais pas ce qui m'a pris. J'étais tellement en colère.

Il éteignit son ordinateur.

— Je comprends pourquoi tu as fait ça, Kelly.

Il se tourna pour lui faire face.

— Je suis pas en colère. Seulement, refais pas ça.

Ils devaient tous deux maintenir un certain décorum pour le travail. Il était sûr que Kelly avait besoin de toute l'aide qu'elle pouvait obtenir. L'assurant de nouveau qu'il n'était pas en colère, qu'il était juste occupé et qu'il ne pensait pas que ce soit une bonne idée pour eux de continuer à se concentrer sur le passé, il sortit.

UN INSTANT, Kelly resta immobile après son départ. Son regard se posa sur l'écran d'ordinateur. Elle n'osait pas le toucher, mais son bloc-notes était sur le bureau, bien en vue. Au milieu de la page, elle re-marqua une note qui attira son attention : Vérifier la base de données nationale des personnes disparues. Commencer par le sud. Femmes blanches.

Kelly toucha le calepin et passa son doigt sur l'écriture familière de Jack. Cela ne relevait pas de son travail, mais si elle pouvait trouver un moyen de l'aider en rasant les murs, peut-être qu'il s'adoucirait un peu envers elle.

Elle saisit son crayon et tourna une page du bloc-notes. Elle recopia ses notes mot pour mot, puis arracha la page et sortit.

Tandis que Bonneau dirigeait les troupes dans la salle de guerre, Caroline s'assit et écouta.

Il lui faisait un peu penser à un capitaine confé-déré, petit, corpulent, buvant du whisky tout en élabo-rant des stratégies pour la bataille. Certes il n'était jamais ivre, mais il se grisait d'excitation et avait le vi-sage coloré au nez veiné que Caroline associait aux braves types qui buvaient. Seul lui manquait l'uni-forme. Elle sourit en secret en pensant aux images qui lui venaient à l'esprit. Elle le regarda travailler, mon-trant le tableau blanc du doigt avec enthousiasme.

Depuis leur conversation de la semaine précé-dente, elle avait remarqué un changement prodigieux dans l'atmosphère du journal. La tension avait disparu sans pour autant causer un manque d'excitation. C'est comme cela qu'elle se représentait l'atmosphère quand, petite fille, elle imaginait sa mère au travail.

Il y avait là quelque chose de très excitant, dans cette race de journal en voie de disparition. Quelque chose qu'elle n'avait jamais connu en tant qu'écrivain pour de grands quotidiens.

— Il a donc quitté la prêtrise de son plein gré, déclara Brad en parlant de Patterson. Même si en fait il semblait pas avoir vraiment le choix. Le climat n'était pas très sympa après l'acte d'accusation.

Caroline appuya le bout de son stylo sur la table de conférence.

— C'est quand même bizarre... D'habitude, ils transfèrent ces vieux cochons de prêtres d'une paroisse à une autre après une accusation de ce genre. On entend rarement dire qu'ils ont quitté l'église.

Brad haussa les épaules, une lueur presque fébrile dans les yeux. Comme Bonneau, il vivait pour cela.

— À en juger par son apparence, cheveux longs, boucle d'oreille, je pense pas qu'il ait jamais été un prêtre selon les règles. Je suppose qu'il avait tout simplement pas assez d'années dans l'église pour être apprécié par la hiérarchie. Il a probablement perdu le peu de loyauté qu'il avait dans sa paroisse après les accusations.

— Mais il a été acquitté, réitéra Caroline.

— De l'accusation de pédophilie, précisa Brad. Les doutes sur son innocence ont sûrement fait réfléchir ses paroissiens à deux fois avant d'envoyer leurs gosses au caté. Je lui aurais pas envoyé ma fille.

— Mais la fille avait seize ans, rétorqua Caroline. Bien après la puberté, donc c'était pas exactement de la pédophilie.

La salle entière se tourna vers elle.

Caroline se rendit compte de ce qu'elle venait de dire.

— Je dis pas que c'est bien. Je veux dire qu'il a été reconnu innocent dans l'agression d'une ado de seize ans, presque une adulte, et que la fille a admis qu'elle avait menti.

Brad haussa les épaules.

— Les risques du métier, je suppose.

Caroline remarqua un certain air agressif chez Brad qui commençait à l'agacer. C'était peut-être cette lueur de concurrence dans ses yeux qui l'embêtait pour Pam.

— Ça semble pas juste, lança Pam avant de se remettre à mâcher la gomme au bout de son crayon.

Bonneau tapota Brad sur l'épaule.

— Vous avez parlé aux parents de la jeune fille ?

— Ouais. À sa mère. Son père est mort il y a quelques années d'un cancer du pancréas. La mère s'accuse de ne pas avoir veillé davantage sur sa fille. Je suppose qu'elle a réalisé que sa fille recherchait une forte figure masculine dans sa vie. Apparemment, elle a choisi Patterson.

— Pauvre gars, intervint Pam.

Bonneau foudroya Pam du regard.

— Pam, vous avez déjà tiré vos conclusions sur ce cas ?

Pam écarquilla les yeux.

— Oh ! non... monsieur.

— Bien, et quand vous le ferez, je veux pas qu'on puisse deviner votre opinion à travers vos paroles.

Pam s'enfonça dans son fauteuil.

— Bien monsieur !

— Alors, prêts pour le coup de massue ? demanda Brad avec un léger sourire aux lèvres.

Il marqua une longue pause, jouissant de toute évidence de l'anticipation.

— La fille qui a accusé Patterson de l'avoir sexuellement agressée est aussi portée disparue.

Il avait maintenant piqué l'attention de Bonneau.

Caroline se redressa et lui fit signe de la tête de continuer.

— C'est tout ce que j'ai, dit-il. Il y a pas beaucoup

plus de détails. Elle s'est enfuie de chez elle il y a environ un an. La mère est allée voir Patterson pour lui demander de l'aider à retrouver sa fille et à la ramener chez elle. Apparemment, la fille a laissé un message d'excuses à Patterson avant de disparaître.

Caroline pouvait presque voir la progression des pensées dans le regard de Bonneau.

— Elle est d'où déjà ?

— De Murrells Inlet, au nord de Charleston.

— Je sais où c'est ! s'écria Bonneau, le visage un peu plus rouge.

Caroline était sûre que ce n'était pas de la colère. Il avait les yeux animés.

Elle se mit à lire ses notes à haute voix :

— Donc, on a un gars soupçonné de meurtre, arrêté, puis relâché. Le même gars a aussi été accusé de violence sexuelle, jugé, et acquitté.

— Non, il y a jamais eu de procès, corrigea Brad. La jeune fille a avoué, a tout raconté à sa mère et tous les griefs ont été abandonnés.

— Ouah ! OK, donc pas de procès, mais il a été accusé d'abus sexuel et la jeune fille qui l'a accusé a aussi disparu, c'est ça ?

— C'est ça.

— Donc on a trois filles, deux portées disparues.

— Une, corrigea Frank.

— Non, deux. On n'a toujours pas retrouvé Amanda Hutto, lui rappela Caroline. Et franchement, ça commence vraiment à avoir du sens si on ajoute Amanda à l'équation.

Frank fronça ses sourcils broussailleux.

— Pourquoi ?

— Parce que c'est une gamine et Amy Jones à peine une adulte. Jennifer Williams a seize ans. Le lien entre elles est plus évident, vous croyez pas ?

Après avoir parlé, elle se rendit compte qu'elle poussait peut-être un peu loin. Elle voulait tellement trouver des réponses sur l'affaire Amanda Hutto.

Frank sembla considérer son point de vue. Puis tout en continuant à y réfléchir, il se tourna vers Pam.

— Et vous ? Qu'est-ce que vous avez trouvé ?

Pam sembla aussitôt perdre ses moyens. Elle parcourut nerveusement son bloc-notes. Arrivée à la page qu'elle cherchait, elle la lissa de la paume, regarda rapidement Caroline pour trouver de l'encouragement et dit doucement :

— Patterson a un alibi pour le moment du meurtre. Apparemment, il assistait au lancement du CD d'une petite amie au Windjammer.

Bonneau lui jeta un regard sévère.

— Une petite amie ?

Pam prit une profonde inspiration et répondit en hâte :

— Peut-être. Je pense que oui.

Il leva un sourcil.

— Je vais me renseigner ! ajouta-t-elle rapidement.

— Quoi d'autre ?

— Je crois que c'est tout. Toute sa défense est basée sur le fait qu'il a des témoins qui l'ont vu quelque part ailleurs, à l'autre bout de la ville, au moment du meurtre de Jones.

— Des témoins ?

— Désolée, un témoin, corrigea Pam.

— Un « s » peut faire toute la différence, lui dit Bonneau. Soyez précise.

— Ouais, mais avouons-le, Isle of Palms c'est pas exactement Tombouctou, souligna Brad. Je veux dire, combien de temps ça prend pour y aller de James Island, surtout maintenant qu'on a l'autoroute ?

Tout le monde se tourna vers Pam. Elle haussa les épaules.

30 minutes peut-être ? avança-t-elle avec hésitation.

— Quand la circulation est intense, se moqua Brad.

— Et puis si c'est une petite amie, elle pourrait mentir pour lui, suggéra Bonneau. Trouvez-la et parlez-lui, Pam.

— C'est le témoin ?

— Oui.

— OK.

Caroline posa son calepin sur la table et son crayon par-dessus.

— Alors, où est-ce qu'on va à partir de ça ?

Frank considéra sa question un long moment avant de répondre :

— Concentrons notre histoire sur Patterson et la nouvelle fille disparue. Elle s'appelle comment ?

Brad répondit aussitôt :

— Jennifer Williams.

— Je veux tout savoir sur cette fille Williams : quand elle a disparu, si quelqu'un a des nouvelles d'elle, si Patterson l'a suivie ici de Murrells Inlet.

Est-ce qu'il l'a tuée ?

La question flottait dans l'air, même si personne n'osait la poser.

— Juste les faits, souligna Bonneau. Pas de fioriture, pas de mélodrame. Je veux savoir tous les détails de sa relation avec cette fille et les détails concernant sa sortie de l'église. Déterrez tout. Si c'est de la merde, tant mieux. Si ça permet de l'innocenter, tant mieux. On veut juste la vérité.

— Qui c'est qui va écrire l'histoire ? demanda Brad.

Caroline pouvait presque sentir la joie dans son anticipation.

Frank regarda Caroline. Elle lui fit un signe de tête, en espérant qu'il lui demandait ce qu'elle pensait.

Il lui répondit par un clin d'œil.

— Pam, répondit-il sur un ton définitif. Mais je veux que vous l'aidiez.

Brad sembla surpris et peut-être un peu fâché.

— Est-ce que je peux avoir une signature ?

— On en reparlera, lui dit Bonneau, sans rien promettre, remarqua Caroline. Au boulot, ordonna-t-il en frappant fortement dans ses mains, un geste auquel Caroline commençait à être habituée.

L'homme aimait son travail pour sûr. Malgré la nature de leur relation, assise là à l'écouter, entourée de l'agitation causée par l'élaboration non seulement d'une histoire, mais d'un quotidien, elle devait reconnaître qu'elle ne s'était jamais sentie aussi proche de sa mère. Au moins, elle comprenait maintenant Flo comme elle ne l'avait jamais comprise auparavant.

19

Au loin, un petit bateau à moteur glissait sur l'eau, point noir s'avançant sous le ciel sombre. Dans son sillage, les vagues se dirigeaient vers la rive, s'aplatissant avant de toucher terre. Elles venaient s'écraser faiblement à l'intérieur d'une coque de bateau en train de se désintégrer.

Il fixa un instant des yeux le point de repère pourri, se demandant combien de temps il resterait là avant que la ville décide de le retirer.

Peut-être pour toujours.

Mais la pensée que quelqu'un le déterrerait… que quelqu'un dénicherait son terrain de sépulture sacré fit battre son cœur un peu plus fort. Il ne s'était jamais soucié de savoir si quelqu'un était au courant. Mais quand même. Il n'avait jamais connu autant d'excitation que de savoir que les gens avaient peur de lui.

Il était le croque-mitaine. Le Chupacabra. Michael Myers.

Une légende.

Mais vrai à mourir.

Personne ne pouvait l'arrêter.

Ils ne l'avaient toujours pas fait.

Ils ne savaient même pas.

Il passa rapidement la pointe acérée de son couteau sous ses ongles et sourit à la pensée de ce qui gisait sous terre. Là où personne ne penserait jamais à regarder. Si profond dans la boue que pas même les laboureurs de boue, qui venaient pêcher leurs précieuses huîtres du Lowcountry dans ces lits foisonnants, n'osaient s'y aventurer.

Un terrain spécial pour des gens spéciaux.

Une terre sacrée.

Il pouvait presque sentir l'énergie qu'ils canalisaient.

Le souvenir du goût et le sentiment de puissance l'excitaient. Involontairement, il pressa la lame dans la peau tendre sous son ongle.

Clignant des yeux, il examina le couteau dans sa main et porta automatiquement son doigt à ses lèvres. Il suça le goût métallique de son propre sang et ressentit immédiatement un frisson dans son bas-ventre.

La lame faisait vingt centimètres. Elle était en acier forgé de Solingen, tellement polie qu'elle brillait. Certains l'appelaient un cure-dent d'Arkansas. Il trouvait le nom péjoratif. C'était un outil sacré. Jusqu'ici, il ne s'en était servi que pour couper le muscle tendre à l'intérieur de leur bouche. Mais la nuit dernière... Dans ses rêves, il voyait la fille Hutto se lever de la tourbière et vomir de la bile noire putride. Il était donc venu voir pour s'assurer que personne ne les avait dérangées.

Pas même la brise n'agitait l'air nocturne, moite. Et maintenant que le bateau était passé, l'eau ressemblait à une feuille de verre ébène.

Peut-être que les démons étaient toujours en elles ?

Peut-être que s'il glissait son couteau à l'intérieur et les coupait en deux, les aidant à sortir de leur peau et à rejeter leur carcasse comme des cigales répugnantes, il pourrait leur donner la paix absolue.

MAIS IL NE POUVAIT PAS EN être sûr.

Il était toujours en train d'apprendre.

Toujours en quête de la source de la paix. Une tranquillité qui lui échappait, sauf dans ces moments de communion. Alors seulement, les voix le laissaient en paix, dans les dernières secondes de l'heure du crime.

Certains soutenaient que le voile entre le monde spirituel et le monde physique était au plus mince entre trois et quatre heures du matin. C'était donc l'heure qu'il choisissait pour les enterrer.

Et parfois, quand il se tenait là après, enveloppé d'un manteau de brouillard, à regarder la boue recueillir son offrande comme dans un écrin, comme la gueule d'un serpent engloutissant un rat, il pouvait ressentir un lien avec chacune d'entre elles.

Et il était Dieu.

LE RÉVEIL sur la table de chevet indiquait trois heures sept du matin.

Caroline se réveilla au son de la voix de Savannah montant dans le lit à côté d'elle.

— Tout va bien, murmura Savannah en se glissant sous les couvertures. Juste un mauvais rêve.

Savannah tira les couvertures au-dessus de sa tête et se blottit contre elle.

Caroline était trop épuisée pour réagir. Elle se contenta de pousser un gémissement fatigué. Elle n'avait pas fermé les yeux avant presque une heure du matin, penchée sur des rapports financiers sur son ordinateur portable jusqu'au moment où elle ne pouvait plus garder les yeux ouverts.

Frissonnant, Savannah se rapprocha d'elle et enfouit son visage dans les cheveux de Caroline. Comme quand elle était petite.

— Ça va ? demanda Caroline sur un ton endormi.

— Juste un mauvais rêve, répéta Savannah en frissonnant à nouveau.

Les stores étaient baissés aux trois quarts. Le clair de lune pénétrait par en dessous, illuminant le parquet noueux. Tango était couché en face du lit, les chaussures de leur mère des deux côtés du museau.

Caroline n'acceptant pas qu'il mette les chaussures sur le lit, il avait pris l'habitude de dormir par terre à côté d'elles. Mais elle pouvait voir dans le clair de lune qu'il ne dormait pas. Savannah l'avait réveillé. Il restait cependant silencieux, presque immobile, remuant doucement la queue quand Caroline croisa son regard.

Caroline avait presque oublié que sa sœur avait des terreurs nocturnes.

Enfant, elle les avait presque chaque nuit. Des rêves si réels qu'elle avait parfois été absolument inconsolable. Elle avait passé plus d'une nuit noire à frissonner dans le lit de Caroline, lui serrant les côtes à lui couper le souffle, poigne mortelle qui n'aurait pas dû être possible pour les bras d'une petite fille si maigre.

— C'est toujours les mêmes ? Tes rêves ?

— Plus aussi mauvais qu'avant, murmura Savannah tout en frissonnant à nouveau.

— Tu veux m'en parler ?

— Pas vraiment.

— Ça t'a fait peur ?

— Oui.

— Ça t'aiderait pas si tu m'en parlais ?

— Non, je veux juste dormir, supplia-t-elle.

Caroline se retourna sur son dos, les yeux fixés sur le plafond plongé dans l'obscurité. Elle était maintenant complètement réveillée et ressentait quelque chose qu'elle ne savait pas très bien comment interpréter.

Certes, elle était heureuse que Savannah soit instinctivement venue vers elle. C'était habituel et la faisait se sentir proche de sa sœur comme elle ne l'avait pas été depuis très, très longtemps. Mais le silence de Savannah ne faisait que souligner le fait que leur proximité était une illusion.

Trop d'années les séparaient.

À cinq ans, Savannah n'arrêtait pas de radoter sur ses rêves. Elle revivait chaque seconde terrifiante par des détails hauts en couleur et attirait Caroline dans ses histoires, comme si elle y avait été. Ensemble, elles avaient appris à réviser ses rêves une fois éveillées, pour pouvoir se rendormir avec une fin heureuse.

Comme Caroline, Savannah avait toujours eu un talent pour les mots. Cela n'avait surpris personne qu'elle soit devenue écrivaine, laissant les contes de la vraie vie pour le monde plus sûr de la fiction. Caroline se disait que c'était la façon de Savannah d'essayer de contrôler son monde. Dans un sens, elles étaient pareilles et fermaient toutes les deux leurs portes et fenêtres au monde extérieur. Sauf que Caroline le faisait en se coupant des gens et Savannah en créant de la fantaisie.

Dans quel pétrin elles étaient, elles toutes !

Comme si elle sentait les pensées troublées de Caroline, Savannah passa un bras autour d'elle et la serra contre elle.

— Bonne nuit, murmura-t-elle.

Caroline crut sentir des larmes tomber des cils de Savannah sur son épaule nue, mais les mots lui échappaient.

Elle resta immobile.

Bien qu'elle ait toujours eu du mal à s'endormir couchée sur le dos, elle ne se retourna pas non plus. Pas avant un long moment. Puis elle se tourna vers sa sœur et lui mit le bras sur l'épaule, d'un geste protecteur.

Elles s'endormirent blotties comme si elles se disaient des secrets sous les couvertures. Comme quand Savannah avait cinq ans et Caroline huit.

— Qu'est-ce que je m'ennuie ! annonça Augusta au petit-déjeuner.

À part le mercredi, Sadie avait réussi à se tenir à l'écart de la cuisine des Aldridge durant la plupart du premier mois depuis son retour chez elle. Mais peu à peu, elle commençait à revenir de plus en plus souvent. Il semblait maintenant qu'elle préparait des toasts ou des œufs presque tous les matins.

Caroline cessa de faire semblant de se plaindre. Elle aimait ça en fait, et si Sadie n'était pas encline à arrêter de venir, Caroline décida qu'elle aimait peut-être trop ça pour lui demander de rester chez elle.

Ce matin, Sadie avait apporté plus d'une douzaine d'œufs de poulets élevés en plein air pour souligner la différence de goût avec ceux qu'on achète à l'épicerie. Elle cuisina des plats avec soin pour tester le goût de chaque catégorie, sans révéler à laquelle ils appartenaient.

Elles étaient toutes les trois assises à l'îlot de cuisine, Tango à leurs pieds. Une par une, Sadie déposait devant elles des assiettes remplies des bonnes choses du Sud : de la semoule de maïs, du bacon et des œufs au plat, avec d'épaisses tranches de pain au levain recouvertes de beurre de pommes.

— Je m'ennuie et je prends des kilos, ajouta Augusta quand Sadie lui présenta son assiette.

Caroline rit en voyant les yeux écarquillés de sa sœur.

— Tu pourrais tout simplement t'arrêter de manger, suggéra Caroline.

— Tu rigoles ? Et regarder ailleurs ? J'ai absolument aucune volonté ! s'exclama-t-elle en dévorant un morceau de bacon.

Aux yeux de Caroline, Augusta était née avec assez de volonté pour toutes les trois, mais elle n'en dit rien.

— Et comment va l'inventaire ?

— Très bien, mais EM-MER-DANT, emmerdant !

Savannah continua de manger, sans réagir à la plainte d'Augusta. Elle trempait en silence ses épaisses tranches de pain grillé dans le jaune d'œuf.

Comment est-ce qu'elle avait pris son petit-déjeuner seule chaque jour de sa vie ces dix dernières années ? Voilà ce qui était ennuyeux, conclut Caroline.

Augusta et Savannah travaillaient toutes les deux à la maison. Caroline se demandait s'il y avait de la tension entre elles. Elle en sentait un peu, mais si elles se disputaient, ni l'une ni l'autre ne lui en avait fait part.

— Vous vous ennuyez parce que vous vous concentrez sur des *choses* plutôt que sur des *actions*, hein, intervint Sadie en saisissant sa propre assiette et en les rejoignant à l'îlot de cuisine.

Caroline regarda l'assiette de Sadie et remarqua qu'elle y avait joliment déposé deux œufs jaune vif.

— Ils ressemblent aux nichons de Caroline, dit Augusta sur un ton pince-sans-rire.

Caroline fronça les sourcils, ne sachant s'il fallait le prendre comme un compliment ou une insulte.

— Tu en as deux d'élevage en plein air au lieu d'un ? demanda-t-elle à Sadie.

— Bien sûr ! répondit Sadie avec un petit sourire. J'ai pas besoin d'être convaincue !

Caroline se mit à rire.

— Honnêtement Sadie, si tu nous donnais une assiette avec des crottes de Tango en nous disant que c'est bon pour nous, on les mangerait sûrement. C'est te dire si on te fait confiance.

Sadie haussa un sourcil.

— Vraiment ? demanda-t-elle avant d'empiler ses œufs sur son toast.

— Oui, vrai de vrai, intervint Savannah.

— Une minute, lança Augusta. Je crois que Sadie a une idée et vous changez le sujet. Je veux parler plus de moi, ajouta-t-elle en brandissant sa fourchette en l'air.

Même Savannah se mit à rire.

— Bon d'accord, alors tu t'ennuies, dit Caroline. Qu'est-ce qu'on peut faire pour qu'Augusta Marie Aldridge ne s'ennuie plus ?

— Donnez-lui une cause, bon sang ! suggéra Sadie. Quelque chose de public pour tranquilliser sa conscience sociale.

Caroline engloutit une bouchée.

— Très juste ! Augie n'a pas assez saigné depuis qu'elle est ici.

Et saigner, c'était ce qu'Augie faisait le mieux. Si quelque chose exigeait le sacrifice, Augie était partante. S'il y avait un tremblement de terre, une inondation ou un ouragan, elle était aussitôt prête à aider. En fait prête à aller n'importe où et à faire n'importe quoi pour se sentir une « meilleure personne ». Caroline comprenait cet aspect de sa sœur mieux qu'Augie ne semblait le comprendre elle-même.

. . .

— J'ai pas besoin de saigner, contrecarra Augusta en niant l'accusation. Mais Sadie a raison. Je peux pas rester là toute la journée à compter les œufs dans mon panier sans me sentir vraiment misérable pour ceux qui ont même pas de panier. Vous vous rendez compte que Mère a probablement un million de dollars rien qu'en meubles stockés ? Des pièces d'antiquité originales et des peintures ridiculement chères.

— Tu te sentirais mieux si tu donnais tout ?

La cuisine devint silencieuse.

Caroline avait parlé à la légère. Presque aussitôt après, elle se rendit compte qu'Augusta réfléchissait sérieusement à la question.

— Eh bien... Peut-être pas tout donner, mais qu'est-ce que vous diriez si on en vendait et si on lançait peut-être une fondation en l'honneur de Sammy ?

Ceci réveilla l'attention de Sadie.

— Oh ! J'aime cette idée, et Augusta, je pense que votre maman l'aimerait aussi !

Augie se tourna vers Sadie, surprise de recevoir de l'encouragement là où elle ne s'y attendait pas. Elle et Sadie avaient une longue histoire de conflits. Surtout à cause d'Augusta. Comme Josh, Augusta trouvait qu'à leur époque, le fait que Sadie travaillait à Oyster Point perpétuait ou en quelque sorte cautionnait les injustices du passé. Mais Sadie avait insisté que personne d'autre qu'elle et Flo ne pouvait comprendre leur relation. Aux yeux de Caroline, la décision appartenait à Sadie, tout comme elle avait décidé de continuer à s'occuper d'elles, même après le départ de Flo. Une bonne chose aussi, vu que son beurre de pommes était irrésistible.

— Caroline ?

Elle remarqua que tout le monde la regardait, attendant une réponse, et se rendit compte qu'elle s'était déconnectée.

— Qu'est-ce que t'en penses ? insista Augie.

— Je suis attachée à rien ici. J'ai même pas vu la plupart de ces trucs depuis presque dix ans. Vous pouvez les vendre si vous voulez. Mais on doit s'assurer qu'on respecte toujours le testament.

— J'en parlerai à Daniel ! dit Sadie avec enthousiasme en se tortillant un peu sur sa chaise.

Caroline se sourit à elle-même, se rendant compte que Sadie apprécierait probablement n'importe quelle excuse pour voir Daniel. Surtout qu'il avait arrêté de venir le samedi depuis la mort de Flo. Elle rétablirait peut-être la tradition, pour Sadie. En outre, cela ne pouvait pas faire de mal de le voir chaque semaine. Elle avait tellement de choses à apprendre.

— Il y a aussi des choses au bureau dont j'aimerais me débarrasser, admit Caroline. Est-ce qu'on est d'accord pour prendre des décisions ensemble ?

— Absolument ! acquiesça Augie.

Elle donna un coup de coude à Savannah, toujours en train de manger. Savannah fit tomber son bacon par terre.

Caroline avait oublié que Tango était là. Il bondit si vite pour attraper le bacon qu'avec son gros postérieur, il fit tomber Savannah de son tabouret. Elle tomba en arrière et atterrit avec un bruit sourd, en essayant de ralentir sa chute avec son bras gauche. Elles entendirent l'os craquer quand elle retomba dessus.

— Mon Dieu ! Je suis vraiment désolée, répéta Augusta une nouvelle fois.

Augusta, Savannah, Caroline et Sadie étaient

toutes patiemment assises dans la salle d'urgence, attendant que le médecin appelle Savannah. Si leur mère avait été en vie, elles n'auraient jamais attendu aussi longtemps. Flo aurait remué ciel et terre et obtenu un traitement immédiat. Mais aujourd'hui, accompagnées de Sadie, elles avaient une petite idée de ce que c'était d'être juste un patient comme un autre dans un hôpital très fréquenté.

Pour la énième fois, Savannah la rassura.

T'en fais pas. Tu l'as pas fait exprès.

Augusta n'en était pas pour autant soulagée. Même après que Savannah soit partie à la radio, elle continua de se culpabiliser.

— Ça va aller, la rassura Sadie en lui tapotant la jambe. Tu m'entends, hein ?

Caroline devait reconnaître que pour la première fois depuis bien longtemps, malgré le poignet enflé et couvert de bleus de Savannah, elles semblaient toutes avoir une relation plus saine que jamais, d'ouverture et de tolérance. Les barrières étaient tombées entre elles. Elle espérait que cela allait durer. En fait, elle ferait tout pour. C'était formidable d'être reconnectées.

Enfin, environ deux heures après, ils rappelèrent Savannah. En attendant son retour, elles ébauchèrent un plan pour l'événement qu'Augusta allait superviser : une vente aux enchères, peut-être.

Sadie était toujours l'exécutrice testamentaire. Tant que les dispositions finales n'étaient pas prises, elle avait toujours le dernier mot pour toutes les décisions. Même si elle les assurait vivement que tant qu'elles « s'aimaient les unes les autres », elle s'en fichait de ce qu'elles faisaient de leurs possessions matérielles.

Augusta avait donc prévu de poursuivre son inventaire, mais avec l'intention de mettre de côté tout ce qu'elle jugeait « jetable ». Puis ensemble, les quatre décideraient quoi vendre de sa liste originale.

D'elle-même, Augusta convint de ne pas mettre d'objets de valeur sentimentale évidente dans la colonne à vendre. Et comme par enchantement, cela remonta le moral d'Augusta, malgré son sentiment persistant de culpabilité pour le poignet cassé de Savannah.

Caroline profita d'un trou dans la conversation pour leur parler de sa visite au cimetière et des roses sur la tombe de Sam.

Sadie écouta et garda le silence.

— Ouah ! dit Augusta. Je me souviens pas que Maman m'y ait jamais emmenée après la mort de Papa.

— Moi non plus, dit Caroline.

L'air grave, Sadie hocha la tête.

— Votre mama était pas du genre à parler de choses qui lui faisaient mal, mais Sammy lui manquait beaucoup.

Augusta et Caroline échangèrent un regard et probablement la même pensée, mais elles gardèrent le silence. Flo avait été tellement occupée par le manque de son fils qu'elle ne s'était jamais rendu compte combien elle manquait elle-même à ses filles. Mais comme on dit, de l'eau avait coulé sous les ponts.

Savannah apparut deux autres heures plus tard, un petit plâtre au bras gauche. La fracture étant assez petite, ils avaient pu s'en occuper sans la réduire. Elle porterait son nouveau bijou au poignet de six à huit semaines.

Elles rassemblèrent leurs affaires. Une fois dans la voiture, Savannah finit par admettre :

— Dieu merci, j'aurais pas à essayer d'écrire pendant un certain temps !

21

Elles décidèrent à l'unanimité que la vieille Town Car jaune citron était la première chose dont elles devaient se défaire. En parfait état, la voiture de 1978 que leur mère chérissait avait déjà attiré l'attention de presque tous les collectionneurs d'autos de la ville. Aussi bon que fût son état, aucune des sœurs ne s'imaginait la conduire. Mieux valait la vendre à quelqu'un qui pourrait réellement l'apprécier.

Organiser la vente aux enchères revint principalement à Augusta et à Savannah, puisque Caroline était déjà très occupée avec le journal.

Ils publièrent la première histoire sur Patterson quelques jours après sa libération et continuèrent à procurer des mises à jour périodiques quand de nouveaux éléments faisaient surface. Pour l'instant, avec le spot tourné sur sa vie, Caroline n'aurait pas été à l'aise à sa place. Elle avait presque pitié de lui. Presque. Pas tout à fait. C'était difficile d'éprouver une quelconque sympathie pour un homme entouré de tant de soupçons. Elle croyait fermement qu'il n'y avait pas de fumée sans feu.

Assise à son bureau, elle saisit l'édition du matin et relut l'article de Pam. Avec Brad pour tuteur et Frank qui les supervisait tous les deux, Pam apprenait rapidement à être une journaliste hors pair.

L'article de ce matin était totalement impartial. Caroline remarqua cependant que Frank lui avait permis d'insérer un compliment au *Tribune*.

L'article disait :

Ian Patterson, le prêtre défroqué identifié comme personne présentant un intérêt dans l'affaire de la mort d'Amy Jones, étudiante de vingt-deux ans à l'université de Charleston, est aujourd'hui confronté à de possibles nouvelles accusations, à la lumière d'informations récentes parvenues à l'attention du service de police de Charleston par le biais de l'enquête en cours au Tribune.

Patterson, arrêté le 5 avril 2011, faisait face à trois chefs d'accusation d'abus sexuels sur mineure. Bien que les charges aient été abandonnées contre lui, il fut contraint de quitter la paroisse de Saint Luc en novembre 2011, sous peine d'excommunication.

Au moins un procès civil pour abus sexuel sur enfant fut également intenté contre le diocèse de Murrells Inlet, où Patterson donnait des cours d'éducation religieuse. Le procès fut abandonné après que la victime présumée se soit présentée pour revenir sur ses accusations. Patterson, originaire de Charleston, nie tout comportement inapproprié avec la victime présumée.

La victime, Jennifer Williams, portée disparue, n'a pu être contactée pour répondre à nos questions.

L'archidiocèse a l'intention de prendre position et de poursuivre la procédure d'excommunication contre Patterson. « Après le meurtre, a déclaré l'archevêque James McMillain du diocèse de Murrells Inlet, c'est le crime le plus odieux qu'un être humain puisse commettre ».

La disparition de Jennifer Williams est présumément liée à l'ex-prêtre. Le chef de police ainsi que le bureau du procureur du district travaillent en tandem avec la police de Murrells Inlet pour poursuivre les nouvelles accusations.

« S'il est jugé responsable de la disparition de Williams, a déclaré l'avocat adjoint Joshua Childres, nous le poursuivrons en justice. C'est aussi simple que ça ».

Au moment de l'impression de cette édition, la mère de Williams n'avait toujours pas pu être contactée pour répondre à nos questions au sujet de l'excommunication de Patterson.

Les autorités sont toujours à la recherche d'Amanda Hutto, six ans. À ce jour, il n'y a pas de rapport entre les deux disparitions.

L'article ne disait pas s'il y avait un lien entre les deux personnes disparues. En fait, Pam soulignait qu'il n'y en avait pas. Pourtant, on pouvait se le demander. Elle a bien tourné ça, se dit Caroline.

Bonneau avait aussi encouragé Caroline à rétablir l'heure de fermeture de l'édition à minuit, malgré le coût supplémentaire. Il insistait sur le fait que c'était la seule façon de rester pertinent. Demander aux éditeurs de renoncer à se brosser les dents pour envoyer des tweets n'allait pas leur donner la distribution accrue dont ils avaient besoin pour se maintenir à flot. Le *Tribune* avait besoin d'obtenir et de publier les nouvelles en premier. Caroline en prit conscience maintenant plus que jamais.

Même si la concurrence avec le *Post* continuait gentiment, gagner prenait une nouvelle signification. Gagner, c'était persévérer. Et même si Caroline voulait toujours faire entrer le *Tribune* dans le nouveau millénaire, elle n'avait pas l'intention de le faire en sacrifiant la confiance. Il y avait quelque chose de très noble dans le fait de rapporter les nouvelles à l'ancienne.

Il était seize heures quinze. Elle avait environ une

heure et demie avant la fermeture du marché de la ville.

Reposant son exemplaire du journal du jour, elle mit dans son sac son ordinateur portable et quelques documents. Elle avait commencé à travailler à la maison le soir, où Bonneau pouvait la joindre si nécessaire. Aujourd'hui, elle était épuisée après avoir passé la moitié de la journée à l'hôpital avec Savannah. Elle voulait faire un saut au marché de la ville pour voir si elle pouvait acheter un cadeau pour Sadie. Pour la remercier de ses soins assidus. Elle passa au bureau de Frank pour lui dire qu'elle s'en allait. Puis elle se dirigea vers la porte et déposa sa serviette dans sa voiture, garée dans le parking. Le marché de la ville était à quelques pâtés de maisons. Il faisait trop beau pour ne pas marcher. En plus, les rues étaient toujours bondées de touristes à cette époque de l'année.

Le marché de Charleston était installé entre Reunion Street et East Bay Street. Elle commença par Meeting Street, ignora le marché intérieur et passa devant le Greek Revival Market Hall. Il abritait le musée des Confédérés. Elle passa d'étalage en étalage, là où des descendants d'esclaves d'Afrique de l'Ouest étaient groupés avec leurs coûteux paniers en foin d'odeur, aux côtés de vendeurs de T-shirts et de photographes du Lowcountry. Charles Pinckney avait cédé cette terre à la ville de Charleston dans les années 1700, avec la stipulation qu'un marché public y soit construit. En ce temps-là, on y vendait de la viande, des légumes et du poisson, ainsi qu'un autre article du Sud plus lucratif : des esclaves. Maintenant, personne n'aimait penser à son nom d'origine, mais les habitants faisaient parfois encore référence au marché aux esclaves.

Dans les rues parallèles au marché s'avançaient

des carrioles tirées par des chevaux. Les touristes prenaient leurs filles, leurs mères et leurs épouses en photo le long des ruelles voutées en briques. Des artisans tissaient leurs paniers au bout de chaque ruelle, sous le regard des touristes. Caroline se faufila entre les étalages, cherchant quelque chose qui pourrait plaire à Sadie. Elle ne savait pas quoi lui offrir, mais c'était le meilleur coin de la ville pour trouver des cadeaux originaux, fabriqués avec amour par des artisans locaux.

Elle s'arrêta à une table avec des moules à tarte. Près d'eux se trouvaient de superbes plats à gâteau sur pied, en porcelaine. Caroline passa les doigts sur des balais avec des fleurs de foin d'odeur, en admirant leur décoration. Sans avoir l'intention de laisser son oreille traîner, elle surprit des bribes de conversation entre deux femmes qui se tenaient à côté d'elle.

— C'est *lui*. Je crois qu'il nous regarde !

— Quel bel homme !

La beauté n'était pas une caractéristique qu'on attribuait à beaucoup d'hommes. Caroline se rappela la déclaration fervente d'Augusta au sujet de Patterson.

— Tu crois qu'il est coupable ?

Intriguée, Caroline leva les yeux et regarda autour d'elle pour voir de qui elles parlaient.

— Tu crois pas que s'ils savaient quelque chose, ils l'auraient arrêté ? demanda une femme.

— Eh bien, à en croire le *Tribune*, il est coupable !

Caroline eut le souffle coupé quand elle repéra le personnage debout de l'autre côté de South Market Street. Il observait à travers les grands arcs en briques. Son sang ne fit qu'un tour. Elle s'éloigna de la table, se fondant automatiquement dans la masse. Elle sortit rapidement du pavillon, regardant à travers la foule pour voir s'il la suivait. De fait. Il avançait à son rythme tout en l'observant. Caroline accéléra, frissonnant de crainte.

Caroline, il peut pas te faire de mal ici.

Il y a trop de gens.

Ces pensées rassurantes n'empêchèrent pas son cœur de battre frénétiquement.

Elle réalisa soudain qu'elle avançait dans la direction opposée à Meeting Street et à sa voiture. Elle rebroussa chemin, se frayant un chemin dans la foule des acheteurs, regardant par-dessus leurs épaules.

Il n'était pas là. Elle ne le voyait plus. C'était le moment de courir. Elle ôta ses chaussures à talons, en prit une dans chaque main et se mit à courir vers Meeting Street.

Presque arrivée. Presque.

Le bruit des bavardages était comme un rugissement à ses oreilles et l'écho de mille pas résonnait dans le pavillon. Juste avant d'atteindre la dernière section du marché intérieur, elle tourna dans North Market Street et cria quand elle se retrouva nez à nez avec Patterson.

— Mademoiselle Aldridge, dit-il en guise de salutation.

Caroline déglutit brusquement. Ils étaient entourés de la foule, se rappela-t-elle. Il n'oserait pas lui faire de mal ici. Pourtant, elle recula pour garder une distance de sécurité.

— Pourquoi est-ce que vous me suivez ?

Il fronça les sourcils comme s'il était sincèrement perplexe. Mais il se moquait d'elle, elle le voyait à la lueur de ses yeux.

— Oh, je suis désolé, vous n'aimez pas qu'on vous mette à part ni qu'on vous harcèle ? lui demanda-t-il d'un ton aisé.

Il mit les mains dans ses poches et se pencha en

arrière dans une position non conflictuelle. Caroline ne se sentit pas du tout rassurée pour autant.

La proximité de tant de personnes lui donna plus d'audace qu'elle n'en ressentait.

— Si vous n'avez rien à cacher, vous n'avez rien à craindre.

— Vous rendez mon travail très difficile, se plaignit-il.

— Et c'est quoi exactement votre travail, Monsieur Patterson ?

Il la dévisagea de ses yeux bleus perçants, l'air malin.

— Vous avez aucune idée dans quoi vous vous embarquez, Mademoiselle Aldridge.

Caroline redressa ses épaules, tournant automatiquement la chaussure dans sa main droite pour pouvoir se servir du talon comme d'une arme si les choses devaient en arriver là.

— C'est une menace ?

Il secoua la tête.

— Non, Mademoiselle. Vous avez rien à craindre de moi, mais je dirais que c'est un avertissement. Il y a une différence, n'est-ce pas ?

— Je n'ai pas besoin de leçon de vocabulaire, Monsieur Patterson ! Mais apparemment, c'est vous qui en avez besoin. C'est du harcèlement !

— Non, Mademoiselle. C'est une simple conversation, insista-t-il. *Une conversation*. Mais je peux comprendre que le concept vous pose des difficultés. Toutefois, si vous pensez que c'est du harcèlement, je suppose que nous sommes quittes, parce que je dirais que votre journal me harcèle. Je suis juste ici pour vous demander gentiment d'arrêter, ajouta-t-il avec un petit sourire.

— C'est tout ce que vous avez à dire ?

Il acquiesça de la tête.

— Oui, à peu près tout.

— Alors je suppose que nous avons terminé, dit Caroline avant de s'éloigner.

Il ne la suivit pas. Caroline se précipita vers le l'angle de Meeting Street où elle se retourna et le vit toujours debout, exactement là où elle l'avait laissé. Elle sortit son téléphone de son sac. Mais même quand elle traversa la rue, il resta immobile et se contenta de la regarder partir. Caroline résista à l'envie de composer le numéro de Jack, se souvenant de la conversation des femmes sur le marché. Quoi qu'il en soit, Jack ne l'avait pas appelée. Qu'est-ce qu'elle allait faire ? Courir vers lui à chaque fois qu'elle avait un problème ? Il n'était ni son mari ni son petit ami. Et maintenant, elle se demandait si c'était même un ami. Le problème était qu'elle ne pouvait se défaire du désir, ou du besoin, d'entendre sa voix. C'é-tait vers lui qu'elle se tournait instinctivement, même avant ses sœurs.

Pourtant, tout ce que Patterson avait fait était de lui foutre la trouille. Il ne la suivait plus. Il avait simple-ment profité de leur proximité. À sa place, Caroline aurait peut-être fait la même chose. En fait, il était va-chement moins en colère sur l'affaire que Caroline ne l'aurait peut-être été à sa place. Elle remit son télé-phone dans son sac à main et prit la résolution de.... de quoi ? De garder ses distances avec tous ceux qu'elle avait réussi à énerver ?

Ce sont les risques du métier, Caroline. Remets-toi.

Ou mieux, arrête d'énerver les gens.

22

Quels qu'aient été les sentiments personnels de Caroline envers Patterson, la conversation entre les deux femmes au marché toucha une corde sensible en elle. Elle exhorta Frank à ralentir les articles sur Patterson ou au moins à faire une pause. Il y avait déjà assez de peur dans la ville. On pouvait la sentir dans l'air, comme un souffle moite, une sueur humide.

C'était le problème avec les tueurs en série et les violeurs : tout le monde devenait une victime. Même si les victimes physiques étaient évidemment celles qui souffraient le plus, les effets psychologiques du crime en touchaient des milliers. Des ombres menaçantes erraient dans chaque allée. Chaque recoin recélait d'effroyables possibilités. Caroline se doutait qu'en ce moment toutes les femmes de la ville, sans exception, regardaient derrière elles pour voir si on les suivait. Si certaines ne le faisaient pas, elles étaient stupides.

Par ailleurs, grâce à la vente aux enchères d'Augusta, Caroline avait été témoin de certains des meilleurs efforts de la ville. La plupart des organismes de bienfaisance locaux avaient déjà offert leur aide.

L'Aquarium allait offrir ses salles pour l'événement lui-même. Sa sœur avait prévu de venir cette semaine au bureau pour y commencer l'inventaire aussi. Caroline ne l'avait jamais vue d'une si bonne humeur.

Elle n'avait pas l'intention de mentionner sa rencontre avec Patterson à Augusta. Elle sentait qu'elle aurait juste pris sa défense.

Elle quitta le travail un peu plus tard que d'habitude, parce que la veille elle avait passé toute sa matinée à l'hôpital et avait fini tôt pour aller au marché. Où elle n'avait même pas accompli ce qu'elle voulait faire. En essayant de penser à un autre endroit où elle pourrait trouver quelque chose de convenable pour Sadie, elle remarqua que les lampes du parking étaient plus brillantes que d'habitude. C'était bien. Néanmoins, elle se sentit obligée de garder ses clefs à la main, comme Jack le lui avait appris il y a longtemps : le panneton pointu coincé entre ses doigts serrés en poing, arme inattendue à utiliser en cas d'attaque inattendue. L'idée d'avoir sur elle une bombe lacrymogène ou un spray au poivre ne lui avait jamais plu. Mais maintenant, elle aurait aimé en avoir.

La plupart des voitures étaient déjà parties. Elle s'était garée en vue de la cabine du gardien. Il était maintenant à son poste le soir aussi, depuis l'obscénité sur sa portière. Elle remarqua cependant que la fille qui recevait leurs jetons n'était pas dans la cabine. Il y avait de la lumière, mais la cabine semblait vide.

Caroline se mit à marcher plus vite, très attentive à ce qui se trouvait autour d'elle : chaque craquement dans le sol en béton, chaque voiture qui passait à toute allure dans la rue. L'une des lampes halogènes se mit à vaciller. Elle retint son souffle, appuyant plusieurs fois sur le bouton pour déverrouiller sa portière. Récemment, il se coinçait. Elle devait le faire réparer.

Elle crut entendre des pas. Elle saisit la poignée de la portière, la souleva rapidement et ouvrit la portière d'un coup brusque. Son cœur battait à tout rompre. Elle se glissa sur son siège, claqua la portière et appuya immédiatement sur le bouton de verrouillage. Elle avait hâte de sortir de là et de rentrer chez elle.

Au moment de faire marche arrière, elle remarqua un morceau de papier plié sous son essuie-glace et s'arrêta brusquement.

Une contravention dans le parking ?

Elle allait sûrement pas sortir pour le prendre. Pour l'instant, elle voulait une seule chose : rentrer chez elle. Elle se dirigea vers la cabine. Une tête surgit, lui fichant la trouille. Elle baissa sa vitre.

La jeune fille lui sourit d'un air timide.

— Désolée, je causais à mon petit ami. Je voulais pas qu'on me voie au téléphone.

Au moins, elle était honnête. Et stupide, à bien des égards. Caroline supposait que la fille n'aimait pas beaucoup son boulot ou sa vie.

— Vous devriez être attentive, lui conseilla Caroline.

Elle se sentit tout à coup coupable d'avoir insisté pour que la cabine soit occupée à cette heure de la soirée. C'était une jeune. Caroline allait devoir reparler aux gérants du parking pour trouver une meilleure solution. Elle ne pouvait pas prendre une simple décision sans tenir compte de toutes les conséquences. Pas étonnant que sa mère ait mis son cœur en veille.

— Oh ! regardez ! s'écria la fille, ignorant complètement la réprimande de Caroline. Vous avez un petit mot sous votre essuie-glace !

Caroline soupira. Ah ! Être jeune et amoureux, se dit-elle en lui lançant un sourire narquois.

— J'allais le prendre une fois rentrée chez moi.

— Oh, non ! s'écria la fille. Vous allez le perdre sur la route. Je vais vous le chercher !

Elle tendit le bras par la fenêtre de la cabine et retira la note. Elle la lut en premier. Bien impolie, se dit Caroline. Puis elle la lui tendit, les sourcils froncés.

— C'est juste un truc d'église, dit-elle, l'air tout à fait déçue.

CAROLINE PRIT LE PAPIER, le déplia et plissa les yeux pour lire la note imprimée dans la pénombre de sa voiture.

Mort et vie sont au pouvoir de la langue, ceux qui la chérissent mangeront de son fruit. Proverbes 18,21.

Caroline regarda automatiquement autour du parking. Son regard s'arrêta brusquement dans un coin sombre où Brad Bessette fumait une cigarette. Le regard qu'il lui lança, un petit sourire satisfait, lui envoya des frissons dans le dos. Mais il fallait bien dire qu'elle commençait à voir le mal partout. Il lui fit un signe de la tête pour la saluer, écrasa sa cigarette et monta dans la petite Honda S2000 gris fumée garée dans le coin où il se tenait.

LE TÉLÉPHONE portable de Jack sonna au moment où il retirait son T-shirt. Il s'en dépêtra et regarda l'heure. Il était vingt-et-une heures trente. Qui diable pouvait l'appeler à cette heure-là ?

Il espérait vraiment que ce n'était pas Kelly. Pour le moment, il était indécis quant à Caroline : ils semblaient se disputer à chaque fois qu'ils parlaient ensemble.

Peut-être que cela n'allait jamais changer. L'idée l'attristait. S'il avait été un homme de prière, il aurait prédit que toutes ses prières allaient être exaucées par son retour à Charleston. Mais ça ne s'était pas passé comme ça. Il était sur le point de souhaiter qu'elle retourne tout simplement à Dallas.

Son humeur s'aigrit à ces pensées. Il lui fallut une minute pour trouver le courage de chercher où était son téléphone, mais il s'arrêta de sonner. Il se rassit sur son lit, essayant de trouver d'où le son sourd lui était parvenu. Plus précisément, y avait-il quelqu'un à qui il voulait tellement parler qu'il allait faire l'effort de trouver son téléphone ?

Non, personne.

Mais il était au milieu d'une enquête qui ne produisait pas exactement de résultats. Il se sentit donc obligé.

Le téléphone se remit à sonner.

La persistance était-elle une vertu ?

Il ne se souvenait pas.

Il se leva, fixa des yeux la pile de linge sale près de son lit, et résolut de trouver son téléphone. Il se pencha, dispersant une semaine de vêtements sales. Le téléphone s'arrêta à nouveau de sonner.

Il était maintenant agacé. Surtout contre lui-même. Mais il était déterminé à trouver le fichu téléphone, même s'il disait s'en foutre de qui appelait. C'était maintenant une question de principe. Sa maison ressemblait à une escale : la vaisselle puait, personne ne faisait la lessive, il n'était pas rasé. Sa vie était en ruines. Et il devait vraiment trouver un tueur avant une autre victime. Le problème était que... aussi déterminée que semblait être Caroline à épingler Patterson pour le meurtre d'Amy Jones, Jack était lui tout aussi sûr de son innocence.

Mais il commençait à se demander s'il pouvait y avoir un rapport avec la disparition d'Amanda Hutto.

Après des semaines de recherche de la petite fille sans pistes, elle était présumée morte, même si ce n'était pas la version officielle. On n'avait retrouvé aucun corps. Là était la question.

QUAND LA SONNERIE retentit pour la troisième fois, il plongea dans la pile de vêtements et trouva son téléphone dans la poche d'un jean qu'il ne se souvenait pas avoir porté. Il le saisit en utilisant des mots dont sa mère aurait été fière et finit par répondre.

— De mauvaise humeur ?

C'était Caroline.

— Un peu.

— Désolée de te déranger à cette heure. T'es encore habillé ?

Jack esquissa un sourire ironique, l'humeur plutôt téméraire.

Soit tu joues au téléphone rose, soit t'es en route pour venir me voir. Je devine que t'es en route.

— J'ai quelque chose à te montrer, dit-elle. C'est probablement rien, mais j'ai quand même appelé Josh parce que je trouvais ça bizarre. Il pense que je devrais te le montrer.

— D'accord.

Jack ignora la petite danse de la victoire dans son cœur. Elle fut immédiatement menacée par le souci.

— Viens à tes propres risques, l'avertit-il.

— C'est drôle.

Il ne plaisantait pas du tout.

— Tu sais comment venir ici ?

— À l'est d'Ashley, c'est ça ?

— Après le terrain vague. Cherche la cour vide avec un kayak dans les buissons et une moto à moitié construite sous l'auvent.

Elle rit.

— Je serai là dans une seconde. Je suis dans le coin.

— À tout de suite alors.

Jack raccrocha. Malgré l'avertissement qu'il lui avait donné, il se précipita pour ranger un peu, poussa le linge sale dans le placard et jeta les emballages des barres énergétiques.

CAROLINE LOCALISA ASSEZ FACILEMENT la maison, mais comme toujours, elle trouva Jack trop dur envers lui-même. La plupart des maisons de cette rue étaient des locations de vacances. Parsemées de broussailles poussant sur les plages, les cours ne pouvaient de toute façon pas avoir l'ambition de remporter le prix des maisons fleuries. Ici, les résidents étaient surtout modestes, préférant marcher pieds nus que de porter des chaussures de créateur. Sauf au cœur de l'été, quand même les bécasses sautillaient nerveusement sur le sable chauffé à blanc.

Les lumières étaient allumées dans sa maison, mais les stores étaient baissés, offrant juste une faible lueur. Le long de la plage, on pouvait aussi distinguer les lumières derrière les lourds stores d'une longue rangée de maisons, comme un train lumineux.

Caroline se demandait quelle maison était celle de Karen Hutto. Elle n'avait pas appelé la femme et en ressentit une pointe de culpabilité. Le plus longtemps sa fille était portée disparue, le plus elle devait déses-pérer. Caroline pouvait à peine supporter l'idée de la regarder dans les yeux. C'était comme revoir sa mère une fois de plus, son feu intérieur se refroidissant un peu plus chaque jour, jusqu'à finir par s'éteindre com-plètement.

Elle gara sa voiture près du buisson à kayak de Jack, puis se dirigea vers le chemin et ses marches en bois. Il ouvrit la porte avant qu'elle ait eu le temps de frapper, sa silhouette se découpant dans la douce lumière ambrée, sa chemise boutonnée de travers avec un côté rentré dans son jean.

Un frisson la parcourut.

Elle se dit que c'était l'air humide de la nuit. Mais il faisait trop chaud pour frissonner.

— Entre.

Elle ne s'était pas préparée aux souvenirs qui la submergèrent à la vue de Jack à moitié habillé. Il n'avait plus l'air dégingandé de sa jeunesse. Il avait les bras bien définis et la poitrine musclée. Pas comme les molosses qu'elle avait souvent vus dans les salles de sport à Dallas, juste bien sculpté, comme un gars qui n'a pas peur du travail ni du soleil.

Caroline passa près de lui, attentive à ne pas l'effleurer. Elle regarda autour de son humble maison et vit des éléments familiers : le canapé marron clair en cuir souple qu'il avait acheté pour son premier appartement, leur premier appartement, la lampe rouge à motif cachemire dans le style des années soixante qu'il avait volé dans la maison de sa mère avant son incarcération. Avant aussi que le propriétaire n'ait cadenassé la maison et saisi ses biens parce que le loyer n'avait pas été payé depuis longtemps. Jack avait réalisé que c'était inévitable. Il avait trop de fois payé la caution pour la libérer. Il les avait donc laissés embarquer ses photos de bébé et mettre aux enchères les objets de valeur avant de jeter les pacotilles, les souvenirs de sa vie. Plus tard, une fois sa mère relâchée, on avait retrouvé son corps dans une allée du centre-ville, dans un état qu'aucun fils ne devrait jamais voir, même s'il était son seul proche parent. Il avait refusé toute aide de Caroline et il n'en avait jamais vraiment beaucoup parlé après.

Caroline sentit un pincement de regret pour la façon dont elle l'avait traité à son retour. Critiquer sa mère était un coup bas, et elle l'avait seulement fait parce qu'elle souffrait. Elle s'en rendait compte maintenant.

Jack avait raison. Elle était toujours en colère contre lui parce qu'il s'était réveillé dans le lit d'une autre femme treize jours avant leur mariage. Même s'il avait juré qu'il n'avait pas eu de rapports sexuels avec elle. Cela n'avait pas d'importance. Elle avait été furieuse contre sa mère parce qu'elle l'avait renvoyé chez lui avec Claire, en colère contre Jack pour avoir amené cette dernière en premier lieu, et encore plus en colère contre lui parce qu'il ne l'avait pas appelée pour lui dire que sa meilleure amie avait presque fait une overdose avec les pilules de sa mère. Pour aggraver les choses, Caroline soupçonnait que c'était entièrement un coup monté de sa mère pour empêcher Caroline d'épouser Jack.

Et ça avait marché.

Elle réprima son sentiment d'indignation face à ses souvenirs.

Il l'observait, les yeux légèrement brillants et étudiait sa réaction à la vue de son domicile.

— Tu veux boire quelque chose ?

Caroline leva les sourcils en découvrant les verres qui trainaient partout, tous des chopes de bar.

— Y a des verres propres de reste ?

Il haussa les épaules.

Caroline esquissa un faible sourire.

— Vraiment, je suis juste venue pour te montrer ça.

Elle ouvrit son sac et chercha le bout de papier.

— J'ai cru au début que c'était une contravention, commenta-t-elle en le lui tendant.

Jack le saisit et se rapprocha de la lampe en le dépliant.

Il écarquilla les yeux. Elle vit qu'il réalisait quelque chose, juste un instant. Puis il reprit un air neutre et leva les yeux.

— Où est-ce que t'as trouvé ça ? lui demanda-t-il, un sourire crispé aux lèvres.

Il cachait quelque chose.

— Sur ma voiture. Sous l'essuie-glace.

Même sa question d'un seul mot semblait tendue :

— Quand ?

— Ce soir. En sortant du travail.

— Dans le parking ?

— Ouais.

Il hocha la tête, regardant tour à tour Caroline et le morceau de papier. Il sembla soudain énervé, pas comme avant. Caroline comprit instinctivement que ce qu'il lui cachait était quelque chose d'important. Mais elle se rendit également compte qu'il n'allait rien lui dire après ce qu'elle venait de communiquer à toute la ville.

Est-ce que tu lui en veux vraiment ?

— Pendant le déjeuner ?

Caroline haussa les épaules.

— Je sais pas.

Elle le voyait réfléchir derrière ses yeux bleu océan.

— Ça te dérange pas si je le garde ?

Leurs regards se croisèrent. Sans ciller, elle essaya de deviner ses pensées.

— Tu crois que ça veut dire quelque chose ?

Il haussa les épaules et déposa la pieuse déclaration sur sa table basse.

Elle remarqua qu'il cherchait à s'en débarrasser au plus vite. Il choisit une place sur la table qui semblerait anodine à quelqu'un d'autre, à l'écart de possibles éclaboussures et loin des autres trucs. Il poussa même sur le côté un verre dans lequel il restait juste une gorgée.

— Je sais pas, dit-il. Peut-être. C'est peut-être juste un accro de la Bible qui t'a laissé sa carte de visite. T'as remarqué un papier pareil sur les voitures des autres ?

— Il y avait quelques voitures dans le parking, mais je m'en suis pas rendu compte avant de monter dans ma voiture. Et j'allais sûrement pas ressortir pour vérifier.

Elle se demandait si elle devait lui parler de Brad, mais décida que non. Brad avait dû sortir après elle, parce qu'elle l'avait vu parler à Frank juste avant de quitter le bureau. La note était déjà sur sa voiture.

Il fixa la note des yeux.

— Bravo ma petite, dit-il, avant de fixer finalement son regard bleu acier sur elle.

La tension de son corps envahit la pièce.

Caroline se sentait nerveuse rien qu'à se tenir debout près de lui.

— Il y a autre chose...

Il se raidit, les muscles de ses biceps se tendant.

— Je suis tombée sur Patterson au marché hier.

Il fronça les sourcils.

— Tu lui as causé ?

— Brièvement. Il m'a « gentiment » demandé, selon sa propre expression, d'arrêter de le harceler.

— Il t'a menacée ?

— Pas vraiment.

Il s'avança vers elle, le regard angoissé.

Caroline retint sa respiration, surprise par son avancée.

— Caroline, promets-moi qu'à partir de maintenant tu vas rentrer chez toi à la même heure que tout le monde. T'as pas besoin de prouver quoi que ce soit à ta mère.

Il tendit la main et lui toucha le visage.

— Promets-moi, implora-t-il.

La main de Caroline s'avança automatiquement vers la sienne, malgré son intention de la retirer.

— Jack...

— Je t'ai prévenue que tu venais ici à tes propres risques, lui rappela-t-il, les yeux remplis d'émotion.

Caroline ne recula pas.

Elle ne le voulait pas.

Elle retint son souffle quand il la prit par le menton et elle se pencha sous ses caresses.

C'était tout ce qu'il lui fallait.

Dix ans de béance, de faim insatisfaite se réveillèrent à ce simple contact. Jack la prit dans ses bras. Il passa ses mains sur son corps et inclina sa bouche vers la sienne. Il l'embrassa. Caroline laissa tomber son sac par terre et mit ses bras autour de lui. Son corps répondait comme il ne l'avait jamais fait auparavant, avec personne. Elle gémit en lui rendant son baiser. Elle pressa son corps contre les contours fermes du sien. Elle avait tellement envie de la chaleur de sa peau contre son corps nu.

Puis ses mains soulevèrent sa jupe et elle le laissa faire. Il mit sa main entre ses jambes, dans sa culotte, la trouva mouillée et poussa un grondement profond.

De petits spasmes orgasmiques s'emparèrent du corps de Caroline à ce simple toucher. Aussitôt après, ses vêtements se retrouvèrent par terre. Elle et Jack aussi.

23

Jack n'était pas sûr de ce qui lui avait pris. Quelque chose de primitif et de possessif.

Ils baisèrent sur la moquette du salon, comme des animaux. La voir nue était un peu comme sortir du désert un homme tellement affamé qu'on lui voyait les côtes, et le planter devant une table débordante de tous les plats qu'il pouvait désirer.

Il l'emmena après dans la chambre pour lui faire l'amour selon son cœur, à chaque centimètre de son corps, comme il avait imaginé le faire depuis dix longues années.

Il lui écarta les jambes, trouva le précieux bouton qu'il aimait tant et se régala de son riche nectar quand elle jouit. Il traça le contour de ses seins avec ses lèvres, la vallée et les mamelons fermes comme des galets contre la chaleur de sa langue.

À chaque fois qu'il avait couché avec Kelly, ou avec n'importe qui d'autre d'ailleurs, il avait pensé à Caroline. À chaque fois qu'il avait satisfait son corps, il avait souhaité cette communion avec Caroline. Il ne voulait plus faire l'amour avec personne d'autre. Plus jamais.

Seulement avec Caroline.

· · ·

JACK AVAIT EU trois orgasmes pendant la nuit, mais il était sûr que Caroline en avait eu au moins deux fois plus. Comme des feux d'artifice au mois de juillet, les points culminants du désir de Caroline se succédaient rapidement, l'un après l'autre, lui faisant plier les orteils et remplissant son cœur à lui de chaleur.

Ils firent l'amour une dernière fois, doucement. Quand ils eurent fini, elle ronronna, l'air heureuse, et il roula à son côté. Il enfouit les mains dans ses cheveux et caressa sa joue de son pouce.

— Je t'aime, lui dit-il. Je t'ai toujours aimée.

Elle resta silencieuse. Mais ce n'était pas un problème pour lui. Il la laisserait avancer lentement, sachant qu'elle avait besoin de suivre ses propres conditions. S'il la poussait trop vite, elle se refermerait. Il ne voulait plus faire marche arrière. Même si l'idée lui semblait propre aux hommes de Néandertal, elle était à lui. Elle le serait toujours. La preuve en était la façon dont elle avait réagi. Il pouvait se permettre d'attendre qu'elle réalise tout cela par elle-même. Ils avaient déjà bien attendu dix ans.

Elle leva les yeux vers le réveil. Jack passa son bras autour de sa taille, devinant ses pensées et la retenant dans son étreinte.

Il était deux heures vingt.

— Je devrais rentrer, dit-elle en souriant.

— Mais tu vas rester où tu es, lui dit-il d'un ton assuré. À moins que j'aille avec toi, tu vas pas partir d'ici à cette heure de la nuit. Même si je dois t'attacher à mon lit.

Elle rigola et lui lança un regard sensuel qui l'échauffa à nouveau. Il ne pensait pas avoir assez d'énergie restante.

— Ah ouais ? Et qu'est-ce que tu me ferais ?

Jack banda à la question. Il se mit à genoux, levant un sourcil en la regardant d'un air suggestif.

Il restait un préservatif dans le tiroir.

Elle écarquilla les yeux quand elle se rendit compte combien elle l'avait affecté. Cela lui mit un petit sourire taquin aux lèvres.

— On va voir, suggéra-t-il avec un sourire espiègle.

Comme une invitation, elle rejeta les couvertures. Glorieusement nue, elle lui offrit ses poignets à lier.

Il n'avait pas besoin d'encouragements supplémentaires.

Tournez à gauche au lieu de tourner à droite. Et après vous entendez dire que vous avez évité un carambolage entre trois voitures. Mais vous avez écouté, et vous êtes en sécurité chez vous, en train de boire un verre de vin et de zapper les chaînes d'information. Vous vous sentez supérieur parce que... *vous saviez*.

Les instincts.

Tout le monde en a. La plupart des gens les ignorent. Même dans son innocence absolue, un enfant sait quand il doit se méfier. Il le sent dans ses petites tripes, un sentiment de « oh oh » qui l'envoie se réfugier en pleurant dans les jupes de sa maman.

La jeune Hutto savait.

Mais elle l'avait quand même suivi, parce qu'elle voulait voir le nid de tortue qu'il avait promis de lui montrer.

À un moment donné, la plupart des gens cessent d'écouter cette voix intérieure.

Et un jour, vous avez trente-cinq ans, vous avez des gamins à la maison, des cheveux gris apparaissant sous la teinture, et vous êtes toute seule dans un parking quand un gars s'approche pour vous demander son chemin.

Vous vous dites peut-être qu'il est mignon, malgré sa barbe hirsute de trois jours et la main cachée dans sa capuche. Ou peut-être que la couleur de sa peau vous donne un sentiment de culpabilité, parce que votre premier instinct, le plus primitif, est de remonter la vitre de votre voiture et de vous éloigner.

Ou peut-être que vous êtes tout simplement stupide.

C'est sur cela que comptaient des prédateurs comme Donald Pee Wee Gaskins : des gens stupides. Gaskins était devenu si audacieux qu'il avait même acheté un vieux corbillard. Il avait raconté aux gens dans un bar qu'il en avait besoin pour transporter ses victimes dans son cimetière privé.

Personne ne l'avait cru.

Ils trouvaient le petit boiteux parfaitement inoffensif.

S'ils n'avaient pas trouvé un idiot comme Gaskins avant qu'il gaffe et flingue un gars pour quinze cents dollars, ils n'arriveraient jamais à l'attraper.

T'es trop intelligent.

Prouve-le.

En tout, Caroline dormit peut-être trois heures.

Si elle s'arrêtait pour réfléchir à ce qu'elle avait fait, elle pourrait être mortifiée. Mais elle s'était juré ce matin de ne pas y penser, comme un instinct de préservation.

Dès que le soleil se glissa sous les stores, elle se leva. Elle se dépêcha de s'habiller et rassembla ses affaires. Elle consulta son téléphone. Seize appels manqués et cinq textos, tous de Savannah et d'Augusta. Elle se sentit aussitôt mortifiée de ne pas leur avoir fait savoir où elle était. Si l'une de ses sœurs lui avait fait la même chose, elle l'aurait tuée. Mais cela faisait longtemps qu'elle ne rendait de comptes à personne, ou qu'elle avait couché avec un gars d'ailleurs. Elle n'y avait donc pas pensé. Elle aurait dû cependant, compte tenu du climat de peur à Charleston.

Mais ce n'était pas n'importe quel gars. Au fond, elle savait que ce n'était pas seulement coucher avec quelqu'un. Cela la terrifiait et l'enchantait en même temps.

Elle réveilla Jack pour lui dire au revoir.

— C'est samedi, grommela-t-il l'air groggy.

Il la prit par la main et la fit se rallonger pour l'embrasser. Il lui saisit les fesses d'une main et l'attira contre lui.

— Faut que j'y aille, protesta Caroline en souriant. Augie et Sav sont sûrement déjà assez en colère contre moi pour ne pas les avoir appelées.

— Comme il se doit, lança Jack en la laissant s'en aller.

Il était allongé, complètement nu, sans regret et très en forme.

— Alors est-ce qu'on...

Elle gesticula d'un air maladroit.

— Est-ce que je devrais... te rappeler ? Plus tard peut-être ?

Rien ne semble pouvoir assombrir sa bonne humeur, se dit Caroline le voyant sourire jusqu'aux oreilles.

— Plus tard. Dans cinq minutes. N'importe quand, ça me va, lui assura-t-il en posant la main sur les muscles très définis de son bras et en se grattant la poitrine l'air distrait.

Cette main, ces doigts avaient visité des lieux qu'elle n'avait jamais soupçonnés.

Caroline fronça les sourcils. Elle n'était pas à l'aise avec l'attente des autres, mais sa réponse nonchalante lui déplut, d'une certaine façon.

— D'accord, je t'appellerai plus tard.

— Sois prudente, lui dit-il d'un ton exigeant. Mets ta ceinture de sécurité et regarde bien des deux côtés avant de traverser la rue.

Caroline se mit à rire malgré son malaise.

— T'es toujours un pauvre type, déclara-t-elle.

— Et t'es toujours vachement belle le matin ! insista-t-il.

Caroline s'amusa de sa flatterie.

— Salut, dit-elle.

Et se retournant pour partir, elle se surprit à sourire de façon béate.

24

Dès que Caroline sortit, Jack se précipita vers la cuisine. Il saisit un sac en plastique et une pince à spaghettis, le seul ustensile propre dans sa cuisine. Il revint dans le salon, les fesses à l'air, saisit soigneusement le morceau de papier de sa table basse avec la pince, le déposa à l'intérieur du sac et referma la fermeture éclair.

Ses tripes lui disaient que c'était un message.

Alors, leur mec recherchait des émotions fortes après tout. C'était à la fois un bon et un mauvais signe, parce que même si le meurtrier cherchait à communiquer, Jack se rendait compte qu'il préparait également un autre spectacle macabre.

À ce stade, il ne pouvait pas faire la moindre chose pour ses empreintes digitales ou celles de Caroline sur le papier. Mais il ne voulait pas prendre de risques avec la première pièce à conviction possible. Même si jusqu'à présent leur gars ne leur avait laissé aucune preuve, Jack était assez sûr qu'il n'allait pas leur laisser un message comme celui-ci sans prendre des précautions similaires. Plus tard, il demanderait au laboratoire d'y jeter un coup d'œil. Mais il voulait d'abord mener quelques enquêtes.

. . .

Ashley, un fleuve aux eaux noires de quarante-huit kilomètres de long, était alimenté par les marais Wassamassaw et Great Cypress. Frère du Cooper, il était d'humeur aussi changeante que les marées qui le gouvernaient. Comme deux mocassins noirs jumeaux, leurs eaux profondes et obscures s'avançaient vers la mer, crachant leurs épaves quotidiennes dans le port de Charleston, où les marées fluctuaient comme du ressac dans une tasse.

De l'autre côté de Folly, le fleuve Stono se frayait un chemin à travers un terrain plus marécageux, une terre d'une beauté trompeuse et intacte, même après plusieurs siècles, à l'exception de quelques débris laissés sur place par une population en fuite, des ruines, des travaux de terrassement et des remparts.

Ces débris se trouvaient littéralement à un jet de pierre de Brittlebank Park, un petit espace public paisible et verdoyant, niché près de l'Ashley. De l'autre côté de la rue se trouvait le poste de police, rendant le parc idéal pour une sortie en famille, en plus de son aire de jeux et de son quai à bateaux.

Personne travaillant dans le bâtiment en briques à un étage ne se ferait de soucis d'y travailler le samedi. À l'intérieur, Kelly Banks était penchée sur son écran d'ordinateur.

Elle avait commencé à se pencher sur les fichiers des personnes disparues afin de gagner le pardon de Jack, mais elle trouvait cela fascinant. Elle parla d'abord à John Sever, le détective en charge du service des personnes disparues, pour avoir un petit aperçu. Heureusement, il était en train de travailler sur quelques rapports oubliés. Il semblait y avoir constamment une pile qui augmentait au lieu de diminuer sur son bureau. Au lieu de jouer au ballon chez lui avec son fils, il restait au bureau à identifier et classifier les disparus et les morts.

On conservait indéfiniment les fichiers des personnes disparues, jusqu'à ce qu'on retrouve l'individu ou qu'on abandonne le dossier. Le nombre était toujours élevé, lui dit Sever, six fois plus que dans les années quatre-vingt. Principalement en raison du simple fait que la loi prenait maintenant les rapports plus au sérieux. Mais si le nombre de personnes portées disparues dans le pays pouvait s'élever à au moins sept cent mille et plus par an, les rapports en cours en représentaient une infime partie. À la fin de 2010, par exemple, les rapports en cours du Centre National d'Information Criminelle comptaient environ 85 000 cas, et seule une petite partie était liée à des enlèvements ou à des kidnappings.

Une fois prête, Kelly s'installa à un bureau vide du service d'identification criminelle. Il y avait plusieurs bases de données disponibles, y compris celle du Centre National d'Information Criminelle et celle du Centre National des Personnes Disparues, une liste relativement nouvelle dont se servaient parfois les médecins légistes. Cette dernière liste étant publique, elle pourrait peut-être lui donner accès à des cas qui, pour une raison ou une autre, n'avaient pas été correctement rapportés. Elle commença par la liste du Centre National d'Information Criminelle, prit des notes, fit des copies, puis passa à la base de données du Centre National des Personnes Disparues. Elle comptait en tout deux cent vingt-quatre cas pour la Caroline du Sud, remontant à 1972. Cent quarante dossiers étaient toujours ouverts.

Cela ne l'étourdit pas, mais cela ne lui donnait pas non plus d'informations. Elle réduisit sa recherche aux adultes actuellement disparus, ce qui ramena le nombre à une page. Mais quand elle ouvrit une carte, la concentration ne lui révéla rien. Les petits points virtuels étaient répandus dans tout l'État. En cliquant sur les points, elle découvrit des personnes de tous âges et tous types : une jeune femme blanche de vingt-sept ans de Gaston, une femme noire de cinquante ans de Greenville, un vieil homme blanc de quatre-vingt-six ans de Greer.

Elle sauvegarda cette recherche et essaya une autre approche, en ignorant les personnes disparues âgées de plus de soixante-cinq ans. Elle compara cette liste avec celle du Centre National d'Information Criminelle et des handicapés mentaux disparus. Elle enleva ceux-ci de sa liste.

Si elle découvrait quelque chose de significatif, elle devrait demander à quelqu'un d'autre de faire une analyse plus professionnelle. Personne n'allait officiellement accepter sa recherche, mais une fois de plus, elle ne faisait cela que pour aider Jack.

La liste se réduisit à environ vingt personnes pour l'ensemble de l'État, mais une nouvelle fois, la concentration ne révéla rien. Elle produisit le rapport, pas selon la région dans laquelle ils résidaient quand ils furent portés disparus, mais selon l'endroit où on les avait vus pour la dernière fois.

Sa carte changea légèrement, mais pas assez pour lui permettre de faire des rapprochements. Les chiffres étaient tout simplement trop bas pour révéler quoi que ce soit. Il y avait encore beaucoup de points répandus dans tout l'État, mais une tendance semblait émerger à proximité des zones côtières, et en particulier dans des endroits connus pour leur taux élevé de noyades.

Cela semblait fou, mais malgré les énormes panneaux affichés près de tous les courants dangereux, le nombre de noyades annuelles ne diminuait jamais. C'était presque comme si c'était un défi que certains ne pouvaient pas laisser passer. Les corps retrouvés étaient généralement ceux d'hommes jeunes en bonne santé, souvent des militaires qui pensaient être en forme physique exceptionnelle et qui croyaient en quelque sorte que les lois de la nature ne s'appliquaient pas à eux. Au printemps et en été, il n'était pas rare d'entendre les hélicoptères des garde-côtes décrire des cercles.

Suivant cette logique, elle filtra les hommes âgés de seize à trente-cinq ans et recoupa cette liste avec la liste du Centre National d'Information Criminelle et celles des personnes disparues après une catastrophe. Une fine ligne de petits points virtuels en zigzag apparut sur l'écran de l'ordinateur.

Elle cliqua sur les points autour de Charleston, révélant surtout des femmes ou des filles, de seize à trente-sept ans. L'une d'entre elles était Jennifer Williams de Murrells Inlet. Il y avait quelques jeunes filles, y compris Amanda Hutto, six ans, une poignée d'hommes et un garçon de quatre ans disparu depuis 1989 : Robert Samuel Aldridge III. Elle connaissait le nom. Qui ne le connaissait pas ?

Dévisageant la dernière photo publiée de l'enfant, elle essaya de discerner une ressemblance avec Caroline. Elle était à peine visible. Le garçon était trop jeune et la photo trop floue. Il ressemblait peut-être plus à son père ? Elle se demandait ce que cela avait dû être pour les Aldridge de perdre un enfant si jeune. Elle ne connaissait pas très bien les circonstances, sauf que le père de Caroline avait brièvement été dans les nouvelles, accusant son ex-femme de se droguer et rejetant tout blâme dans la noyade de son fils. Kelly se souvenait que ses parents en avaient parlé. Par la suite, sa mère avait refusé de la laisser aller à la plage avec sa tante, évoquant la disparition du gamin Aldridge comme sa mise en garde préférée. C'était devenu une légende urbaine, comme Jaws, ou la petite fille de quatre ans saisie par un alligator dans sa propre cour en Floride.

Elle resta assise, immobile, essayant d'éprouver de l'empathie pour Caroline. Sentant se développer en elle un petit grain d'émotion, elle le réprima, en se disant qu'elle n'avait pas besoin de s'apitoyer sur la femme qui avait tout, y compris Jack.

Tout en étudiant la masse de points sur l'écran, elle sentit que derrière elle, des hommes du service bavardaient avec quelqu'un qui venait d'entrer. Distraite, elle se retourna pour voir qui c'était.

Josh Childres lui lança un sourire chaleureux, ses yeux anormalement bleus s'illuminant à sa vue. Ils avaient travaillé ensemble un moment avant son départ pour le bureau du procureur du district. Si elle n'avait pas été aussi folle de Jack, elle aurait pu choisir Josh. Jeune talent ambitieux, il avait une personnalité charmante et était beau parleur. Ses paroles arrivaient à vous séduire malgré son ton trop mielleux. Il lui semblait maintenant ridicule d'être sortie avec deux hommes intimement liés à Caroline Aldridge. Cette occasion était donc aussi ruinée pour elle.

— Salut, la belle, lui dit-il en lui faisant un clin d'œil.

Kelly rougit.

— Salut toi.

— Qu'est-ce que tu fiches enfermée ici un samedi matin ?

La chaleur monta à ses joues, consciente que l'attention du service était tournée vers elle.

— Je vérifie la base de données des personnes disparues.

Josh avait un regard interrogateur. Même si elle ne voulait pas vraiment que quelqu'un sache exactement ce qu'elle faisait, c'était difficile de ne pas répondre.

— J'essaye d'aider Jack.

— Ah, je vois, dit-il. Eh bien, ce que tu fais pour lui, je veux pas le savoir.

Il se tourna pour s'en aller.

— Assure-toi de profiter du soleil, mon rayon de soleil. C'est une très belle journée ! Travaillez pas trop dur, lança-t-il finalement aux gars de l'équipe avant de se diriger vers la sortie.

— Eh ! Josh !

Il se retourna vers elle.

— T'as une seconde ? lui demanda-t-elle.

Il fronça les sourcils.

— Bien sûr.

Elle lui fit signe de s'approcher, ne voulant pas lui poser la question devant les autres. Même s'il n'était pas apparenté par le sang, il devait ressentir quelque chose sur la disparition de Sam Aldridge. Elle ne voulait pas de public.

Il s'agenouilla à côté d'elle.

— Qu'est-ce qu'il y a, ma chérie ?

Elle chuchota :

— Quel dragueur ! Je voulais juste te poser une question sur Sam Aldridge. Il est toujours dans la base de données.

Son sourire lumineux disparut de son visage. Il prit une expression sérieuse. Il baissa les yeux et regarda ses chaussures Versace brillantes. Il s'appuya tout à coup contre la chaise.

— C'est parce qu'ils ont jamais retrouvé son corps.

— J'imagine que je suis juste surprise. Tout le monde semblait si sûr qu'il s'était noyé.

Il leva les yeux vers l'écran d'ordinateur.

— Ce sont tes résultats ?

Kelly regarda aussi l'écran.

— Ouais, il y a seulement une poignée de disparitions inexpliquées dans la région, jusqu'en 1996. Et puis il y en a quelques-unes après. Je pensais ignorer tout ce qui était avant, mais je voulais voir ce que tu en pensais. Je veux dire, je veux pas qu'on m'accuse de laisser Sam Aldridge de côté parce qu'il est le frère de Caroline. Si c'est pertinent, je vais le garder. Est-ce que tu peux me dire ce que tu sais de sa disparition ?

Josh se passa une main sur la mâchoire.

— Je sais pas. J'étais assez jeune. Il a disparu en 1988, donc j'avais quoi, sept ans ? C'était vraiment dur, admit-il.

— Alors, qu'est-ce que t'en penses ?

— Je pense qu'il y a pas de problème si tu veux l'ignorer. Ils étaient à peu près sûrs que Sammy s'était noyé. Il est parti dans un petit radeau gonflable et c'est la dernière fois que quelqu'un l'a vu.

— Bon, d'accord, merci quand même.

Il haussa les épaules.

— J'ai un conseil pour toi : laisse Jack s'en occuper. C'est son boulot. Et je ferais mieux d'aller au service de collecte des preuves et faire le mien, si je veux le garder.

Il se leva et tapota Kelly sur l'épaule.

— Bonne chance avec ta liste.

— Ouais, merci.

— À plus, lança-t-il aux gars.

Ils répondirent à l'unisson, lui faisant au revoir de la main.

— Vous travaillez sur une liste de personnes disparues pour Jack ? demanda l'un des détectives.

Kelly grimaça.

— Ouais.

Voulant à tout prix éviter une conversation sur le sujet, elle ne se retourna pas pour lui répondre. Elle savait que Jack n'aurait pas du tout apprécié que tout le service sache qu'elle essayait de l'aider. Surtout après que Condon lui ait donné l'avertissement de se concentrer sur la seule victime et de résoudre le crime sans foutre la trouille aux gens.

— Vous avez trouvé quelque chose d'intéressant ?

— Pas vraiment.

Kelly s'efforça de l'ignorer. Elle regarda un peu plus la carte, puis appuya sur la touche d'impression, concluant qu'à ce stade, tout pouvait être pertinent. Elle voulait sortir de ce bureau et s'éloigner des oreilles et des regards indiscrets et grossiers. Comme Josh l'avait suggéré, elle laisserait Jack décider. Rassemblant tous ses documents, elle trouva une enveloppe jaune, écrivit le nom de Jack au dos, puis la scella et l'emporta avec elle.

25

Augusta avait attendu samedi pour aller au *Tribune*.

Le moins de gens il y avait, le mieux c'était. Elle ne voulait pas avoir à donner des explications. Et elle ne voulait surtout pas effrayer les employés et les amener à s'inquiéter pour leur emploi. Son plan était d'entrer, de jeter un coup d'œil rapide, puis de demander plus tard à Caroline ce qu'elle pensait être vendable et ce qu'elle voulait garder.

Caroline l'avait déjà prévenue de ce à quoi elle devait s'attendre en passant dans les bureaux. Elle se rendit en ville dans la Town Car, beaucoup moins offensée par elle maintenant qu'elle savait qu'elles allaient bientôt la vendre pour des œuvres de charité. Mais elle ne pouvait pas en dire autant des bureaux du *Tribune*. Toute la réception ressemblait maintenant à un sorbet géant, avec sa moquette bai rose et ses murs couleur pêche. Les couleurs à elles seules lui donnaient envie d'avaler une cuillère de glace et d'avoir un haut-le-cœur.

Elle resta bouche bée en découvrant le lustre. Elle serait restée là à le regarder, sauf qu'elle avait peur que le truc de dix tonnes ne tombe du plafond et ne l'écrase. Seigneur, si le fantôme de sa mère était toujours dans les parages, il pourrait peut-être trouver un moyen de couper les chaînes de fer auxquelles le lustre était suspendu. Surtout si sa mère avait appris que ses filles allaient liquider le lieu et vendre toutes ses merdes hors de prix. Cela l'irritait de penser que Flo avait probablement dépensé plus pour ce seul lustre que pour tous leurs anniversaires combinés au long des années.

Ce n'était pas facile pour Augusta d'avoir des pensées de sympathie envers sa mère. Elle n'aurait jamais dit cela à voix haute, pour le bien de Sav et de Caroline, mais le monde était mieux sans Florence W. Aldridge.

Elle sortit une boîte de pastilles Altoids de son sac à main, le dernier vice qui lui restait, l'ouvrit et fourra une pastille dans sa bouche. Elle avait échangé ce vice à la fois contre le tabac et la boisson environ cinq ans auparavant, après avoir réalisé qu'elle était en train de devenir comme sa mère, courant çà et là constamment anesthésiée, des bâtonnets de cancer à la bouche comme si elle souhaitait mourir.

Augusta passa discrètement devant les cubicules, en évitant le contact visuel avec leurs occupants. Si elle faisait semblant de ne pas les voir, peut-être qu'ils la laisseraient tranquille ou, mieux encore, qu'ils s'en iraient.

Elle trouva assez facilement le bureau de Caroline, vu qu'il était au même endroit que le bureau de sa mère.

Remettant la boîte d'Altoids dans son sac à main, elle entra, regarda dans le bureau, ouvrant des tiroirs et des classeurs. Contrairement à la salle d'attente au style confédéré, tendu, qui servait aussi de réception, le bureau de Caroline était austère : rien aux murs, sauf une fine ligne de poussière là où de vieilles peintures avaient dû être accrochées. Autre preuve que les cadres étaient de la qualité de ceux qu'on trouve dans les musées : il y avait un grand trou dans le mur, probablement là où on s'était servi d'un clou large comme un séquoia, parfait pour des tableaux massifs au cadre doré, tape-à-l'œil, que leur mère aurait pu accrocher. Augusta n'était pas venue au bureau assez récemment pour se rappeler ce qui était là. Mais elle n'aurait pas été surprise d'apprendre que c'était un portrait de la belle Florence W. Aldridge elle-même, accomplie, fille vertueuse de la Confédération vaincue qu'on ne peut jamais oublier et icône de la ligue des Américaines.

Elle était contente que sa mère ait confié la responsabilité du journal à Caroline. Augusta ne voulait absolument rien avoir à faire avec ça.

Elle ne voulait rien avoir à faire avec la maison non plus, mais elle était là, enfouie sous des listes qui incluaient des chauffe-lits anciens, des pots de chambre et des dessus-de-lit, probablement amoureusement cousus à la main par Betsy Ross elle-même.

Au moins, la part du lion de l'inventaire rendrait un panier percé très, très heureux. S'en débarrasser rendait Augusta folle de joie.

Elle s'assit au bureau de Caroline et regarda les employés s'affairer sous les puissants néons du service de la rédaction. Ce qui voulait aussi dire qu'ils étaient probablement en train de la surveiller. De là, elle pouvait observer tout le monde, sauf le vieux bouseux responsable de la rédaction depuis l'ère des dinosaures. Elle pensait que son bureau était juste à côté. Il avait probablement l'oreille collée à la porte, pour s'assurer qu'Augusta ne dépassait pas ses limites. Un vieux grincheux.

Posant son sac à main sur le bureau avec son bloc-notes, elle s'assit dans le fauteuil de Caroline et fouilla dans ses papiers : d'anciennes éditions, des pages de couverture sur ce Patterson qui lui avait lancé la chaussure de sa mère à la tête. Beau mec, pauvre bouc émissaire. Pour une raison ou une autre, elle n'arrivait pas à imaginer qu'il soit coupable. Il avait le visage d'un ange. Et le corps d'un dieu grec.

Elle resta assise et s'efforça de l'imaginer en train d'étrangler la fille Jones. Mais les images ne lui venaient pas.

Pour Augusta, un homme était innocent jusqu'à preuve du contraire. : Être en possession d'une fichue chaussure et quelques empreintes digitales sur la voiture de la victime n'étaient pas des preuves suffisantes. Il avait fait le plein de sa voiture, non ? Alors bien sûr que ses empreintes seraient sur sa voiture.

Mais qu'est-ce qu'il faisait autour d'Oyster Point ? C'est cela qui intriguait Augusta. Mais la différence entre elle et Caroline, c'est qu'elle n'avait pas peur d'aller lui demander au lieu de publier toute sa vie.

Elle fixa sa photo du regard, son visage diaboliquement beau, puis mit le journal de côté, fouinant un peu plus. Elle trouva des notes d'une réunion, beaucoup de références à Patterson en sténo, que des questions qui pour Augusta présumaient sa culpabilité.

Pourquoi donc est-ce que Caroline était si acharnée à ce que le gars soit arrêté et condamné ?

Augusta fureta dans les journaux qu'elle tenait à la main. Trois au moins comprenaient des manchettes sur Patterson. Du harcèlement. C'est ce qu'elle ressentait. L'épreuve du gars touchait une corde sensible au plus profond d'elle-même. Certes, elle avait un faible pour les opprimés. Selon elle, il était opprimé en ce moment comme personne.

Est-ce qu'il y avait au moins quelqu'un d'autre qui se demandait si cet homme était innocent ? Quelqu'un ? Quelque part ?

Elle jeta un œil à son carnet. Elle avait juste un objet d'écrit, le lustre dans le hall. Mais elle n'avait soudain plus aucune envie de passer le reste du bureau en revue, du moins pas aujourd'hui. Elle pourrait toujours revenir un autre jour. Ian Patterson lui n'aurait peut-être pas d'autre jour.

Se sentant maintenant en mission, elle étudia de près toutes les notes de Caroline. Elle trouva enfin ce qu'elle cherchait : des numéros de téléphone et des adresses, tout ce qui pourrait l'aider à dénicher Patterson. Puis elle se leva, remit son calepin et son stylo dans son sac à main et sortit.

Qui a tué Amy Jones ?

Après plus de six semaines, les policiers n'étaient pas plus près de la réponse.

L'intérêt initial des médias avait gardé l'attention sur l'enquête en cours. Elle n'était plus en première page. La chance que Pam avait de se faire un nom était en train de lui échapper.

Cela lui faisait bizarre de violer une scène de crime, même après tout ce temps et malgré le fait que le ruban jaune avait été enlevé depuis longtemps. Mais Caroline s'était battue pour elle et elle ne voulait pas la laisser tomber. Elle devait trouver quelque chose, n'importe quoi, pour ranimer l'histoire sans harceler Patterson.

Même Frank avait commencé à l'écouter, lui faisant des signes de tête approbateurs et l'incluant dans leurs réunions de planification du matin. C'était ce qu'elle avait attendu pendant toute sa carrière. C'était la raison pour laquelle elle avait passé deux ans à un poste administratif de merde, malgré son CV bien estimé. Et maintenant, au lieu d'envier le reste des journalistes, c'étaient eux qui l'enviaient, parce qu'elle travaillait sur la plus grande histoire potentielle de l'année, de la décennie peut-être.

Mais elle devait enquêter. Elle n'allait pas attendre que les rumeurs apparaissent sur son compte Twitter à deux heures du matin. Elle voulait être celle qui allait annoncer la nouvelle de dernière minute sur cette histoire. Elle voulait vraiment que ce vieux fou de Frank soit fier d'elle. Et peut-être qu'il y avait un peu de « je vous l'avais bien dit », parce que Frank n'avait pas cru en elle au début. Mais quand même, elle était vraiment fière qu'il trouve son travail assez bon pour l'imprimer en première page. Frank lui rappelait beaucoup son grand-père. Cela lui donnait envie de vivre selon les normes qu'il avait établies et qu'il suivait lui-même. Une des choses que Frank n'arrêtait pas de leur bourrer dans le crâne était que si on voulait une histoire, une vraie histoire, il fallait sortir et aller la chercher.

C'était donc ce qu'elle faisait.

Elle savait que Patterson vivait dans le coin, mais elle essayait de déterminer la raison exacte qui l'avait poussé à traîner près de la propriété des Aldridge. Caroline lui avait parlé de la chaussure et elle avait beaucoup lu. Des études suggéraient que l'on pouvait calculer l'emplacement de la base d'un tueur en série en notant les lieux où il s'était débarrassé des corps. Dans ce cas, il n'y en avait qu'un, mais l'étude impliquait qu'ils ne voyageaient pas loin de leur base pour commettre leurs crimes. On appelait cela le « modèle de décroissance avec la distance ». En fait, la plupart commençaient leur carrière de tueur dans leur propre quartier. Un fait qui la fit frissonner.

Et si elle découvrait des indices qui amenaient les enquêteurs à dénicher un cimetière macabre qui rivaliserait avec le cimetière privé de Pee Wee Gaskins ?

Si elle trouvait quelque chose comme ça, elle pourrait épater tout le monde avec un rapport d'enquête impitoyable qui inscrirait certainement son nom dans la lignée des prestigieux journalistes du *New York Times*. Imaginez où elle pourrait aller à partir de là : elle pourrait choisir son propre emploi, elle pourrait peut-être aller s'installer à New York et se faire un nom pour elle-même.

Se disant que cela n'allait déranger personne si elle se garait dans l'allée d'une maison vide, elle sortit de la voiture et se dirigea vers l'arrière, scrutant la propriété environnante. Même la journée, la maison était à l'abri des regards indiscrets, entourée de chênes noueux festonnés de belle mousse espagnole et de buissons d'azalées en fleurs. Le parfum des magnolias lui rappela le parfum de sa grand-mère. Le fait est que si on ignorait ce qui était arrivé dans ce jardin, si beau et si serein, on aurait pu se croire dans celui d'Éden.

C'est drôle comme la beauté peut être trompeuse...

26

Caroline ouvrit la porte de la maison d'Oyster Point un peu après dix heures du matin. Ça sentait encore le petit-déjeuner de Sadie, mais elle n'était plus là. Sa cuisine étincelait en son absence.

Elle passa par presque toutes les pièces du rez-de-chaussée, mais Tango était le seul signe de vie. La maison est trop grande, se dit-elle, se demandant comment sa mère avait pu se débrouiller toute seule pendant si longtemps. Cela lui donnait la chair de poule. Surtout depuis la mort de la fille Jones. Le cambriolage survenu après, connecté ou pas, n'aidait pas beaucoup. Vraiment, la seule raison pour laquelle elle se sentait chez elle dans cette maison était la présence de sa famille, de ses sœurs et de Sadie. Une fois parties, c'était comme un musée froid. La seule chose qui l'empêchait de se sentir carrément mal à l'aise en ce moment était le simple fait qu'au moment où elle avait franchi la porte, elle avait trouvé Tango couché sur le dos, paisiblement endormi. Il la suivait maintenant pas à pas, remuant joyeusement la queue.

Elle monta au premier, avec Tango sur ses talons. Quelqu'un avait fait descendre l'escalier du grenier et il y avait de la lumière. Elle appela les noms de Savannah et d'Augusta.

— Elle vient de partir ! répondit Savannah.

Caroline relâcha le souffle qu'elle avait retenu sans s'en rendre compte. Elle se mit à gravir les marches. Elle trouva Savannah penchée sur une demi-douzaine de cartons ouverts.

— Qu'est-ce que tu fiches ici ?

Savannah sourit à sa vue, les yeux pétillants de malice.

— J'aide Augie.

Caroline sentit immédiatement que la bonne humeur de sa sœur n'avait rien à voir avec l'inventaire d'Augusta.

— Désolée de ne pas avoir téléphoné, avança-t-elle timidement, avant que Savannah ait le temps de dire quoi que ce soit.

Savannah garda le sourire, mais elle continua de fouiller dans le carton ouvert devant elle.

— Pas de problème. J'étais pas inquiète.

Caroline fronça les sourcils.

— Vraiment ? Parce que moi j'aurais vraiment été en colère, et effrayée, si tu m'avais fait la même chose.

Savannah esquissa un petit sourire en coin.

— Je sais.

Mais elle continua de fouiller dans le carton, l'air aussi indifférent qu'elle prétendait l'être.

— J'arrive pas à te comprendre Sav, admit Caroline. Tu viens te fourrer dans mon lit, terrifiée par un cauchemar, mais tu t'inquiètes pas du tout quand t'as pas de nouvelles de ta sœur pendant toute une nuit ?

Savannah leva les yeux et sourit patiemment.

— J'étais pas inquiète parce que j'ai envoyé un texto à Jack hier soir pour lui demander s'il savait où t'étais.

— Et ?

Elle sourit.

— Il a dit oui, bien sûr.

Les joues de Caroline s'échauffèrent. Merde, quand est-ce que Jack avait eu le temps de s'arrêter et d'envoyer un texto ?

— C'est tout ? Il a rien dit d'autre ?

Le sourire toujours aux lèvres, Savannah se tut, fouinant dans le carton avec un air entendu qui échauffa encore plus le visage de Caroline.

— Alors quoi ! Tu vas rester là l'air béat ou tu vas me dire ce qu'il a dit ?

— Ça dépend.

— De quoi ?

Savannah arbora un large sourire.

— Ça dépend si t'as l'intention de te baisser et de m'aider à trier toute ces vieilles merdes ou si tu vas rester debout et me laisser étouffer toute seule dans la poussière.

Caroline cligna des yeux.

— Oh... Euh... d'accord, dit-elle en se mettant à genoux.

Savannah lui jeta un coup d'œil sans le moindre jugement.

— Il a dit que t'étais dans son lit.

— Seigneur ! Il t'a dit ça ? grogna Caroline.

— Ouais. Je lui ai juste demandé s'il savait où t'étais, et il a répondu avec trois mots : « Dans mon lit ». Tu veux voir son texto ?

— Non ! Quel con ! dit Caroline, mais sans beaucoup de conviction.

Pour une raison ou une autre, cela ne la gênait pas que Savannah sache, et à vrai dire, elle était même un peu soulagée. Mais c'était une tout autre histoire pour Augie.

— Est-ce que le reste de la planète sait que j'ai passé la nuit avec lui ?

— Non. J'ai juste dit à Augie que j'avais pu te contacter et elle est allée se coucher satisfaite de cette réponse.

— Et Sadie ? Elle a dû se demander où j'étais ce matin.

Savannah secoua la tête.

— Non.

Caroline se demanda ce que cela était censé vouloir dire. Est-ce que Jack avait envoyé un texto à tout le monde ?

— Tu veux dire qu'elle s'est pas posé la question ou qu'elle a pas demandé ?

Savannah la regarda l'air amusée.

— Elle a pas demandé.

— C'est juste que j'ai du mal à croire qu'Augie la petite maligne n'ait pas fait de remarque quand je me suis pas pointée au petit-déjeuner ce matin !

Savannah l'observa un instant.

— Elle a probablement pensé que tu dormais encore. T'as des regrets ?

La nuit avait été... merveilleuse. Chaque moment sensationnel. Mais Caroline ne savait pas encore comment évaluer tout ça.

— Pas exactement des regrets.

— T'es simplement pas prête à le faire savoir aux autres ?

Caroline acquiesça de la tête.

— Surtout pas Augie. Tu crois que c'est mal ?

Savannah haussa les épaules.

— Chacun mène sa propre vie, Caroline. Donc non. Tu dois faire ce que tu juges être bien, quoi que ce soit.

Elle retourna à sa tâche et Caroline regarda sa

sœur travailler. Elle ressemblait tellement à leur mère, ses mains régulières et sûres alors qu'elle triait méthodiquement le carton. Elle se sentit un peu libérée. C'était comme si tout ce qu'elle pensait savoir, son rôle dans la vie, surtout par rapport à ses sœurs, n'était pas du tout ce qu'elle avait pensé. Certes, elle était l'aînée, mais pour le moment, elle ne se sentait pas la plus mature.

Savannah est une vieille âme, se dit Caroline. Mais le fait qu'elle le découvre seulement maintenant lui donnait le sentiment d'être égoïste et superficielle.

Dès qu'elle était revenue à Charleston, elle s'était concentrée sur l'impact que les événements avaient sur elle. Augusta ne laissait pas grand-chose à deviner sur son ressenti. Mais Caroline ne s'était même pas demandé comment cela pouvait affecter Savannah. Elle réalisa que non seulement elle voulait mieux connaître sa petite sœur, mais que c'était aussi quelque chose qu'elle *devait* faire.

— Alors tout ça c'est pour la vente aux enchères ?

Savannah s'arrêta et leva le visage. Le visage de sa mère, avec une différence majeure. Aucune des lignes dures n'était présente. Ni non plus ce regard vide derrière ses yeux gris. Savannah avait le regard doux et gentil.

— Certains trucs. Pas tout, admit-elle. J'ai trouvé des choses que je soupçonnais même pas être là.

Elle fourra la main dans un autre carton et en sortit un ours en peluche rose sale.

— Comme ça.

Un instant, Caroline oublia Jack, oublia le journal, oublia ses regrets. En un éclair, l'ours lui rafraîchit la mémoire sur son lointain passé.

— Merde ! s'exclama-t-elle. Je me souviens de ces peluches ! Elles sont toutes là ?

Savannah hocha la tête, puis leva les yeux au ciel, comme si elle avait du mal à y croire elle-même.

Il y en avait cinq, des cadeaux de Pâques. Un pour chacun d'entre eux l'année de la mort de Sam. Caroline s'en souvenait, parce qu'après la disparition de Sammy, elle avait rangé son ours près du sien, en haut de son placard, en déclarant qu'elle était trop vieille pour jouer avec des ours en peluche.

Sentant que le carton intéressait Caroline, Savannah le poussa vers elle et la laissa regarder à l'intérieur.

Ils étaient là, tous entassés ensemble au fond du carton, comme des orphelins sales et effrayés. Caroline les regarda fixement, étudiant leur position au fond du carton. Ils étaient tous gentiment couchés côte à côte, rangés avec amour. Elle n'aurait jamais soupçonné que sa mère avait gardé ces cinq petits ours. Elle sentit un pincement au cœur qui menaça de produire des larmes. La gorge nouée, elle déglutit.

— Je suppose que Maman était beaucoup plus sentimentale qu'on le pensait, dit Savannah, refermant le carton et épargnant un nouveau débordement émotionnel à Caroline.

— Ouais, reconnut Caroline, s'installant à côté de Savannah sur le plancher du grenier.

Ensemble, elles examinèrent carton après carton tandis que déclinait la lumière pénétrant par les minuscules lucarnes.

Certains cartons contenaient des articles que Caroline était sûre de toucher avec crainte si elle connaissait leur valeur : des lampes Tiffany authentiques et des couverts en argent fin. De la porcelaine peinte à la main. Un ancien violon fait à la main qui semblait avoir deux cents ans. Trois mousquetons de l'époque de la guerre civile et un casque de soldat de l'Union. Ni elle ni Savannah ne savaient expliquer la présence de cette arme. À vrai dire, Caroline ne voulait pas savoir l'histoire qu'il y avait derrière. Elles échangèrent un regard perplexe et Savannah reposa l'objet historique dans le carton aux trésors.

Des cartons et des cartons remplis de trésors anciens étaient entassés au milieu de vieilles commodes poussiéreuses et de lavabos en porcelaine. Mais aucun ne reçut de traitement plus spécial que ceux contenant ces choses que Caroline n'aurait jamais imaginées présenter un intérêt pour sa mère. Son vieux spirographe. Un écran magique abîmé, devenu noir dans la chaleur du grenier. Un carton plein de ses devoirs de l'école primaire. Leurs uniformes scolaires. Et la flûte piccolo d'Augusta.

Caroline essaya de jouer un air, mais elle pouvait à peine se rappeler le placement des doigts.

Savannah la regarda et lui dit :

— Arrête s'il te plaît.

Caroline rit.

Elles passèrent les objets en revue pendant des heures, en bougeant les cartons et en fouillant dedans. Puis Caroline repéra une machine à écrire Hammond de 1915. Son sang ne fit qu'un tour. Elle la regarda fixement avec convoitise, admirant les anciennes touches dorées et la base en bois poussiéreuse mais intacte. Elle testa le chariot, il avança sans problème, comme si on l'avait huilé la veille. Elle avait besoin d'un bon nettoyage, mais sinon la machine était en parfait état.

Peu de choses matérielles avaient de la valeur pour elle, mais cette machine à écrire serait sans aucun doute au sommet de sa liste. En fait, si elle avait su qu'elle était là, à ramasser la poussière, elle l'aurait descendue du grenier depuis longtemps et lui aurait atribué une place d'honneur.

Elle se rendit compte que Savannah fixait aussi la machine à écrire du regard, les yeux écarquillés, comme un enfant émerveillé le matin de Noël.

Caroline n'avait pas vu ce regard chez sa sœur depuis si longtemps. De la joie pure, sans la moindre envie. Et elle savait que si elle voulait la garder pour elle-même, Savannah la lui laisserait sans se plaindre.

À bien des égards, Savannah était l'enfant oubliée. Caroline avait été la fille prodige, elle s'en rendait compte seulement maintenant. Augusta, l'enfant rebelle du milieu. Sammy arrivé, il était le bébé. Et Savannah... Eh bien, elle était la plupart du temps oubliée. On ne passait pas les vêtements aux enfants suivants chez les Aldridge, et même s'il est vrai que les rouspéteurs obtiennent toujours satisfaction, Savannah, elle, n'avait jamais bronché.

Caroline poussa la machine à écrire vers Savannah.

— Ça demande trop de travail, dit-elle. Elle est à toi.

Savannah cligna des yeux et la regarda.

— Vraiment ?

— Ouais, dit Caroline. Peut-être qu'avec tu vas te mettre à écrire ce best-seller et arrêter d'envoyer des textos sur ma vie amoureuse.

— Vraiment ?

Caroline acquiesça de la tête.

— Oh, mon Dieu ! C'est vraiment génial ! s'écria Savannah.

Caroline se mit à rire. Le petit coin de son âme qui ressemblait auparavant à un trou béant, à un abîme, semblait en quelque sorte un peu moins vide.

27

Caroline et Savannah passèrent toute la journée à trier les cartons, jusqu'à ce que la nuit tombe et que l'ampoule au plafond ne soit plus suffisante pour éloigner les ombres.

Savannah se gratta le bras au-dessus de son plâtre.

— Ça devient flippant ici.

— Ouais, on va arrêter et redescendre avant qu'Augie rentre. J'ai presque envie de mettre les cinq ours dans son lit ce soir.

Savannah ricana.

Caroline se demandait si Jack avait appelé. Elle se sentait un peu coupable d'ignorer son travail et son téléphone, mais elle n'avait pas passé de bon temps avec sa sœur depuis bien trop longtemps. Elle regrettait seulement qu'Augusta n'ait pas été avec elles. Son humour caustique leur avait manqué. Caroline était sûre qu'elle aurait trouvé beaucoup de choses à dire sur le carton de costumes à larges épaulettes de leur mère, typiques d'une femme d'affaires des années 80. Elle et Savannah avaient beaucoup ri à leur sujet, surtout quand Sav avait décidé d'essayer les vestes poussiéreuses et froissées. Elle ressemblait à une Lady Gaga ayant le sens des affaires, surtout quand elle attrapa un abat-jour à franges dorées et se le mit sur la tête.

La chose la plus surprenante qu'elles découvrirent, une fois tous les cartons ouverts, était que les costumes étaient les seuls objets personnels que Flo avait conservés.

Du point de vue présent de Caroline, il était facile de voir ce que sa mère valorisait. Tout le reste dans le grenier était soit une antiquité précieuse, soit quelque chose qui appartenait à l'un des enfants. Pour ce qui était des objets personnels, elle avait beaucoup plus tendance à jeter quelque chose dont elle était lasse qu'à le garder. Toute une section était consacrée à Sammy. Ce n'était pas surprenant. Chaque objet de sa chambre avait été monté ici et mis de côté avec amour.

Elles refermèrent et empilèrent les cartons, de façon à pouvoir facilement les descendre plus tard. Pour l'instant, Caroline n'avait pas envie de les descendre toute seule, et il n'y avait pas moyen que Savannah l'aide avec son bras cassé.

À l'heure du dîner, Augusta n'était toujours pas là. Elles commencèrent à s'inquiéter. Caroline essaya en vain de lui téléphoner. Savannah essaya aussi, juste au cas où elle serait en colère contre Caroline pour une raison ou une autre. Avec Augusta, on ne savait jamais. Environ une heure plus tard, elles appelèrent Sadie et Josh. Caroline appela aussi Frank au bureau.

Personne ne savait où était Augusta.

La note que Caroline avait reçue semblait venir d'un bon de commande.

S'il y avait eu une adresse imprimée au coin supérieur gauche, elle avait été découpée, laissant seulement la partie avec les chiffres et le numéro du bon de commande au coin supérieur droit. Jack ne croyait pas que c'était par hasard si le nombre avait été laissé sur le bordereau. Quelqu'un voulait qu'il trouve le carnet de bordereaux dont la page avait été arrachée.

Un défi peut-être ?

Par mesure de précaution, il s'arrêta à la gendarmerie et passa le bordereau sous une lampe judiciaire. Pas encore tout à fait prêt à s'en défaire, il l'observa lui-même au lieu de la remettre au département des preuves. Les ultraviolets révèleraient peut-être des empreintes. La lampe marchait comme la lumière bleu vert fluorescente d'un laser ou d'une lampe à incandescence utilisée sur les couvre-lits pour révéler des traces de sperme dans les fibres. S'il y avait des matières organiques dans le papier, il apparaîtrait jaune sans l'ajout de poudres ou de colorants. Mais le genre d'analyse des empreintes digitales vraiment nécessaire pour exposer des preuves cachées, des empreintes invisibles à l'œil nu, était un peu plus compliqué et nécessitait l'intervention du département médico-légal. Ce genre d'empreintes pouvait perdurer jusqu'à quarante ans, donc cela pouvait attendre vingt-quatre heures de plus, le temps qu'il vérifie certaines choses. En plus, personne n'aurait le temps d'y jeter un œil avant lundi, surtout qu'ils se disaient tous avoir tout le temps devant eux. Sans autre corps, l'attitude qui prévalait était que c'était un homicide isolé. Et Jack n'avait aucun moyen d'obtenir le feu vert pour faire venir travailler les gens un samedi, quand un agent moyen croulait déjà sous le nombre de dossiers et que le temps libre était limité.

Il avait presque fini son examen rapide quand Josh Childres entra d'un pas nonchalant.

— Quand on parle du loup..., dit-il.

— Ça alors, si c'est pas mon gars ! le taquina Jack.

Travailler pour le bureau du procureur du district doit être bien pour toi. Ça a certainement fait des merveilles pour ta garde-robe.

Josh tournoya sur lui-même comme pour faire une démonstration.

— Tu aimes ça ? Armani. Faut avoir belle allure, tu sais. Ces jours-ci, la Maison-Blanche semble pas être si loin que ça.

Jack devait bien le reconnaître, Josh ressemblait à un vrai homme politique avec son costume gris et ses chaussures noires brillantes. Il lui lança un sourire en coin.

— Je suppose que t'as de quoi t'occuper à mettre cet héritage à bon escient.

— Oh que oui !

— Tu vas être prêt si James Island arrive à être indépendante de la ville.

— T'as sacrément raison, répondit Josh avec un clin d'œil. En attendant, je viens faire mon travail en tant que larbin du procureur du district et rapporter les preuves repérées pendant un cambriolage chez Greene.

— Ils ont finalement trouvé qui c'était ?

— Peut-être. Ils ont les empreintes digitales d'un gosse sur une batte retrouvée dans une poubelle, pas loin du bureau de Daniel. Je voulais voir si ça colle avec la pièce à conviction qu'on a. Et toi, qu'est-ce que tu fais ? Je sais que t'es arrivé à enjôler Kelly pour qu'elle renonce à son samedi matin et qu'elle vienne vérifier la base de données chiante des personnes disparues pour toi.

Jack cligna des yeux, surpris.

— Non, dit-il en secouant la tête. Je lui ai rien dit. J'ai aucune idée pourquoi elle ferait ça. Je lui ai pas demandé de faire ça.

— Peu importe, déclara Josh. Alors, qu'est-ce que tu fais au bureau aujourd'hui ? Je croyais que t'étais peut-être trop occupé à te frotter contre les jambes de Caroline.

Jack se rassit dans son fauteuil et croisa les bras.

— Tu te souviens du morceau de papier à propos duquel elle t'a appelé ? Celui que tu lui as dit de m'apporter ?

Josh croisa les bras et s'adossa au chambranle.

— Purée, je lui ai juste dit ça parce que je croyais que cela vous donnerait une raison de ranger vos couteaux et de vous mettre au travail. Tu crois qu'il appartient à l'assassin ?

— Aucune idée, admit Jack. Mais il y a un détail qu'on n'a pas rendu public et qui pourrait expliquer le message.

— Ah oui ?

— Ouais. Ça pourrait aussi être rien du tout. Je suis en train de vérifier les empreintes.

Josh secoua la tête.

— Pourquoi est-ce que c'est *toi* qui fais ça ? On a un département médico-légal pour s'occuper de ça, Jack.

— Parce que je vais l'emporter avec moi et frapper à quelques portes.

Josh se leva et baissa les bras, signalant qu'il devait arrêter.

— OK, j'en ai assez entendu. Ne rends pas mon boulot plus difficile, mec. Si tu crois que ça a un rapport et que tu le répertories pas comme une preuve, assure-toi bien de pas le perdre de vue !

Jack lui lança un petit sourire. Trop tard, se dit-il. Il l'avait perdu de vue pendant environ sept heures, pendant que lui et Caroline étaient redevenus intimes. Mais il n'allait pas avouer ça à Josh. Et ça n'avait rien à voir avec l'affaire. De toute façon, il n'aurait pas pu apporter la note à la gendarmerie à cette heure de la nuit. Et personne ne l'avait touchée.

— M'en dis pas plus, insista Josh en se retournant pour s'éloigner. Je dois garder les oreilles pures !

— Bien sûr. Tu peux pas risquer ta candidature, plaisanta Jack. Sinon, comment est-ce que tu pourrais gagner le cœur d'Augie ?

Josh rit.

— J'ai renoncé à ces conneries depuis longtemps ! Mais si tu veux pas de Kelly, j'ai un faible pour les blondes, révéla-t-il, en particulier une sexy qui renonce à un samedi pour plaire à son homme.

Jack rejetait de tout cœur l'idée d'une relation intime avec quelqu'un d'autre que Caroline. Comme un corps rejette des organes étrangers de types sanguins différents. Mais il ne prit pas la peine de le corriger. Quoi qu'il en soit, il revenait à Caroline de parler à Josh et au reste de la famille. Si elle avait l'intention de leur dire.

— Bon, OK, à plus, lança Josh.

Il se dirigea vers le hall d'entrée, ses chaussures noires brillant comme un miroir sans tain.

— Salis pas ces belles chaussures !

Dans son sillage, le couloir renvoya l'écho du rire de Josh.

— T'inquiète pas, détective, lança-t-il du hall. Je connais un super bon cireur de chaussures !

Secouant la tête, Jack se retourna pour terminer l'examen du document sous la lampe judiciaire. Légalement, il n'était pas encore obligé de déclarer la pièce à conviction. Comme des bagages à l'aéroport, tant qu'il ne s'en défaisait pas, il n'aurait pas de problèmes avec le bureau du procureur du district. Ils voulaient juste s'assurer que la pièce restait intacte, du moins d'un point de vue juridique. Ils voulaient que rien ne fasse obstacle à une inculpation.

Après avoir fini, il entra littéralement dans chaque petit commerce dans un rayon de huit kilomètres du domicile de Patterson.

Selon les données, les tueurs en série vivaient et travaillaient dans les régions où ils traquaient leurs victimes. Ils travaillaient comme instituteurs ou prêtres, des positions de confiance vers lesquelles les gens vulnérables se tournaient. Ils avaient souvent aussi un passé d'inconduite sexuelle, soit présumée soit réelle. Patterson ne travaillait pas en ce moment, mais il avait deux choses qui jouaient en sa défaveur : il était prêtre et il vivait dans la région.

En fin d'après-midi, Jack n'avait pas trouvé le carnet dont le bordereau avait été arraché. Mais il ne s'était pas attendu à trouver si peu de gens qui utilisaient ce type de carnet. Avec la technologie, les gens étaient plus susceptibles d'utiliser des bordereaux générés par ordinateur. De ce qu'il savait, son gars aurait pu acheter un carnet tout neuf dans un magasin de fournitures de bureau. Mais il ne pensait pas que c'était le cas. Le numéro du bon de commande était significatif. On n'arrachait pas le coin d'un morceau de papier sans raison...

Il s'assit dans sa voiture, le regard fixé sur le sac scellé.

Mon Dieu, peut-être que c'était *quand même* une note au hasard, sans rapport.

Peut-être qu'il poursuivait des ombres.

Et peut-être que c'était comme il l'avait dit à Caroline : juste la carte de visite d'un accro de la Bible. Peut-être. Mais ses tripes lui disaient que non, et elles l'avaient servi sans réserve pendant ses quatorze ans de travail à la police. Néanmoins, à ce stade, il n'avait absolument rien d'autre qu'une intuition.

Son téléphone vibra dans sa main et le fit bondir. C'était Caroline.

Il se força à sourire avant de répondre, espérant que ce sourire joint au simple plaisir d'entendre sa voix éliminerait les traces de son énervement.

— Tu vas en avoir marre d'entendre ma voix.

— Jamais. Qu'est-ce qui se passe Caroline ?

Caroline s'assit sur la plus haute marche de la véranda et pressa le téléphone contre son oreille. Entendre la voix familière de Jack la réconfortait.

— Probablement rien.

— Mais... ?

— C'est Augusta. Elle a pas été là de la journée. Personne sait où elle est.

— Josh non plus ?

Caroline donna des coups de pied dans les restes de coquilles d'huîtres.

— Non, lui non plus. Il est ici.

— Chez vous ?

— Ouais. Seigneur, qu'est-ce qu'elle m'agace ! Elle a dit qu'elle allait aller au bureau faire l'inventaire. Frank a confirmé qu'elle était là vers onze heures, mais elle est partie presque aussitôt après être arrivée et personne ne l'a vue depuis. *Personne.*

Jack garda le silence. Elle tira des conclusions hâtives et son cœur se mit à battre plus fort. Contrairement à la léthargie qu'elle avait ressentie à la mort de sa mère, la pensée même que quelque chose puisse arriver à l'une de ses deux sœurs la faisait hurler à l'intérieur d'elle-même. Elles étaient tout ce qui lui restait.

— Je m'inquièterais probablement pas, sauf que…

Des phares apparurent soudain dans l'allée, interrompant Caroline. Elle se leva, terrifiée que ce soit la police venant lui apporter de mauvaises nouvelles.

— Caroline ?

La voiture approcha. Elle vit que c'était la Town Car de leur mère. Augusta était au volant. Complètement inconsciente du fait qu'elle les avait toutes laissées s'inquiéter à son sujet, sa sœur fit bonjour de la main, un large sourire aux lèvres tandis qu'elle garait la voiture.

— Caroline ?

— Désolée, Jack. Fausse alerte, dit-elle. Elle est rentrée. Mais tu devrais peut-être venir parce que je vais la tuer dans deux minutes !

Elle sentit Jack sourire à l'autre bout.

— Sois pas trop dure avec elle, Caroline. Rappelle-toi, t'as fait la même chose la nuit dernière. Elle est saine et sauve, c'est ce qui compte, non ?

— Oui, t'as raison, dit Caroline, sans vraiment écouter. Je te rappellerai, promit-elle.

Puis elle raccrocha alors qu'Augusta sortait de la voiture. Elle posa les mains sur ses hanches.

— Merde alors, où est-ce que t'étais passée ?

Augusta monta les marches d'un pas nonchalant, tout sourire, et répondit l'air effronté :

— Ça te regarde pas, mon petit chou !

Caroline se dit qu'elle avait peut-être bu.

Savannah et Josh sortirent, suivis de Sadie.

Augusta s'arrêta net, les yeux fixés sur la véranda.

— Vraiment ? demanda-t-elle, furieuse. C'était la peine de réunir un congrès parce que j'étais pas là ?

— On était inquiets, expliqua Caroline.

— T'aurais pu appeler, la réprimanda Josh, soutenant Caroline.

Augusta mit les mains sur ses hanches de façon défensive.

— Merde alors ! Est-ce que je suis tombée dans une machine à remonter le temps ? Depuis quand est-ce que je dois vous rendre des comptes ?

Elle regarda Josh d'un air accusateur.

— Surtout à toi !

— Depuis qu'il y a un tueur en cavale, insista Caroline.

Augusta éleva le ton de sa voix :

— Vraiment, Caroline ? Et toi, où diable est-ce que t'étais la nuit dernière ?

Le visage de Caroline s'échauffa, mais elle n'allait pas laisser Augusta retourner la situation. Une erreur n'en excusait pas une autre.

— Ça te regarde pas !

— Eh bien, *mon* itinéraire ne *te* regarde pas non plus ! répliqua-t-elle. Et je *sais* où t'étais, mais au moins j'ai eu le bon goût de pas te poser de questions. T'es peut-être l'aînée des Aldridge, mais t'es *pas* ma mère ! En fait, ma mère n'en avait jamais rien à foutre où j'étais. Alors je vais sûrement pas commencer à rendre des comptes maintenant !

— Sérieusement, Augusta ? Pourquoi est-ce que t'es tellement sur la défensive ?

Augusta avait un regard lumineux et rempli de colère.

— Parce que t'es agressive ! répondit-elle, donnant un coup de poing en l'air en passant devant Caroline.

Elle s'arrêta un instant.

— T'es tellement occupée à incriminer les gens que tu sais même pas quand t'arrêter !

Elle s'éloigna, laissant Caroline confuse par son accusation.

Caroline n'avait aucune idée de l'origine de tout

cela ou pourquoi Augusta l'attaquait. Elle gravit les marches derrière sa sœur. Les autres s'écartèrent pour les laisser passer, comme la mer Rouge.

— Juste au cas où t'aurais oublié, c'est toi qui voulais organiser cet événement pour collecter des fonds, Augie ! Savannah et moi on a travaillé comme des forçats avec ces cartons toute la journée, en attendant que tu rentres. On n'est pas en colère parce que t'as rien fait avec nous, on était juste inquiètes, pour l'amour de Dieu !

Augusta entra dans la maison, lâchant la porte sans regarder derrière elle. Caroline se la prit presque en pleine tête. Elle tendit la main pour bloquer la porte et suivit sa sœur.

— Arrête de fuir !

Augusta tourna vers elle en trombe, hurlant d'indignation :

— Tu te fous de moi, hein !

Même Tango, qui dormait près de la porte, gémit et s'enfuit en courant, la queue entre les pattes.

— Non, bon sang ! On était inquiètes !

— T'es qu'une hypocrite, Caroline ! Ça fait des années que tu fuis tout. Tu t'es enfuie de ce coin pourri il y a dix ans sans jamais regarder en arrière. Tu m'appelais rarement, et je suis sûre que t'appelais Savannah rarement aussi, mais elle a trop l'esprit de martyr pour se plaindre ! Tu te fichais de ce foutu journal et des valeurs que Mère défendait. Et puis tu reviens ici et tu agis comme si elle était ton héroïne ou quelque chose comme ça ! Tu mets ses escarpins rouge rubis, tu claques des talons trois fois, et tout à coup elle est la bonne sorcière ! Au moins, moi je m'en tiens à ce que j'ai toujours dit !

Caroline recula d'un pas à la véhémence de son discours.

— Sérieusement ? Tout ça parce que j'étais inquiète pour toi ?

Augusta la foudroya du regard.

— Non ! Tout ça parce que les choses changent pas simplement quand tu veux qu'elles changent, dit-elle.

Sur ce, elle se retourna et monta les escaliers en courant.

28

Tandis que Tango s'étirait paisiblement à côté d'elle sur le lit, Caroline tournait et se retournait, se souvenant de l'expression sur le visage d'Augusta. Pas même le souvenir de Jack n'arrivait à apaiser l'ulcère que la tirade d'Augusta avait suscité en son âme.

Augusta avait toujours été celle dont Caroline se sentait la plus proche. Avec seulement onze mois d'écart, elles avaient toujours eu tant de points en commun, y compris leur puissant mécontentement contre leur mère. Celui d'Augie était juste plus à fleur de peau, tandis que Caroline se donnait du mal pour enfouir le sien sous une montagne d'apathie.

Quand elle et Augusta avaient passé l'âge des poupées, Savannah jouait toujours à la dînette et invitait leur mère. Elle participait seulement par procuration, trop occupée, même le samedi matin, pour s'attarder autour des crêpes de Sadie. Caroline et Augusta avaient accepté cela. Elles avaient pitié de Savannah qui, avec son optimisme perpétuel, gardait une place disponible, éternellement vide.

Avec les années, le gouffre s'était élargi entre elles,

jusqu'à ce que même l'optimisme de Savannah devienne une source d'irritation. Pas seulement parce que Caroline ne pouvait pas supporter de voir sa petite sœur constamment déçue, mais parce que la source de l'espoir et de la bonne volonté de sa sœur ne faisait que mettre en relief ses propres sentiments enfouis.

Quand Caroline entendit pour la première fois la chanson « Cat's in the Cradle », elle avait facilement mis Flo dans le rôle de « Papa ». Elle ne savait pas qui était le petit garçon bleu ou l'homme sur la lune des comptines, mais elle savait intimement ce qu'ils ressentaient. Ce que la chansonnette ne disait pas, elle pouvait le lire entre les lignes. La déception tournée en colère. L'attitude d'Augusta à la « prends-toi ça dans les dents maman et dis-moi ce que tu ressens » au lieu des enfants à la Dolce & Gabbana.

Elle essayait de voir les choses du point de vue de sa sœur, mais n'arrivait pas à dépasser la douleur infligée par sa colère et son incrimination.

Aux yeux de Caroline, il semblait y avoir une accumulation volcanique d'émotions juste sous la surface de la peau d'Augusta. Probablement depuis leur enfance. Caroline ne s'était simplement jamais rendu compte qu'une partie était dirigée contre elle.

Regarde-toi honnêtement dans le miroir.

Augusta avait raison. Caroline s'était éloignée et n'avait jamais regardé en arrière. Jusqu'à ce que la mort de leur mère la ramène brusquement à la maison, comme un élastique trop étiré. Et alors ses pensées avaient été complètement égocentriques.

Est-ce qu'elle ressemblait tant que ça à sa mère ?

Elle avait laissé tomber ses deux sœurs. Jointe au regard de surprise sur le visage de Savannah quand elle lui avait laissé la machine à écrire, l'accusation d'Augusta sur son caractère la faisait se sentir froide et égoïste comme personne.

Sa mère avait au moins eu l'excuse de la maladie mentale. Flo avait été cliniquement déprimée depuis la disparition de Sammy.

ÉCOUTANT TANGO RESPIRER PAISIBLEMENT, Caroline regrettait de ne pas être un chien. Seul un chien pouvait dormir aussi paisiblement, même face à une perte.

Elle se rendit compte qu'il avait à nouveau glissé la chaussure dans le lit, mais elle n'avait pas le cœur de la retirer, même si sa vue lui filait les jetons. Elle espérait, au moins, que c'était la chaussure gauche, pas la droite. Quelque chose dans cette chaussure la mettait mal à l'aise. Même si Patterson l'avait trouvée de façon aussi innocente qu'il le prétendait.

Augusta semblait certainement assez disposée à le croire. Mais Caroline n'arrivait pas à imaginer comment sa mère avait tout simplement pu perdre une chaussure dans les bois. Elle n'aurait pas pu non plus laisser Tango s'enfuir avec.

Caroline était contente qu'Augusta ait la collecte de fonds pour lui changer les idées. La dernière chose dont elles avaient besoin était une autre raison de se disputer. Ou une autre cause à défendre pour Augie.

LA MAISON de Karen Hutto était située à l'autre bout de l'avenue East Ashley. L'une des dernières maisons avant la route qui menait à la station abandonnée des garde-côtes. En période de pointe estivale, les gens se servaient de l'accès à la plage. Mais pendant la morte-saison, l'emplacement était un peu désolé, entouré de vieilles maisons et de broussailles de plage. La petite maison jaunâtre blanchie par le soleil était construite sur des pilotis usés par les éléments. Avec son toit gris délavé et sa peinture écaillée, elle faisait penser Augusta à la femme qui ouvrit la porte.

Menue, les cheveux bruns légèrement gras, naturellement ondulés avec des reflets blonds qui n'avaient pas été retouchés depuis des mois, Karen Hutto ressemblait à une enfant sur un poster contre le désespoir. Les yeux cernés, hantés, elle portait un T-shirt long qui avait apparemment vu sa part d'inquiétudes. Le coin gauche était froissé et tordu, comme si elle était restée assise pendant des heures à froisser le tissu avec diligence. La question dans ses yeux était surtout inconsciente.

— Madame Hutto... Augusta Aldridge.

Le regard de Karen Hutto s'illumina légèrement et elle fit oui de la tête en signe de reconnaissance.

— La sœur de Caroline ?

Augusta acquiesça.

Elle ouvrit la porte en grand.

— Entrez s'il vous plaît, dit-elle. J'étais... en train de lire, ajouta-t-elle en haussant les épaules.

Ne sachant si c'était la bonne chose à faire, Augusta hésita à la porte. Mais elle était là, alors pourquoi pas entrer ?

— Qu'est-ce que je peux faire pour vous ? demanda Karen Hutto.

Augusta entra.

— Je voulais juste vous parler, dit-elle, un peu hésitante. Je pensais que peut-être... je pourrais... vous aider en quelque sorte.

Mais le mot « aider » lui parut soudain manquer de sincérité. Elle était venue parce que Caroline croyait qu'il y avait un rapport entre la disparition d'Amanda Hutto et Ian Patterson. Augusta espérait trouver la vérité, de sorte que s'il n'y avait pas de rapport, Caroline ne s'acharnerait peut-être pas autant à poursuivre un innocent. Mais face au chagrin et à la douleur évidente de Karen Hutto, elle voulait s'excuser et s'en aller.

Mais en fin de compte, Augusta devait connaître la vérité. Le seul problème était... comment s'y prendre sans bouleverser la femme fragile debout devant elle ?

— Je crois savoir ce que vous devez ressentir, commença-t-elle.

Pour une fois, les piètres condoléances avaient au moins un fondement.

— Pas exactement, mais je ne sais pas si Caroline vous a dit... notre petit frère a disparu comme votre fille. Il avait quatre ans.

Karen Hutto écarquilla les yeux.

— Oh, non ! Elle m'a pas dit, réagit-elle, le regard vitreux.

— Ça va, c'était il y a longtemps, reprit Augusta.

Karen la fit entrer dans le salon, où elle déballa toute son histoire et toute sa vie.

— Tu vas jamais prendre ta retraite, hein ? demanda Caroline à Sadie.

Sadie était à la cuisinière, fredonnant « In the Sweet By and By » tout en essuyant avec amour l'acier inoxydable.

— Bonjour ! lança-t-elle, répondant à la question de Caroline par une fausse remontrance. C'est pas une cuisine qu'on peut négliger, et je crois pas que vous ou vos sœurs vous allez lui donner les soins qu'elle mérite. Enfin bon, je suis allée au marché hier, j'ai acheté des fruits frais. J'ai coupé des oranges et des poires et j'ai ajouté des mûres pour vous.

Elle montra l'îlot de cuisine du doigt.

Après une nouvelle nuit agitée, Caroline avait du mal à prendre part à la joie matinale de Sadie. Mais elle était reconnaissante de sa présence et du petit-déjeuner. Si elle se sentait l'âme vide, au moins son estomac serait plein.

S'aventurant dans la cuisine, elle s'assit à l'îlot.

— Alors, je suppose que t'as ajouté le dimanche à ta liste de jours à consacrer à la cause Aldridge ?

— Ma fille, combien de fois est-ce que je vous ai dit que je suis là parce que je le veux, peut-être qu'un de ces jours vous allez me croire ! répondit Sadie, exaspérée.

Caroline comprenait l'idée de prendre soin des gens. Ce qu'elle ne comprenait pas c'était pourquoi Sadie continuait à exercer les fonctions pour lesquelles elle avait été payée toute sa vie quand elle n'avait plus besoin de le faire.

— Est-ce que t'as mangé au moins ?

Sadie sourit.

— Bien avant que vous pensiez même à essuyer le sommeil de vos longs cils. Vous savez qu'il y a des gens maintenant qui se tatouent les paupières ? Vous pouvez imaginer avoir des aiguilles si près de vos yeux ?

Elle changeait le sujet de la conversation, bien sûr, mais cela fit sourire Caroline.

— Tu sembles toujours savoir exactement quoi dire pour me faire me sentir mieux.

Sadie se dirigea vers l'îlot pour y poursuivre son nettoyage.

— J'ai aidé votre petit derrière osseux à grandir, hein, alors je sais ce qui vous tracasse avant même que vous réalisiez que quelque chose vous tracasse. Rappelez-vous bien ça, ajouta-t-elle en pointant un doigt tordu vers elle.

Caroline dévisagea Sadie. Elle ne semblait pas vieillir, malgré son sang et sa sueur versés dans cette maison. En fait, elle semblait être la seule à endurer ce qui se passait. Avec amour, elle cousait et recousait avec persévérance les fils usés de leur tapisserie familiale.

— Je t'aime beaucoup Sadie.

Les mots lui vinrent avant même de réaliser les avoir pensés. Mais c'était la première fois que Caroline se souvenait les avoir jamais dits à Sadie, dont les yeux s'embuèrent de larmes.

— Je sais, ma fille.

Caroline tira le bol de fruits à elle et fixa des yeux le mélange aux couleurs orange, vert et violet. Elle resta un instant sans pouvoir parler, sachant que Sadie la regardait de bien trop près. Elle avait un nœud dans la gorge, de la taille d'une orange. Les larmes lui vinrent avant qu'elle puisse les arrêter. Elle les essuya.

— J'arrive pas à trouver ma voie, Sadie, dit-elle en sanglotant.

— Mais vous y arriverez, répondit Sadie, ses yeux noirs brillant. Vous avez l'esprit tenace de votre Mama.

Les larmes de Caroline redoublèrent.

Sadie posa son éponge, mais ne courut pas aux côtés de Caroline. Elle savait que celle-ci l'aurait instinctivement repoussée.

— Vous avez pas besoin d'écouter votre sœur, hein ? Augusta a ses propres démons, comme nous tous. Elle fait de son mieux. Tout comme vous faites de votre mieux. Des fois on sait quoi faire, et des fois on sait pas. On est tous humains, c'est tout, ma fille. On met juste un pied devant l'autre, hein.

Caroline s'essuya les yeux.

— J'ai l'impression qu'elle déteste tout ce que je fais !

Sadie secoua la tête.

— Non, ma fille. Elle vous aime, tout comme au fond elle aime aussi votre Mama. Augusta est juste une petite fille effrayée. Elle montre sa peur et son amour par sa colère. Je sais que c'est pour ça qu'elle est aussi tellement en colère contre moi !

Elle pointa un doigt tordu vers Caroline, comme si elle voulait dire quelque chose de plus, puis secoua la tête.

— Allez, vous inquiétez pas pour Augusta, hein. Elle va tout comprendre, juste comme vous.

Caroline acquiesça de la tête.

— Je suppose que c'est pour ça que t'es venue ce matin ?

Sadie releva le menton, les mains sur les hanches en geste de défi.

— Pourquoi ?

Caroline planta sa fourchette dans un morceau de fruit.

— Pour que je me sente mieux après la nuit dernière ?

Sadie soupira.

— Je suis venue parce que vous pourriez pas être plus mon enfant s'ils vous avaient sortie de moi en criant et en vous débattant, hein ! Oui, je savais que vous alliez être en colère.

Caroline ouvrit la bouche pour répondre, mais Sadie n'avait pas tout à fait fini.

— *Et* je suis venue pour la même fichue raison que ma grand-mère s'est pas enfuie d'ici en criant quand ils lui ont donné sa liberté. Et pour la même fichue raison que sa fille et ma mère ont pas cherché une autre place quand elles en avaient le droit. Depuis plus de cent quatre-vingts fichues années, nous les Childres et les Aldridge, on s'entend à merveille. Et juste parce que la couleur de ma peau est pas la même que la vôtre veut pas dire que je suis pas proche de vous, Caroline.

Caroline ouvrit la bouche pour parler, mais Sadie leva un doigt pour l'arrêter.

— En plus, j'aimais beaucoup votre Mama têtue ! Elle était mon amie, pas simplement ma patronne. Pourtant, je vous assure qu'on a eu nos années de bagarre.

— Toi et Maman ?

Caroline n'aurait jamais pu deviner. Flo n'avait jamais adressé un mot de travers à Sadie ni rien dit de mal sur elle.

— Oui, moi et votre Mama ! Comme j'ai dit, on est tous humains, hein. On a tous nos défauts. Y en a qui les gardent plus près de la surface et y en a qui les enterrent au fond d'eux-mêmes.

Caroline rumina sur ce point tout en mâchant ses fruits. La curiosité l'emporta.

— Sur quoi est-ce que vous vous êtes disputées ? Sur nous ?

— Ça, ça vous regarde pas ! déclara Sadie. Et pendant qu'on y est, je peux vous dire aussi que votre Mama a essayé de me donner la moitié de cette propriété il y a dix ans, avec une part du *Tribune*, mais je lui ai dit non.

Caroline haussa les épaules.

— Pourquoi refuser ? Elle a fini par te les donner à sa mort de toute façon, non ? T'aurais pu en profiter dix ans plus tôt.

— Parce que je voulais qu'elle réfléchisse sérieusement à la possibilité de donner un morceau de cette terre à la ville comme je vous ai déjà dit. Ma vie va pas beaucoup changer avec ou sans de toute façon. Qu'est-ce que vous voulez qu'une vieille comme moi fasse avec un tas de briques cuites et beaucoup trop d'hectares de boue puante ?

29

— Alors vous êtes là parce que vous croyez *pas* que Patterson a un rapport avec la disparition d'Amanda ?

Il y avait un mélange déchirant de crainte et d'espoir dans le regard de Karen Hutto.

Augusta répondit avec soin, se rappelant qu'elle cherchait à connaître la vérité. Elle n'était pas là pour prouver que Patterson était innocent. À moins bien sûr qu'il le soit.

— Non. Mais j'ai peur que ma sœur soit tellement déterminée à trouver des réponses que peut-être elle soit prête à arrêter de poser les bonnes questions. Ma sœur se soucie énormément, Madame Hutto, mais je crois qu'elle est trop proche de tout ça. C'est tout à fait possible que Patterson soit innocent. Et si on est trop prompts à l'épingler, on pourrait passer à côté de... la vérité.

Les yeux de Karen Hutto se mirent soudain à briller de colère.

— Qu'est-ce qui vous fait penser que ce gars est innocent ?

Si défendre Patterson était l'impression qu'elle

donnait, alors elle était pas meilleure que Caroline, réalisa-t-elle.

— Je dis pas ça non plus. C'est juste que toute la vie d'un homme est en jeu. S'il est innocent...

Augusta laissa la possibilité ouverte, espérant que Karen Hutto verrait l'injustice.

— Mais il est pas innocent ! Il faut être un monstre pour agresser un enfant et cet homme a déjà des charges contre lui pour ça. Je peux même pas supporter l'idée qu'il touche...

Elle se mit soudain à sangloter.

Augusta respira profondément.

— Mais c'est exactement ce que je veux dire, Madame Hutto. Ces charges ont été abandonnées il y a presque deux ans. Cette fille de Murrells Inlet a admis avoir menti. Personne semble prêter attention à ça. Quoi qu'il ait fait maintenant, il est coupable. Peut-être que votre fille est encore... quelque part. Je veux seulement dire que je veux vous aider à la trouver. Je pense que si on peut découvrir ce qui lui est arrivé, ma sœur va commencer à avoir une vue d'ensemble un peu plus claire.

Karen Hutto secoua la tête.

— Ça fait déjà presque trois mois. On a distribué des dépliants. La police a cherché partout. Ils ont même fait draguer le fleuve. On a cherché et cherché encore partout !

Elle se mit à pleurer, le visage enfoui dans les mains.

— Je sais pas quoi faire d'autre !

Augusta sentit les larmes lui monter aux yeux. Touchée par la profonde douleur de la femme, elle sentit sa propre douleur, longtemps oubliée, remonter à la surface.

— Madame Hutto... je veux vous aider avec mes

moyens personnels, déclara Augusta. Je veux offrir dix mille dollars à toute personne qui pourrait nous conduire à Amanda... ou à l'arrestation de la personne responsable de sa disparition.

Si quelqu'un était responsable.

Il y avait toujours la possibilité qu'Amanda se soit aventurée près de l'eau. Mais Augusta ne lui rappela pas cela. La femme souffrait déjà probablement sous une montagne de culpabilité.

Surprise, Karen Hutto releva la tête. Elle cligna des yeux, les larmes coulant le long de ses joues.

— Vous feriez ça ?

De son index, Augusta gratta nerveusement l'ongle de son pouce.

— Je veux vous aider à la retrouver, dit-elle.

Madame Hutto porta la main à sa bouche. Ses larmes lui venaient librement maintenant. Augusta la laissa pleurer. Il était clair qu'elle en avait déjà trop vu.

Elle ne se souvenait pas avoir vu sa mère perdre tous ses moyens comme cela. Mais elle ne pouvait pas s'empêcher de se demander si Flo avait pleuré de cette façon quand il n'y avait personne autour d'elle. Seule dans sa chambre. Dans son oreiller.

— Et le père d'Amanda ? demanda-t-elle une fois passés les sanglots de la femme. Est-ce qu'on a besoin de sa permission ?

Karen Hutto secoua la tête, le regard considérablement assombri.

— Il est plus là.

— Qu'est-ce que vous voulez dire ?

— Lui et moi on était en pleine bagarre pour la garde d'Amanda quand elle a disparu.

Augusta fit oui de la tête, surprise.

Les yeux de Madame Hutto brillèrent d'animosité.

— L'année dernière, j'ai porté plainte pour mise

en danger, parce qu'il était soûl et il s'est endormi une cigarette allumée à la bouche alors qu'Amanda dormait chez lui. Et maintenant ça. Il était censé l'emmener à l'école ce jour-là... Je suis partie travailler, j'avais pas le choix !

Elle se remit à pleurer et Augusta grimaça.

Mais assise là à écouter Karen Hutto passer son mari au vitriol, elle savait avec certitude que c'était la chose à faire. On n'avait jamais mentionné de lutte amère pour la garde dans les journaux, pas même dans le *Post*. Et elle s'était fait un devoir de lire tout ce sur quoi elle pouvait mettre la main avant d'entrer en contact avec Patterson. Si on pouvait expliquer tous ces événements séparément, le cas contre Ian ne serait peut-être rien d'autre qu'un tas de preuves circonstancielles.

À SIX HEURES, la chaleur de juillet était déjà pesante.

Il était difficile de croire que le quatre juillet, cela ferait deux mois que leur mère était morte.

La sueur lui mouillant les cheveux sur la nuque, Caroline rassembla ses longues mèches auburn en une queue de cheval. Elle la tripota distraitement et s'éventa deux fois avant de la relâcher. Une vieille habitude.

Elle avait oublié comme les étés pouvaient être moites à Charleston. Mais c'était en quelque sorte pire, parce que le taux d'humidité montait en même temps que la température. Un front venant du Gulf Stream apportait l'air humide de l'océan sur les terres ainsi qu'un orage d'été. Ils prédisaient des inondations. Pour l'instant cependant, les spartines se tenaient immobiles dans les marais salés. L'odeur d'eau saumâtre imprégnait l'air stagnant. Dans le silence absolu de l'après-midi, il était difficile de croire qu'il y avait là quelque part quelqu'un en train de faire du mal aux gens.

Peut-être que Jack se trompait ?

Peut-être que la mort d'Amy Jones était un incident isolé ?

Six semaines s'étaient écoulées depuis la découverte de son corps. Et tout était calme. Si Ian Patterson était coupable, peut-être que le garder sous les projecteurs l'avait obligé à se tenir tranquille ? Ou peut-être que le tueur avait disparu ?

En tout cas, le sentiment de terreur qui avait imprégné la ville après la mort d'Amy Jones s'atténuait maintenant. Il était difficile de voir la laideur dans un monde entouré de beauté.

D'où elle était assise, le marais salé semblait s'étendre sur des kilomètres. Installée sur le quai, dos à la maison, elle pouvait facilement s'imaginer ailleurs, à une autre époque.

Un pélican brun atterrit au bout du quai, à quelques mètres d'elle. Elle le regarda fouiner à la recherche de nourriture. Mais aucun poisson n'avait été vidé sur leur quai depuis bien trop longtemps. L'oiseau repartit à la recherche de quelque chose de plus intéressant.

À perte de vue, les zones humides environnantes avaient jadis été plantées de coton et de riz. Entretenues par les esclaves, ces terres n'ont jamais vraiment appartenu à personne, se dit Caroline. Sa famille était peut-être en possession de documents leur donnant le droit de construire ici, mais si la terre et la mer n'étaient pas bien disposées, même les briques les plus robustes s'effondreraient.

Les ruines sur leur propriété étaient un parfait exemple. Les flammes éteintes, la terre avait commencé à avaler ce qui restait, enveloppant la structure brique par brique, la ramenant à la terre à partir de laquelle elle avait été construite. De la vieille maison géorgienne, seul restait maintenant un tas de briques calcinées envahies par les ronces et recouvertes de mousse.

Quoi qu'on construise ici, tout retournait finalement à l'état sauvage. Le mieux qu'on pouvait espérer était une alliance temporaire. Mais même cela était provisoire.

Certains prétendaient qu'une des batailles les plus cruciales de la Caroline du Sud avait eu lieu exactement là où elle était assise. Dans le crépuscule, trois mille cinq cents soldats de l'Union étaient descendus sur Fort Lamar, traversant les marécages qui leur arrivaient jusqu'aux cuisses. Si cette bataille avait été perdue, l'Union aurait peut-être sorti les Confédérés de Charleston de force deux ans plus tôt. Mais la victoire avait accordé deux années supplémentaires de travail humain gratuit à Charleston. Après la guerre, la boue avait été trop molle pour supporter le poids des machines. Les industries du riz et du coton s'étaient effondrées pour tous, sauf pour ceux dont les esclaves étaient restés malgré leur liberté nouvellement acquise. Caroline détestait admettre que sa famille faisait partie de ce groupe. Alors elle faisait comme si leur dysfonctionnement n'avait pas de racines aussi profondes que celles de l'Angel Oak Tree. Comme Augusta, elle se demandait comment Sadie pouvait regarder ces zones humides et ne pas sentir l'impérieuse nécessité d'aller ailleurs. Là où ne s'attardaient pas la mémoire du passé et le parfum persistant des magnolias.

Dieu seul sait, elle avait ressenti cela presque toute sa vie.

Ironiquement, elle trouvait la paix seulement maintenant que la femme qui l'avait mise au monde n'en faisait plus partie.

La triste vérité était que... la seule vraie chance de connaître sa mère était maintenant à travers cette maison. Et son rôle au journal. Elle se rendait compte trop tard que sa mère avait juste été une femme faisant chaque jour de son mieux.

Même si la grand-mère de Caroline avait survécu à son grand-père, elle était morte peu après la naissance de Caroline. Flo avait donc essentiellement affronté seule toutes les tempêtes de la vie : la perte de son fils, de son mari, l'éloignement de ses filles. Mise à part la loyauté de Sadie, restée indéfectiblement à ses côtés à travers tout cela. Elles avaient eu une amitié profonde que Caroline commençait seulement à comprendre. Mais personne n'avait jamais donné de manuel à Florence Willodean Aldridge. Elle avait appris à être mère, héritière et journaliste toute seule. Cette prise de conscience remplit Caroline d'un intense sentiment de tristesse et de regret.

Le soleil se couchait, peignant le marais de teintes rougeâtres qui lui donnaient au moins une impression de sérénité. Mais Caroline ne ressentait rien de tel.

Elle avait fait un véritable gâchis de tout.

Surtout avec ses sœurs.

Heureusement, elle avait ouvert les yeux à temps. Peut-être qu'elle pourrait commencer à réparer leurs relations. C'était le seul véritable cadeau que sa mère lui avait laissé, réalisait-elle. La conviction qu'elle ne voulait plus jamais ressentir autant de regret.

Elle avait l'intention d'arranger toutes les choses. Une par une. Avec Augusta, Jack, Frank, Savannah. Avec chaque vie qu'elle touchait.

Et avec ceux qu'elle ne pouvait pas aider. Comme

les Karen Hutto du monde. Il lui faudrait trouver le moyen de se réconcilier avec cette idée. Sinon elle deviendrait folle. Personne ne pourrait porter un tel fardeau sans perdre quelque chose de soi. En rétrospective, c'était facile de voir pourquoi sa mère s'était retranchée pour faire face à ses pertes.

Et Caroline, qu'est-ce qu'elle allait perdre ?

— Qu'est-ce que tu fous là ?

Surprise, Caroline sursauta. Mais reconnaissant la voix de Jack, elle ne prit pas la peine de se lever. Elle se retourna. Il s'avançait délibérément sur le quai vers elle, aussi beau que jamais, même quand il avait l'air débraillé. Il avait vraiment besoin d'une touche féminine pour ne pas avoir l'air de sortir d'un panier à linge.

— T'essaies de rivaliser avec les voisins ?

Caroline comprit sa référence et frissonna, malgré la chaleur.

— Où est-ce que t'as déniché cet humour morbide, Monsieur Shaw ?

Il lui fit un clin d'œil, mais ne répondit pas.

Apparemment, c'était pour Jack son prix à payer. La perte de son innocence. Le peu à quoi il s'était raccroché après la mort de sa mère.

— La vraie question est toi, qu'est-ce que tu fais là ?

— Apparemment, je pouvais pas attendre comme un bon petit garçon que tu m'appelles.

Il se pencha derrière elle et la taquina en lui mordillant l'épaule.

Caroline frissonna de nouveau. Elle replia ses genoux vers elle, les enserrant de ses bras défensivement. Un dernier rempart contre l'embuscade qu'il lançait contre son corps et son cœur.

Il s'assit à côté d'elle.

— Sérieusement, c'est pas un endroit pour une belle femme seule.

Caroline rit.

— Belle ?

— Tout à fait !

Même à travers sa plaisanterie, elle sentit la note d'inquiétude dans le ton de sa voix.

— On peut me voir de la maison, expliqua-t-elle.

— C'était le cas de Mademoiselle Jones.

Sauf que cette maison-là était vide, sans personne à l'intérieur qui pouvait veiller sur elle. Caroline ne se donna pas la peine de lui faire remarquer ce fait. Elle ne voulait pas parler d'Amy Jones pour l'instant. Et elle connaissait assez Jack pour croire qu'il ne pouvait pas attendre un coup de téléphone d'elle. C'était l'homme le plus têtu qu'elle ait jamais connu. Il avait passé dix ans sans l'appeler même une seule fois, tout en prétendant l'aimer. La patience n'était pas toujours une vertu. Mais il était sincèrement inquiet, elle le voyait.

— Il fait encore jour. J'aurais fini par rentrer, le rassura-t-elle.

— Tu pourrais finir par te faire tuer, insista-t-il.

— Jack, il y a pas eu d'autres meurtres.

Il ramena un genou vers lui, les doigts entrelacés devant lui, le regard tourné vers le bout du quai.

— Je sais.

— Seigneur ! On dirait que t'as l'air déçu !

— C'est pas ça, Caroline. Je sais ce que je sais. C'est pas fini.

Caroline se mordit l'intérieur de la lèvre.

— Et si tu te trompes, Jack ?

Il plissa les yeux devant le soleil couchant.

— J'espère que je me trompe.

— Mais tu le crois pas ?

Il secoua la tête.

— Je lance juste ça comme ça... Et c'est pas une accusation personnelle, parce que je suis tout autant coupable...

Il l'arrêta d'un signe de la main :

— Je sais ce que tu vas dire avant même que tu le dises.

— Écoute-moi, Jack. J'ai publié cette histoire parce que je croyais en ton intuition. Mais à un moment donné, on doit admettre que les tripes infaillibles de Jack Shaw ne sont peut-être pas aussi infaillibles que ça.

Il l'écouta et garda le silence.

— Je pense juste à voix haute, mais jusqu'à présent, on a que des preuves circonstancielles, pas une seule...

Il l'écoutait toujours. Alors elle poursuivit.

— T'arrives même pas à convaincre la police de Charleston de reconnaître publiquement la possibilité de meurtres en série, parce que peu importe l'angle sous lequel tu examines le cas, on a *toujours* qu'un seul corps. Et tout ce qu'on a fait tous les deux depuis la découverte de ce corps repose sur une seule chose : le fait que tu crois qu'il y a un tueur en cavale.

Il pencha la tête et lui lança un regard interrogateur.

— Tout ce que je veux dire, c'est qu'on se trompe peut-être, Jack. Peut-être qu'on devrait commencer à penser à ça.

— Je peux pas, avoua-t-il, l'air sombre.

— Tu peux pas ou tu veux pas ?

De façon inattendue, il se mit soudain à sourire.

— Je peux pas. Parce que mon pauvre petit cerveau masculin a été piraté.

Il lui fit un clin d'œil quand elle lui lança à son tour un regard interrogateur.

Il la regardait, réalisa Caroline. En particulier sa bouche. Et réaliser qu'elle avait encore ce genre de pouvoir sur lui la grisait. Sa voix s'adoucit et elle lui sourit.

— Alors qu'est-ce que tu fais vraiment ici ?

Il lui fit un sourire en coin.

— Tu crois que je t'ai menti en te disant que je pouvais pas attendre que tu m'appelles ? Apparemment, j'ai à peu près autant de maîtrise qu'un junkie dans un labo de méth en ce qui te concerne.

Caroline rit.

— Alors maintenant tu me compares à de la méth ?

Il tendit la main et lui saisit le menton.

— Sûrement pas. T'es beaucoup plus addictive que ça !

Le sourire de Caroline prit soudain un tour espiègle.

— Ah ouais, comment ça ?

Elle retint sa respiration tandis qu'il se pencha vers elle et passa la main sur le v entre ses cuisses, pénétrant doucement pour la taquiner.

— Comme ça, murmura-t-il.

— Jack, protesta-t-elle, tout en le laissant l'allonger sur le quai et en haussant ses hanches dans sa main.

— Il fait encore jour.

— Pas pour longtemps, répondit-il dans un murmure.

30

L a pluie commença à tomber lundi après-midi, apportée par de gros nuages gris qui drainèrent la couleur du paysage.

D'une certaine manière, c'était comme si la tempête pénétrait aussi dans les maisons. Caroline avait envie de barricader la porte de son bureau contre ce genre de déluges. L'annonce d'Augusta était d'un autre genre, mais non des moindres : sa sœur voulait offrir une récompense pour toute information menant au retour sain et sauf d'Amanda Hutto.

Elle s'assit dans le fauteuil face à elle, le menton relevé en signe de défi.

— C'est pas une bonne idée, Augusta !

Augusta se redressa dans son fauteuil.

— Pourquoi pas ? Tu crois que t'as un droit exclusif pour trouver la vérité ?

Caroline ne savait que dire.

— Maman t'a peut-être confié le *Tribune*, poursuivit Augusta, mais techniquement, on en a toutes une part. De toute façon, si tu veux pas publier ce scoop, tu pourras que répéter ce qu'un, deux, voire trois autres journaux vont annoncer avant toi ! Parce que, que ça te plaise ou pas, je vais le dire au *Post* et à toutes les autres chaînes de nouvelles de la ville !

Caroline ne faisait que commencer à comprendre une chose : chaque décision qu'elle prenait face à la disparition d'Amanda aurait un impact sur la façon dont les Hutto pourraient gérer leur chagrin. Après tant de temps sans nouvelles, c'était peut-être mieux que Karen Hutto commence à accepter le fait que sa fille pourrait ne pas rentrer à la maison.

— Tu lui donnes de faux espoirs.

— Et c'est pire que d'impliquer que sa fille a été étranglée et assassinée par un ex-prêtre ?

— On s'est jamais servi de ces mots-là !

— Non, mais vous l'avez laissé entendre au moins une douzaine de fois dans une douzaine d'articles différents, Caroline. Toute la ville, y compris Karen Hutto, croit que Patterson est coupable du meurtre de sa fille. T'es en train de ruiner toute la vie de cet homme !

— On essaie de trouver la vérité ! se défendit Caroline, lui renvoyant ses propres paroles. On n'a pas fabriqué les accusations retenues contre lui.

Augusta lui lança un regard furieux.

— De toute façon, je vais le faire que ça te plaise ou pas. Tu m'en dissuaderas pas. Je suis d'abord venue te voir pour que tu puisses être la première à le publier. Tu peux être soit la première, soit la dernière. C'est aussi simple que ça. En fait, ajouta-t-elle, si t'es intelligente, tu pourrais t'en servir comme une occasion de rendre service au public et faire don de l'argent au nom du journal. Ça montrerait au moins que vous essayez d'être objectifs et que vous avez pas déjà décidé du sort d'Amanda et de la culpabilité de Patterson.

Quoi que Caroline s'apprêtât à répliquer, cette simple vérité l'arrêta. Caroline devait admettre qu'Augusta avait raison. Elle avait en fait commencé avec des arrière-pensées. Offrir la récompense introduirait au moins une certaine objectivité et limiterait un peu les dégâts.

Augusta sentit que Caroline cédait. Elle ajouta rapidement :

— T'occupe pas de l'argent, c'est moi qui offre la récompense. J'ai pas besoin de crédits.

Elle avait ce regard déterminé que Caroline connaissait trop bien.

— Est-ce que tu vas au moins me laisser le temps de vérifier auprès de Daniel pour s'assurer qu'il y a pas d'implications juridiques ?

Augusta se détendit et réfléchit un instant avant d'acquiescer :

— D'accord.

Comme si elle venait de négocier un cessez-le-feu avec une nation hostile, Caroline reprit la parole :

— Seigneur ! Augie ! Depuis quand est-ce qu'on se retrouve dans les deux camps adverses ?

Augusta se leva, les yeux brillant d'un air farouche.

— Il est clair que tu me connais pas très bien, ma chère sœur, parce que j'ai toujours été dans un seul camp. Le bon camp, précisa-t-elle !

Et sur ce, elle sortit.

Caroline la regarda s'éloigner, se disant que la ligne de partage entre le bien et le mal n'avait jamais semblé si étroite.

La célébration élaborée du quatre juillet prévue au Brittlebank Park fut annulée. Dans la mesure où ils pourraient trouver un sol assez élevé pour y installer une estrade, un feu d'artifice à petite échelle était toujours au programme pour que les gens puissent célébrer à l'abri chez eux. Mais la ville était inondée. On avait prévu des inondations à cause des marées, mais deux jours de tempêtes estivales avaient mis la moitié des rues du centre-ville sous l'eau.

Mardi matin, le quartier du marché était inondé, ainsi que Calhoun Street, Ashley Avenue et Lockwood Avenue. Les gros titres se concentraient maintenant sur des sujets de nature plus aqueuse. L'édition du matin du *Tribune* disait : PLUIES ET MARÉES INONDENT LA VILLE, avec une photo de citoyens débrouillards en kayak. Une autre photo montrait une femme ayant retrouvé son chien ; il s'était perdu, mais s'était réfugié sur l'une des vérandas historiques, sous une planche branlante. Sur la photo, elle tenait son petit schnauzer sur sa poitrine. Un autre article montrait des gens en cuissardes. L'un d'entre eux brandissait une copie du *Tribune*. Personne en fait ne sortait vraiment pour aller acheter le journal. Mais même Mère Nature ne pouvait arrêter la presse.

Une équipe réduite demeurait au bureau du *Tribune*, tandis que la plupart des journalistes travaillaient de chez eux. Caroline avait envahi le bureau de sa mère à la maison, mais ni Savannah ni Augusta ne s'en plaignaient. Savannah, qui pouvait encore juste tapoter un peu de la main droite, saisissait toute excuse pour ne pas travailler, même sur la machine à écrire antique. Augusta installa son ordinateur portable dans la cuisine où elle pouvait facilement persuader Sadie de lui donner un avant-goût des bonnes choses qu'elle cuisait au four.

Au cours de leur enfance, leurs jours de pluie

étaient généralement remplis d'incroyables odeurs : tourtes aux fruits, brownies et tarte Tatin à l'ananas. Ce qui était bien avec Sadie, c'était sa philosophie : trop n'était jamais assez. Caroline remarquait qu'aucune d'elles ne se focalisait plus vraiment sur son poids.

Elle et Augusta arrivèrent à une trêve temporaire. Tout à fait nécessaire quand trois femmes adultes étaient bloquées un certain temps sous le même toit. La plupart du temps, elles s'évitaient. Mais Augusta passa sa tête par la porte du bureau en fin d'après-midi.

— Comment ça va ?

Caroline leva les yeux de son ordinateur.

— Ça va. Mais c'est le genre de jours où j'aimerais qu'on ait une meilleure présence sur le Web. Ce serait génial de pouvoir donner aux gens des nouvelles de dernière minute, des rues qu'on rouvre ou qu'on ferme, ce genre de trucs. En plus, je suis sûre qu'ils vont annuler les feux d'artifice dans toute la ville.

— Ça viendra, dit Augusta, s'aventurant dans le bureau. J'ai aucun doute que tu vas faire un travail phénoménal. C'est pour ça que Maman t'a donné cette responsabilité, tu sais.

Caroline cligna des yeux face au compliment inattendu.

— Je m'excuse pour tout, dit Augusta. Je suppose que je suis juste un peu énervée d'être là, et j'ai probablement déversé une partie de ma frustration sur toi.

Caroline haussa les épaules.

— En fait, ce que tu m'as dit m'a beaucoup fait réfléchir. T'avais raison.

Augusta entra et s'assit en face du bureau de Caroline, dans l'un des deux fauteuils marron rembourrés, au motif cachemire. Se penchant sur le bois d'acajou ciré, elle passa le doigt sur la surface pour voir s'il y avait de la poussière. Il n'y en avait pas. Elles gardèrent le silence un instant.

Dehors, la pluie continuait de tomber à seaux contre les fenêtres à petits carreaux. Il était tombé plus de vingt centimètres de pluie au cours des vingt dernières heures. Ils approchaient le record historique de 1988.

— Et si je peux pas remplir mon devoir, Caroline ? Si j'arrive pas à réparer cette maison, ou même à rester sous ce toit ? Des jours comme aujourd'hui, je m'emmerde comme un rat mort ! avoua Augusta.

Caroline poussa son ordinateur sur le côté et dévisagea attentivement sa sœur.

— Il y a beaucoup de choses en jeu ici, Augusta. Mais tu fais ce que tu peux. Si tu peux pas rester... personne ne va te forcer. On va pas mourir de faim et on va pas te haïr pour autant non plus. C'est juste que des œuvres de charité vont recevoir un paquet d'argent.

Toutes les lignes dures disparurent du visage d'Augusta. Il s'adoucit et retrouva son regard de compassion qu'elle avait enfant. Petite fille, elle avait mis en place un hôpital de grillons pour sauver tous les insectes qui avaient perdu une patte. Elle avait eu le cœur brisé quand Josh s'en était servi comme appâts pour la pêche. Elle ne lui avait pas pardonné pendant des semaines.

— Maman est pas là pour te forcer à faire ce qu'elle veut, Augie. Ce que tu décides, fais-le de ton plein gré.

Elle cligna des yeux et Caroline vit qu'elle retenait ses larmes.

— Mais je sais même pas par où commencer !

Caroline secoua la tête.

— Bien sûr que si que tu sais ! T'as déjà commencé. Cette vente aux enchères est la première étape, Augie. Tu fais là quelque chose de grand. Tu déblayes cette maison avant de plonger dans le vrai travail. Et tu te débarrasses de trucs qu'aucune de nous ne voudrait mettre sur sa cheminée. Maman est partie, et nous on n'est pas vraiment attachées à quoi que ce soit dans cette maison.

Augusta baissa la tête.

— Certaines d'entre nous aimeraient tout voir brûler, dit-elle, sans véritable passion.

Caroline ne put s'empêcher de rire, malgré la menace présente dans ses paroles. Elle savait qu'Augusta ne parlait pas sérieusement.

— Ils ont déjà fait ça une fois, non ? Ça a pas marché. Ils ont reconstruit la maison et acheté plus de merdes. En plus, même si ces foutaises feraient un feu de joie génial, il fait sacrément trop chaud dehors pour brûler quelque chose. Et ce sont pas des cendres qui vont remplir le ventre d'un enfant sans-abri.

Elles se regardèrent. Caroline se sentit soudain obligée d'aborder le sujet de Ian Patterson. Quelque chose dans la façon dont Augie le défendait la mettait mal à l'aise. Son intérêt prenait des airs de défense. La dernière chose dont Augusta avait besoin était d'être mêlée à un suspect. Peut-être que c'était pas lui le meurtrier, mais avec lui on n'était certainement pas en sécurité. Cependant, Caroline connaissait assez sa sœur pour se rendre compte que soulever le sujet ne ferait que la pousser là même où elle risquait d'aller.

— T'as raison, dit Augusta en se levant. Merci, tes paroles m'éloignent du gouffre... pour le moment.

Elle se dirigea vers la porte.

— Ou mieux, elles m'y poussent pas.

Caroline esquissa un sourire un coin.

— Merci de ne pas me tenter, rétorqua-t-elle.

Augie rit et sortit, laissant Caroline à grincer des dents sur des rapports financiers mortels. Ils n'étaient pas amusants, et elle n'avait pas réalisé à quel point ils faisaient partie intégrante de son travail. Elle n'était plus journaliste, mais une fichue stratège.

31

L a fille n'était pas son genre.

Heureusement pour elle, elle s'était trouvée au bon endroit au bon moment pour l'aider à prouver quelque chose. C'est ce qu'il devait se rappeler, parce qu'avec la célébration imminente, il avait plus l'impression d'emmener la mauvaise fille au bal.

La seule satisfaction qu'il en recueillerait était la simple joie de les voir se démener pour trouver des indices. De les regarder se taper la tête contre les murs à essayer de comprendre comment une telle chose pouvait arriver juste sous leur nez. Mais c'était un triomphe creux.

Ce jeu n'était pas satisfaisant.

Rien dans cette fille ne l'excitait.

Il la positionna avec autant d'amour que pouvait susciter la mauvaise fille pour un bal, en s'assurant qu'elle était prête à exposer ses seins.

Il s'apprêta à partir, mais quelque chose lui fit signe de revenir. Cette intuition qui semblait toujours le conduire aux filles spéciales.

Juste là, quand il s'y attendait le moins, il sentit des frémissements. Cette chaleur dans ses veines. Et son cœur se mit à battre plus vite.

Le garçon était parfait.

De l'eau, il observait l'homme sur l'estrade en train de préparer le feu d'artifice, inconscient de son entourage au-delà de la périphérie de ses projecteurs. Son fils de quatre ou cinq ans était assis un peu plus loin. Il regardait son père avec envie par-dessus son épaule. Celui-ci lui avait déjà crié deux fois de ne pas bouger de là.

Assis derrière l'éclat des projecteurs dans les ombres de la nuit, le garçon avait peur. On pouvait clairement le voir sur son visage. Il regarda l'enfant, le désir grandissant en lui.

À moins que ce soit juste de la pisse dans sa combinaison.

L'enfant se retourna. Son sang ne fit qu'un tour. Le garçon plissa les yeux pour mieux scruter l'obscurité. Il porta sa petite main au front pour protéger son visage de l'éclairage artificiel.

Un petit garçon courageux.

Faisant face à ses démons.

Il y avait un reste d'innocence dans ce visage, mais le ressentiment y grandissait comme un cancer, jaillissant des profondeurs de son âme comme un chaudron de noirceur putride. Il n'y avait rien d'aussi potentiellement dangereux qu'un enfant mal-aimé.

Le garçon était assis sur un banc face à l'eau, les lèvres crispées, l'air douteux. Malgré la nuit chaude, il avait ses petits bras croisés sur la poitrine, comme pour s'armer de courage.

Son père était toujours concentré sur son travail. Il ne regardait pas derrière lui.

Il était à portée de main. Comme un alligator avec sa proie, il pourrait s'emparer du gamin avant même que le père réalise le danger...

· · ·

Doucement, silencieusement, il avança dans l'eau. Il se sentait puissant, primitif. Invulnérable, éternel.

Il distingua l'instant où les yeux du garçon se figèrent sur l'endroit où il attendait tranquillement dans l'eau. Il fronça ses petits sourcils. Mais il lui fallut un moment pour sentir la menace de l'obscurité. Dès qu'il la sentit, il bondit du banc et courut en criant vers son père, toujours assidûment concentré sur son feu d'artifice.

— Papa ! cria l'enfant. Je vois un homme-grenouille !

— Tommy ! Assieds-toi, bordel ! Tu vas nous faire électrocuter !

Il saisit l'enfant et le ramena sans ménagement vers le banc. Il le rassit si durement que les lattes de bois résonnèrent contre leur cadre en acier.

Le père s'éloigna, et l'enfant bondit à sa suite.

— Non, papa ! Je vois un homme-grenouille avec des yeux jaunes géants !

Le père se retourna, saisit l'enfant et le fouetta sur sa cuisse nue, non pas une fois, mais trois fois, le son de sa main comme de petits pétards.

— Papa ! cria le garçon. S'il te plaît Papa ! S'il te plaît, non !

Après avoir fouetté le gosse pour la troisième fois, il finit enfin par se retourner vers la rivière noire. Il plissa les yeux pour essayer de voir ce qui avait effrayé son enfant.

Il s'immobilisa, sauf le tic sur sa tempe qu'il ne pouvait pas tout à fait contrôler.

Le père ne voyait pas très bien, après avoir travaillé trop longtemps sous les lumières puissantes. Convaincu qu'il avait raison et que son fils avait tort, il se retourna et menaça du doigt son garçon effrayé.

— Reste ici ! Ne me fais pas répéter ce que je t'ai dit ! À cause de toi, on va se faire tuer tous les deux !

Non, juste l'un d'entre eux.

Il voulait le garçon.

Désespérément.

Il pouvait presque goûter sa pureté.

Il pataugea dans l'eau, s'approchant tandis que le père retournait à son estrade sans se retourner. Le petit garçon regarda la rivière, le visage figé dans un cri qui voulait désespérément s'échapper de sa gorge.

— Papa, gémit-il.

— Non, Tommy ! répondit son père avec fermeté sans se retourner.

Puis se sentant peut-être coupable, il ajouta :

— Je finis juste ça, et après t'auras une glace, d'accord ?

L'enfant resta figé sur place. Ces grands yeux ronds fixés sur... Sa petite poitrine haletait sous l'émotion. À cet instant, il sentit en lui une âme sœur.

Ils étaient pareils.

C'est comme ça qu'il avait commencé à regarder la bête droit dans les yeux.

— Pa... papa, gémit le garçon, d'une voix trop basse pour se faire entendre.

Le père leva la tête juste au moment où la première de ses fusées explosa dans le ciel nocturne humide.

Le son de la fusée l'arrêta net dans l'eau. Il recula, assez pour regarder à une distance sûre la fusée éclater en mille petits points brillants, illuminant un parc à moitié inondé.

Il recula au point de ne plus pouvoir entendre l'enfant renifler. Il observa la scène se dérouler sous une brillante explosion de couleurs. Une à une, les fusées jaillissaient, et le ciel alternait entre lumière et obscurité.

Sur l'estrade, le père se retourna, le regard figé en apercevant l'œuvre de la nuit. Il tourna lentement son projecteur.

Le corps de la fille était à moins de sept mètres de l'estrade, sur un terrain plus élevé où l'eau avait commencé à reculer. Elle était allongée, les mains liées, jointes en prière. Comme elle était morte. Suppliant qu'on lui épargne la vie, par ses yeux exorbités, remplis de terreur, parce que sa bouche ne pouvait plus plaider.

Au-delà de l'estrade, au-delà du parc, le poste de police brillait de l'autre côté de la rue.

L'homme-grenouille sourit. Il inspira une bouffée d'air liquide et plongea sans bruit dans l'eau noire.

CAROLINE REGARDA par la fenêtre de sa chambre les gouttes de pluie glisser sur la vitre. La propriété était remplie de flaques d'eau, sinon elle était en bon état. Caroline se demandait comment la maison de Sadie s'en était sortie, avec l'eau presque trois mètres plus haute que le niveau de crue.

La pluie finit par se calmer. Caroline était contente, parce qu'Augusta, têtue, fichant le bazar comme d'habitude, était dehors... quelque part.

Tango la regarda s'éloigner de la fenêtre. Il remua la queue sans enthousiasme quand elle le regarda dans les yeux. Elle saisit son téléphone portable de la commode et composa le numéro de Frank, espérant obtenir quelques informations avant le retour d'Augusta. Elle avait déjà essayé en vain d'appeler Pam.

Connaissant sa sœur, elle tiendrait aussi longtemps qu'elle pourrait, jusqu'à ce que son impatience la pousse en avant, et puis elle deviendrait une force irrésistible. C'était dans l'intérêt de tous de ne pas attendre ce moment en espérant qu'elle s'en irait. Cela n'arriverait pas.

Caroline et Bonneau avaient déjà convenu que si Daniel leur donnait le feu vert, Pam rédigerait l'histoire de la récompense. Parce qu'elle avait écrit la majorité des articles sur Patterson, Frank pensait que son reportage pouvait bénéficier d'un peu plus d'équilibre.

Malgré les rues inondées, il était encore au bureau. Caroline commençait à se demander si l'homme avait une vie en dehors du *Tribune*.

— Vous avez des nouvelles ?

— Non, répondit-il. Daniel ne répond pas au téléphone. Pam non plus d'ailleurs.

— J'espérais pouvoir donner le feu vert à Augusta aujourd'hui.

— J'ai pas du tout eu de nouvelles de Pam. Ni hier ni aujourd'hui. Dans la confusion, je supposais que vous lui aviez dit de ne pas venir. Elle m'a rien dit sur son absence.

— Non, je lui ai rien dit, lui assura Caroline. Quand est-ce que vous lui avez parlé pour la dernière fois ?

— Vendredi.

— Merde, dit Caroline.

Elle sentit soudain un froid au creux de l'estomac.

— Vous avez son numéro avec vous ?

— Dans mon bureau, mais si vous attendez, je vais vous le chercher.

— Merci, Frank. Je lui parlerai dès que possible demain matin. À tout le monde en fait. Je veux leur préciser que s'ils viennent pas pour une raison ou une autre, ils doivent en discuter avec vous. C'est vous leur patron.

Il y eut un silence à l'autre bout du fil, puis il dit :

— J'apprécie, merci.

Caroline crut sentir un sourire.

— De rien.

— D'accord, vous êtes prête à noter ?

— Envoyez...

Caroline attrapa un stylo dans le tiroir de la table de chevet de sa mère. Il lui donna le numéro de Pam.

— Merci, Frank, dit-elle.

Puis elle raccrocha, se rendant compte en composant le numéro et en entendant la sonnerie qu'elle avait déjà le numéro de Pam.

Son appel alla directement sur la messagerie vocale.

J ack attendit avant de partir du commissariat, juste au cas où des gens seraient prêts à braver la décrue des eaux pour venir voir le feu d'artifice. Heureusement, les gens utilisaient leur cervelle et restaient chez eux.

Pour la première fois depuis longtemps, il se sentait fringant.

C'était peut-être parce que l'air s'était légèrement rafraîchi. Ou parce qu'après tout ce temps, le sentiment écrasant de crainte qu'il avait ressenti commençait à s'alléger.

Ou c'était peut-être le simple fait qu'il avait eu au moins une douzaine d'érections pendant la journée, juste en pensant aux fesses de Caroline entre ses mains.

Quoi qui ait changé son humeur, il ne lutta pas contre.

Quand son téléphone sonna, il espéra que c'était Caroline. Il pourrait faire le difficile pendant peut-être deux secondes entières avant de tourner sa voiture en direction du domaine des Aldridge. Ou au moins, il pourrait la persuader qu'ils s'embrassent sur leur véranda comme quand ils étaient ados. La voix de son partenaire à l'autre bout de la ligne lui fit l'effet d'un coup dans les couilles.

— Salut Jack.

— Quoi de neuf Don ?

Garrison semblait avoir du mal à trouver ses mots, ne sachant comment dire ce qu'il essayait de déballer. Il finit par dire :

— Jack, écoute… Je sais que tu viens de partir, mais il faut que tu reviennes, tout de suite.

Un mauvais pressentiment s'installa dans les tripes de Jack au son de sa voix sombre.

— Qu'est-ce qui se passe Don ?

— Il y a… un autre corps, dit-il.

Mais cette pause entre les mots lui serra un peu plus l'estomac.

Il fit aussitôt demi-tour.

Elle se sentait comme une criminelle, se cachant et regardant constamment derrière elle pour voir si quelqu'un la suivait. Cela ennuyait Augusta, parce qu'elle ne pensait pas faire quelque chose de mal.

Elle avait juste ce pressentiment sur Patterson.

Néanmoins, elle n'était pas stupide au point de le rencontrer chez lui. Elle choisit un lieu public, le seul endroit où elle se sentait vraiment à l'aise ici, le Windjammer, sur l'Isle of Palms. Même si la nouvelle construction n'avait rien en commun avec le bâtiment bas d'origine, avec ses filets de volley enchevêtrés à l'arrière, c'était encore le seul endroit où elle savait pouvoir échapper à l'odeur de naphtaline des uniformes des Confédérés et à la sueur des touristes. Même si le Windjammer recevait des foules en abondance l'été.

Se garer était ridiculement difficile, surtout avec

l'énorme voiture de sa mère. Mais une fois à l'intérieur, elle se dirigea directement vers le bar, prit une bière, puis ressortit attendre en regardant les volleyeurs.

DE RETOUR au poste de police, personne ne semblait disposé à lui dire quoi que ce soit.

Apparemment, ils avaient déjà appelé le SLED, l'organisme chargé de l'application de la loi en Caroline du Sud, ainsi que le bureau du shérif. Ils attendaient maintenant le retour du chef. Il était de l'autre côté de la rue, où il semblait s'être emparé de l'enquête de Jack. À ce stade, Jack savait seulement qu'ils avaient découvert une femme. Il savait aussi que le modus operandi était similaire à l'affaire Jones. Mais c'est tout ce qu'ils semblaient enclins à révéler.

Enfin, fatigué de ces tergiversations, il saisit Garrison et le poussa dehors dans la rue, l'emmenant vers le parc.

— Qui est-ce qui l'a trouvée ? demanda Jack.

— Un gosse et son père, répondit Garrison sans le regarder en face.

— Où est-ce qu'ils sont maintenant ?

— À l'intérieur. Ils attendent l'entrevue. Je suis vraiment désolé, Jack, ajouta-t-il.

Son nœud à l'estomac se resserra.

Caroline était la première personne qui lui vint à l'esprit. Il ne lui avait pas parlé de la journée. Son estomac menaça de se vider là dans la rue. Ils traversèrent le parc, où des hommes en uniforme passaient déjà les lieux au crible.

L'estrade du feu d'artifice se tenait sur un terrain plus élevé. Les projecteurs étaient toujours allumés, mais ils n'étaient plus dirigés sur l'équipement lui-même. La lumière crue éclairait le parc à moitié inondé, vers une forme tordue au bord de l'eau.

S'approchant, Jack pouvait commencer à discerner ses traits. Son estomac se souleva violemment.

Les longues mèches blondes humides de la fille lui entouraient le visage. Elle était complètement nue, les seins pointés vers le ciel, les pieds et les mains liés. Son corps était drapé, comme un sacrifice sur un rocher. Il reconnut les sacs sur ses mains saturées d'eau. Elles étaient croisées sur sa poitrine comme en une prière paisible. Comme Amy Jones.

C'était pas Caroline.

Il sentit le vomi lui monter à la gorge.

Il s'obligea à ne pas détourner le regard, à aller directement vers le corps et à regarder le visage qu'il avait vu une centaine de fois. Seulement maintenant, sa peau serait froide au toucher. Elle était pâle et saturée d'eau. S'il la retournait, la lividité post mortem aurait commencé à tacher sa peau parfaitement blanche. Elle avait la bouche couverte d'un ruban adhésif, mais c'était sans l'ombre d'un doute Kelly Banks.

Elle le fixait de ses yeux bleus, sans le voir. Elle avait le blanc des yeux taché de sang, les vaisseaux éclatés ayant formé comme des toiles dans ses orbites.

Il la regarda un long moment, puis s'éloigna. Il vomit dans les buissons. Ce qu'il n'avait pas fait depuis les premiers jours de sa carrière.

33

Sachant que Monsieur Gormley attendait dans la salle d'entrevue avec son fils, Jack retourna au commissariat et prit une minute pour s'éclaircir les idées.

Il avait vu beaucoup de cadavres au cours de sa carrière de flic. Certains pouvaient même difficilement entrer dans cette catégorie à cause de l'état dans lequel ils étaient. Mais c'était la première fois depuis la mort de sa mère qu'il avait observé un visage qu'il avait désespérément voulu aimer et n'y avait trouvé qu'un regard vacant.

Comment diable est-ce qu'on interviewait un gosse de quatre ans qui pourrait être le seul témoin de toute l'affaire ?

Il pensa à la mère de Kelly et gémit, s'enfouissant le visage dans les mains. De tous les gens qu'il connaissait, Kelly avait eu la relation la plus aimante et la plus saine avec ses parents. Jack devrait être celui qui leur ferait l'annonce, mais qu'est-ce qu'il allait leur dire ? Comment est-ce qu'on dit à une mère qui continue à apporter à manger à sa fille au travail que sa petite chérie est morte ?

Assassinée.

Torturée.

La dernière fois qu'il lui avait parlé, il avait été froid et distant. Il essaya d'arracher le ruban adhésif en douceur. Mais désormais, ce regard abattu le hanterait pour toujours.

Josh avait dit qu'elle travaillait sur quelque chose pour lui. Est-ce qu'elle était morte à cause de ça ? Ou est-ce qu'elle avait simplement eu la malchance d'être au mauvais endroit au mauvais moment ? Est-ce que Jack était visé, en tant qu'enquêteur principal ? La police en général ? Ou est-ce que Jack était juste le mec choisi par chance pour le jeu ?

Maintenant Kelly était morte.

Est-ce que c'était une coïncidence qu'elle ait été liée à Jack ? Un avertissement ? Un défi ? Combien d'autres innocentes allaient mourir ? Combien de personnes disparues déjà à l'actif de ce tueur ? Est-ce que Kelly avait trouvé ça ?

Le chef de police Condon entra tandis que Jack se préparait mentalement pour l'entrevue. Laissant le service criminel terminer l'examen de la scène du crime en attendant l'arrivée du SLED, il s'assit face à Jack, l'expression sobre.

— Jack... commença-t-il.

Jack savait où il allait en venir avant qu'il ait prononcé un autre mot.

— Je peux pas te laisser t'occuper de l'affaire, poursuivit-il.

— Je peux assumer !

Condon secoua la tête.

— J'ai fermé les yeux avec toutes ces fuites dans les médias, parce que je te fais confiance, et tu sais ce qu'il y a à faire, mais ça c'est autre chose. Je peux pas te laisser travailler sur cette affaire maintenant que

Kelly est impliquée. On peut pas prendre ce risque, Jack.

Jack serra la mâchoire. Il regarda par terre, les yeux brûlants.

— En fait, j'ai entendu dire par le bureau du procureur du district que t'avais peut-être compromis des preuves.

Jack releva brusquement les yeux, la colère dans les veines.

— C'est Childres qui t'a dit ça ?

Condon secoua la tête.

— Peu importe qui m'a dit quoi. J'ai défendu tes actions et je leur ai rappelé que tant que tu avais ces preuves sous les yeux tout le temps avant de les soumettre, c'était bon. T'es assez bon pour respecter les règles.

— Mais ?

— C'est Kelly, mon gars.

— Merde, je sais qui c'est ! lui assura Jack. S'il te plaît Bill, laisse-moi au moins interviewer le gamin.

Condon secoua la tête, déterminé.

— Mais c'est notre *seul* témoin !

— Écoute-moi Jack. Tout ce que tu fais à ce stade sur cette affaire pourrait nuire à la procédure au yeux du procureur du comté. Je peux pas prendre ce risque.

Jack voulait une cigarette. Il voulait se lever, saisir sa chaise et tout casser dans la pièce. Il voulait attraper ce fils de pute et l'étrangler de ses mains nues. Ce serait que justice, non ?

— Tu peux regarder, concéda Condon.

Quelque part dans la partie rationnelle de son cerveau, Jack comprit que Condon faisait la seule chose qu'il pouvait. Mais l'idée de perdre le contrôle de cette affaire le rendait potentiellement violent.

En plus de cela, maintenant qu'il retirait Jack de

l'affaire, on lui donnait le feu vert pour la poursuivre comme des homicides en série. Avec deux corps qui pouvaient avoir un rapport ou non, on ne pouvait toujours pas les classer techniquement comme des meurtres en série, mais Condon était prêt à suivre l'intuition de Jack, sinon son travail de policier. Même si cela voulait dire prendre position publiquement. Kelly était l'une des leurs. Son assassinat était clairement un défi que quelqu'un leur lançait.

— Je suis juste censé rester là et laisser quelqu'un d'autre travailler sur ça ?

— Je vais laisser Garrison sur l'affaire.

— Il a pas d'expérience !

— Écoute-moi Jack. Ça a pas d'importance. Je peux pas te laisser sur cette affaire. Ils diraient que je l'ai fait par amitié pour toi. On peut pas se permettre ça, ni toi ni moi. Tu peux être consultant tant que tu restes hors de vue.

Jack secoua la tête, refusant d'accepter qu'on lui demande de s'éloigner de l'affaire maintenant. Surtout avec tant de sa vie en jeu. Il avait le sentiment terrible qu'ils avaient une courte période pour attraper le gars.

Jack était le meilleur détective de la police. Pas d'orgueil ici. Ses actions parlaient pour lui-même, surtout que ceux qu'il arrêtait n'étaient jamais relâchés à cause de détails techniques. C'est ce qui l'exaspérait le plus dans l'accusation de Childres.

Il savait que c'était Childres qui avait vendu la mèche. Qui est-ce que ce connard ne sacrifierait pas à des fins politiques ?

IL ESSAYA de considérer la situation du point de vue de Childres. Il savait que le gars voulait arriver au bu-

reau du maire. Jack comprenait que tout ce qui menaçait sa réputation ou les affaires sur lesquelles il
travaillait risquait de saper ses ambitions politiques.
Il comprenait tout cela. Mais cela le mettait en colère
que Josh adresse des plaintes sans fondements à
Condon.

Il se sentait aussi remonté qu'une montre suisse. Et
s'ils passaient à côté de quelque chose ?

Condon devina ses pensées.

— Jack, on pourrait difficilement avoir un meilleur
service d'analyse de scène de crime que le nôtre. Ils
vont passer chaque centimètre carré de ce parc à la
loupe, et chaque ride du corps de Kelly. S'il y a un poil
sur elle qui est pas le sien, ils vont le trouver.

Jack dut concéder.

Une fois Condon parti, il décida de ne pas appeler
Caroline, ne sachant pas comment lui annoncer la
nouvelle et craignant que le sujet soit une source de
dissension entre eux.

Ils devaient à tout prix trouver ce gars. Pour la sécurité de Caroline autant que des autres. Mais elle
n'allait pas bien accepter le fait qu'il était plus disposé
à se faire serrer les couilles dans une pince à crustacés
qu'à compromettre davantage l'enquête. La confiance
qu'il lui avait démontrée lui avait probablement fait
perdre l'affaire. À partir de maintenant, il ne pouvait
plus la traiter différemment des employés du *Post*. Elle
s'en rendrait compte assez tôt.

Après trente minutes d'entretien, le gamin
Gormley était au bout du rouleau. Il était fatigué et il
voulait rentrer chez lui. Il répondait à chaque question
en hochant fermement la tête.

Le père devint agité.

— J'ai fait une déposition plus tôt. Est-ce qu'on peut revenir demain s'il vous plaît ?

Jack retint son souffle.

Garrison entendit la demande. Il ne répondit pas. Il posa une autre question à laquelle le gosse résista.

Le père était à deux minutes de rentrer chez lui avec son fils et de refuser toute coopération. Mais s'il s'en allait maintenant, une nuit de mauvais rêves pouvait effacer tous les détails importants de sa mémoire.

Jack arpentait la salle d'observation, regardant Garrison perdre son seul témoin jusqu'au moment où il essaya une approche différente.

— Eh, j'ai entendu dire que t'as vu un homme-grenouille ce soir ?

Regardant à travers le verre, Jack retint son souffle. Le gamin réfléchissait. Il ne nia pas, mais ne répondit pas non plus, sinon par un geste de colère sous la table.

Du progrès... peut-être.

— J'ai vu Spiderman un jour, mais personne m'a cru.

Tommy leva les yeux vers Garrison, se demandant probablement s'il disait la vérité.

— Est-ce que ton homme-grenouille avait un costume de super héros, Tommy ?

Tommy fronça les yeux, l'air renfrogné. Il secoua lentement la tête.

— Est-ce qu'il avait un masque ?

Le gamin baissa les yeux et gratta la jambe de son pantalon. Il haussa les épaules.

— Tu sais de quel masque je veux parler ? insista Garrison.

Tommy ne leva pas les yeux, mais il secoua la tête.

— Je parle du truc que les gens mettent sur la tête quand ils vont nager. Est-ce que tu vas nager, Tommy ?

Le garçon leva les yeux, secouant à nouveau la tête lentement, de façon exagérée.

— Pourquoi pas ?

Il lança à son père un regard excédé, leva les yeux au ciel et dit d'un ton plaintif :

— Parce que... j'ai pas le droit d'aller dans la piscine de Mamie, parce qu'elle fait pipi dedans.

Un autre jour, Jack aurait été amusé.

Pas aujourd'hui.

— Ah ouais ?

Le petit garçon acquiesça d'un air grave. Son père rougit.

— La mère de mon ex... et moi, dit-il en guise d'explication, on s'entend pas très bien.

Garrison se retourna vers Tommy.

— T'es sûr que c'était un homme-grenouille, Tommy ?

Tommy hocha la tête avec un peu plus d'enthousiasme.

— Il était vert ?

L'air effrayé, il fit une grimace.

— Non ! Il était noir avec des yeux jaunes !

Jack se demandait si le gars avait une combinaison de plongée et un masque. Cela expliquerait l'absence de fibres sur les corps.

— Tu crois que tu vas faire des cauchemars ce soir ?

Jack devait admettre que la patience de Garrison était beaucoup plus évidente que la sienne pour le moment. Le garçon hésita, réfléchissant à la question, puis répondit :

— Non, parce que je suis déjà grand.

— T'as quel âge Tommy ?

Il leva trois doigts et un pouce tordu et dit :

— Quatre ans.

Il regarda son père pour une confirmation.

— Quand est-ce que t'auras cinq ans ?

— Le jour de mon annivertaire.

Garrison regarda le père.

— En septembre.

— Alors Tommy, tu veux jouer au détective ce soir... et me dire ce qui s'est passé ?

— C'est quoi un tective ?

— C'est quand on attrape les méchants et qu'on les met en prison pour qu'ils puissent pas faire de mal aux gens.

Tommy acquiesça de la tête, avec même un petit sourire. Puis il donna sa version des faits avec autant de détails qu'un gosse fatigué de quatre ans pouvait le faire.

— L'homme-grenouille t'a regardé droit dans les yeux ?

Tommy se frotta les yeux et fit à nouveau oui de la tête.

— Il était tellement près de toi que tu peux dire qu'il te regardait ?

Tommy fit oui de la tête.

— Pendant longtemps, dit-il d'un air maussade. J'avais peur.

— Mais il t'a pas fait mal et il est parti, c'est ça ?

Il joignit ses mains et fit un geste comme s'il allait plonger.

— Il s'est baissé dans l'eau et il est parti en nageant ! précisa-t-il en battant ses petits pieds frénétiquement comme s'il nageait.

— Très bien. Merci Tommy. T'es un bon détective, déclara Garrison. La prochaine fois que tu verras quelque chose comme ça, tu promets de le dire tout de suite à ton papa ?

Tommy regarda vers son père, ses petits sourcils

froncés d'un air farouche. Puis il se remit aussitôt en colère.

— Je veux rentrer ! cria-t-il.

Jack remarqua que le papa ne pouvait pas regarder Garrison en face après. Il espérait que le gars réalisait à quel point il avait été proche de perdre son enfant ce soir.

Jack regarda le petit garçon épuisé, avec son blouson vert et ses petites bottes jaunes. Il pensa à Amanda Hutto.

Le nombre de personnes portées disparues et de victimes augmentait. Mais elles n'avaient rien en commun sinon le fait que c'étaient toutes des femmes. Une petite de six ans. Une fugueuse de dix-sept ans. Une étudiante de vingt-deux ans et une femme agent de police de trente ans.

Le tout semblait incohérent aux yeux de Jack.

Une fois l'entrevue terminée, il retraversa la rue, espérant que la patience de Garrison s'étendait à leurs collègues. Jack voulait être sûr que rien n'allait leur échapper.

Le corps était toujours là. Une équipe de médecins légistes terminait son examen initial. Jack regarda le visage de Kelly. Il avait conscience qu'elle seule savait vraiment à quoi ils avaient affaire. La meilleure chance qu'ils avaient d'attraper le gars était de découvrir où il allait frapper la prochaine fois.

— Qui est-ce qui t'a fait ça, Kelly ?

Sa bouche resta fermée sous le ruban adhésif. Ils ne l'avaient toujours pas enlevé. Ils ne le feraient pas avant de l'emporter au labo.

Le meurtrier lui avait disposé la bouche et les mains comme Amy Jones, mais quelque chose semblait différent. Il ne pouvait pas dépasser l'idée que c'était cette fois quelque chose de personnel.

Son téléphone sonna. Il s'éloigna de la scène, retira son téléphone de sa poche sans regarder qui c'était.

La voix de Caroline avait ce ton tranchant qui lui donnait envie de se mettre à l'abri :

— Est-ce que t'allais me le dire un jour ?

De là où il se tenait, le visage de Kelly se confondit un instant avec celui de Caroline. Il était sans voix. Sa réponse vint plus comme un grognement inintelligible.

La colère que Caroline avait pu éprouver sembla s'adoucir quand elle sentit sa détresse.

— J'ai entendu dire qu'on a retrouvé un autre corps.

Il déglutit.

— Ouais.

— Ils ont pas encore révélé qui c'était. Tu peux me dire ?

Il choisit ses mots avec attention.

— Tu me demandes parce que tu veux vraiment savoir qui est-ce qu'on a là, froide, couchée sur une pierre... ou est-ce que c'est la fille de Florence Aldridge qui pose la question ?

Un silence de mort pour réponse. Jack garda aussi le silence et attendit.

— J'arrive pas à croire que tu me demandes ça, dit-elle finalement, le ton vaincu, et peut-être un peu blessée et sur la défensive.

L'image de la mère de Kelly traversa l'esprit de Jack.

Malgré le cirque de journalistes déjà rassemblés devant la gendarmerie, personne n'avait révélé le nom de la défunte. Ils ne diraient rien. Pas avant d'avoir pu informer ses proches. Il prit une profonde inspiration et lui donna la réponse habituelle :

— L'identité de la victime ne sera pas dévoilée tant que la famille ne sera pas informée.

— OK, dit-elle. Je vais te laisser retourner à ton travail.

— Au revoir Caroline, dit-il.

Puis il raccrocha.

Caroline arpenta le salon, attendant avec ses sœurs les nouvelles à la télé sur la onzième chaîne. Augusta et Savannah étaient assises sur le canapé, les genoux remontés contre la poitrine.

Savannah avait les yeux collés sur l'écran.

— Je me demande qui c'était.

Caroline aussi. Mais elle était reconnaissante de la présence de ses sœurs. Elle serra ses bras autour d'elle. Son estomac se nouait davantage chaque seconde.

Elle se demandait qui Frank avait envoyé pour couvrir la conférence de presse. Mais elle apprenait à faire confiance aux autres et à leur travail. Frank gérait ce genre de situation depuis qu'elle était venue au monde. Pour l'instant, sa place était avec ses sœurs.

Augusta tourna la tête pour regarder Caroline.

— J'arrive pas à croire que Jack ait pas voulu te dire qui c'était.

Caroline fronça les sourcils. Elle ne voulait pas parler de Jack. En fait, elle ne voulait même pas penser à lui !

Après de multiples annonces par les présentateurs, ils attendaient que le chef de police Condon apparaisse devant le bâtiment de Lockwood. Le présentateur passa la parole à la journaliste Sandra Rivers, en place devant la gendarmerie. Son costume rouge vif et son rouge à lèvres étaient probablement un mauvais choix vu les circonstances. Mais au moins elle avait l'air grave approprié. Billy Condon, la cinquantaine, costaud, la tête rasée, un grain de beauté au-dessus de l'œil gauche, émergea finalement du bâtiment. La foule des journalistes l'accosta aussitôt. Caroline remarqua Brad en retrait, prêt à griffonner tout ce qui sortirait de la bouche du policier. Pam était la grande absente.

Condon avait le regard clairement rempli d'émotions.

— Plus tôt dans la soirée, commença-t-il, à environ vingt-trois heures trente... le corps de l'agent de police Kelly Banks a été découvert à Brittlebank Park.

Caroline sentit comme une boule de bowling lui atterrir sur le ventre. Elle en eut aussitôt le souffle coupé.

Savannah poussa un cri :

— Seigneur !

— Est-ce que c'est pas...

Ce qu'Augusta allait demander resta figé sur ses lèvres quand elle se retourna et vit le visage blême de Caroline.

Sur l'écran, les flashs des appareils photos déclenchèrent un mini son-et-lumière.

L'air grave derrière le micro, Condon poursuivit :

— L'agent Banks était un atout précieux pour notre service. Nous offrons nos plus sincères condoléances à sa famille et nous lui rendons hommage pour services rendus à la ville de Charleston. Je suis désolé, voilà. Nous sommes tous un peu sous le choc, mais nous sommes prêts à répondre à vos questions, dans la mesure du possible.

— Chef Condon, cria quelqu'un. Est-ce que c'est officiel ? On a un tueur en série ?

Condon serra les mâchoires.

— Nous n'employons pas actuellement ce terme pour la mort de Mademoiselle Banks et Mademoiselle Jones.

— Actuellement ? demanda Sandra Rivers, saisissant immédiatement la distinction et la suivant avec toute la finesse d'un couguar. Ça veut dire que vous croyez que le statut va changer ?

Condon évita de regarder la caméra en face.

— À ce stade, nous avons deux homicides similaires. Cela suggère seulement que tout le monde devrait prendre des précautions dans sa vie quotidienne. Mais nous n'avons pas encore prouvé que les deux crimes aient été commis par la même personne.

— Est-ce que vous allez appeler le FBI ? cria Brad par-dessus la foule.

Caroline se mordit la peau des ongles.

— Non, répondit Condon sans hésitation. Nous avons entièrement confiance dans notre police locale pour résoudre ces meurtres. Nous avons cependant mis en place un groupe de travail spécial et nous allons collaborer avec le SLED et le bureau du shérif.

— Est-ce que l'agent Banks a aussi été étranglée ?

— Asphyxiée, corrigea-t-il.

— Chef Condon ! On a entendu qu'il y avait un témoin ce soir ! Pouvez-vous préciser ?

— Je suis désolé, c'est tout ce que nous avons pour le moment. Quand nous en saurons plus, l'agent d'information vous tiendra au courant. Merci !

Et il s'apprêta à partir.

— Chef Condon, attendez ! Est-ce qu'on sait si le tueur choisit délibérément ses victimes ou au hasard ?

Condon s'arrêta et se retourna pour répondre à la question.

— Tout ce que nous savons de façon concluante est que les victimes étaient toutes les deux seules, la nuit. Encore une fois, prenez s'il vous plaît les précautions nécessaires.

Brad s'approcha.

— Chef Condon, cria-t-il. La strangulation ne suggère-t-elle pas un crime personnel ? Ne serait-ce pas une indication que les victimes connaissaient leur agresseur ?

— L'agent Banks est morte par asphyxie associée à la noyade, précisa Condon. Nous pensons que ce serait une erreur de croire que les victimes connaissaient le meurtrier.

Brad lança une autre question :

— Y a-t-il des traces de lutte ? Pouvez-vous préciser s'il vous plaît ?

Condon leva la main.

— Je suis désolé. C'est tout. Je ne peux pas parler des détails de l'affaire. L'enquête en cours va maintenant être conduite par le détective Donald Garrison.

— Est-ce que le détective Garrison est disponible pour des commentaires ?

— Négatif.

— Et le détective Shaw ?

Il secoua la tête.

— Le détective Shaw est en ce moment avec la famille Banks.

Sandra Rivers s'approcha, le micro tendu en avant. Elle parla avec un accent expérimenté de Charleston :

— Chef Condon, pouvez-vous nous dire si le détective Shaw va être retiré de l'affaire en raison de son...

Condon l'interrompit.

— Shaw est un professionnel dévoué. Sa vie personnelle n'est pas en cause ici. Cette conférence de presse est terminée, Mademoiselle Rivers, dit-il.

Et il se dirigea vers le bâtiment.

La foule le suivit.

— Chef Condon ! Chef Condon ! Chef Condon ! Croyez-vous qu'il y aura un troisième meurtre ?

— Espérons que non, répondit-il sans se retourner.

Sur ce, il disparut dans l'immeuble sécurisé, encadré par ses hommes.

Augusta mit la télévision en sourdine. On aurait pu couper le silence de la salle au couteau.

— Putain de merde, s'exclama-t-elle.

CAROLINE SE RÉVEILLA vers trois heures quinze, les chiffres rouges sur le réveil de sa mère projetant dans la chambre une lumière couleur sang. Elle n'arrêta pas de se retourner le reste de la nuit. Vers six heures, elle renonça à essayer de dormir et se leva. Elle alla tout droit vers la cuisine, espérant y trouver Sadie. Elle voulait rassembler tout le monde sous un même toit, verrouiller les portes et ne plus jamais laisser personne sortir. C'est entièrement ridicule, se dit-elle. Néanmoins, elle se sentirait mieux si elles étaient là toutes ensemble. Elle était confiante que Savannah agirait bien. Elle avait elle-même l'intention de prendre toutes les précautions nécessaires. Mais elle n'était pas aussi sûre pour Sadie ou Augusta. Augusta était bien trop téméraire et Sadie trop habituée à être seule. Elle se dit qu'elle pourrait peut-être convaincre

Sadie de rester un peu avec elles. Mais la véhémence avec laquelle la femme lui répondit la prit complètement par surprise.

— Non ! Je vais pas faire mes valises et emménager dans cette foutue maison, hein, même pas temporairement !

Caroline réagirait probablement de la même façon si elle devait abandonner sa vie privée. Mais cela lui semblait un petit prix à payer pour s'assurer que tout le monde était en sécurité.

— Tu quittes à peine la cuisine de toute façon, Sadie ! Tu pourrais aussi bien y apporter un lit et dormir ici, pour l'amour de Dieu. Allez ! Je parie que Josh serait d'accord. Il y a plein de place !

Sadie lui lança un regard de reproche comme elle seule savait le faire, et ajouta un avertissement :

— Vous avisez pas de parler à mon fils de tout ça, hein ! Je le ferai jamais, un point c'est tout ! J'ai vécu dans ma maison toute ma vie et je vais pas m'en aller maintenant !

— Seigneur ! dit Caroline. T'es comme ces gens têtus qui se noient dans leur maison pendant un cyclone parce qu'ils refusent d'évacuer les lieux !

Maintenant clairement en colère comme Caroline ne l'avait jamais vue auparavant, Sadie se mit à jeter les casseroles dans l'évier.

— Maintenant, écoutez-moi bien, ma petite ! Josh m'a acheté un nouveau système d'alarme l'an dernier. Je serai en sécurité dans ma propre maison ! Il y a plus de chances que toutes les trois vous finissiez brûlées vives dans ce musée que moi je sois victime d'un pervers sexuel blanc !

— C'est pas toujours pour le sexe, souligna Caroline. J'avais aucune idée que cette maison t'offensait tellement.

Sadie jeta d'autres casseroles dans l'évier, faisant un vacarme du diable. Caroline se demanda si c'était pour l'effet.

— Cette maison m'offense pas ! Je m'en suis occupée plus longtemps que vous êtes de ce monde, mais c'est pas ma maison ! Et je vais pas rester là, quoi que vous disiez ! Occupez-vous de vous ! dit-elle en sortant de la cuisine.

La conversation était terminée.

Savannah apparut à la porte de la cuisine, l'air complètement ahurie.

— Comment diable est-ce que t'as réussi à l'énerver ?

— On dirait que dernièrement, je pourrais commencer une dispute dans une maison vide.

Sa plus jeune sœur entra dans la cuisine et se tint de l'autre côté de l'îlot où Caroline s'était réfugiée.

— Ç'a été facile pour personne, dit-elle. Je peux pas prétendre savoir ce que ça fait de se sentir une responsabilité de mère pour trois femmes adultes qui sont pas de votre chair et de votre sang. Mais j'imagine que Sadie se sent assez coupable du ressentiment qu'elle doit avoir à se retrouver avec un tel fardeau sans ajouter un sentiment de gratitude forcée.

Caroline fronça les yeux.

— Zut alors ! Elle fait partie de notre famille ! Pour l'amour du ciel, pourquoi est-ce qu'elle devrait ressentir ça ?

— Oui, mais penses-y une minute. Quels que soient nos sentiments à son égard, Sadie a gagné sa vie en s'occupant de nous. Maman l'a *payée* pour faire ce qu'elle pouvait ou voulait pas faire elle-même.

— Plus maintenant ! Et je crois me rappeler de lui avoir dit de s'arrêter ! On la paie pas pour qu'elle s'occupe de nous ! Elle fait ce qu'elle fait parce qu'elle l'a choisi !

— Tu crois qu'elle l'a choisi ?

— Oui ! Elle a pas à travailler un jour de plus dans sa vie si elle veut pas.

Savannah haussa les sourcils, l'air disputailleur.

— Mets-toi dans la peau de Sadie. Maman lui a pas versé une somme d'argent pour qu'elle aille prendre sa retraite sur une île tropicale et qu'elle sirote des Mai Tais le reste de sa vie. Elle gagne toujours probablement exactement ce qu'elle gagnait avant la mort de Maman. Sauf que maintenant, elle est propriétaire de sa maison et elle a pas besoin de demander des jours de congé.

Caroline réfléchit.

Savannah poursuivit :

— J'ai aucun doute que Sadie nous aime et qu'elle veut aider. Mais il y a quand même une fine ligne qui doit être douloureusement visible de son point de vue. En un mot, elle reçoit toujours de l'argent pour s'occuper de nous, le boulot comme d'habitude. Elle sait pas comment gérer quand tu changes les règles du jeu.

Augusta avait dit quelque chose de semblable. Leur sagesse toucha une corde sensible en elle.

— Mais elle et Maman ont dû être amies.

Savannah haussa les épaules.

— Je pense que oui. Mais qu'est-ce que ça a à voir avec ça ?

— Tu crois que Josh ressent la même chose ?

Savannah secoua la tête, puis haussa à nouveau les épaules.

— Différentes générations. C'était sans doute pas la même chose pour elles que pour nous et Josh.

Caroline regarda sa sœur cadette. La sagesse semblait émaner d'elle aussi facilement qu'on ouvre un robinet. Même la sienne et celle d'Augusta, avec leurs années de plus, ne semblaient pas compenser l'intuition innée de Savannah.

— Pourquoi est-ce qu'on a des fois l'impression que tu sais tout et que tu attends juste patiemment que tous les autres comprennent ?

— C'est pas toujours vrai ! dit Savannah en riant.

Puis elle adopta soudain un air grave avant de faire remarquer :

— Si je savais tout, je pourrais vous conduire directement au monstre qui tue ces pauvres filles.

— À ce propos... J'ai l'impression que j'ai empiré les choses.

Savannah plissa les yeux, lançant à Caroline ce regard qui lui donnait toujours la chair de poule. Elle ajouta :

— Toute action a ses conséquences, Caroline... Tout ce que tu peux faire, c'est commencer avec les meilleures intentions. Et puis advienne que pourra.

Caroline réfléchissait encore à ce conseil quand Savannah intervint :

— Tu comprendras un jour.

Et elle laissa Caroline seule dans la cuisine, se demandant ce qu'elle pouvait faire pour aider Sadie à se sentir plus de leur famille.

Elle appréciait l'aide de Sadie, et elle l'aimait vraiment. À certains égards, plus qu'elle avait aimé sa propre mère. Peu importe le regret qu'elle ressentait quant à sa relation dysfonctionnelle avec Flo, ça changeait pas la vérité. Elle regarda le tas de casseroles dans l'évier et essaya de se rappeler la dernière fois que l'une d'elles avait attrapé une éponge dans cette maison.

C'était jamais arrivé.

En approchant de l'évier, Caroline vit le bazar dedans. Elle tourna le robinet et saisit une éponge. Le bureau pouvait attendre dix minutes de plus. Rien n'allait s'écrouler avant son arrivée. Rien qui n'était déjà en train de dégénérer. Frank savait quoi faire. Elle avait bien besoin d'un peu de vide dans sa tête pour réfléchir aux étapes suivantes.

Tandis que Jack attendait des informations supplémentaires, il passa en revue les affaires de Kelly pour ses parents. Il ne trouva aucun document à son nom. Rien. Ce sur quoi elle travaillait, elle l'avait emporté avec elle, peut-être dans la tombe.

Il déposa ses affaires dans une boîte et la prit avec lui. En route, il rencontra Garrison. Heureusement qu'ils ne le rejetaient pas complètement. Techniquement, Garrison était toujours son partenaire. Il pouvait toujours avoir accès à l'information. Simplement, il ne pouvait pas s'occuper des preuves, être un partenaire actif dans l'enquête ou parler à qui que ce soit lié à l'affaire.

— On a les premières analyses du labo, dit Garrison. Comme la première victime, elle a plus de langue et on lui a peint la bouche avec le même colorant bleu.

Jack acquiesça de la tête. Il ne pouvait pas s'empêcher de se demander si elle avait été en vie pendant le démembrement.

— Et sa voiture ?

Garrison fit non de la tête.

— Ils sont à peu près sûrs qu'il l'a traînée à Brittlebank depuis l'Ashley. Elle avait de l'eau dans les poumons et l'estomac, comme en cas d'immersion prolongée. Les hélicoptères inspectent le bord du fleuve.

Jack retint un flot d'émotion.

— Est-ce qu'on a envoyé l'équipe d'analyse de scène de crime chez elle ?

— C'est fait, déclara Garrison.

Il voulait que quelqu'un surveille Caroline, mais il savait qu'on mettrait ses motivations en doute. Au lieu, il se concentra sur leur seul suspect.

— Est-ce qu'on peut recommencer à suivre Patterson ?

— Déjà en place, répondit Garrison.

Jack était soulagé de voir qu'on parait à toutes les éventualités. Même si ça lui coûtait de perdre l'enquête.

La boîte dans sa main était soudain aussi lourde que le monde entier.

— Merci de me tenir au courant.

Garrison lui fit un signe de tête. Il avait perdu sa nature compétitive habituelle. Il tendit la main et tapota Jack sur l'épaule.

— T'inquiète pas Jack, on l'aura.

Jack fit oui de la tête et s'éloigna. Il emportait la boîte à son bureau, se résignant au fait qu'à ce stade, il y avait vraiment une seule chose qu'il pouvait faire sans compromettre l'enquête : il devait trouver ce que Kelly avait découvert.

Il ouvrit son ordinateur pour vérifier les bases de données du Centre National d'Information Criminelle et du Centre National des Personnes Disparues. Il se demandait quelle base de données Kelly avait utilisée et s'il pourrait pirater sa session. Peut-être qu'elle avait sauvegardé les résultats de la recherche et qu'il pourrait y avoir accès ? Peut-être qu'elle avait découvert quelque chose qui pourrait les aider à trouver son meurtrier ? Peut-être que ce qu'elle avait appris l'avait envoyée directement à l'assassin ?

Un des agents passa la tête par la porte avant qu'il puisse commencer.

— Le *Tribune* veut vous parler au téléphone.

— Dites à Mademoiselle Aldridge que je ne suis pas disponible.

— Euh... c'est pas une femme. C'est un certain Frank Bonneau. Il dit que vous êtes le seul à qui il veut parler.

C aroline retint à peine sa crise d'hystérie.

Le visage qu'elle offrait aux autres était solennel et composé, elle espérait. Un visage impassible de poker. À l'intérieur cependant, elle tremblait comme une enfant effrayée.

Pam ne revint pas au bureau. Elle n'appela pas. Elle ne répondait pas non plus aux appels insistants. Frank finit par envoyer quelqu'un à son appartement. Personne ne répondit. Le gars revint au bureau et trouva sa voiture dans le parking. Ils appelèrent alors la police.

Sous l'essuie-glace de Pam se trouvait un morceau de papier, exactement au même endroit que Caroline avait trouvé le sien, plié de la même façon. Sauf que celui-ci était rose. Instinctivement, elle savait que sa note était plus que ce que Jack l'avait amené à croire. De toute évidence, il ne lui faisait pas confiance.

Pouvaient-ils encore sauver quelque chose entre eux ?

Sur la vitre côté chauffeur, le numéro trois était écrit au même crayon blanc que les stations de lavage utilisaient souvent pour marquer les pare-brises. En fait, la voiture était impeccable, malgré la semaine de pluie qu'ils venaient d'endurer. Le gigantesque sac à main de Pam était toujours sur le siège du passager, posé sur l'ordinateur portable qu'elle avait emporté du bureau. Comme si elle était sortie de la voiture momentanément ou qu'elle l'avait tout simplement oublié.

Personne ne toucha la note sur la vitre, mais Caroline savait déjà ce qu'elle disait : *Mort et vie sont au pouvoir de la langue, ceux qui la chérissent mangeront de son fruit. Proverbes 18,21.* Les mots étaient imprimés dans son cerveau.

Elle entendit les sirènes dans la rue et savait que Frank était finalement arrivé à le joindre. Non seulement Jack ne répondait pas à ses coups de téléphone, mais il n'avait apparemment pas pris la peine d'écouter ses messages.

Est-ce qu'il la blâmait ?

Elle ne comprenait rien à ce qui se passait.

Pour l'instant, seule Pam comptait vraiment.

Caroline l'avait impliquée dans des choses dans lesquelles elle n'aurait peut-être pas dû être impliquée. Et à cause d'elle, Pam était peut-être... Mon Dieu, elle ne pouvait pas penser à ça !

La famille de Pam vivait à Athènes, en Géorgie. Qui est-ce qui les appellerait ? La police ? Ou est-ce que Caroline, son employeuse, était censée être la porteuse de mauvaises nouvelles ?

Pense pas à ça.

Ils allaient la trouver.

Jack allait la trouver.

Comme Amanda ?

Ou comme ils avaient trouvé Kelly et Amy ?

Caroline frissonna.

Au moins trois voitures de police arrivèrent en trombe dans le garage, l'une d'elles du service d'analyse de scène de crime. Deux autres voitures, banalisées, arrivèrent en silence, l'une étant celle de Jack. Il lui fit un petit signe de la tête en sortant de la voiture, mais se dirigea directement vers Frank. Il lui parla pendant que quelqu'un d'autre, un autre flic, lançait des ordres aux hommes.

Caroline se tint immobile, les bras serrés contre elle. Elle les regardait travailler, sentant vivement la distance de quelques mètres qui la séparait de Jack. Ils auraient tout aussi bien pu se trouver dans des villes différentes.

Les hommes travaillaient vite, mais pas assez vite. La camionnette d'un journal local s'arrêta dans le parking, bloquant habilement la sortie sous prétexte de décharger du matériel. Le reste des équipes de nouvelles locales allait sûrement bientôt arriver.

Caroline reconnut Sandra Rivers. Elle portait un costume rouge semblable à celui de la veille au soir. De toute évidence, son radar était en mode haute réception. Elle repéra Jack et passa la main sur des plis inexistants de sa jupe. Elle se dirigea droit vers lui, ses hauts talons rouges cliquant bruyamment dans le parking presque vide. Le temps qu'elle arrive vers lui, deux autres chaînes d'information avaient convergé vers la scène.

— Détective Shaw ! appela Rivers, se hâtant vers lui.

Jack leva la main pour l'arrêter.

— C'est une scène de crime, Mademoiselle Rivers ! Dégagez !

On eut cru un instant qu'elle s'apprêtait à regimber, mais les paroles de Jack résonnèrent dans le parking comme la voix de Dieu.

— Tout le monde dehors, maintenant ! exigea-t-il. Déplacez la camionnette !

Fronçant les sourcils avec grâce, Sandra Rivers fit signe aux gars de la caméra de s'éloigner, comme si c'était nécessaire. Ils avaient déjà fait un bond en arrière de cinq pas au seul son de la voix de Jack. Il ne dirigeait peut-être pas cette enquête, mais il imposait tellement de respect que personne ne remettait son autorité en cause.

Rivers se retourna, son radar tourné vers Caroline. Elle se ragaillardit. Elle se précipita vers Caroline, avec une motivation renouvelée.

— Mademoiselle Aldridge ! Je comprends que Mademoiselle Baker a disparu depuis lundi, peut-être même avant ?

Son cœur se serra. Elle se dit que sa mère n'aurait pas fui. Elle cligna des yeux face à la caméra.

— Aucun commentaire, Mademoiselle Rivers. J'espère que vous comprenez.

Sandra Rivers acquiesça de la tête, surprise peut-être.

— Oui bien sûr, dit-elle, le sourire forcé, mais elle insista, le micro à la main. Dans le même ordre d'idées, pouvez-vous confirmer que le *Tribune* offre une récompense pour toute information pouvant aider à retrouver Amanda Hutto ?

— C'est pas du tout le même ordre d'idées, répliqua Caroline. Personne n'a établi de lien entre les affaires. Mais oui, le *Tribune* offre une récompense.

Rivers esquissa un petit sourire, les yeux brillants.

— Votre mère serait tellement fière, paix à son âme, dit-elle avec son fort accent traînant du Sud. Quant à vos enquêtes, poursuivit-elle, est-ce que vous intervenez maintenant parce que vous avez perdu foi en nos policiers ? Et allez-vous poursuivre les histoires plus véhémentes ou avez-vous l'intention de les abandonner maintenant qu'elles semblent trop risquées pour vos employés ?

Elle tourna le micro vers Caroline.

Caroline cligna des yeux, surprise par le flot de paroles de Rivers. Non seulement elle sous-entendait que le *Tribune* n'était pas un journal sérieux et qu'il ne pouvait pas gérer les nouvelles principales, mais la réponse à ces questions était potentiellement explosive. Elle pesa ses mots avec soin.

— Vous avez un compte Twitter, Mademoiselle Rivers ?

— Bien sûr, qui n'en a pas ? répondit Rivers, l'air soudain perplexe.

Elle se tourna vers la caméra avec un sourire nerveux, puis se retourna vers Caroline.

Caroline sourit avec bienveillance.

— Nous n'en avons pas, dit-elle. Et nous continuerons de rapporter les nouvelles à notre communauté comme la ville de Charleston a appris à compter dessus. Nous pensons cependant qu'il est préférable, compte tenu de la nature de ce qui est en jeu ici, de laisser les enquêtes criminelles aux mains expertes de la police, commenta Caroline, avec un sourire gracieux forcé.

— Eh bien, oui, se contenta de répondre Rivers. Je vous remercie, Mademoiselle Aldridge.

Un sourire brillant aux lèvres, elle se tourna vers la caméra et rendit l'antenne. Seulement après, son sourire disparut. Elle murmura quelque chose, ordonnant en colère à ses hommes de tout remettre dans la camionnette. Collègues médiatiques ou pas, Caroline était sûre de ne pas s'être faite de nouvelle amie aujourd'hui. Le regard que Rivers lui jeta en s'éloignant suffit à confirmer ses soupçons.

Laissant Jack tout seul, Frank s'avança vers elle sans se presser, les bras croisés. Il la dévisagea avec autant de fierté que de censure.

— Quoi ? demanda Caroline, les yeux fixés sur le dos de Jack.

Il n'avait même pas pris la peine de se tourner une seule fois vers elle.

— Qu'est-ce qui vous prend ? Vous avez rien de mieux à faire que d'aller causer à la presse ? la gronda Frank.

Les joues de Caroline s'échauffèrent.

— J'allais pas décamper comme un lapin ! réagit-elle, sur la défensive.

Frank secoua la tête, mais sourit.

— Juste comme votre Mama.

— De toute façon, remarqua Caroline, qu'est-il devenu de la courtoisie professionnelle ?

— Ça s'applique seulement si vous êtes pas une pétasse avide de nouvelles, déclara Frank d'une façon détachée. Sandra Rivers est une pétasse avide. D'une façon ou d'une autre, même sans ces meurtres, vous êtes à la une aussi en ce moment. Alors la prochaine fois, tenez-vous-en à « aucun commentaire ». Ça marche vraiment.

Caroline savait qu'il avait raison, bien sûr, mais elle n'était pas d'humeur à se faire réprimander. Elle resta là un moment, regardant Jack crier à nouveau après Rivers, lui ordonnant de quitter les lieux. Il jeta un bref regard dans sa direction. Elle ne prit pas la peine de rester pour voir si elle allait être sa cible suivante. Elle laissa Frank s'occuper des questions et retourna au bureau.

35

—J'ai hâte de voir le bronzage agricole que tu vas avoir ! dit Augusta en avançant sur le long quai.

Savannah s'arrêta net. Elle était en train d'essayer de rentrer un des petits bateaux dans le hangar. Portant un débardeur blanc comme son plâtre, elle était déjà recouverte de coups de soleil là où sa peau n'était pas protégée. Elle était en sueur, collante, et son bras la démangeait.

— Qu'est-ce que tu fais là ?

— J'examine le hangar à bateaux.

— Manifestement. Si tu continues comme ça, tu vas te retrouver avec un plâtre à l'autre bras. Pourquoi est-ce que t'as pas demandé qu'on t'aide ? poursuivit Augusta en montrant le bateau du doigt.

Savannah poussa le bateau une fois de plus, puis tira en vain. Il était vraiment coincé.

— Parce que j'ai manifestement surestimé ma coordination et ma force, répondit-elle en souriant.

Le plus petit de leurs bateaux, le doris, était coincé dans la porte, retenu par quelque chose juste à l'intérieur du hangar à bateaux. Savannah ne voulait pas le lâcher, parce qu'il ne tenait pas bien sur le quai. Elle ne voulait pas abîmer le bois.

— Laisse-moi t'aider, dit Augusta en passant sa tête par la porte.

Elle dégagea quelque chose du pied, puis poussa le doris sur le quai.

— Ça alors, comment t'es arrivée à le défaire des crochets ?

Elles regardèrent le petit bateau. Même si leur mère n'avait probablement jamais mis les pieds dans un de ces bateaux après la mort de Sammy, ils étaient tous en parfait état.

— Je parie qu'elle a demandé à Josh de s'occuper du hangar à bateaux, réfléchit Augusta à haute voix.

Savannah haussa les épaules.

— Elle aurait sûrement dû tous les vendre il y a longtemps. Mais tant mieux pour nous, ça fait plus de choses pour la vente aux enchères. En fait, il y a un Chris-Craft de huit mètres qui vaut probablement au moins cent mille dollars.

Augusta regarda à l'intérieur.

— Je crois qu'il appartenait à grand-père.

— Ouais, j'allais en parler à Josh.

— Peut-être qu'on devrait tout simplement les lui donner ?

La main sur la hanche, Savannah essuya la sueur de son front avec le plâtre de son autre main.

— Au lieu de les vendre ?

— Peut-être, répondit Augusta en regardant à nouveau dans le hangar à bateaux. Si ça lui a demandé beaucoup de travail, je dirais qu'il pourrait être blessé si on lui demande pas au moins. Mais j'espère qu'il va nous laisser les vendre.

— Ouais, d'accord.

Augusta se tenait là, immobile, la dévisageant. Savannah savait qu'elle allait lui poser une question personnelle. Elle le voyait à son expression.

— Alors tu travailles à tout sauf à ton livre depuis que tu as ce plâtre au bras. Et si tu peux bouger des boîtes et des bateaux, tu peux pas me dire qu'il t'empêche d'écrire. Qu'est-ce qui t'arrive ?

Savannah haussa les épaules.

— L'angoisse de la page blanche, je suppose.

— Savannah, si je dois m'occuper de ces conneries, et que toi tout ce que t'as à faire c'est d'écrire un livre, tu ferais mieux de taper quelque chose, même si c'est une merde totale. Sinon on va toutes se retrouver avec rien après tout ça.

Savannah reconnut l'accusation dans le ton de sa sœur. Elle savait exactement ce à quoi Augusta pensait. Outre le fait que tout le monde semblait croire que c'était facile d'écrire un livre. Augusta pensait que leur mère avait choisi sa chouchoute une dernière fois, donnant à Savannah la plus facile des trois tâches. Elle soupira.

— J'ai essayé d'utiliser la vieille machine à écrire, mais ça aide pas.

Augusta fronça les sourcils.

— Est-ce que ça t'est déjà arrivé avant ? T'as publié un livre, pourquoi est-ce que tu peux pas en écrire un autre ?

— L'angoisse de la page blanche. Ça arrive tout le temps, mais c'est jamais aussi mauvais que ça d'habitude, admit Savannah, en contournant la vraie question.

Elle avait à nouveau eu des terreurs nocturnes ces derniers temps, et avait même essayé de les écrire. Mais à chaque fois qu'elle essayait, ses doigts restaient paralysés sur le clavier.

En fait, elle n'avait pratiquement rien pu écrire depuis environ un an. Essayer la terrifiait. La dernière fois qu'elle avait laissé ses mots couler sur le papier, pensant qu'ils n'étaient rien d'autre que le produit de sa propre imagination, elle avait ressenti un sens macabre de déjà vu un jour, après une journée fructueuse à son clavier. Alors qu'elle regardait les nouvelles, assise sur le canapé, son histoire dans tous ses détails était tout à coup apparue à l'écran, racontée par une présentatrice à forte poitrine et aux lèvres roses brillantes. Ça l'avait fait flipper.

— Quoiqu'il en soit, dit Savannah pour éloigner la conversation de la zone inconfortable, je voulais juste voir ce qu'il y avait dans le hangar à bateaux. Et puis j'ai eu une soudaine envie de sortir le doris.

— Pour le mettre à l'eau ? Tu peux pas diriger ce truc d'une seule main, Savannah !

Savannah haussa un sourcil et lui lança un petit sourire.

— Je parie que je pourrais. Mais je l'ai sorti, et puis je me suis rendu compte qu'une balade en bateau toute seule sur le marais serait peut-être géniale pour mon inspiration, mais peut-être pas autant pour ma santé.

— Seigneur, sans blague !

Savannah se gratta le bras au-dessus de son plâtre.

— Ouais... Je le rentrais quand t'es arrivée.

Elles regardèrent ensemble le bateau, à l'envers sur le quai. Sa surface en bois avait été récemment polie et brillait sous le soleil de midi. Elles se mirent à pouffer de rire. D'autant que Savannah se souvienne, c'était la première fois qu'elle riait avec Augusta depuis leur enfance. Ça faisait du bien.

Évidemment, Augusta ressentait la même chose.

— Est-ce que t'as toujours envie de cette balade en bateau ? demanda-t-elle.

Elles regardèrent le cadre paisible autour d'elles, les spartines doucement agitées par la brise. À cause des pluies, le niveau d'eau était élevé. Mais avec juste une petite brise et le soleil pointant furtivement derrière les nuages très légers, la situation était idyllique. Ajoutez-y un bateau, une ou deux femmes, peut-être des chapeaux stylés, et vous aviez un tableau de Renoir. Mais ce n'était pas ce qu'elles voyaient qui leur faisait éprouver un sentiment d'ambivalence. Savannah secoua la tête en fronçant le nez.

— Non, moi non plus, reconnut Augusta.

Elles remirent donc ensemble le bateau dans le hangar où il aurait dû rester.

— Est-ce que Sadie est revenue ? demanda Savannah.

— Non. J'allais l'appeler, mais je voulais lui donner un peu d'espace.

— Ouais, je lui ai parlé ce matin, je suis passée chez elle. Elle dit qu'elle se rend compte qu'on devrait se débrouiller toutes seules et qu'elle nous aide pas en étant toujours autour de nous.

Augusta sembla s'offenser à l'insinuation de Sadie.

— Je peux pas parler à ta place et à celle de Caroline, mais chez moi, je fais tout toute seule et ce que je fais pas, personne le fait.

— Ouais, mais on est ici juste quelques mois et tout à coup on compte sur elle pour tout. Je suppose que c'est trop facile de retomber dans nos vieilles habitudes.

— C'est vrai, mais Sadie nous encourage, répliqua Augusta. Je veux dire, combien d'années est-ce qu'elle a tout fait pour Maman, au point de renouveler ses ordonnances de médicaments et de stocker son bar, même si elle connaissait ses faiblesses mieux que personne ?

Savannah pencha la tête.

— Qu'est-ce que tu voulais qu'elle fasse ? Qu'elle dise à sa patronne d'aller se faire foutre ?

— T'as raison. J'imagine que rien n'est vraiment noir et blanc, hein ?

Elles gardèrent le silence en entrant dans le hangar à bateaux, à la recherche de choses à jeter et à vendre. Il sentait bon comme un espace de travail bien-aimé, pas comme un vieux lieu de stockage moisi et oublié. À certains égards, Savannah se sentait comme une intruse dans sa propre maison. Sadie et Josh étaient beaucoup plus dignes de l'endroit.

Savannah regarda Augusta fouiller dans l'attirail de voile. Elle remarqua son humeur vacillante et décida que c'était le bon moment de parler de ses rêves. C'était parfois effrayant de constater leur lien avec la réalité. Au nœud d'appréhension qu'ils lui laissaient au creux de l'estomac, Savannah avait appris à reconnaître ceux qu'elle ne devait pas ignorer.

— Alors t'es allée voir Ian Patterson en douce, n'est-ce pas ?

L'expression sur le visage d'Augusta était presque comique. Elle écarquilla les yeux, incrédule, l'air un instant contrite. Puis elle fronça les sourcils.

— Comment... est-ce que tu sais ?

Savannah ne se sentait pas à l'aise pour expliquer, même à sa sœur. Elle se servit donc de sa réponse habituelle :

— J'ai juste deviné, répondit-elle en haussant les épaules.

En fait, Augusta gardait son secret autant qu'il était humainement possible. Elle n'avait rien dit du tout, mais Savannah savait.

— Tu vas le dire à Caroline ?

Savannah se mordit l'intérieur de la lèvre.

— Je crois vraiment que tu devrais.

— Tu rigoles ? Elle va devenir folle ! T'as vu comment elle a réagi quand je lui ai dit que je voulais offrir la récompense pour Amanda Hutto !

— Augusta, il est suspect dans deux meurtres.

— Ouais, et *moi* je crois qu'il est innocent !

Savannah lui jeta un regard éloquent.

— T'es prête à parier sur ta vie ?

Sa question n'était pas censée être une hyperbole. Le risque était aussi réel que la sueur lui coulant entre les seins, le long de son bras et dans son plâtre.

Augusta lui jeta un regard excédé, rempli de confusion. Rien qui puisse rassurer Savannah.

— J'ai juste cette intuition, Sav. S'il te plaît, dis rien à Caroline.

— Je peux pas te promettre et c'est pas juste de ta part de compter là-dessus.

Augusta fronça les sourcils.

— Voyons... Qu'est-ce que tu dirais si la situation était inversée ? Tu me laisserais suivre un mec qui fait l'objet de multiples accusations ?

Augusta ne répondit pas. Elles connaissaient toutes les deux la réponse. Augusta ne rechignerait pas à le dire à Caroline. Ni d'ailleurs à se rendre tout droit à la police pour exiger une protection raprochée, que Savannah le veuille ou non.

— D'accord, c'est important Augusta. Alors écoute ce que j'ai à te dire...

Augusta lui lança un regard noir.

— Tu prends des leçons auprès de Caroline sur la façon de remplacer Maman ?

Savannah ne saisit pas la perche tendue par Augusta.

— Viendra peut-être un moment où tu te demanderas : « Qu'est-ce que je dois faire ? » Fais ce qu'Augusta Aldridge ne ferait jamais.

Augusta se renfrogna.

— Qu'est-ce que ça veut dire ? Un commentaire sur ma vie ? Tu crois que j'ai besoin de remettre en cause mes actions parce que c'est pas celles que toi ou Caroline choisiriez ?

Elle jeta par terre une brosse qu'elle avait ramassée.

— Merde alors, si j'avais su, je serais pas venue communier avec ma petite sœur !

Elle sortit en colère du hangar à bateaux.

Savannah la suivit, lui criant après.

— C'est pas un commentaire Augusta ! T'es sacrément trop prévisible !

Augusta se retourna et marcha à reculons, l'air indigné.

— Ouais, eh bien, faire ce qu'il faut *est* prévisible, Savannah !

— C'est exactement ce que je veux dire !

Augusta tourna les talons. Savannah la regarda s'éloigner. Le temps était venu de parler à Caroline. Elle ne pourrait absolument pas garder pour elle ce qu'elle savait. Surtout maintenant qu'Augusta l'avait confirmé.

Caroline voulait fermer tôt le bureau. Mais les nouvelles n'arrêtaient pas d'arriver. La vie continuait, les gros titres aussi.

Elle n'arrivait pas à imaginer comment sa mère avait supporté la disparition de leur frère, en continuant à prendre des décisions et à sourire courageusement devant les caméras. Caroline, quant à elle, avait l'impression que sa vie s'était déchirée en morceaux.

Et elle ne pouvait même pas prendre deux minutes pour les recoller ensemble. Il y avait tant d'autres choses qui avaient la priorité.

De retour à la maison, elle trouva Augusta assise sous la véranda en train de siroter un verre de limonade, le jeans roulé à mi-mollet, les cheveux blond vénitien en bataille. De ses grands yeux bleus, Augie la regardait avancer dans l'allée d'un pas las.

— Une longue journée ?

Caroline fit oui de la tête, sans énergie pour répondre.

Elle se tint là un moment à regarder sa sœur. Elle se demandait depuis combien de temps elles étaient toutes de retour sous le même toit. Cela semblait une éternité, mais les jours s'écoulaient en un clin d'œil et elle avait à peine passé de temps avec l'une ou l'autre de ses sœurs. À ce rythme-là, la fin de l'année serait bientôt là... et puis quoi ? Est-ce qu'elles allaient repartir, chacune allant son propre chemin ? Cette pensée-là rendit Caroline morose. Laissant tomber son sac sur la dernière marche, elle s'assit près d'Augusta.

— Et toi ?

— Moi ?

— Ouais, tu tiens le coup ?

— Je suppose que oui, répondit Augie en soupirant.

Elle avala une autre gorgée de sa limonade et offrit le verre à Caroline.

Caroline prit une petite gorgée et faillit s'étouffer au goût inattendu de vodka.

Augusta se mit à rire.

— J'ai trouvé la cachette de Maman.

— C'est pas ton genre.

Augusta plissa les yeux et demanda à Caroline :

— Ah ouais ? Comment diable est-ce que tu pourrais savoir ça ?

Même dans la pénombre croissante, l'air était lourd et chaud après les fortes pluies. Le soleil avait dardé sans pitié toute la journée, cuisant tout ce qu'il touchait. Si les pluies avaient apporté de l'humidité au paysage, elle s'était vite évaporée. Caroline remarqua la sueur brillant sur les bras d'Augie et son léger coup de soleil sur les épaules. Elle voulait lui demander si elle était sortie au soleil, mais la remarque la cingla.

— Touché, dit-elle.

Elles restèrent assises là, enveloppées dans le silence qui suivit.

— Où est-ce qu'est Savannah ?

— À l'intérieur.

— Et Sadie ?

— Toujours en colère.

— Pas de dîner ?

Augusta se tourna vers elle, les yeux brillants. Caroline crut y voir une trace de défi.

— Non.

— Alors qu'est-ce que tu fais là ?

— J'attends le coucher du soleil.

— Pourquoi ?

— Je sais pas. J'avais envie.

Caroline voulait lui rappeler qu'il y avait un cinglé quelque part, mais quelque chose dans l'expression d'Augusta lui fit retenir sa langue. Ses yeux bleus étaient un peu ternes. Elle avait l'air d'avoir pleuré à un moment dans la journée.

Après un instant, Augusta poursuivit :

— Tu sais… j'ai lu un article dans le *Tribune*. Ils disent que les scientifiques sont préoccupés par la disparition des lucioles. Apparemment, Clemson fait une étude. Ils demandent aux gens de s'asseoir dans leur cour de vingt à vingt-deux heures et de compter les lucioles, et puis de rapporter leur nombre sur leur site.

Même si Caroline aurait aimé pouvoir dire qu'elle lisait tous les articles tous les jours, ce n'était pas vrai.

— T'as lu ça dans le *Tribune* ?

Augusta fit oui de la tête et fit tourner la boisson dans son verre.

— Quelque part entre les morts... page cinq peutêtre. J'ai eu du mal à trouver une histoire qui me donne pas envie de me fourrer dans un sac de pierres et de sauter du quai là-bas, commenta-t-elle en désignant le hangar à bateaux de la main.

Caroline se dit qu'elle comprenait peut-être ce qu'Augie ressentait.

La vie ici n'avait jamais vraiment ressemblé à un conte de fées. Mais depuis leur retour, tout était recouvert d'une pâle teinte morbide.

— Il y a quelque chose de magique dans les lucioles, dit Augusta avec nostalgie, un œil fermé, l'autre dévisageant Caroline. Tu te rappelles quand on les attrapait, qu'on les mettait dans des bocaux et qu'on disait que c'étaient des fées ?

Caroline acquiesça de la tête. Augusta vida sa limonade et posa le verre à côté d'elle, de l'autre côté de la marche.

— Ce serait triste si elles disparaissaient.

— Je te comprends, admit Caroline. Tu sais, je commence à saisir ce qui me retient ici cette fois et ça a rien à voir avec l'argent.

Augusta haussa un sourcil avec un air de défi.

— Menteuse. Ça a quelque chose à voir avec l'argent.

Caroline ne put réfréner un petit rire en voyant les yeux scintillants d'Augusta.

— D'accord, peut-être un peu. Mais sérieusement,

je pense que la vraie magie qu'on ressentait en ce temps-là n'était pas due à ce qu'on pensait mettre en bocal, expliqua-t-elle. C'était le fait qu'on essayait d'attraper ces bestioles ensemble.

— Alors elles pouvaient mener leur courte et misérable existence dans nos minables bocaux à beurre de cacahuètes au lieu de leur milieu naturel, ajouta Augusta avec un air émerveillé moqueur, en désignant le paysage de la main.

Caroline grimaça, mais se mit à rire.

— Seigneur ! s'écria soudain Augusta. C'est de notre faute, c'est nous qui avons tué les lucioles !

Caroline se remit à rire.

— Eh bien… si c'est de notre faute, le moins qu'on puisse faire est de s'asseoir là et de compter ensemble les survivantes. Je suis partante si tu veux bien de ma compagnie.

Augusta sourit d'un air nostalgique et secoua la tête. Elle soupira bruyamment.

— Il doit y avoir quelque chose de mieux ici que toute cette merde et les bonnes gens qui meurent, non ? Je sens encore un peu de magie là-bas… *quelque part.*

— Moi aussi, reconnut Caroline.

Elle se pencha pour embrasser de façon inattendue sa sœur sur la joue. Elles restèrent assises ensemble, en attendant la tombée du jour, et le rassurement de voir au moins une luciole.

JACK NE POUVAIT PAS SUPPORTER l'idée de rentrer chez lui.

Il ne pouvait pas se sortir de la tête l'image des yeux aveugles de Kelly.

Il s'arrêta au Dive Inn. Pour éviter Kelly une nouvelle fois, ironiquement. Sauf que maintenant, il évitait les émotions confuses laissées par sa mort, en particulier une culpabilité qui le prenait aux tripes. Il s'assit au bar. Heureusement, même le barman l'évitait, réagissant probablement à l'air sombre de Jack. Sans un mot, il lui versa une Guinness et la poussa vers lui sur le comptoir ainsi que la télécommande, les yeux fixés sur la télé.

Jack cligna des yeux, saisit la télécommande et tourna le volume à temps pour écouter la dernière minute de la séquence de Caroline avec Sandra Rivers.

« ... Est-ce que vous intervenez maintenant parce que vous avez perdu foi en nos policiers ? » demanda la pétasse. « Et allez-vous poursuivre les histoires plus véhémentes ou avez-vous l'intention de les abandonner maintenant qu'elles semblent trop risquées pour vos employés ? »

Elle tourna le micro vers Caroline.

Même s'il savait que Caroline était en détresse, son expression lui rappelait sa mère. Soumise aux invectives, elle avait la même grâce, le même regard détaché. Mais s'il lui avait dit cela, elle l'aurait pris pour une insulte. La vérité était qu'il admirait la façon dont elle se tenait droite face au défi, le menton relevé devant l'adversité.

— Mes condoléances, dit le barman. Elle était... euh... C'était une fille sympa.

Il avait vu Kelly juste une fois, un soir qu'elle avait suivi Jack au bar. Ça l'avait agacé, et il l'avait reçue froidement. Ce qui lui avait valu des questions du barman plus tard.

Jack hocha la tête et regarda le visage de Caroline. Il avait besoin d'elle. Il se concentra sur ses lèvres et les regarda bouger. Même dans sa douleur, son corps réagissait comme toujours.

Mais c'était pas le moment d'être distrait.

Caroline lança un regard sournois à Rivers. « Vous avez un compte Twitter, Mademoiselle Rivers ? »

Il serra les lèvres.

« Bien sûr, qui n'en a pas ? » répondit la journaliste blonde, ressemblant un peu à une souris face à un chat.

Caroline sourit avec confiance. « Nous n'en avons pas ».

Jack se mit à sourire pour la première fois de la journée.

— Elle ressemble pas beaucoup à sa mama, mais pour sûr elle agit comme elle, remarqua le barman en saisissant un chiffon pour essuyer les chopes dans l'évier. Il fit au revoir de la main à un client qui s'en allait. Jack entendit la porte se fermer. Le bar était vide.

— Ça t'ennuie pas si j'éteinds la télé pendant que je finis ma bière ? demanda Jack.

— Prends ton temps, dit le gars.

Il sortit de derrière le bar et alla fermer la porte à clé. C'est ce que Jack aimait le mieux chez lui. Il n'était pas bavard et un peu de silence ne le gênait pas.

Jack éteignit la télé. Le silence envahit agréablement le bar peu éclairé.

Il voulait appeler Caroline, mais il ne savait pas quoi lui dire. Il fixa des yeux l'écran éteint, repassant dans sa tête les événements des deux derniers jours.

Le jeu semblait avoir changé. Une fois de plus, il se dit que le meurtre de Kelly était quelque chose de personnel. Et la disparition de Pam Baker était trop proche pour être confortable. Cependant, sans corps, il n'y avait pas de meurtre. C'était juste une autre personne disparue.

Et s'ils ne trouvaient pas d'autres corps ? Si le seul

but de tuer Kelly était de confirmer leurs pires craintes et de retirer Jack de l'affaire d'un seul coup ?

Où est-ce que le gars planquait les corps ?

Est-ce qu'ils avaient là un autre Dahmer ? Est-ce que les corps étaient fourrés dans un congélateur ? Est-ce qu'il les enterrait quelque part ? Où ?

Une autre recherche aérienne était prévue pour le matin.

L'alligator chassait peu, mais chaque fois qu'il s'emparait d'une proie, surtout des chiens, il trouvait un terrier sous-marin où il emmagasinait son repas jusqu'à ce que la viande soit assez douce et tendre pour la manger. Est-ce que c'est ça que le tueur faisait ? Est-ce qu'il les enterrait quelque part dans le marais où la marée ne pouvait pas les rapporter à la surface ? Si tel était le cas, l'état de la Caroline du Sud avait plus d'un million et demi d'hectares de zones humides. Même s'ils concentraient leurs recherches autour de Charleston, il était impossible de passer au crible chaque centimètre carré de cette terre marécageuse. Sur une grande partie de ce terrain humide, même les chiens ne pourraient pas suivre une odeur.

Pour couronner le tout, la note de Caroline était propre, sans une seule empreinte digitale. Jack n'était pas surpris. Pourquoi est-ce que ce papier serait différent du reste des preuves médico-légales ? Le gars était méticuleux. Mais il affirmait que ce n'était pas la carte de visite d'un gars d'église. Si la note avait été distribuée par un évangéliste, elle aurait évidemment eu des empreintes.

Les gars du labo avaient établi un rapport qui avait échappé à Jack, jusqu'à ce qu'il découvre le feuillet rose sur la voiture de Pam. C'étaient des duplicata. Sans autre papier carbone, une seule feuille ne semblerait pas différente d'une feuille normale, mais en présence d'un autre papier carbone, on comprenait qu'il s'agissant d'une copie. Ça n'avait pas beaucoup d'importance, vu qu'il n'y avait pas d'empreintes. Et s'ils avaient utilisé la technique de la hotte ventilée, le papier serait devenu tout noir. Toute empreinte récupérable aurait été irrémédiablement perdue.

Mais à la différence des duplicata du passé, il n'y aurait pas de résidu noir sur les mains de l'utilisateur. Il pourrait cependant y avoir des résidus chimiques. On se servait d'un grand nombre de produits chimiques pour fabriquer les feuilles. Tant, qu'on s'interrogeait sur la sécurité d'un usage quotidien. Comme les phénoplastes, le bisphénol A, les colorants azoïques et autres choses. Combien de temps est-ce que des traces de ces produits chimiques restaient sur la peau ?

Inutile d'y réfléchir s'il ne trouvait pas de cause probable pour faire le lien entre Patterson et la note.

Il semblait impossible de commettre deux crimes tellement rapprochés sans laisser de traces... quelque part. À un moment donné, le gars avait dû faire une erreur. Jack allait la trouver et le pincer.

Il ferma les yeux pour reconstituer tout le tableau. Aujourd'hui, c'était mercredi. Le corps de Kelly avait été découvert mardi soir. Si c'était bien le tueur qui avait kidnappé Baker, quand est-ce qu'il s'était emparé d'elle ? Le week-end ou lundi. Mais les rues étaient inondées la plupart du lundi et du mardi. S'il ne l'avait pas kidnappée directement au travail, il aurait eu du mal à ramener sa voiture au parking. Cela voulait dire qu'il avait dû l'enlever avant l'arrivée de la pluie. Avec assez de temps pour ramener la voiture.

On avait examiné l'ordinateur portable de Baker ainsi que sa Honda, mais la voiture était impeccable. Pas une trace d'eau dessus. Elle ne s'était donc probablement pas trouvée sous la pluie et ne produirait aucune empreinte. Mais il doutait que le tueur ait laissé un ordinateur s'il pouvait contenir des preuves. Jack concluait qu'il n'y avait vraisemblablement pas eu de contact préalable entre eux. Le téléphone portable de Baker manquait. Jack avait déjà contacté son fournisseur d'accès pour demander le repérage GPS. Il avait également demandé la liste de ses appels téléphoniques.

Quelle était la probabilité que les deux filles se soient retrouvées au mauvais endroit au mauvais moment ? Plus important encore, quel était le mauvais endroit ?

Tout était arrivé si rapidement, ils n'avaient même pas eu le temps de s'interroger sur la Jeep de Kelly. Après la découverte de la voiture de Baker dans le garage de Meeting Street, ils avaient envoyé une voiture de patrouille et trouvé la Jeep absente de sa maison. Ils avaient alors fait une annonce immédiate. Si sa Jeep avait été un modèle plus récent, ils auraient pu se servir du repérage GPS. Pas de chance. Le plus tôt possible le lendemain matin, à la lumière d'un nouveau jour, il allait voir s'ils le laisseraient monter dans un des hélicoptères.

À moins que...

Une pensée lui vint, et il se leva aussitôt.

— Hé, Kyle ! Tu veux bien déverrouiller la porte s'il te plaît ?

Presque comme s'il avait oublié la présence de Jack, le barman s'arrêta net de nettoyer une chope. Il cligna des yeux. Voyant le regard sur le visage de Jack, il garda le silence. Il se précipita de derrière le bar pour ouvrir la porte. Jack laissa un billet de vingt dollars sur le comptoir et saisit ses clés et son téléphone.

Aucun flic ne voulait assumer que quelque chose

de si merdique puisse arriver à sa porte. Puisque le gosse avait vu un nageur, ils en avaient tous déduit que le corps avait été transporté et déposé à Brittlebank Park. Mais si Kelly avait été enlevée directement à son travail ? Personne n'avait même pensé à vérifier si la voiture de Kelly se trouvait sur le parking de Lockwood.

36

———

Tout ce que tu peux faire, c'est commencer avec les meilleures intentions...

Toute la nuit, Caroline entendit les paroles de Savannah lui résonner dans la tête. Elle n'arrêta pas de se retourner, cherchant à comprendre ce qu'elle aurait pu faire différemment.

Elle passait à côté de quelque chose. C'est Brad qui avait parlé à la mère de Jennifer Williams. Mais peut-être qu'il avait passé le relais à Pam, sachant qu'il n'allait pas être sous les feux de la rampe pour l'histoire ? Et si Pam poursuivait une piste qu'ils ignoraient ?

Elle aurait probablement pu téléphoner, mais au lieu de prendre le risque qu'on refuse de lui parler, Caroline monta dans sa voiture le lendemain matin. Au lieu de prendre la direction du bureau, elle se rendit à Murrells Inlet, à une heure et demie de chez elle, pour parler à la mère de Jennifer Williams. C'était mieux de faire certaines entrevues en tête à tête. Même si elle avait promis à Frank de ne pas écrire une autre histoire, cela n'avait rien à voir avec son nom au bas d'un article ou avec le besoin de contrôler le journal. Il s'agissait de trouver une jeune femme dont Caroline se sentait responsable.

On n'avait jamais retrouvé Amanda Hutto. Jennifer Williams était toujours portée disparue. Est-ce que Pam était encore en vie ?

S'il y avait quelque chose, n'importe quoi, que Madame Williams pouvait lui dire sur la disparition de sa fille ou sur Ian Patterson, cela valait le déplacement. Elle appela Frank pour lui faire savoir où elle allait. Elle fut surprise quand il ne lui offrit aucune objection.

Le voyage n'aboutit à rien, sauf à mettre en évidence les doutes que la femme avait sur l'innocence de Patterson. D'après Caroline, la culpabilité de la femme face aux accusations falsifiées l'empêchait de considérer clairement les circonstances.

La quarantaine, la femme vivait seule dans une petite maison de Creek Drive. Elle accueillit chaleureusement Caroline, lui servit du thé et lui montra sa photo la plus récente de Jennifer. Elle l'imprima en couleur et l'apporta à Caroline, les mains tremblant légèrement.

Caroline regarda la photo de l'adolescente aux cheveux blond vénitien. Elle ressemblait un peu à Augusta, pas seulement à cause de son teint ou de ses traits, mais de son regard de défi.

La photo avait été prise dans les ruines, cela ne faisait aucun doute.

Caroline ressentit un petit pincement au cœur quand elle reconnut l'endroit où elle et ses sœurs avaient joué si souvent dans leur enfance. La photo avait pâli, les couleurs s'étaient mélangées, rendant les contours difficiles à distinguer. Mais quelle qu'ait été la qualité de la photo, elle aurait reconnu le lieu. Derrière Jennifer, l'une des cheminées éboulées se dressait parmi les arbres, le sommet couvert de branches où pendait de la mousse espagnole.

Est-ce que Patterson couvrait ses traces ?

Caroline agita la photographie.

— Vous savez qui a pris cette photo ?

Madame Williams fit non de la tête, une incertitude dans ses yeux marron foncé.

Est-ce que Jennifer avait visité les ruines ? Ou est-ce que quelque chose de plus sinistre était en jeu ? Qui avait pris la photo ?

— Comment est-ce que vous avez obtenu cette photo ? demanda Caroline.

— Ian Patterson me l'a envoyée par courriel.

Ses cheveux se dressèrent sur la nuque. Caroline se leva aussitôt. Elle sentit soudain le besoin de retourner à Charleston. Elle devait appeler Jack. Parler à Frank. Ian Patterson avait des comptes à rendre. Caroline réalisa que tout ce qu'elle pouvait dire maintenant ne ferait que bouleverser Madame Williams.

— Merci, dit-elle en se levant.

Elle agita à nouveau la photo.

— Est-ce que je peux la garder ?

— Bien sûr.

Caroline plia la photo et la rangea dans son sac à main. Elle dit au revoir à la femme et s'en alla. Une fois dans sa voiture, elle appela Jack trois fois. Pas de réponse. Puis elle appela Frank et lui laissa un message, lui disant ce qu'elle avait découvert. Elle essaya ensuite ses deux sœurs. Ni l'une ni l'autre ne répondit. Alors elle prit le volant.

Augusta avait un rendez-vous avec Daniel. Elle lui avait parlé brièvement seulement, pour obtenir le feu vert pour l'argent de la récompense. L'avis de récompense était censé être publié dans l'édition du matin. Mais il n'avait pas été facile à joindre ces derniers temps. Donc, quand il avait offert de la voir pour l'aider avec les détails de la vente aux enchères, elle avait aussitôt accepté, se précipitant littéralement par la porte.

Elle était contente de voir qu'il semblait complètement remis, ses bleus disparus. Il marchait d'un pas vif. Elle attribua cela à autre chose que le travail, mais elle ne posa pas de questions. Elle ne voulait vraiment pas savoir. Surtout si Sadie faisait partie de l'explication.

Leur réunion finie, il s'excusa pour la nécessité de fermer le bureau à clé et de partir précipitamment. Mais il ne voulait pas laisser le bureau ouvert et il avait un procès qui touchait à sa fin. Il ne pouvait pas s'en absenter. Reconduisant Augusta, il verrouilla la porte de devant et sortit par l'arrière, où sa voiture était garée. Contrarié de ne pas lui avoir offert de la reconduire à sa voiture, il laissa Augusta seule dans la rue. Elle n'était pas arrivée à trouver une place de stationnement près de son bureau, ni dans King Street. Elle devait maintenant s'avancer dans une rue douteuse.

Depuis quand est-ce que t'as peur de marcher dans la rue ?

Elle habitait à New York, bon sang. Elle avait marché dans des tonnes de rues douteuses.

La différence était que dans une ville comptant plus de huit millions d'habitants, c'était difficile de trouver une rue vide.

Mais il fait encore jour, se dit-elle, même si la rue était étrangement vide et que les lampes n'étaient pas encore allumées, malgré la présence d'une nouvelle série de nuages noirs. Ils auraient besoin d'une pluie d'été pour rendre la chaleur plus supportable, pensa-t-elle. Mais ça serait pour sûr pénible de se faire tremper.

La lumière baissait. Les ombres descendaient sur la ville comme un rideau gris. Dans le quartier historique, il y avait toujours la lueur supplémentaire des lampes à gaz, allumées jour et nuit. Mais ici, la ville commençait à peine à remédier aux coupures de courant. Quelques lampes étaient brisées. Pas parce qu'on les ignorait, mais probablement parce que personne ne l'avait signalé. Si vous préfériez faire vos affaires dans le noir, pourquoi avoir des lampes ?

Une trentaine de pas plus loin, Augusta regretta sa décision de se garer si loin et de porter des talons, même bas.

Quelle heure est-ce qu'il était ? Tard, semblait-il.

L'air froid soufflait de la mer, et la vapeur s'élevait du goudron. Elle passa un nid de poule récemment comblé et son talon pénétra dans le goudron chaud. Soudain, elle sentit plutôt qu'elle entendit une présence derrière elle.

Des pas rapides et agiles, se précipitant et la dépassant. Le gamin avait son sac à main avant même qu'elle ait le temps de se retourner pour voir qui s'approchait d'elle. Il n'avait pas plus de douze ans, les pieds trop grands pour son corps maigre. Il s'éloigna avec le seul sac à main de marque qu'Augusta ait jamais acheté de sa vie. Elle se précipita instinctivement à sa suite, furieuse.

Si elle arrivait à l'attraper, elle allait le mettre sur ses genoux comme un bébé et lui flanquer une fessée devant tout le monde. S'il y avait quelqu'un qui regardait. Et puis elle allait le reconduire chez lui et lui faire avouer à sa mama ce qu'il avait fait.

Mais il était trop rapide. Il tourna dans une ruelle avant qu'elle puisse le rattraper. Quand elle arriva dans l'allée, elle était à bout de souffle, et encore plus en colère quand elle réalisa qu'il avait ses clés de voiture.

À ce stade, elle se fichait bien de son sac à main. Elle voulait juste ses clés. En fait, si seulement il revenait, elle aurait été heureuse de lui donner la Town Car en échange du trajet de retour chez elle. Il en avait probablement beaucoup plus besoin qu'elle de toute façon.

Le ciel s'assombrissait rapidement. Les ombres se glissaient entre les bâtiments de la ruelle. Un sac en plastique traînait sur le trottoir, le vent lui promettant un vol prochain.

C'était juste un gamin.

Est-ce qu'elle devrait le suivre dans l'allée ?

Les paroles de Savannah lui résonnèrent soudain dans la tête.

Fais ce qu'Augusta Aldridge ne ferait jamais.

Augusta hésita. Quelque chose qu'elle faisait rarement.

Immobile à l'entrée de la ruelle, elle se demandait quoi faire. Le vent balayait les feuilles et les ordures. Le jour tombait rapidement. Elle leva les yeux vers les fenêtres du premier étage. Certaines étaient barricadées. D'autres étaient juste des trous noirs vides dans des façades en bois délabrées. Derrière l'une d'elles, elle crut voir un visage l'observant dans l'ombre.

Parfois, Savannah savait.

Il lui fallait en général beaucoup plus qu'une ruelle obscure, quelques ombres et un après-midi venteux pour la décourager. Mais Augusta quitta la ruelle et se hâta vers King Street.

Au diable son sac à main ! Elle pourrait en acheter un nouveau, un téléphone aussi, et changer les serrures. Quant à la Town Car, si elle était toujours là le lendemain matin, elle ferait venir un serrurier. Entre temps, elle allait pas rester là à en attendre un.

Se hâtant dans King Street, elle se demandait si elle se souvenait même du numéro de téléphone de ses sœurs. Elle allait devoir remédier à ça.

Ils abandonnèrent les hélicoptères en fin d'après-midi.

La voiture de Kelly n'était pas dans le parking de Lockwood. Elle n'avait pas non plus été abandonnée le long du fleuve Ashley.

Attendant des nouvelles de Garrison, Jack scruta le contenu de l'ordinateur portable de Baker. Officiellement, elle n'était pas la victime d'un meurtre, donc les affaires n'étaient pas liées. Cela voulait juste dire que pour le moment, l'ordinateur portable volait sous le radar du bureau du procureur du district. Les affaires n'avaient rien en commun. Même pas la note, trouvée dans le même garage que celle de Caroline. Elle aurait pu être déposée sur son pare-brise par pratiquement n'importe qui. Mais Caroline n'était pas une victime. Tant qu'on ne retrouvait pas la voiture de Kelly et qu'on ne savait pas avec certitude si elle avait reçu une note similaire, il n'y avait pas moyen de faire un rapport entre la note de Caroline, celle de Pam et le meurtre de Kelly. Ça relevait purement de la conjecture. En fait, si quelqu'un se penchait de haut sur ces trois affaires, il ne verrait aucun rapport entre elles, juste des coïncidences. Mais Jack savait en quelque sorte qu'elles avaient un rapport.

Il avait deux filles mortes. Une disparue. Quel était le lien ?

Il essaya de s'éclaircir l'esprit pour mieux réfléchir.

L'une des filles disparues avait une connexion directe à Caroline. L'autre à Jack. Dans ses tripes, Jack sentait que le jeu était devenu personnel. Est-ce que les notes étaient en fait un message destiné non à la police, mais à lui-même ?

Il repensa au message : *Mort et vie sont au pouvoir de la langue, ceux qui la chérissent mangeront de son fruit.*

Qu'est-ce que cela voulait dire ? Les victimes étaient-elles visées à cause de quelque chose qu'elles avaient dit ? De quelque chose dit sur elles ? De quelque chose qu'elles n'avaient pas dit ? Est-ce que le cinglé leur mangeait la langue parce qu'il croyait qu'elle détenait une sorte de pouvoir ?

Dans la mythologie grecque, Térée viola la sœur de sa femme et lui coupa la langue pour l'empêcher de parler à quiconque de son crime. Pour Andrei Chikatilo, un tueur en série ukrainien, mordre la langue était une extension de l'acte amoureux. On raconte que les indigènes du sud de la Nouvelle-Guinée mangeaient la langue de leurs ennemis pour s'emparer de leur bravoure. Le tueur en série et cannibale Joachim Kroll tuait et mangeait ses victimes pour réduire sa facture chez l'épicier. Et Dennis Rader considérait ses victimes comme des projets. Il comparait leur meurtre à la mise à mort d'animaux. Il les étranglait à plusieurs reprises, les ravivait, prenait son pied à les regarder lutter, puis finissait par les tuer et éjaculer dans un de leurs effets personnels.

Les questions se bousculaient dans son esprit, mais aucune des réponses n'avait de sens. Aucune ne prenait forme. Jack était toujours penché sur l'ordinateur quand Garrison entra dans son bureau vers seize heures.

— Tu sais, le gars à qui on a demandé de suivre Patterson... Tu devineras jamais où il est allé aujourd'hui.

Jack examinait les courriels de Baker.

— Où ça ?

— Apparemment, sa petite amie a un emploi à mi-temps dans une station de lavage appartenant à son beau-frère, à Mont Pleasant.

— Sa petite amie ?

— La nana qui lui a servi d'alibi.

Jack releva brusquement la tête.

— On a envoyé quelqu'un poser des questions et jeter un œil à leurs factures ?

Ils se fixèrent mutuellement. Il savait que Garrison avait déjà laissé tomber les notes, ne les considérant pas comme des preuves. Ou du moins il les avait placées au fond de sa liste de priorités. Il n'était pas convaincu que la disparition de Pam avait un rapport avec l'affaire. Tout le monde pensait que la référence à la langue n'était qu'une coïncidence. La copie blanche, comme la copie rose, était absolument propre, dépourvue de toute empreinte digitale. Mais on les avait trouvées toutes les deux dans le même garage, sur des voitures appartenant à des employés du *Tribune*.

— Bon, je m'en vais, dit-il. Je voulais juste te faire savoir.

Jack se leva et saisit ses clés, prêt à monter avec lui dans sa voiture. Si Garrison n'allait pas poser les bonnes questions, il fallait quelqu'un pour le faire.

Garrison secoua la tête.

— Désolé. On peut pas, dit-il. Condon veut que tu restes en dehors du coup. Je voulais juste que tu saches, répéta-t-il, semblant s'excuser, mais sur un ton légèrement hautain.

C'était sa chance de surpasser Jack et devenir le super détective, le chouchou de Condon. Du moins c'est ainsi que Jack pensait que Garrison voyait les choses. Il se rassit, se sentant impuissant et en colère.

— Et l'ordinateur ? demanda Garrison, probablement comme une consolation. T'as trouvé quelque chose ?

— Rien.

37

Caroline était presque arrivée à la maison quand son téléphone sonna. En quelques minutes, depuis qu'elle avait tourné dans Fort Lamar Road, le ciel s'était obscurci. Elle répondit sans vérifier qui c'était, espérant que c'était Jack.

— J'appelle... la récompense.

C'était une voix d'homme, à peine audible. Caroline comprit seulement le mot « récompense ». Son sang ne fit qu'un tour. Elle baissa la radio.

— Est-ce que vous pouvez répéter s'il vous plaît ? demanda-t-elle. Ma batterie est presque à plat. Je ne vous capte pas bien.

— J'appelle... recevoir... la récompense, murmura l'homme, d'une voix si basse qu'elle l'entendait à peine.

Caroline éloigna le téléphone de son oreille pour vérifier qui appelait. Le souffle coupé, elle constata avec horreur que c'était le numéro de Pam. Elle freina brusquement sous le coup. La voiture cahota et faillit se retrouver sur le bas-côté. Elle rapprocha le téléphone de son oreille, mais elle avait la gorge nouée.

Il sembla prendre un temps interminable avant de parler à nouveau.

— Je sais où elle est, murmura la voix.

Il raccrocha brusquement. Caroline s'arrêta sur le bas-côté. Elle était trop sur les nerfs et ses mains tremblaient trop pour conduire même le dernier kilomètre qui lui restait pour rentrer chez elle.

Appelle Jack.

Elle saisit son téléphone et était en train de composer le numéro quand un texto arriva.

Ses cheveux se dressèrent sur sa nuque.

C'était le numéro d'Augusta. Caroline cliqua dessus et attendit en retenant son souffle, le cœur battant à tout rompre, que le message photo apparaisse. Le signal de la batterie était rouge et clignotait. Elle avait la bouche desséchée et la peur au ventre. Elle cligna des yeux en découvrant sur la photo un gros plan de briques carbonisées. Elle déchiffra avec difficulté les initiales à côté d'une tache sombre qui ressemblait à... du sang. Sa poitrine se serra.

Du sang.

Les initiales étaient les siennes et celles de Jack.

Le message photo avait été envoyé du numéro d'Augusta.

Je sais où elle est.

La batterie était maintenant à plat. Son écran s'éteignit.

Sans penser, Caroline réagit aussitôt. Redémarrant sur les chapeaux de roue, elle fonça sur la route en direction des ruines.

JACK N'ABOUTISSAIT qu'à des impasses.

Est-ce qu'il imaginait un lien là où il n'y en avait pas ? Est-ce qu'il pouvait s'agir de deux affaires complètement séparées, reliées seulement par de simples coïncidences ?

Il se passa la main dans les cheveux, frustré. Les courriels de Pam étaient propres. Chaque fichier de son bureau était lié à son travail. Il n'y avait aucun courriel personnel dans sa corbeille. Il vérifia son historique, et visita un par un les sites sur lesquels elle avait navigué et qu'elle avait ajoutés à ses favoris.

Il y avait quelques articles Internet sur Ian Patterson, quelques articles du *Tribune*, et un du *Post*. Elle avait aussi visité un certain nombre de sites sur la pathologie et la théorie des tueurs en série. Un site appliquait le profilage géographique des délinquants en particulier aux violeurs. Grâce au profilage géographique des violeurs, ils avaient découvert que les coupables commettaient rarement un crime en dehors d'un cercle déterminé par ses deux délits les plus éloignés. Est-ce qu'elle faisait de la recherche pour préparer un article sur le lieu du meurtre d'Amy Jones ? Est-ce que cela pouvait être le chaînon manquant ?

Sur un coup de tête, il ouvrit un autre navigateur. Par défaut, il était lié à son compte Google. Elle était toujours connectée. Ayant bon espoir, il cliqua sur ses courriels. Manifestement, elle n'utilisait pas ce service. Il ne contenait que du spam. Serrant les dents, il cliqua sur le lien de ses albums photo. Ses cheveux se dressèrent sur sa nuque quand il vit les photos de Pam Baker apparaître devant lui une par une.

Apparemment, son smartphone était synchronisé et envoyait automatiquement ses photos en ligne. La dernière mise à jour datait du samedi premier juillet. Au premier coup d'œil, les photos ressemblaient toutes à des erreurs, à des ratés. Puis il se rendit compte que c'étaient des gros plans. Il cliqua dessus un par un, déglutissant avec difficulté quand il réalisa ce qu'il voyait. Un mauvais pressentiment commença à lui nouer l'estomac tandis qu'il continuait d'examiner les photos. Il y en avait plus d'une douzaine, toutes prises sous des angles différents. Toutes des photos de briques. Et surtout une tache sombre. Il remarqua les initiales gravées dans la pierre. Ce creux à l'estomac se transforma en trou noir.

Son téléphone sonna.

— Bingo Jack ! s'écria Garrison à l'autre bout du fil. La facture correspond au carnet qu'ils utilisent à la station de lavage. Le crayon de la vitre aussi. On va demander confirmation au labo, mais je suis sûr que ce sont les mêmes. Et tu sais quoi ? La plus grande nouvelle, c'est qu'on a retrouvé la Jeep de Kelly, toute propre, dans l'un des espaces de stationnement avec un grand chiffre deux sur la vitre côté chauffeur. Et tu devineras jamais...

Jack ressentit des frissons dans le dos.

— Il y avait une note sur son pare-brise ?

— Re-bingo ! T'avais raison ! annonça Garrison. Jaune. Elle dit exactement la même chose que les deux autres.

Jack n'avait jamais autant voulu avoir tort de toute sa vie.

— Où est-ce qu'est Patterson ? demanda-t-il, haletant, la poitrine serrée.

Il se fit un silence de mort.

— On a renvoyé les gars chez eux à seize heures, dit Garrison, sur un ton à la fois de justification et de regret. Rien ne se passait, Jack. Les gars ont travaillé vingt-quatre heures sur vingt-quatre. La femme de Keith menaçait de divorcer s'il rentrait pas à temps pour regarder le match de son gosse.

Cela lui fit froid dans le dos.

— Où était Patterson la dernière fois que tu l'as vu ?

— Chez lui, mais...

Jack se raidit.

— Garrison ?

— Euh... On a reçu un message anonyme disant qu'il était dans Fort Lamar Road, en direction d'Oyster Point. Mais t'inquiète pas Jack, on a des gars en route en ce moment même.

Le gars faisait *un compte à rebours.*

Jack cligna des yeux. Il commençait à comprendre. La première copie, la blanche, était sur le pare-brise de Caroline.

Il avait dû laisser sa tête entre les cuisses de Caroline parce qu'il voyait finalement la seule chose qu'il avait refusé de voir. C'était clair comme de l'eau de roche. Le mystère dans la note était pas *pourquoi* les langues, ni *ce* qu'il faisait avec. Le gars lui mettait sous le nez qui allait être sa troisième victime.

Caroline.

Il raccrocha et composa le numéro de Caroline. Il tomba directement sur sa messagerie vocale. Il saisit ses clés de voiture.

Caroline avança péniblement dans les friches. Elle bondit hors de sa voiture, laissant la portière ouverte. Le ciel devenait noir, mais les phares de sa voiture éclairaient son chemin. Elle courut vers les ruines, ses battements de cœur lui résonnant dans les oreilles.

— Augie ! cria-t-elle. Augie !

À bout de souffle et déroutée, elle arriva aux vestiges de l'ancienne maison géorgienne, aux murs effondrés recouverts de lierre. Il n'y avait personne.

Personne... Sauf que... Elle reconnut cette odeur.

Pas l'odeur âcre du marais, mais des vapeurs, comme de l'essence.

Cette odeur était tout autour d'elle. Elle se tenait dedans. Instinctivement, elle regarda à ses pieds, cherchant la tache qu'elle avait vue sur la photo. Elle s'étendait là, une ombre noire à côté des initiales que Jack et elle avaient gravées dans les briques l'été avant son départ pour l'université. Il avait gravé ces initiales le jour où il lui avait demandé de l'épouser. Il avait promis d'être toujours là pour elle...

Ce fut sa dernière pensée cohérente. Puis elle sentit quelque chose de doux et d'âcre pressé contre son nez et sa bouche. Quelque chose qui sentait les magnolias pourris.

Et tout devint noir.

IL ENVOYA un texto de plus du téléphone d'Augusta Aldridge pour s'assurer que ses joueurs seraient tous présents. Il travaillait vite, avec habileté. Il était comme un chef d'orchestre de première classe. Le tout était parfaitement orchestré. Mais si une seule note n'était pas sa place... Non, ce n'était pas possible.

Il déversa plus d'essence sur les briques, jusqu'à ce que la tache de sang soit complètement recouverte. Il entendit les sirènes au loin. Distrait un instant, il prit une profonde inspiration. Il chercha à sentir l'odeur du marais pour y puiser réconfort et énergie. Pour faire bonne mesure, il arrosa les branches au-dessus de lui et les broussailles environnantes jusqu'à ce que cette odeur recouvre complètement celle du marais. Une fois qu'il eut fini, il alluma une seule allumette et sourit.

· · ·

— Heureusement que tu travaillais pour une fois. Sinon t'aurais pas entendu le téléphone sonner !

Savannah jeta un regard exaspéré à sa sœur, essayant de ne pas être agacée par la gratitude équivoque.

— En fait, t'as de la chance que Sadie était à la maison, parce que sans voiture ni argent, tu serais toujours au coin de la rue à attendre la pluie.

— Ouais, rappelle-moi de plus jamais lui donner de fil à retordre. Seigneur ! Ce merdeux m'a foutu une sacrée trouille !

Augusta posa ses pieds nus sur le tableau de bord de la voiture. Elle avait enlevé ses talons blâmables et les avait jetés sur le plancher, jurant de ne porter désormais que des chaussures plates pour le reste de ses jours.

— Tu crois que ça va aller pour la voiture cette nuit ?

Savannah haussa les épaules.

— Qui sait. Il restera probablement plus rien à vendre demain matin, mais je pense pas que ç'aurait été malin de rester plantée là à attendre un serrurier.

Savannah fixait la ligne jaune continue des yeux, irritée par l'obscurité prématurée. Elle avait horreur de conduire de nuit, et pensait souffrir un peu de cécité nocturne. Cela la rendait nerveuse. Mais peut-être que quelque chose d'autre aussi la tracassait. Elle avait eu une prémonition terrible toute la journée. Comme un nuage noir qui ne voulait pas s'en aller.

Avec la voûte des arbres au-dessus d'elles, Fort Lamar Road semblait en quelque sorte plus sombre que le reste du monde. Savannah regarda sa sœur.

— Heureusement que tu l'as pas suivi dans cette ruelle, hein ?

— Ah ouais, ça..., répondit Augusta, se tournant

pour la regarder comme si elle était une curiosité. Comment diable est-ce que tu sais ce genre de truc ? T'es...

Au bout de la route jaillit soudain une boule de feu. Savannah se raidit au volant.

— T'as vu ça ?

Augusta se redressa sur son siège et regarda dans cette direction, où une lueur grandissait.

— Seigneur ! C'est la maison de Sadie qui brûle ?

Les flammes se dressaient au-dessus des arbres lointains. Elles illuminaient le ciel sombre comme de géantes torches médiévales dans les entrailles d'un donjon.

Elles entendirent soudain des sirènes. Les sirènes de la police, pas celles des pompiers. Des voitures de police les dépassèrent, venant de nulle part, gyrophares allumés et toutes sirènes hurlantes.

— Putain de merde ! s'exclama Augusta tandis qu'elles approchaient. Je crois que la vieille maison brûle une nouvelle fois !

MALGRÉ LES PLUIES RÉCENTES, après un printemps et un été caniculaires, les arbres et les broussailles étaient prêts à brûler. Les flammes léchaient déjà les arbres, réduisant la mousse en cendres et faisant crépiter les branches mortes à leur passage. Une branche enflammée craqua et tomba à terre. Avec le vent qui s'était levé, le feu se propageait rapidement.

Jack ne fut pas le premier à arriver, mais personne n'aurait pu le retenir.

La voiture de Patterson était garée de façon précaire au bord du chemin. Celle de Caroline était dans les broussailles, comme si elle avait conduit trop vite pour pouvoir s'arrêter. Comme si on l'avait poussée hors de la route dans une course-poursuite.

Jack dépassa ses hommes en courant vers les ruines, l'arme à la main.

La façade de briques et les broussailles environnantes étaient complètement la proie des flammes. Puis il vit une figure émerger d'un portail de feu : Patterson, portant Caroline dans ses bras.

— Pose-la par terre ! ordonna Jack. Pose-la par terre !

Patterson avait le regard d'un animal en cage, en colère et sauvage. Mais il s'avança avec son fardeau, ignorant la demande de Jack.

Jack visa, la main tremblante.

Caroline était sans vie. Il vit le ruban adhésif sur sa bouche. Son cœur se serra. Elle ne bougeait pas.

— Dégage Jack ! lui cria Garrison derrière lui.

— Putain de merde, pose-la par terre ! lui ordonna une nouvelle fois Jack.

Il visa Patterson à la tête, prêt à lui envoyer une balle entre les deux yeux.

Derrière lui, plusieurs voitures de police s'arrêtèrent dans des crissements de pneus. Des portières s'ouvrirent et claquèrent.

Il ne quitta pas Patterson des yeux une seconde.

Les yeux flambant presque autant que les flammes derrière lui, celui-ci s'arrêta soudain. Il se baissa, laissa tomber le corps de Caroline à terre, puis se redressa lentement et leva les mains en signe de reddition.

Des hommes armés se précipitèrent vers lui et le poussèrent par terre. Jack courut aux côtés de Caroline et arracha le ruban de sa bouche.

— Jack, non, fais pas ça ! cria Garrison.

J'emmerde la preuve ! J'emmerde l'enquête ! Qu'ils

me suspendent s'ils le veulent ! C'est la seule chose qui comptait dans ma vie. C'était Caroline ! Il la voulait en vie !

— Seigneur Dieu ! pria-t-il.

Il lui ouvrit la bouche, le souffle coupé quand il trouva sa langue intacte, sans colorant bleu. Il fourra ses doigts dedans pour voir si quelque chose lui bloquait la gorge. Rien. Les larmes lui coulèrent le long des joues. Elle respira en tressaillant. Il la serra dans ses bras.

— Merci Seigneur ! s'écria-t-il.

Il leva les yeux vers Patterson et réalisa combien ses tripes avaient eu mortellement tort. Les instincts auxquels il faisait normalement confiance lui avaient complètement fait suivre la mauvaise piste. Caroline avait été tellement sûre que Patterson était coupable. Et Jack s'était battu contre ses idées tout du long. C'était fini, il n'allait plus se battre.

— Je vais m'assurer que tu vas frire, jura-t-il, alors qu'ils menottaient Patterson et lui lisaient ses droits.

Il entendit des cris stridents de femmes, et perçut vaguement qu'ils provenaient de derrière lui. Puis Augusta apparut soudain à ses côtés. Elle regarda Caroline, les larmes lui coulant le long des joues. Elle poussa un petit cri quand elle vit Caroline cligner des yeux.

— Oh, merci Seigneur ! dit-elle. Caroline !

Ils emmenèrent Patterson. Deux officiers approchèrent et essayèrent de repousser Augusta. Elle recula et en gifla un à la tête.

— Putain, me touchez pas, lui cria-t-elle. C'est ma sœur !

Caroline cligna à nouveau des yeux et battit des paupières.

— Est-ce qu'on a fait un feu de joie ? demanda-t-elle faiblement dans un état de stupeur, les yeux tournés vers Augusta.

— On dirait que t'as essayé d'en faire un sans nous ! s'exclama Augusta, étouffant un sanglot. Mais t'as foutu le feu à la mauvaise maison !

Caroline lui adressa un faible sourire. Jack s'étranglait d'émotion, entre le soulagement et le rire. Il jeta un regard en arrière. Ils maîtrisaient toujours Savannah, les yeux écarquillés et remplis de peur. Il fit un signe de tête à l'homme et il la lâcha.

Savannah se précipita à leurs côtés et tomba à genoux près de Caroline.

— Oh mon Dieu, Caroline !

Augusta se retourna. Elle fixa le dos de Patterson des yeux. Ils le poussaient dans une voiture de police. Il se retourna pour la regarder une seule fois avant de monter, la perçant du regard avec ses yeux bleu clair. Elle déglutit.

— J'avais tellement tort, dit-elle à voix basse, en regardant les yeux furieux qui la dévisageaient de l'intérieur de la voiture.

À cet instant, même si elle ne croyait ni en dieu ni au diable, Augusta se dit qu'elle comprenait ce que cela avait dû être quand Lucifer devint Satan.

38

C'était fini.

Ils trouvèrent une combinaison de plongée dans le coffre de Patterson, avec un « sac à délits » contenant un rouleau du même ruban adhésif dont il se servait pour couvrir la bouche de ses victimes, de la corde, un flacon de colorant alimentaire bleu, et un couteau et un chiffon tachés de sang. Ils analyseraient le chiffon pour voir s'il correspondait au groupe sanguin et à l'ADN de Kelly ou d'Amy Jones. Même si on ne pouvait faire aucun lien avec les preuves sur les lieux grâce à l'ADN, ils avaient découvert un bloc tordu en plastique qui avait jadis été un téléphone. Selon la médecine légale, certaines cartes SIM pouvaient survivre à des températures extrêmes. Même si on ne pouvait pas facilement avoir accès aux données, elles étaient quand même récupérables. Ils pensaient que le téléphone appartenait à Augusta. Patterson s'en était servi pour attirer Caroline sur les lieux.

Une fouille de la maison de Patterson produisit l'appareil photo manquant de Jones. Il était plein de photos qu'elle avait prises la nuit de sa mort. Surtout du phare et du marais. Mais il y avait quelques photos prises pendant qu'il la préparait, et quelques gros plans de son visage tandis qu'elle mourait. Une suite horrible de clichés qui soulignaient sa terreur et finalement l'instant de sa mort.

Ils trouvèrent aussi une petite boîte avec un appareil pour percer la langue. Ils avaient appris tardivement qu'Amy Jones avait eu un piercing à la langue. Ils étaient passés à côté de ça pendant l'enquête. La compagne de chambre d'Amy n'aurait pas eu l'idée de leur dire puisqu'ils n'avaient jamais entièrement divulgué les détails de la mutilation et de la mort de son amie. C'était juste une question de temps avant de constater que l'ADN correspondait.

Ils découvrirent un certain nombre d'autres accessoires, y compris un cahier de petite fille rempli de dessins de fleurs en pleurs et de maisons en feu. Sur la couverture intérieure, on pouvait nettement lire le mot « Amanda » griffonné en noir par un adulte. La petite avait rempli la page en essayant de recopier son nom avec un crayon de couleur rouge.

Ils passèrent les environs des ruines au crible. Mais à part le récent incendie, le paysage semblait intact. Ils ne retrouvèrent pas le corps de Pam. Ni celui d'Amanda Hutto. Mais avec tant de preuves, la culpabilité de Patterson était indéniable. Caroline ne vit jamais son agresseur. Mais cela n'avait pas d'importance. Ils avaient coincé Patterson et cela ne faisait aucune différence s'il refusait de parler ou si la colère de son regard aurait pu mettre en route un autre feu pour rivaliser avec celui qu'ils venaient d'éteindre.

Pour l'instant, les tripes de Jack ne lui disaient qu'une seule chose : c'était sa chance de faire sa vie avec Caroline. Quoi qu'il faille pour y arriver, ce serait pour toujours. Après quatorze ans dans la police, il envisageait de prendre sa retraite. Avec ses faux instincts et toutes les règles qu'il avait enfreintes, il avait mis à mal sa propre conscience de lui-même et presque perdu Caroline ce faisant.

Patterson était derrière les barreaux. Pas grâce à Jack. Même s'il mourait sans révéler le sort des autres corps, au moins il ne pourrait jamais s'en prendre à une autre innocente. C'était assez pour le moment. Tôt ou tard, la vérité éclaterait... si quelqu'un écoutait.

Jack entra dans la petite bijouterie qu'un de ses amis avait récemment ouverte. Il se dirigea directement vers le comptoir, où une jeune fille le regardait avec espoir.

— Que puis-je faire pour vous aider, monsieur ?

— J'ai besoin d'une bague de fiançailles, dit-il simplement.

Il sortit une bague de platine antique gravée à la main, avec trois pierres manquantes, et la déposa avec révérence sur le comptoir. Elle avait appartenu à sa grand-mère. Caroline la lui avait rendue dix ans auparavant. Jack en avait extrait les diamants pour les mettre en gage. Mais il avait gardé la bague, incapable de se séparer du seul objet de famille qui lui restait. Il se souvenait à peine de sa grand-mère après toutes ces années. Mais c'était la seule chose positive qu'il se rappelait de son enfance. Il ne s'était pas senti connecté à une autre personne à ce point jusqu'à sa rencontre avec Caroline. C'était donc normal que Caroline ait cette bague, mais il ne pouvait pas la lui donner dans cet état.

— Il faut lui ajouter quelque chose de différent, dit-il, quelque chose qui montre combien j'ai attendu ce moment ces dix dernières années. Mais aussi quelque chose qui dise qu'on est sur une nouvelle voie.

— De quelle couleur sont ses yeux ? demanda la jeune fille en souriant.

— Noisette, avec des reflets verts.

— Que diriez-vous d'une émeraude ? lui suggéra-t-elle. Avec des diamants pour les motifs en forme de cœur ?

— Parfait, répondit-il.

JACK AVAIT *INSISTÉ* pour que Caroline le rencontre au Dive Inn.

Elle ne comprenait absolument pas pourquoi. Pas après qu'il ait tourné autour d'elle pendant plus d'une semaine, la traitant comme une malade et insistant pour qu'elle reste chez elle afin de se remettre complètement. En fait, il était resté avec elle à Oyster Point pour s'en assurer, la quittant à peine. Elle avait dû soutenir avec véhémence qu'elle était prête à retourner travailler ce matin. Maintenant, il semblait avoir soudain oublié toute sa sollicitude, lui faisant faire un long détour après une longue journée au bureau pour le rencontrer dans un lieu public.

Elle essaya en vain d'appeler Savannah et Augusta pour leur faire savoir qu'elle ne serait pas là pour le dîner. Aucune ne répondit.

Cela lui était égal.

Elle voulait vraiment voir Jack. En fait, elle le voulait tout à elle. Mais peut-être qu'il avait besoin de faire quelque chose de normal après le chaos de ces derniers mois. Il avait tellement insisté pour qu'elle vienne avant la tombée de la nuit. Il l'avait harcelée pour qu'elle quitte le bureau *à la minute*. Il avait raccroché seulement après l'avoir entendue faire tinter ses clés dans le récepteur. Et maintenant, comme ses sœurs, il ne répondait même pas au téléphone.

Elle se dirigea vers Folly-sur-Mer en essayant de ne pas accélérer, les vitres baissées, savourant la brise fraîche du soir. Cela lui ferait du bien de sortir et de se détendre ce soir, se dit-elle.

Une tache rouge vif attira son attention. Elle tourna les yeux vers le bateau échoué sur le bas-côté de Folly Beach Road. Il était là depuis des décennies, peint et repeint avec des graffitis. Il était impossible de ne pas remarquer le nouveau message. Il remplissait chaque centimètre possible. Écrit en énormes lettres rouge vif : Épouse-moi, Caroline.

Caroline cligna des yeux en passant devant le signe. Son cœur battit la chamade. Elle avait le trac. Elle était déjà au coin d'East Ashley avant de se souvenir qu'elle devait respirer.

Épouse-moi, Caroline.

Vraiment ?

D'autant qu'elle se souvienne, on s'était servi de l'épave pour des avis de naissance, des diplômes et des déclarations. Ou à peu près n'importe quoi que les gens voulaient annoncer.

Sa tête se remplit de pensées de leurs premières fiançailles. Elle fronça les sourcils à la mémoire de leur rupture. Toutes ces années gâchées. S'il lui demandait à nouveau sa main, elle s'accrocherait à ce qu'ils avaient jusqu'à son dernier souffle. Elle ne le tiendrait plus jamais pour acquis.

Elle l'aimait. Caroline n'avait aucune idée comment elle avait pu vivre sans lui pendant dix longues années.

Elle tourna et trouva Jack debout devant le Dive Inn. Il avait un large sourire. Il l'attendait. Caroline se surprit à sourire aussi, l'euphorie grandissant en elle.

Épouse-moi, Caroline.

Elle se gara à la va-vite et bondit hors de la voiture.

— Jack ! s'écria-t-elle.

Il souriait toujours. Ses yeux bleus pétillaient.

Elle s'arrêta et se tourna dans la direction d'où elle était venue, se sentant soudain mal à l'aise et doutant d'elle-même.

— C'est toi ? demanda-t-elle en pointant du doigt.

— Veux-tu ? l'interrompit-il, un genou posé à terre, révélant une petite boîte rouge qu'il avait tenue cachée derrière son dos.

Les larmes lui jaillirent des yeux. Elle se précipita vers lui, à peine consciente que ses pieds avançaient. Elle tomba à genoux devant lui.

— Oh, Jack !

— Épouse-moi, Caroline, murmura-t-il.

Ils étaient agenouillés là, face à face sur le gravier, les petits cailloux leur entrant dans les genoux. Caroline s'en fichait éperdument que soudain le parking se remplisse de public. Des gens sortaient du petit pub et venaient sur le parking. Elle ne prit même pas la peine de lever la tête. Pour l'instant elle ne voyait que Jack. L'amour dans ses yeux, l'espoir et une sincérité authentique gravée sur son beau visage. Ce visage près duquel elle voulait se réveiller chaque matin pour le reste de sa vie.

— Je t'aime, jura-t-il. Je veux que tout le monde dans cette ville le sache !

Caroline ne pouvait pas trouver ses mots.

— Caroline... Je te promets de ne plus jamais te laisser perplexe. De ne jamais te laisser tomber. Je jure devant Dieu que je te mettrai toujours en premier dans mon cœur et dans ma vie !

Caroline jeta ses bras autour de son cou et lui embrassa l'oreille.

— Oui, Jack ! murmura-t-elle avec ferveur.

Les larmes s'échappèrent de ses paupières closes. Son cœur était prêt à exploser dans sa poitrine.

Jack s'écarta pour ouvrir la boîte. Caroline ouvrit les yeux et aperçut la plus belle bague qu'elle ait jamais vue : une énorme émeraude, flanquée de deux motifs en forme de cœur rempli de diamants, insérée dans la bague en filigrane d'argent de sa grand-mère.

Les mains de Caroline tremblaient. Il sortit la bague de la boîte. Il lui prit la main et glissa la bague à son doigt. Le parking explosa soudain d'applaudissements.

Caroline finit par lever les yeux, essuyant ses larmes. Elle aperçut ses deux sœurs, bras dessus bras dessous en tête de la foule. Cela expliquait pourquoi elles n'avaient pas répondu au téléphone.

Frank était là aussi, ce filou ! Avec Daniel et George. Sadie pleurait, inconsolable, prenant appui sur le bras de son fils.

— Oui, dit-elle à nouveau avec le sourire.

Pour la première fois de sa vie, elle se sentait connectée. Pas seulement à l'amour de sa vie, mais à sa famille aussi. À ce lieu. Cette fois, elle savait qu'elle était chez elle et qu'elle allait y rester.

ÉPILOGUE

Il était impossible de ne pas admirer la vieille machine à écrire, avec ses touches dorées brillantes et sa base de noyer verni. Savannah la regarda littéralement pendant des heures sans même y toucher, essayant de trouver comment démarrer.

Apparemment, leur mère s'en était servie peu de temps avant sa mort. C'est pourquoi elle était encore en parfait état. Cela expliquait aussi le chariot parfaitement huilé et le ruban récemment encré. Comment elle s'était retrouvée au grenier, Sadie affirmait ne pas le savoir. La repérant sur le bureau de sa mère, Sadie avait fait une remarque à son sujet, se demandant pourquoi Savannah l'avait descendue du grenier si elle n'allait pas s'en servir.

Maintenant qu'on lui avait enlevé son plâtre, Savannah ne pouvait pas éviter la machine à écrire pour toujours. Augusta avait raison : elle devait taper quelque chose, n'importe quoi, même si c'était de la merde.

Augusta était affairée avec les préparatifs de la vente aux enchères et Caroline avec ceux du mariage. Le sien. Après dix longues années, elle et Jack allaient finalement se dire oui pour toujours. Il était largement temps.

C'est drôle comme parfois il faut presque perdre quelque chose de précieux pour mettre en évidence ce qui importe le plus dans la vie.

En fouillant dans le bureau de sa mère à la recherche de papier, Savannah découvrit une rame de feuilles dans le tiroir du bas, à côté d'un coupe-papier en étain en forme de baïonnette de confédéré. Jour de chance, pensa-t-elle, mais une fois le papier en place, elle se contenta de fixer la feuille blanche du regard.

Peut-être que si elle frappait une touche et écrivait un signe... Comme la première note d'une chanson. Peut-être que cela la pousserait à écrire plus. Frustrée, elle frappa la touche F et fixa des yeux l'impression épaisse. Nette. Noire. Superbe.

La vue de cette seule lettre la rendit excessivement heureuse. Mais les yeux fixés sur la feuille de papier, elle se rendit compte qu'il y avait une autre impression gravée. Elle libéra la feuille du chariot et la regarda de plus près sous la lampe de bureau, essayant de déchiffrer les gribouillis de sa mère.

Elle pouvait deviner quelques mots, comme « testament » et « codicille ».

Curieuse, elle posa la feuille sur le bureau et alla chercher un crayon de papier, déterminée à découvrir quels secrets elle recelait. Peut-être qu'une détective de troisième classe révélerait les dernières paroles de sa mère. Elle trouva enfin un crayon de papier enfoui dans le tiroir du milieu. Pas un crayon à l'ancienne, mais un mécanique. Mais elle se dit qu'il ferait l'affaire. L'impression sur le papier était assez profonde.

Le papier posé sur le bureau, elle commença à passer légèrement le crayon sur les indentations. Lentement, les mots se mirent à apparaître.

Je soussignée Florence W. Aldridge, de James Island, déclare que ceci est le premier codicille à mon testament daté du premier mai deux mille quatorze.

Clignant des yeux, Savannah fixa les mots sous le gris du crayon. Elle hésita, le cœur battant un peu plus vite. Quoi que ce fût, elle l'avait écrit quelques jours seulement avant sa mort. C'était vraiment ses dernières paroles. Les mains tremblantes, elle continua.

Article I : Je veux et j'exige que l'article V du dit testament soit annulé dans son intégralité.

Qu'est-ce qui était annulé ? Elle ne se souvenait pas de l'article V. Elle devrait consulter sa copie de l'original du testament. Le cœur battant de façon irrégulière, elle continua à passer la fine mine sur la page.

Article II : Je veux et j'exige que ce qui suit devienne l'article V de mon testament.

Savannah prit une profonde inspiration, se demandant si elle voulait vraiment savoir. Est-ce que sa mère avait changé d'avis et n'avait pas obligé ses filles à rester là sous le même toit ? Est-ce qu'elle les avait reniées ? Cela avait été difficile au début, mais maintenant Savannah avait besoin de cette communion avec ses sœurs. Même Caroline et Augusta semblaient aller mieux. Elle ne voulait pas retourner à Washington. Elle avait besoin de cette année avec ses sœurs. L'argent lui-même n'avait pas d'importance.

Un peu appréhensive, elle poursuivit.

Je veux et j'exige que la propriété bordée par le ruisseau de Secessionville Creek, de la route cantonale à Fort Lamar Road, et incluant les logements originaux de la plantation d'Oyster Point, ainsi que les marais riverains, soit donnée au district de Charleston.

Bouche bée, elle continua de griffonner jusqu'au bas de la page où apparut finalement la signature bien reconnaissable de sa mère.

Réalisant ce qu'elle tenait en main, elle en eut le souffle coupé. Florence avait changé d'avis. Elle voulait transmettre ces lieux historiques à la ville. Augusta serait ravie. Sadie serait évincée, même si Flo avait apparemment ajouté une généreuse somme pour compenser la perte de sa maison.

Pourquoi est-ce que ce nouveau codicille ne faisait pas partie du testament ?

Seigneur, elle ne l'aurait peut-être jamais découvert si elle n'avait pas descendu la machine à écrire du grenier.

Savannah tenait le papier dans ses mains et le regardait fixement.

Était-ce vraiment l'intention de sa mère ? Si elle remettait cela à Daniel, l'ombre d'un document signé, est-ce que Sadie posséderait toujours légalement la propriété ?

En fin de compte, Savannah était tenue par les volontés de sa mère. Elle devait remettre ce document. *Tout ce que tu peux faire*, se dit-elle, *c'est commencer avec les meilleures intentions...*

À PROPOS DE L'AUTEUR

 Les romans de Tanya Anne Crosby figurent sur de nombreuses listes de best-sellers, y compris celles du New York Times et de USA Today. Chargés d'émotion et d'humour, ses romans aux personnages pleins de défauts lui valent les louanges des lecteurs et d'élogieuses critiques littéraires. Elle vit avec son mari, deux chiens et deux chats capricieux au nord de l'État de Michigan.

Pour plus d'informations:
www.tanyaannecrosby.com
tanya@tanyaannecrosby.com

9 781947 204638